HEYNE

[redacted]

Das Buch

Seit jeher liegt das Gold des Vatikans in den Händen der Mafia. Ein uraltes Abkommen mit Kirche und italienischem Adel regelt die Verwaltung der gewaltigen Goldreserven. Doch der sterbenskranke Papst hat seine eigenen Pläne. Um den Weltfrieden zu garantieren, wagt er das Undenkbare: einen geheimen Handel mit islamischen Gotteskriegern. Als die Kunde davon durch die Mauern des Vatikans dringt, macht sich blankes Entsetzen breit. Schnell verdichten sich die Gerüchte, dass das Leben des Heiligen Vaters in großer Gefahr ist. Sein Nuntius, Kardinal Albertini, wird beauftragt, den Gerüchten nachzugehen und das Schlimmste zu verhindern. Die Spur führt ihn zu einem mysteriösen Geheimbund, der nicht nur über die Einhaltung des Goldabkommens zwischen Kirche und Mafia wacht, sondern seit Urzeiten das wertvollste Geheimnis der katholischen Kirche hütet. Albertini kann nicht ahnen, dass er auf seinem Weg bald an den Grundfesten des Glaubens rütteln und eine Wahrheit offenbaren wird, für die die Menschheit noch nicht bereit ist.

»Cueni lehrt, was Wissen erst so richtig sexy macht: Wenn es sorgfältig verpackt ist in süffige Geschichten von Geld, Macht und chronischem Lendenleiden.« *Stern*

Der Autor

Claude Cueni wurde 1956 in Basel geboren. Nach Lehr- und Wanderjahren durch Europa erschien 1980 sein erster Roman. Seither veröffentlichte er Kriminalromane, Hörspiele, Theaterstücke und schrieb Filmdrehbücher (u. a. für Tatort, Peter Strohm, Der Clown, Alarm für Cobra 11, Eurocops). Claude Cueni lebt in Binningen bei Basel.

Lieferbare Titel

Das große Spiel
Caesars Druide

Claude Cueni

GEHET HIN UND TÖTET

Roman

WILHELM HEYNE VERLAG
MÜNCHEN

Die Originalausgabe GEHET HIN UND TÖTET erschien
bei Wilhelm Heyne Verlag, München

Für Clovis und Teeragul

Umwelthinweis:
Alle bedruckten Materialien dieses Taschenbuches sind chlorfrei und umweltschonend.

Vollständige deutsche Taschenbuchausgabe 12/2009

Printed in Germany 2009
Umschlaggestaltung: © Eisele Grafik Design, München, unter Verwendung eines Fotos von Bildarchiv Steffens / Bridgeman Berlin
Satz: Leingärtner, Nabburg
Druck und Bindung: GGP Media GmbH, Pößneck
ISBN: 978-3-453-43446-2

www.heyne.de

I

VATIKANSTADT

»Es ist nur ein Gerücht«, versuchte Luigi Albertini den alten Mann zu beschwichtigen. Doch jetzt war es zu spät. Er hatte es ausgesprochen, dieses Gerücht, und nun saß der ausgemergelte Greis mit dem schütteren Haar wie eine gespenstische Mumie in seinem Barocksessel. Er erhob mühsam die rechte Hand für eine abwehrende Geste, als wollte er andeuten, dass es nun genug sei. Die Hand sank kraftlos auf die Armlehne zurück. Die Augen in den tief liegenden Höhlen waren starr auf die Wand gerichtet. Der alte Mann hatte Angst.

Vereinzelte Regentropfen klatschten gegen die hohen Glasfenster der päpstlichen Privatgemächer. Der Petersdom erwachte im Morgengrauen. Nichts würde mehr so sein wie vorher.

Luigi Albertini kniete neben dem Heiligen Vater nieder und wiederholte, dass es doch nur ein Gerücht sei. Albertini war ein gut aussehender Mann von knapp vierzig Jahren, sportlich durchtrainiert und kein gewöhnlicher Diplomat des Heiligen Stuhls. Er war als Nuntius mit Spezialauftrag direkt dem Papst unterstellt. Er war der Nunzio Apostolico Con Incarichi Speciali, der Geheimagent des Papstes.

»Ich dachte«, sprach der alte Mann mit heiserer Stimme, »ich würde diesen Sommer nicht mehr erleben. Der

Herr würde mich vorher zu sich rufen. Er hat es nicht getan. Manchmal fragte ich mich, ob er mich wohl vergessen hat. Ob auch Gott Dinge vergisst. Doch jetzt ergibt alles einen Sinn.«

Dem Heiligen Vater versagte die Stimme. Er hustete, versuchte den Schleim aus den verklebten Bronchien zu lösen. Ein paar Speicheltropfen schlierten über die schmalen Lippen. Er ließ es geschehen. Er hatte ein Leben lang versucht, mit dem Rauchen aufzuhören, aber er hatte es nie geschafft. Weder Gebete noch Kehlkopfoperation noch Chemotherapien hatten ihn zur Vernunft gebracht. Und dennoch gab es nicht ein einziges Foto, das ihn mit einer Zigarette zeigte.

Die beiden Männer schwiegen für eine Weile. Zwei Spatzen setzten sich auf den Fenstersims und schüttelten das kalte Nass aus ihrem Gefieder. Erst jetzt fiel dem Papst auf, dass die Spatzen oft zu zweit auf seinem Fenstersims landeten und dass er sein Leben allein verbracht hatte. Eine tiefe Melancholie erfasste ihn.

»Dann ist es jetzt so weit«, flüsterte der Heilige Vater.

»Es ist wirklich nur ein Gerücht, Eure Heiligkeit«, wiederholte Luigi Albertini, »es stammt von den Leuten, die sich in Rom in der Basilika San Clemente treffen.« Er erhob sich und trat einen Schritt zum Fenster. Eine Straßenkehrmaschine fuhr lärmend über den morgendlichen Petersplatz und verscheuchte die Vogelschwärme. Dann knatterte der Motor, und schwarzer Rauch entwich dem Auspuff. Die Maschine blieb stehen. Der Mann von der Straßenreinigung stieg aus und zündete sich eine Zigarette an. In Italien gewöhnt man sich daran, dass nichts funktioniert. Schwarzer Rauch über dem Petersplatz, dachte Luigi Albertini. Er glaubte nicht an Vorzeichen. Er würde sich später an die Straßenkehrmaschine erinnern, die Vogelschwärme, die Glocken, die zur Frühmesse läuteten, den bröckelnden Kitt im Fensterrahmen, das Wasser, das sich innen auf dem Fenstersims sammelte und an der Tapete entlang hinuntertropfte und in den Teppich sickerte. Er würde sich erinnern, dass der Papst dagesessen hatte, mit offenem Mund, unbeweglich und mit düsterem Blick, als würde er von einer diabolischen Sinnestäuschung heimgesucht, als sehe er eine gewaltige Flutwelle auf sich zurollen, gigantische Wellen, die sich zu einem Berg auftürmen und ihn für immer wegspülen würden. Der Papst hatte Angst. War sein Glaube zu schwach?

Es gibt Nachrichten, die keine Reflexe mehr auslösen, keine Fluchtbewegung, kein Aufbäumen, keinen Protest, kein Flehen, kein Bitten. Es gibt Nachrichten, deren Tragweite man sofort begreift, weil sie endgültig sind. Irreversibel. Man begreift sie mit dem ganzen Körper. Albertinis Nachricht war eine solche. Der Heilige Vater wusste an jenem Morgen sofort um die Bedeutung von Albertinis Worten. Er erinnerte sich, wie man ihn als frisch gewählten Papst in den geheimen Archiven des Vatikans eingeschlossen und ihn gebeten hatte, die Siegel eines Dokuments zu brechen, um die letzten Geheimnisse zu erfahren. Er hatte alles gelesen, bis in die frühen Morgenstunden. Danach hatte er das knapp zweihundertseitige Dossier eigenhändig wieder versiegelt, zu Händen seines Nachfolgers. Doch jetzt fragte er sich, ob es nach ihm noch einen Nachfolger geben würde. Denn das Gerücht war in Umlauf gesetzt worden. Bald würde es sein blindwütiges Zerstörungswerk in Gang setzen.

O Herr, dachte der alte Mann, lass diesen Kelch an mir vorübergehen. Ihm war, als würde das Blut in seinen Adern gerinnen und seine Sinne lahmlegen. Eine fremde Gewalt schien sich seiner zu bemächtigen. Er begriff, was geschehen würde. Aber er konnte nichts mehr tun. Demütig senkte er den Kopf: »Ich wusste, dass sie es eines Tages wieder versuchen würden. Sie versuchen es immer wieder. Seit Jahrhunderten. Während der Französischen Revolution hätten sie es beinahe geschafft.«

Luigi Albertini kniete vor dem Nachfolger des Fürsten der Apostel, vor dem Pontifex Maximus, vor dem Patriarchen des Abendlandes, vor dem Bischof von Rom, dem absolutistischen Herrscher über eine Milliarde Gläubige, er kniete vor der ältesten Institution der Menschheit, vor dem Stellvertreter Gottes.

»Es ist nur ein Gerücht, Eure Heiligkeit. Ich werde die Basilika San Clemente aufsuchen und der Sache nachgehen.«

»Nein, Luigi«, sprach der Papst mit großer Anstrengung, »die Basilika San Clemente al Laterano ist ein düsterer Ort. Weißt du, auf welchem Fels diese Kirche erbaut ist? Steige nicht hinunter in das Labyrinth, das sich wie eine giftige Schlange unter dem Hochaltar windet. Schon mancher hat dort seinen Glauben verloren.«

Der Heilige Vater gab ihm ein Zeichen, näher zu kommen. Albertini erhob sich und beugte sich zum Heiligen Vater hinunter. Er nahm den fauligen Atem des kranken Mannes wahr.

»In der Basilika San Clemente al Laterano werden Päpste gekürt und Päpste vernichtet. Ich wusste, dass es so kommen würde. Die italienischen Familien dulden keinen Ausländer auf dem Thron Petri. Aber wenn der nächste Papst aus ihren Reihen kommt, wird keiner mehr da sein, um das letzte Geheimnis des Christentums zu hüten. Denn sie sind Teil des Geheimnisses.«

Der Papst hielt inne und sprach dann weiter. Seine Worte klangen wie aus den Tiefen der Erde: »Zur Zeit der Medici-Päpste haben es alle gewusst. Jeder gebildete Mensch wusste es damals. Doch wir haben dieses Wissen all die Jahrhunderte über in den Verliesen des Vatikans eingekerkert, damit das Christentum obsiegt.« Er holte Luft. »Wenn sich das Gerücht bewahrheitet, Luigi, wird es niemanden mehr geben, der dieses Wissen schützt. Denn was war, wird nicht mehr sein. Der nächste Papst wird wieder ein Italiener sein, aber kein Nachfolger Petri.«

»Ich werde Sie beschützen, Heiliger Vater, ich bin Ihr Nunzio Apostolico.«

»Sie werden nicht wagen, mich anzurühren. Sie werden nur meine Pläne vereiteln. Das Sakrileg werden andere begehen. Geh nach Sizilien, Luigi, zu Don Antonio Calame. Er ist der Herr der zwei Welten. Er darf die Pläne des Heiligen Stuhls nicht vereiteln. Wir brauchen das Gold. Für den Har-Magedon …«

Der Papst starrte wieder ins Leere. Er wollte allein sein. Mit einer Handbewegung wies er seinem Nuntius die Tür.

»Harmagedon? Armageddon?«

»Die letzte Schlacht zwischen Gut und Böse, Sonne und Finsternis. Es ist die Schlacht der Propheten um die Gunst des einzig wahren Gottes.«

Albertini warf dem Heiligen Vater einen prüfenden Blick zu. Wovon sprach der alte Mann? Hatte er nicht soeben Gold erwähnt?

»Wessen Gold, Heiliger Vater?«, fragte Albertini leise.

Doch der Papst schien ihn nicht zu hören. Er starrte auf den Petersplatz hinunter. Seine Augen waren feucht. Der Papst weinte.

2

NEW YORK

Es gab noch ein weiteres Gerücht. Es stammte von Cesare Lustrinelli, dem Präsidenten der italienischen Nationalbank. »Der Dottore wollte sich am Telefon nicht näher äußern«, sagte George Green, Vorstandsmitglied des Fed, der amerikanischen Notenbank Federal Reserve System, als er kurz vor Mitternacht seinem alten Freund John F. Cassidy in der obersten Business-Suite des Marriott-Hotels in der West Street in New York ein Glas Jack Daniel's hinüberschob.

»Wieso kann Lustrinelli nicht einfach die amerikanische Botschaft aufsuchen und von einem abhörsicheren Apparat aus anrufen?«, fragte Cassidy aufbrausend. Er war früher Finanzexperte in CIA-Diensten gewesen, hatte sich mit der Firma überworfen und später das Fed bei einigen unwichtigen Sitzungen der Bank für Internationalen Zahlungsausgleich vertreten. Seine Schwäche für junge Frauen und Tennessee-Whiskey hatte eine Festanstellung vereitelt. Aber als Freelancer hatten sie ihn immer wieder eingesetzt. Denn wenn er nicht gerade herumpolterte und sich bereitwillig in jedes Fettnäpfchen setzte, war er ein umgänglicher Kerl mit einer einnehmenden Baritonstimme.

»Das habe ich ihm auch vorgeschlagen«, sagte Green leise, »aber er wollte nicht. So einfach ist das.« Green brach abrupt ab. Er war mager geworden. Jetzt blickte er wie eine geheimnisvolle Sphinx auf das nächtliche New York hinunter. Er sprach sehr leise und bedächtig, als müsse er jedes Wort sorgfältig abwägen: »Lustrinelli sagte, es gebe da ein Gerücht …«

»Ein Gerücht?«, fragte Cassidy und beugte seinen breiten Oberkörper leicht über den Tisch. Cassidy war ein groß gewachsener, selbstbewusster Mann mit leichtem Übergewicht, solariumgebräunt, mit kurzen weißen Haaren und einem offensiven Charme, dem kaum jemand widerstehen konnte. Sein unbestrittenes Charisma hatte ihm viele Affären beschert, aber keine feste Beziehung, keine Familie, und so kam es ihm nicht ganz ungelegen, als ihn George Green letzte Nacht angerufen und um einen letzten inoffiziellen Gefallen gebeten hatte.

»Ja«, wiederholte Green, »ein Gerücht.« Nachdenklich strich er sich über den glatt rasierten schmalen Schädel. »Lustrinelli konnte am Telefon nicht darüber sprechen. Er sagte, wenn der Erste darauf reagiert, ist es zu spät.«

»Und das war alles?«, fragte Cassidy misstrauisch und lehnte sich zurück. Er legte den Arm auf die Lehne des Stuhls zu seiner Linken und grinste breit.

Green schwieg eine Weile, dann sagte er: »Lustrinelli war außer sich. Er sagte auch, Lady Liberty sei nicht Lady Liberty oder das, wofür wir sie halten.«

»Er sprach über die Freiheitsstatue?«, fragte Cassidy ungläubig. »Lustrinelli ruft Sie um Mitternacht an und spricht über die Freiheitsstatue?«

George Green nippte an seinem Cranberry Juice und sah wieder aus dem Fenster. Die Freiheitsstatue strahlte im nächtlichen Scheinwerferlicht wie eine stolze Göttin. Green war in düstere Gedanken versunken.

»Sie ist schön. Wie eine Göttin«, murmelte Cassidy.

»Sie *ist* eine Göttin«, entgegnete Green, »wussten Sie das nicht? Sie ist die Göttin Libertas, die Göttin der Freiheit, die Göttin des Lichts. Aber was kann er bloß damit gemeint haben? Die Freiheitsstatue ist nicht das, wofür wir sie halten …«

»Haben Sie ihn nicht gefragt?« Cassidy war ein Pragmatiker, ein Troubleshooter auf der Überholspur, ein Feuerwehrmann, der nur auf Touren kam, wenn die Alarmglocken schrillten. Was die Freiheitsstatue darstellte, interessierte ihn nicht. »Wieso haben Sie ihn nicht gefragt?«, wiederholte Cassidy ungeduldig und füllte sein Glas nach. Er brauchte dringend einen zweiten Drink, um in ruhigere Gewässer zu gelangen. Er schwitzte.

George Green rückte seine übergroßen Brillengläser zurecht und starrte Cassidy mit ratlosen Augen an: »Weil er betrunken war. Deshalb habe ich ihn nicht gefragt. Lustrinelli war in Panik. *Don't panic, but panic first*, sagte er zum Schluss. Dann brach das Gespräch ab.«

»Dann brach das Gespräch ab?«

»Der Hörer fiel ihm aus der Hand.«

»Was? Der Hörer fiel ihm aus der Hand? Und Sie haben seitdem nichts mehr von ihm gehört?« Cassidy lachte laut heraus.

»Nichts«, antwortete Green leise. »Und kein Mensch weiß, wo er steckt.«

Cassidy wollte die Sache abschließen und sich irgendwo in Ruhe die Drinks genehmigen, die er heute Abend brauchte. »Okay, haben Sie seine Handynummer? Vielleicht ist er jetzt nüchtern.«

Green zog ein gelbes Kuvert aus der Innentasche seines Anzugs und legte es auf den Tisch. Cassidy nahm es, spähte hinein. Es befand sich Geld darin.

»Ich sagte doch, er ist nicht zu erreichen. Er antwortet nicht.«

George Green fixierte Cassidy mit einem Blick, als wolle er prüfen, ob dieser bullige fünfundsechzigjährige Kerl wirklich der richtige Mann für die heikle Angelegenheit war. »Sie legen immer noch Wert auf gute Anzüge, Cassidy«, murmelte Green nachdenklich.

»Die Frauen mögen das«, grinste Cassidy, »aber Sie haben mich nicht in diese Suite bestellt, um über meinen Schneider zu sprechen.«

Green wertete es als gutes Zeichen, dass Cassidy trotz des Alkohols das Ziel nicht aus den Augen verlor. Cassidy schenkte sich noch einen Jack Daniel's ein.

»Es heißt, Sie trinken zu viel«, sagte Green. Jetzt kam ihm die Unterleibsoperation von nächster Woche in den Sinn, und er war plötzlich bereit, alles platzen zu lassen.

Cassidy nahm einen Schluck. »Sehen Sie«, erwiderte Cassidy, »ich bin ein Offroader und keine solarbetriebene Seifenkiste, ich saufe mehr Sprit, aber ich komme schneller ans Ziel.« Cassidy legte das gelbe Kuvert wieder hin und schob es in die Tischmitte. Er schaute Green dabei direkt in die Augen. Cassidy hatte Beamte immer verachtet, weil sie sich so aufblähten wie die Behörde, die sie vertraten. Ohne Behörde waren sie nichts. In der Wildnis der freien Marktwirtschaft würden sie keinen Tag überleben. Es hatte eine Zeit gegeben, da hatte er Green für einen Freund gehalten. Sie hatten jahrzehntelang miteinander zu tun gehabt. Doch jetzt, wo er keinen Job mehr hatte, war Cassidy klar, dass er nie Freunde gehabt hatte. Nur Geschäftspartner, eine DVD-Sammlung und die Erinnerung an unzählige Mädchen, die er in den Hotelbars dieser Welt abgeschleppt hatte. Aber das war in Ordnung. Andere Männer in seinem Alter würgten jeden Tag um die gleiche Zeit fettarme, salzlose Diätkost hinunter, die ihnen ihre Frauen zwangsverordneten, und suchten vergebens hinter den Vorhängen nach den verschwundenen Whiskeyflaschen. Oder sie vermoderten auf dem Friedhof, was für Cassidy dasselbe war.

Green wusste nicht, wieso er plötzlich das Thema Alkohol angesprochen hatte. Er wusste, dass Cassidy trank, aber ihm war klar, dass man Cassidy vertrauen konnte. Dass er diskret war und seinen Job erledigte. Er hatte Cassidy immer als Profi geschätzt, auch wenn ihm seine aufbrausende, ordinäre Art und die pubertären Sexgeschichten stets missfallen hatten. Einen wie Cassidy hätte Green nie zu privaten Anlässen eingeladen. Dafür war seine Verachtung für Menschen, die sich angetrunken in ihre Straßenkreuzer setzten, zu groß. Wenn es sein Amt von ihm verlangte, sich am Rande der Legalität zu bewegen, war das für Green in Ordnung. Aber privat kannte er keine Nachsicht. Green war seit vierzig Jahren verheiratet. Es war eine vernünftige Partnerschaft, die er all den Affären, die Cassidy hatte, vorzog. Meistens jedenfalls. Aber mittlerweile beschäftigte ihn ohnehin vor allem seine eigene Gesundheit. Er hatte begonnen, mit dem Schicksal zu hadern. Jetzt, wo ihm die Unterleibsoperation bevorstand, dachte er an die Kinder, die er nie gezeugt hatte. Das war das Einzige, das er in seinem Leben wirklich falsch gemacht hatte. Aber woher in jungen Jahren diese Weisheit nehmen? Wenn man es weiß, sinnierte Green, ist es zu spät. Wohl ein kleiner Appetizer auf die Hölle. Cassidy riss ihn aus seinen düsteren Gedanken.

»Green, wenn Lustrinelli Sie um Mitternacht angerufen hat, war es in Europa sechs Uhr. Und er war immer noch blau …«

Green nickte: »Es war ziemlich wirres Zeug, erst dieses ominöse Gerücht, dann die Freiheitsstatue und schließlich diese abstrusen Goldtheorien. Er sagte, der Vatikan habe die italienische Nationalbank angewiesen, seine Goldreserven an einen Dritten weiterzuleiten.«

»Der Vatikan will sein Gold verkaufen?«, fragte Cassidy grinsend. Das Gerücht schien ihn nicht groß zu beunruhigen.

»Der Empfänger soll ein gewisser Dario Baresi sein, ein Bullion-Banker aus London. Er ist auf der Schwarzen Liste. Er arbeitet mit Schurkenstaaten zusammen.«

»Was ist denn das für eine Geschichte?« Cassidy machte eine wegwerfende Bewegung. »Vielleicht war Lustrinelli einfach nur wütend, dass ihm der Vatikan das Mandat entzogen hat.«

Green hob die Schultern: »Die Leitung war schlecht, aber ich glaube, ihm war übel, er schien sich übergeben zu müssen.«

»Lustrinelli?«, fragte Cassidy ungläubig. »Europas Bella Figura ...« Er prustete vor Lachen. »Sie hören auf das Geschwätz von einem Besoffenen? Glauben Sie mir, es ist völlig bedeutungslos – wie alles in unserem Leben.«

»Lustrinelli hat nicht irgendwen angerufen. Sondern mich.« Seine Stimme klang jetzt sehr energisch: »Ich bin Vorstandsmitglied des United States Federal Reserve Board. Der Präsident der italienischen Nationalbank ruft den Vorstand des Fed an. Verstehen Sie, Cassidy? Wer mich anruft, weiß, wieso er das tut. Und Lustrinelli rief um Mitternacht an. Er war blau. Und er sprach von einem *monetary jihad*.«

»Von einem *monetary jihad*?«, fragte Cassidy. Seine Stimme war leise geworden. Ungläubig starrte er Green an. Dieser ließ seinen Blick über das Lichtermeer des nächtlichen New York schweifen. Seine Augen blieben an Lady Liberty haften.

»Lustrinelli wird in drei Tagen an der ordentlichen Sitzung der Notenbankchefs in Basel teilnehmen. Die Sitzung fängt um zehn Uhr an. Seien Sie pünktlich! Sie berichten mir täglich!«

»Ich weiß, Green, täglich um fünf, und meine Sexgeschichten spare ich für meine Memoiren auf.«

3

AFGHANISTAN

Als Gott die Welt erschaffen hatte, sah er, dass noch einige Krümel übrig geblieben waren. Er wischte sie zusammen und warf sie auf die Erde hinunter. Das war Afghanistan. Afghanistan ist reich an Sprichwörtern, reich an Skorpionen, Koranschülern, Kalaschnikows und Opium. Afghanistan besteht aus Klans und Stämmen, die sich ihren Familien verpflichtet fühlen. Afghanistan ist keine Nation. Afghanistan hat lediglich eine Nationalflagge und einen Präsidenten, der im Ausland Geld für die Klans sammelt. Wer Afghanistan, Jemen oder Somalia gesehen hat, hört auf, an das Gute im Menschen zu glauben. Yousaf Yousafzai kam aus einem zerklüfteten Tal im Hindukusch und wollte südlich von Kabul sein Glück versuchen. Yousafs Vater sagte immer: *Ein Afghane ohne Waffe ist ein toter Afghane.* Yousafs Vater war ohne Waffe beerdigt worden. Seine ganze Familie war in den Scharmützeln, die sich Warlord Ahmed Shah Massud und die Gotteskrieger der Taliban jahrelang geliefert hatten, umgekommen. Ihr Dorf war nur noch ein Haufen Schutt. *Du kannst nie Teil eines Dorfes sein, wenn dich das Dorf nicht will,* sagte Yousafs Vater. Aber er sagte auch: *Zendagi migsara, das Leben geht weiter.* Das Camp stand in der Provinz Ghazni. Über hundert junge Männer hatten sich gemeldet. Zwölf Kilo Gold versprach Abu Hafs al-Mauretani jedem, der nach erfolgreich ausgeführter Mission wieder zurückkehrte. Zwölf Kilo Gold. Damit könnte ich eine viertel Million Schafe kaufen, dachte der junge Yousaf Yousafzai, als er die anderen Männer musterte. Alle waren etwa in seinem Alter. Und alle hatten sie lange mit sich gerungen und waren am Ende zu einem fatalen Entschluss gelangt. Sie waren bereit, ihr Leben zu opfern. Unter den schmutzigen Turbanen sah man Kindergesichter mit erloschenen Augen. Sie wirkten kalt und finster. Und doch sah keiner so aus, als wolle er nach Europa gehen, um zu sterben. Nein, sie alle wollten schon bald zurückkommen, als Helden gefeiert werden und auf den Knien die zwölf Kilo Gold in Empfang nehmen.

Abu Hafs al-Mauretani wählte zwölf von ihnen aus und befahl ihnen, den Lastwagen zu besteigen, der sie in die afghanische Grenzstadt Peschawar bringen sollte. Der alte Mercedes-Lastwagen mit der offenen Ladefläche rumpelte über die ländlichen Pisten und hüllte die Lehmhütten und Beduinenzelte in gräuliche Staubwolken. Manchmal sah man Männer mit Kalaschnikows am Straßenrand, ausgebrannte Panzer. Am Rande eines verlassenen Dorfes saßen ein paar alte Hippies. Einer hatte ein Fahrrad, der andere hielt ein Huhn in der Hand. Sie schienen nicht zu ahnen, dass die Lichter in Woodstock längst erloschen waren und Leonard Cohen von Millionenschulden erdrückt wurde. Als sie ins Gebirge hochfuhren, sahen sie Kinder. Sie spielten Fußball. Zwei hatten Beinprothesen. Die standen im Tor. Als Gott Afghanistan schuf, hat er keine Tretminen gestreut. Es war das Ungeziefer, das Gott nach seinem Ebenbild erschaffen hat, das Tretminen im heißen Sand vergraben hatte. Unterwegs stiegen einige Händler aus dem nahen Basar auf, die Opium, Morphin und Heroin mitführten. Die afghanische Drogenpolizei im Grenzgebiet stellte keine Gefahr dar. Sie begnügte sich damit, die Drogentransporte zu besteuern. Wenn man eine Sache nicht beseitigen kann, sollte man sie wenigstens besteuern.

4

NEW YORK

Als die Pan-Am-Maschine über New Jersey an Höhe gewann, blickte Cassidy auf Liberty Island hinunter und sah unter sich Lady Liberty, die über zweihundert Tonnen schwere Dame – knapp fünfzig Meter hoch, zusammengesetzt aus dreihundert Kupferplatten. Er konnte sich auf Lustrinellis Andeutung beim besten Willen keinen Reim machen. Cassidy ließ sich von der Stewardess einen Whiskey einschenken. Er musterte ihren Körper und dachte an Sex. Cassidy dachte eigentlich immer an Sex. Er wusste nicht, ob es anderen Männern mit fünfundsechzig anders ging. Bei ihm war es einfach so, und es war ihm egal, dass es so war. Er hatte wieder einen Job, und das war im Augenblick das Wichtigste. Cassidy brauchte die Reisen, die Flughäfen, die Taxis, die Hotellobbys. Das war sein Zuhause. Er musste in Bewegung sein, unterwegs nach irgendwo – und der nächste Drink immer in Reichweite. Die paar Wochen, die er ohne Job in seinem kleinen New Yorker Appartement verbracht hatte, waren die Hölle gewesen. Die plötzliche Stille hatte ihn getroffen wie eine Abrissbirne. Er hatte ständig seine E-Mails kontrolliert, den Akku seines Handys, und langsam hatte ihm geschwant, dass er ohne Job den Charme eines Mülleimers hatte. Besser wäre es gewesen, sie hätten ihn gleich erschossen. Er ging mit seinem gewohnten energischen Schritt durch die Straßen, aber ohne Ziel kam ihm das ziemlich lächerlich vor. Und als er gestern am Straßenrand stehen geblieben war und die Müllmänner beobachtete, da dachte er, dass ihn die Müllmänner mitnehmen könnten, und kein Mensch würde es bemerken. Außer seiner Mutter vielleicht. Aber auch erst an ihrem Geburtstag. Und dann hatte sein Handy geklingelt. Green! Der gute alte Green!

Greens Geschichte hatte gewiss nicht die Brisanz der Kuba-Krise, aber das war ihm einerlei. Green war ein besonnener und stets gut informierter Mann. Das Risiko, einer Ente aufzusitzen, war gering. Cassidy war sicher, dass an der Sache etwas dran war, und sicherlich hatte er nicht die ganze Wahrheit erfahren. Aber wieso misstraute Green seiner eigenen Behörde und zog einen Externen hinzu? Cassidy bestellte noch einen Whiskey. Er käme selbst nach einer ganzen Flasche nicht auf die Idee, mitten in der Nacht jemanden wie George Green anzurufen. Welcher Teufel hatte Lustrinelli nur geritten?

Er dachte nach. Nach einigen weiteren Schlucken zeichneten sich im Nebel von Cassidys Gedanken vage Konturen einer Hypothese ab, die möglicherweise die wirren Worte von Lustrinelli erklären konnte. Cassidy hatte eine rasche Auffassungsgabe. Er begriff komplexe Zusammenhänge intuitiv. Lustrinelli hatte ein Gerücht gestreut. Wer profitierte davon? Falls hier der Schlüssel zur Lösung lag, würde vielleicht sogar er, Cassidy, davon profitieren. So viel hatte auch Green schon angedeutet, um ihn davon zu überzeugen, dass er die nächste Maschine nehmen musste. Er hatte ihn deswegen heute früh, kurz vor seinem Abflug, nochmals angerufen. *Don't panic, but panic first,* schmunzelte Cassidy, vielleicht ein ganz heißer Tipp: Mit einem Coup alle Börsenverluste aus dem Jahre 2000 wieder wettmachen.

Jahrzehntelang hatte Cassidy mit der immer gleichen Summe an der Börse gespielt. Mit dreißig gleich großen Tranchen. Das reichte für zehn ausgewählte Titel, die man zu drei verschiedenen Kursen einkaufte. Aber die New-Economy-Blase hatte ihm fast den Verstand geraubt, und er hatte damals alle Ratschläge missachtet, die er selbst so gern im Munde führte: *»Don't put all eggs in one basket.«* Tatsächlich hatte er alles auf lediglich vier verschiedene Aktien gesetzt. Er hatte den Spruch *»never catch a falling knife«* ignoriert und während des Crashs mit Krediten aggressiv dazugekauft, bis die hochgejubelten Internetfirmen der Turnschuhmillionäre nicht mehr Substanz hatten als ein infantiles Investment Game auf der Playstation. *Game over* – und weg war das Ersparte von dreißig Berufsjahren. Die New-Economy-Blase hatte zwölf Billionen Dollar vernichtet. Und fünf Millionen davon waren sein Erspartes gewesen, seine Altersvorsorge. Im Nachhinein war es ihm schleierhaft, wie er sein gesamtes Kapital so leichtfertig hatte verzocken können. Was hätte er nur mit dreißig Millionen angefangen? Nicht mehr als das, was er zuvor mit fünf Millionen getan hätte. Und jetzt hatte er nicht mal mehr eine halbe Million auf der Bank. Lehrgeld bezahlt, sinnierte Cassidy, viel Lehrgeld für eine Narrenkappe. Heute wusste er, dass es sinnlos war, an der Börse zu spekulieren, wenn man nicht über Insiderinformationen verfügte. Aber ohne Job fehlte ihm das Beziehungsnetz, um an solche Informationen heranzukommen. Es gab also ziemlich gute Gründe, wieso Cassidy diesen Job brauchte.

Cassidy leerte sein Glas und grinste. Soeben war ihm etwas sehr Verlockendes in den Sinn gekommen. Und es hatte ausnahmsweise nichts mit Sex zu tun.

5

ERICE, SIZILIEN

Die Luft waberte in der Hitze, als sich die schwarze Limousine, Baujahr '79, langsam über die staubig trockene Straße zwischen Zitronenhainen hinaufbewegte. Die Limousine fuhr Richtung Trapani, Erice.

Luigi Albertini war glücklich, nach so langer Zeit wieder zurückzukehren an jenen Ort, an dem Marzipanfrüchte noch von Hand aus echter Mandelpaste hergestellt wurden. Albertini liebte Erice, den heiligen Ort, an dem einst der Tempel der Fruchtbarkeitsgöttin Venus Erycina gestanden hatte. Er lag am äußersten Rand auf den zerklüfteten Klippen hoch über Trapani. Von hier aus konnte man an klaren Tagen die tunesische Küste sehen. In dieser Gegend war Luigi Albertini groß geworden. Hier waren seine Mutter und seine Geschwister gestorben, seinen Vater hatte er nie gekannt. Hier hätte er ein erbärmliches Dasein gefristet, wie alle Alten in den umliegenden Dörfern, wenn nicht der Don von seinem Schicksal erfahren und sich seiner erbarmt hätte. Er hatte zusammen mit der Tochter des Don die Dorfschule besucht. Sie hatte ihrem Vater von diesem kleinen Jungen erzählt, der in kurzer Zeit seine gesamte Familie verloren hatte. Das hatte das Herz von Don Calame gerührt. In den Dörfern wurde behauptet, dass dort, wo Menschen ein Herz haben, beim Don ein schwarzes

Loch klafft. Aber diese Leute hatten Luigi nur bemitleidet, ihn aber sonst kaum wahrgenommen. Mitleid kann auch zerstören. Der Don hatte ihn nicht bemitleidet, sondern ihm ein neues Leben geschenkt. Und heute kam der kleine Luigi zurück als Nunzio Apostolico Con Incarichi Speciali, als Geheimagent im Auftrag des Papstes, und auch ein bisschen in eigener Sache. Denn er wollte die Gelegenheit nutzen, um Don Antonio Calame seinen Respekt zu erweisen und ihm eine Frage zu stellen, die ihn seit frühester Kindheit beschäftigte. Der Don hatte ihm die Ausbildung bezahlt, das Studium, den Aufenthalt an der Jesuitenhochschule Gregoriana in Rom, das Jahr an der Opus-Dei-Universität Santa Croce in Rom und schließlich seine Aufnahme in die Pontifikalakademie des Vatikans durchgesetzt. Sie war das West Point der zukünftigen vatikanischen Elite. Nur zweiunddreißig junge Männer wurden dort jedes Jahr für den diplomatischen Dienst des Heiligen Stuhls ausgebildet. Bewerben konnte man sich nicht. Anrufen war zwecklos. *Sie rufen dich an.* Don Calame hatte seinen Einfluss geltend gemacht, und sie hatten Luigi Albertini angerufen. Dass Opus Dei die Akademie finanzierte, hatte Luigi Albertini nie interessiert. Opus Dei mochte vielen als nicht zeitgemäß erscheinen, mit seinen etwas verschrobenen Ansichten und Ritualen, aber er hatte der Organisation viel zu verdanken. Eigentlich alles. Das hatte seinen Preis, wie so vieles im Leben. Es wäre unsportlich gewesen, sich im Nachhinein darüber zu beklagen. Opus Dei hatte ihm die eine Welt eröffnet und die andere Welt verschlossen. Mit seiner Ernennung zum Nunzio Apostolico Con Incarichi Speciali war er den fundamentalistischen Ausbildungszentren des Opus Dei entkommen und in den erlauchten

Kreis der einflussreichen Kardinäle des Vatikans aufgestiegen. Heute wurde er geachtet. Er hatte Macht und Einfluss.

Das Anwesen von Don Calame umfasste mehrere Hektar Land. Es war durch hohe Mauern mehrfach gesichert, und an der Zufahrt standen einige junge Männer in Jacketts mit einer unübersehbaren Ausbuchtung auf der linken Seite. Dort trugen sie ihr Herz und eine Walther 9 mm. Im Ohr den obligaten Knopf. Sie wirkten wie übergewichtige Kinder in Anzügen, und die einzige Bildung, die sie jemals genossen hatten, stammte aus der TV-Serie »The Sopranos«.

Als der alte Mercedes vor dem geschlossenen Tor hielt, gerieten die zahlreichen Überwachungskameras surrend in Bewegung. Don Calame war ein mächtiger Mann. Er konnte es sich leisten, diese Macht mit großem finanziellen Aufwand zu sichern und zu inszenieren. Luigi Albertini und sein Chauffeur wurden gebeten auszusteigen und einer Leibesvisitation unterzogen. Einer der jungen Männer fotografierte die beiden Gäste und ihre Ausweise mit seinem Handy und schickte die Bilder ab. Wenig später kam die Genehmigung. Sie mussten ihren Wagen stehen lassen und in ein anderes Auto umsteigen, in eine fabrikneue S-Limousine. Luigi mochte Autos.

»Wie geht es Don Calame?«, fragte Luigi den Fahrer.

Der Fahrer gab keine Antwort.

»Ich erfuhr erst, als ich anrief, dass er so krank ist«, sagte Luigi unbeirrt und schaute den Fahrer an.

Der Fahrer erwiderte kurz den Blick und schwieg. Nach einer Weile brummte er: »Der Don versucht zu sterben.«

Die Limousine glitt lautlos über die geteerte Fahrbahn.

Links und rechts säumten saftig grüne Zypressen den Weg, der schnurgerade zum großen Parkplatz des imposanten Landsitzes führte. Dort standen bereits zwei Dutzend hochkarätige Limousinen. Als der Wagen mit Luigi hielt, wurde er sofort von vier jungen Männern umstellt. Einer fragte, wieso das so lange gedauert habe. Der Fahrer zuckte die Schultern. Viele junge Männer in dunklen Anzügen waren zu sehen. Kaum Frauen.

»Luigi!«, rief eine weibliche Stimme. Luigi Albertini wandte sich von den Leibwächtern ab. Eine blonde Frau Ende dreißig kam mit ausgebreiteten Armen auf ihn zu. Die Menschen, die auf dem Parkplatz und auf den Stufen zum Eingangsportal standen, drehten sich um. Die blonde Frau blieb vor Luigi stehen und strahlte übers ganze Gesicht: »Darf ich dich noch küssen?« Sie lachte. Sie hatte immer noch dieses unbeschwerte Lachen.

»Gott hat die Liebe nicht verboten«, schmunzelte Luigi. Die blonde Frau umarmte ihn fest und presste ihm zwei saftige Küsse auf die Wangen. Ein dritter Kuss berührte beinahe seine Lippen. Claudia lachte laut auf, feuchtete ihren Zeigefinger an und wischte Luigi den Lippenstift weg.

»Sie nennen dich den George Clooney des Vatikans«, raunte Claudia ihm zu, »wusstest du das?«

Luigi war verlegen. Er konnte sich an der jungen Frau kaum sattsehen.

»Ich habe dich in einer Illustrierten gesehen. Bei meinem Friseur. Du sollst der bestgekleidete Mann im Vatikan sein … liturgisch gestylt. Man sagt doch liturgisch, nicht?«

»Soll ich etwa im Schlabberlook …«

»Du trägst Maßanzüge nach eigenen Entwürfen, haben sie geschrieben.«

Claudia umarmte ihn wieder und gab ihm noch einen beherzten Kuss.

»Wie geht's dem Don, Claudia?«, fragte Luigi leise. Er wollte das Thema wechseln. Claudia wirkte plötzlich erschöpft.

»Es geht bald zu Ende«, gab sie zur Antwort, »er hat Schmerzen. Wenn sie die Schmerzen lindern wollen, müssen sie ihn umbringen. Aber er will mit dir reden.« Sie trug das lange blonde Haar immer noch geflochten. Einmal mehr fiel ihm auf, wie schön sie war und wie sehr er sie noch immer mochte. Es waren nicht ihre sinnlich vollen Lippen, die an sommerliche Werbespots, glühende Sandstrände und kühles Quellwasser erinnerten und aussahen, als hätte der liebe Gott persönlich die Botox-Spritze geführt, nein, es waren ihre Augen, dieser Blick, die Art, wie sie sich bewegte, und all die Worte, die sie nie aussprach.

»Komm, ich bringe dich zu ihm. Wirst du ihm die Beichte abnehmen?«

»Wer ist das, Mami?«, fragte ein Junge, der aussah wie ein frischgebackener Konfirmand.

Luigi warf Claudia einen verlegenen Blick zu. Auch sie wirkte unangenehm berührt.

»Das ist Monsignore Albertini, er arbeitet für den Papst, er sieht den Papst jeden Tag.«

Der Junge schaute zu Luigi hoch, als wolle er fragen, ob das auch wirklich alles wahr sei.

»Dein Junge?«, fragte Luigi. Melancholie schwang in seiner Stimme mit.

Ein groß gewachsener Mann mit kantigem Gesicht und energischem Blick näherte sich der Gruppe und legte seine Hand auf die Schulter des Jungen. »Und Sie sind wohl der berühmte Monsignore Luigi Albertini?«, fragte er freundlich.

»Das ist mein Mann Sergio, Sergio Cavalli«, sagte Claudia. Sie sagte es beinahe entschuldigend, »er ist aus Florenz, arbeitet in der Modebranche.«

»Ich habe schon viel von Ihnen gehört«, sagte Sergio Cavalli. Und zu seinem Jungen gewandt, sagte er: »Der Monsignore ist hier aufgewachsen, er ging mit deiner Mutter zur Schule.«

»Wart ihr Freunde?«, fragte der Junge neugierig.

»Natürlich waren wir Freunde«, lächelte Luigi, »wir waren so gut befreundet, dass dein Großvater mir ein Stipendium bezahlt und mich nach Rom geschickt hat, damit ich nicht auf die Idee komme, deine Mutter zu heiraten.« Einige Gäste, die sich zu ihnen gesellt hatten, lachten höflich. Claudia versuchte ebenfalls zu lachen, aber sie hatte sich schon als Mädchen nicht gut verstellen können. Sergio Cavalli setzte ein kühles Lächeln auf und ließ seinen Blick in die Ferne schweifen. Warum zum Teufel hatte sie so einen Kerl geheiratet, ging es Luigi durch den Kopf. Claudia schaute ihn an. Er erschrak. Hatte sie seine Gedanken erraten?

Der kleine Junge schien angestrengt nach der Pointe zu suchen. Wie hätte der Monsignore denn seine Mutter heiraten können? Er war doch ein katholischer Priester. Da fiel ihm ein, dass der Monsignore ja erst später Priester geworden war. Und dass er als Junge wohl auch Fußball gespielt und den Mädchen nachgeschaut hatte. Der nächste Gedanke, der ihm durch den Kopf fuhr, verstörte ihn. Und er wunderte sich, dass soeben alle darüber gelacht hatten.

6

BASEL

Das Gebäude der BIZ, der Bank für Internationalen Zahlungsausgleich, ragte wie ein futuristischer Wachturm in den Himmel. Die Bank war 1930 gegründet worden, um die Abwicklung der deutschen Reparationszahlungen zu gewährleisten. Heute war sie die Mutter der Banken, die Bank aller Zentralbanken der Welt. Sie verwaltete einen Teil der weltweiten Währungsreserven. Cassidy mochte die Bank. Und er mochte besonders den heutigen Tag, weil er allen anwesenden Bankern demonstrieren konnte, dass er immer noch im Ring stand. Die Sitzung hatte bereits begonnen. Auf dem Konferenzmonitor war Princeton, der Direktor der BIZ-Niederlassung in der Sonderverwaltungsregion Hongkong, zugeschaltet. Er informierte die anwesenden Repräsentanten, Direktoren und Präsidenten der nationalen Zentralbanken und Währungsbehörden über die Entwicklung der Rohstoffmärkte in Asien. Cassidy saß in einem der weich gepolsterten grünen Sessel des ovalen Konferenzrings. Das Oval war so groß, dass es fünfundfünfzig Konferenzteilnehmern Platz bot und den gesamten Saal ausfüllte. Jeder einzelne Tisch war mit modernster Kommunikationstechnik ausgerüstet. Dagegen wirkten die obligaten Fläschchen Mineralwasser, die gespitzten Bleistifte und die kleinen Notizblöcke, die vor jedem Tischmikrofon lagen, überaus antiquiert. Die Decke hing tief. Es gab keine Fenster. Schwerer Teppich, schwere Türen, helles Holz und das große Gemälde rechts vom Konferenzmonitor. Es zeigte Rosen, aber wenn Cassidy sich erst einmal einige Gläschen genehmigt hatte, glaubte er zu sehen, was der Künstler eigentlich hatte darstellen wollen: eine rosa Vagina. Ein zweites Gemälde hing links neben den Übersetzerkabinen, die diskret im Halbdunkel hinter einer Glasfront angelegt waren und sich über die gesamte Breite des Saales erstreckten. Davor saßen die Direktoren der nationalen europäischen Zentralbanken. Seit die Europäische Union ihren eigenen Zentralbankpräsidenten hatte, waren die Präsidenten der nationalen Notenbanken aus Frankreich, Deutschland, Italien und der übrigen EU nur noch Dekorationsfiguren. Dennoch waren sie bei allen Sitzungen anwesend und hatten außerhalb des Pflichtprogramms reichlich Gelegenheit, ihr üppiges Spesenkonto zu überziehen. Ihr einzig verbliebenes Privileg. Lustrinelli fehlte. Cassidy fragte sich, ob er bereits im Restaurant Schützenhaus saß und die Weinkarte studierte. Oder ob er in seinem Hotel vor der Kloschüssel kniete und Seite zwei der Weinkarte erbrach. Lustrinelli liebte die schweren Amarones. Aber er vertrug nicht mehr als eine Flasche.

Gold. Cassidy horchte auf. Auf dem Großmonitor sprach Princeton über den Anstieg der Rohstoffpreise, der auf eine gesteigerte Nachfrage aus Indien, Russland und China zurückzuführen war. Princeton sprach über den Goldpreis. Cassidy reagierte wie ein pawlowscher Hund bei dem Wort »Gold«. Seine Mutter lag ihm, seit er denken konnte, mit ihrem Gold in den Ohren. Sie war siebenundachtzig und hatte ihr gesamtes Vermögen in Goldbarren angelegt, die keinen Zins brachten und seit Jahrzehnten in einem Bankschließfach aufbewahrt wurden – ein Kilo Goldbarren, hundert Gramm Plättchen und Krügerrands. Wenigstens hatte er sie davon überzeugen können, die Goldbarren nicht unters Kopfkissen zu stecken. Aber Cassidy liebte seine Mutter. Also hörte er zu und hoffte, sie beim nächsten Treffen mit irgendwelchen Neuigkeiten erfreuen zu können. Wenn sie in der Küche ihre Burritos Matamoros mit Chili-Hackfleisch-Füllung zubereitete, verriet er ihr in konspirativem Ton die Geheimnisse aus den Tempeln der Macht. Und sie gab sie stolz weiter, in ihrem Salon, während der nachmittäglichen Kaffee- und Bridge-Runden, und blickte dabei die greisen Gesichter am Tisch bedeutsam an wie George Green in seinen besten Tagen. Aber es gab heute leider keine guten Neuigkeiten für seine Mutter. Durch die koordinierten Goldverkäufe der Nationalbanken seit 1991 war der Goldpreis nachhaltig geschwächt worden, so wie das die Nationalbanken im Washingtoner Abkommen beabsichtigt und beschlossen hatten. Das Gold war der natürliche Feind jeder ungedeckten Papierwährung, denn im Gegensatz zu Papier war Gold nur beschränkt vorhanden. Doch jetzt schien es tatsächlich so, als hätte dieses barbarische Relikt seine Bedeutung als sicherer Hafen endgültig verloren, und die USA konnten unbekümmert ihre Papierpresse anwerfen und mit ihren immer billiger werdenden Dollars die Rohstoffe und Sachwerte dieser Welt aufkaufen. Und niemand kam auf die Idee, sein Vermögen in Gold umzuschichten, um es vor der Inflation zu schützen. Gold war out.

Cassidy atmete tief ein. Aber es war nicht der herrliche Duft von Mamas Burritos, der ihm in die Nase stieg, sondern der Geruch eines parfümierten Busens, der zu einer jungen Russin gehörte, die er gestern

Nacht in einem diskreten Etablissement kennengelernt hatte.

Der Referent aus Hongkong betonte, dass mit dem heutigen Tag die Notenbanken ihre Goldreserven abgestoßen hatten und nun keine Regulierungen am Markt mehr möglich waren. Das Pulver war verschossen. Würde sich der Goldpreis erneut aufbäumen, hatte man keine Munition mehr, um ihn mit gezielten Goldverkäufen abzuschießen. Cassidy schmunzelte. Wenn ab heute die Manipulationen ausblieben, war der Goldpreis ab sofort den realen Marktmechanismen unterworfen, also Angebot und Nachfrage. Und seine Mutter würde vielleicht doch noch recht behalten. Für diese Neuigkeit würde sie ihm gewiss jede Menge Burritos, Enchiladas und Geflügeltacos zubereiten. Ja, Cassidy hatte sich früher oft mit seiner Mutter gestritten, weil es ihn maßlos geärgert hatte, dass diese ungebildete Frau ihren Nachkriegserfahrungen mehr traute als dem Wissen ihres erfolgreichen Sohnes. Er hatte über ihre Weltuntergangsszenarien gespottet, doch sie hatte trotzig darauf beharrt, dass eines Tages jede Papierwährung zu ihrem inneren Wert zurückkehre – nämlich null. Und das habe schon Voltaire gesagt. *Voltaire,* hatte er ausgerufen, *du liest Voltaire?*

Sein Vater hatte Voltaire gelesen. Er war früh gestorben. Während eines Baseballspiels war ihm die Herzarterie geplatzt. Dabei hatte sich sein Vater nie für Sport interessiert. Aber wäre der Todesfall weniger tragisch gewesen, wenn sein Vater ein Fan der Chicago White Sox gewesen wäre? Sein Vater war ein mexikanischer Buchprüfer gewesen, und zur Überraschung aller hatte er bereits in jungen Jahren eine Lebensversicherung abgeschlossen, die Cassidys Mutter später ein anständiges Witwendasein ermöglichte. Mittlerweile waren allen seinen Brüdern und Schwestern die Herzarterien geplatzt. Nur hatten die keine Lebensversicherungen abgeschlossen. Das genetische Schicksal lässt sich eben nicht aufhalten, indem man es verleugnet.

Cassidy hätte was gegeben für einen Whiskey. Das passierte ihm oft, wenn er sich in Erinnerungen verlor, wenn die Melancholie hochstieg wie Nebelschwaden im Morgengrauen. Er liebte seine Mutter. Wahrscheinlich war sie die einzige Frau, die er jemals wirklich geliebt hatte. Das war zumindest der Standardvorwurf, den ihm jede verflossene Liebschaft beim letzten Gefecht an den Kopf warf. Dass er ein verwöhntes Muttersöhnchen sei. Aber in seinem Alter prallten die Vorwürfe einfach an ihm ab. Und seitdem man sich per SMS trennte, blieben ihm detaillierte psychologische Gutachten ohnehin erspart.

Cassidy sah sich im Saal um, ob Lustrinelli inzwischen aufgetaucht wäre … Vergebens. Ja, dachte Cassidy, wenn er jetzt einen Wunsch frei hätte, er würde sich einen Whiskey mit Eis wünschen. Nicht ewigen Frieden auf Erden oder die Beseitigung von Armut und Hunger – sondern einen verdammten Whiskey für John F. Cassidy. Und zwar sofort.

7

SIZILIEN

Der große Don Antonio Calame lag im Sterben. Diener hatten das stattliche Bett in den Säulenhof seines römischen Atriumhauses hinausgetragen. Er wollte im Freien sterben, dort, wo ihm ein warmer Wind den Duft von Oliven und Zitronen sanft übers Gesicht blies. Farbenprächtige Mosaike zierten den Säulengang. Die Außenwände der Zimmer, die in den Hof führten, waren mit aufwendigen Malereien verziert, die pompejanischen Originalen nachempfunden waren. Sie zeigten die großen Mysterien, die Einweihung eines jungen Mädchens in den orgiastischen Kult des Dionysos, daneben den alte Silen, der junge Satyren zum Trunk verführt, sie zeigten den betrunkenen Gott Dionysos, der lüstern über ein junges Mädchen herfällt, die Enthüllung des mystischen Phallus, ein junges Mädchen, das von einem geflügelten Dämon ausgepeitscht wird. Und an der Decke der Säulenhalle, unter dem Mosaik der Gladiatoren, hing ein Tintinabulum, ein merkwürdiges Glockenspiel, das kaum merklich im Wind hin und her schwang und leise Klänge von sich gab.

Es war heiß. Luigi Albertini stand am Bett des Don. Die linke Hand hatte er auf den oberen Bettpfosten gelegt, der einen Pferdekopf darstellte. »Einmal ist alles vorbei«, flüsterte der Don, »nicht wahr, mein Junge?«

Luigi ergriff die Hand des Don und schwieg. Das Gesicht des alten Mannes war aschfahl und spannte sich maskenhaft um Jochbein, Wangen- und Kieferknochen.

»Das Original steht im Louvre«, flüsterte er. Der Don meinte das Bett mit den vier Holzpfosten, die Pferdeköpfe darstellten. Luigi nickte.

»Du spürst, wenn es so weit ist«, sagte der Don. Luigi Albertini entrollte die violette Stola, die er die ganze Zeit in der Hand gehalten hatte, und legte sie sich über. Der zwei Meter fünfzig lange Stoffstreifen symbolisierte das Joch Gottes, *jugum christi*, das Jesus trug, um die Menschheit zu erlösen. Luigi Albertini kniete vor dem Don nieder, nahm wieder dessen Hand und schloss die Augen. Claudia, die schweigend hinter ihm gestanden hatte, legte Albertini die Hand auf die Schulter und flüsterte: »Wir lassen euch jetzt allein.« Alle verließen den Innenhof, die Verwandten, die Freunde, die *uomini d'onore*, die Ehrenmänner der sizilianischen Mafia. Die schweren Holztüren fielen ins Schloss. Dann war alles still. Man hörte nur noch den leisen Klang des Glockenspiels im Wind. Albertini erhob sich und beugte sich zum Sterbenden hinunter.

»Don Antonio Calame, soll ich Ihnen die Beichte abnehmen?«

»Ich habe nichts zu beichten, Luigi. Ich habe stets getan, was ich tun musste. Manchmal fiel es mir schwer, aber ich habe es getan.«

Das Sprechen strengte ihn an. Jetzt ließ sich der alte Mann ins Kissen zurückfallen.

»Haben Sie noch einen Wunsch, Don Calame?«, fragte Albertini nach einer Weile.

Der Don nickte, er wollte sprechen, aber er konnte nicht. Albertini bot ihm ein Glas Wasser an. Der Don wehrte ab. Er rang nach Worten, nach Luft, bot alle Kräfte auf, bis er endlich hervorstieß: »Eine Munera.«

Luigi Albertini wich irritiert zurück: »Eine Munera?«

Don Calame antwortete mit einem flehentlichen Blick. Dann wies er auf das Glas. Albertini flößte ihm etwas Wasser ein. Dann sah der alte Mann ihn erneut an.

»Du wirst meinen letzten Willen erfüllen, Luigi.« Albertini schwieg. Nach einer Weile fuhr der Don fort: »Wenn du stirbst, näherst du dich dem Licht, der Wahrheit. Du verstehst die letzten Mysterien des Lebens. Die Menschen, die an deinem Bett weinen, sind wie offene Bücher. Du wirst meinen letzten Willen erfüllen, Luigi.«

Luigi Albertini nickte und erhob sich. Er warf einen Blick zu den verschlossenen Holztüren, um sicherzugehen, dass sie allein waren. Dabei fiel sein Blick erneut auf das Tintinabulum. Erst jetzt sah er, was es darstellte: Der Hauptteil bestand aus einem großen Phallus, der von Weitem einem kopflosen Stier glich. Ein kleiner Junge saß auf dem Penis, und der große Penis hatte wiederum einen kleineren erigierten Penis unter seinem Körper, und an allen Enden hingen kleine Glöckchen, die im Wind schwankten und bimmelten.

»Sie wollen wirklich eine Munera?«, fragte Luigi leise. Er hoffte, den alten Mann davon abbringen zu können. Doch er erschrak, als der alte Don jetzt die Augen öffnete. Dieser Blick – so gebieterisch wie damals, als er ihn an die Universität des Opus Dei verbannt hatte, um ihn von seiner Tochter fernzuhalten. Es ist seltsam, dachte Luigi, es gibt Menschen, die so viel Macht auf uns ausüben, dass wir für sie morden würden, weil sie uns das Gefühl vermitteln, als gäbe es keine andere Macht neben ihnen. Ein solcher Mensch war der Don.

»Eine Munera, Luigi. Nicht mehr und nicht weniger.

So ist es seit Jahrtausenden der Brauch. Die Clientes schulden dem Herrn eine Munera. Nur zwei Männer.« Der Don hatte Mühe mit dem Schlucken. Albertini bot ihm erneut Wasser an, aber der Don lehnte ab. Er bat Luigi, sich tiefer zu ihm herunterzubeugen. Dann flüsterte er ihm zwei Namen ins Ohr ... »Ist das zu viel verlangt für einen Don Antonio Calame?«

Albertini bereute seinen Entschluss, nach Sizilien zu fahren. Er hätte es hinauszögern sollen, als er am Telefon hörte, dass der Don bald sterben würde. Zuerst das Wiedersehen mit Claudia, das ihn tief im Innern aufgewühlt hatte, und nun stand er am Bett eines Mannes, dem er keinen Wunsch abschlagen konnte.

»Aber Don Calame, Lustrinelli ist der Direktor der italienischen Notenbank – auf Lebenszeit!«

»Ja«, flüsterte der Don unbeeindruckt, »hat Lustrinelli sich jemals bei mir bedankt? Hat er jemals Gleiches mit Gleichem vergolten? Dieser Staat wollte ihn nicht, wollte ihn nie. Lustrinelli kam zu mir. Ich habe ihm geholfen. Nicht der Staat hat ihm geholfen. Ich, Don Calame. Lustrinelli war mein Klient. Und jetzt glaubt er, er braucht mich nicht mehr. Jetzt vertraut er dem Staat, er leugnet unsere Freundschaft, ja, ich hörte sogar, dass er sich nicht mehr an meinen Namen erinnert. Aber wenn die Munera beginnt, wird er weinen wie ein Kind und sich wünschen, ich wäre noch am Leben, um ihm zu verzeihen.«

»Sie werden Ihre Munera bekommen, Don Calame«, sagte Luigi und hoffte innigst, dass der alte Mann in den nächsten Augenblicken verstarb und er das Ganze vergessen konnte.

»Ich dulde keine Gnade, Luigi ...« Der Don brach abrupt ab und schloss die Augen. Für einen Moment glaubte Albertini, der alte Mann sei gestorben. Er berührte ihn an der Schulter und erschrak, als Don Calame die Augen wieder aufschlug und ihn anblickte.

Luigi Albertini fasste sich rasch wieder. Er hatte noch eine Frage auf dem Herzen.

»Don Calame«, flüsterte er, »als ich noch klein war, hörte ich die Leute im Dorf reden. Sie sagten, dass mein Vater, der früh verstorben ist, nicht mein leiblicher Vater gewesen ist.«

Der Don schaute Albertini mit großen Augen an.

»Wer ist mein leiblicher Vater?« Luigi stieß die Worte heftig hervor. Er hatte die Worte flüstern wollen, aber seine Stimme klang fordernd, so, als wolle er nach Jahrzehnten des Schweigens endlich zu seinem Recht kommen.

»War ich dir nicht genug, Luigi?«

»Sie haben alles getan, Padrino, alles, was ein liebender Pate für sein Patenkind tun kann. Als meine Mutter ihren Mann verlor, haben Sie sie unterstützt, und als meine Mama starb …«

»Ich habe deine Mutter geliebt, Luigi. Und dich habe ich ganz besonders geliebt …«

»Sind Sie – sind Sie mein Vater, Padrino?« Albertini hoffte inständig, dass es so sei, damit endlich Klarheit herrschte.

»Nein«, antwortete der Don, »leider nein. Deine Mutter wollte mich nicht. So einfach ist das, Luigi. Selbst als bettelarme, kranke Witwe wollte sie mich nicht haben. Ich habe es ihr nicht übel genommen. Ich habe bis zu ihrem Tod für sie gesorgt. Und dann für dich, mein Sohn. Aber ich bin nicht dein Vater.«

Luigi Albertini wagte dem Don nicht in die Augen zu sehen.

»Dann sagen Sie mir, wer mein leiblicher Vater ist. Ich

bitte Sie. Wenn Sie es jetzt nicht sagen, werde ich es vielleicht nie erfahren.«

Der Don schien zu überlegen. Nach einer Weile sagte er: »Wäre das so schlimm, wenn du nie erführst, wer dein leiblicher Vater ist?«

»Ich muss es wissen.«

Don Calame lächelte und suchte Albertinis Hand: »Luigi, er ist dir näher, als du denkst. Aber ich kann es dir nicht sagen. Es gibt Dinge, die mehr Gewicht haben als das, was die Menschen einander schulden. Du wirst es nicht verstehen, und das ist besser so. Dein Vater wird dir nie sagen können, dass er dein Vater ist.« Abrupt zog der Don seine Hand zurück: »Und jetzt will ich nicht mehr darüber reden.«

In den letzten Worten schwang ein Anflug von Zorn mit. Albertini bedauerte, dass er den sterbenden Mann aufgebracht hatte. Aber war es nicht sein gutes Recht, nach seinem leiblichen Vater zu fragen? Der alte Mann nahm erneut Albertinis Hand, versöhnlich, als wolle er sich entschuldigen.

»Dann lebt mein Vater noch«, sagte Albertini leise.

Don Calame versuchte zu schlucken. Es bereitete ihm Mühe. Er schien über etwas nachzudenken. Er schien in diesem Augenblick so traurig zu sein: »Wieso bist du gekommen, Luigi?«, fragte er leise.

»Der Heilige Vater schickt mich«, antwortete Albertini, »es geht um ein Gerücht. Der Heilige Vater bittet mich, Sie zu fragen, ob es wahr ist, dieses Gerücht.«

Der Don nickte kaum merklich mit dem Kopf. Dann schloss er für eine Weile die Augen. Als er sie wieder öffnete, suchte er Luigis Blick: »Bin ich etwa der Boss der zwei Welten?« Seine Augen funkelten. Für einen Moment schien die alte Kraft in ihn zurückzukehren.

»Ich flehe Sie an, Don Calame. Der Papst persönlich bittet Sie um eine Antwort!«

»Wieso haben sie keinen von uns gewählt? Wieso einen Ausländer? Seit Jahrhunderten war es Tradition, dass eine der alten italienischen Familien den Heiligen Vater stellt. Nur wir wissen, was war und was sein wird …«

»Ist der Papst in Gefahr?«, fragte Albertini.

»Dieser Papst ist nicht unser Papst. Er ist schwach.«

»Ist der Heilige Vater in Gefahr?« Albertini verlangte eine Antwort. Er wollte nicht mit leeren Händen nach Rom zurückkehren.

»Es braut sich etwas zusammen, Luigi«, sagte der Don nach einer Weile, »seit Generationen vertraut uns der Vatikan seine Goldbestände an. Wir haben das Gold der italienischen Nationalbank ausgeliehen. Damit es Zinsen bringt. Und Lustrinelli … was hat Lustrinelli getan? Wir haben ihn zum Direktor der Nationalbank gemacht. Aber wie hat er es uns gedankt? Er hat das Gold, das wir ihm ausgeliehen haben, nicht an uns zurückgegeben, sondern an Dario Baresi weiterverliehen, an Dario Baresi … Auf Befehl des Vatikans. Er hat die Geschäftsbeziehungen zu uns abgebrochen. Luigi, behandelt man so seine Freunde?«

»Wer ist Dario Baresi?«

Der Don drückte wütend auf die kleine Pumpe, die unter dem rechten unteren Rippenbogen angebracht war, und führte sich auf diese Weise eine zusätzliche Dosis Morphin zu.

»Dario Baresi ist ein Goldhändler. Er lebt in London. Er war früher – einer von uns. Auch ihn haben wir zu dem gemacht, was er heute ist. Aber auch er hat es vergessen. Wie Lustrinelli. Wir leben in einer Epoche ohne Gedächtnis, ohne Verantwortung, ohne Dankbarkeit. Um in Zukunft die Goldbestände des Vatikans verwalten zu können, hat Dario Baresi mit uns gebrochen. So weit ist es gekommen, Luigi. Deshalb ist die Munera zu meinen Ehren so wichtig. Damit jeder begreift, dass das Wort gilt. Dass der Vertrag gilt. Jetzt und in alle Ewigkeit.«

»Aber wer um Gottes willen hat Lustrinelli die Order gegeben, die Goldbestände des Vatikans an Dario Baresi weiterzureichen?«

»Wieso fragst du mich, Luigi? Wieso fragst du nicht Dottore Lustrinelli? Oder Dario Baresi? Oder den Heiligen Vater? Der Heilige Vater wird es wissen. Ich weiß es nicht.«

»Lustrinelli hat im Auftrag des Vatikans das Gold an Dario Baresi weitergeliehen?«

»Ausgeliehen, verkauft ... Bin ich etwa für die Finanzgeschäfte des Heiligen Stuhls zuständig? Frag Kardinal Douglas. Er ist Schotte. Er hat die Goldgeschäfte des Papstes abgewickelt.«

»Kardinal Douglas?«

»Kardinal Douglas war auch ein Nunzio Apostolico Con Incarichi Speciali des Heiligen Vaters.«

»Ich habe noch nie von ihm gehört.«

Don Calame lächelte: »Siehst du, selbst der Heilige Vater hat seine Geheimnisse.«

»Wo finde ich diesen Kardinal Douglas?«

»Vielleicht in der Hölle. Denn er ist tot. Er wollte das Versprechen des Heiligen Vaters einlösen. Aber niemand will, dass das geschieht. Denn es ist töricht«, murmelte der Don.

»Und wo ist das Gold des Vatikans jetzt?«

Der Don machte eine verbitterte Mine. »Sag mir, Luigi, wenn du bei deiner Bank einen Euro einzahlst, ist es ein Problem, diesen Euro wieder abzuheben?«

Luigi Albertini verstand die Anspielung nicht. Der Don sah ihn gereizt an: »Wenn der Vatikan ein Problem hat, so hat er sich das selbst zuzuschreiben. Mit uns hätte er solche Probleme nicht bekommen. Er hat sich für andere Partner entschieden. Jetzt soll er zusehen, dass er mit seinen neuen Partnern klarkommt.«

»Ist der Papst in Gefahr?«, fragte Albertini erneut.

»Er soll sich bei seinen neuen Freunden erkundigen.«

»Bitte! Ich flehe Sie an, Don Calame. Ist der Papst in Gefahr?«

Don Calame ließ sich Zeit. Das Morphin hatte zu wirken begonnen. Schließlich sagte er: »Es gibt in der Tat ein Gerücht, und es ist etwas dran an diesem Gerücht. Niemand darf sich am Heiligen Vater versündigen. Aber wer ihm hilft, sein Versprechen einzulösen, begibt sich in große Gefahr. Gib also acht, Luigi Albertini. Von jetzt an darfst du keinem Menschen mehr trauen. Und schon gar nicht deinem Papst.«

Luigi hatte Angst. Angst um seinen Papst. Er war sein Nunzio Apostolico Con Incarichi Speciali. Er hätte für ihn sein Leben geopfert. Er würde ihn beschützen wie seinen eigenen Vater. Er hatte sich oft vorgestellt, dass man für seinen leiblichen Vater alles tun würde, bedingungslos, loyal und aufopfernd bis in den Tod. Er hatte insgeheim stets nach einer Möglichkeit gesucht, seine Loyalität unter Beweis zu stellen, diese bedingungslose Liebe in einer mutigen Tat zu offenbaren.

Der Don schien Albertinis wirre Gedanken zu erraten. »Du liebst deinen Papst«, murmelte er.

Luigi schluckte. Dann nickte er heftig.

»Er ist für mich – wie ein Vater.«

»Aber er ist nicht dein Vater, Luigi. Er ist ein Ausländer, der die alten Bünde nicht respektiert. Er kennt die

Traditionen nicht, die Ehrverpflichtungen. Er wird Fehler begehen. Er wird die Amerikaner um Hilfe bitten. Aber die Amerikaner werden sich nicht um ihn kümmern. Wenn es darauf ankommt, kümmert sich jeder nur um sich selbst. Aber wir, Luigi, wir werden ewig zusammenhalten. Das ist das große Bündnis, das wir Menschen einst eingegangen sind, zu einer Zeit, als war, was wir heute vergessen haben. Das ist der Vertrag. Kennst du den ältesten Vertrag der Menschheit?«

»Wovon sprechen Sie, Don Calame?«

Die Stimme des Alten war wieder schwächer geworden.

»Das Licht ist in Gefahr«, murmelte der Don. Jetzt schien er wie weggetreten, sein Blick wurde glasig, und er verdrehte die Augen, sodass Luigi erschrak. Doch Don Calame kam wieder zu sich.

Der alte Mann wandte sich ihm zu. »Hast du dich jemals gefragt, wieso die Sonne jeden Morgen von Neuem im Osten aufsteigt?«

Luigi achtete kaum auf die Frage. Stattdessen wiederholte er nur: »Ist der Papst in Gefahr, Don Calame?«

»Wenn die Corona erlischt, wird der Papst nicht mehr sein.«

8

SIZILIEN

Luigi Albertini zog sich in die Gärten hinter dem Atriumhaus zurück. Er war wütend, dass der Don die Identität seines leiblichen Vaters mit in den Tod nehmen würde. Auch seine Mutter hatte es damals getan, als sie starb. Am Totenbett hatte er sie gebeten, es ihr zu sagen. Aber sie hatte sich geweigert und ihm nicht einmal verraten, wieso sie es ihm nicht sagen konnte.

»Luigi«, flüsterte jemand.

Claudia hatte sich leise genähert. Sie trat neben ihn, nahm kurz seine Hand und ließ sie gleich wieder los.

»Wieso kann er mir nicht sagen, wer mein leiblicher Vater ist?«, fragte Luigi mit düsterer Miene. Er atmete tief durch. »Was denkt er sich nur dabei? Es ist mein Leben! Mit welchem Recht …«

Claudia sah ihn mitleidsvoll an. »Ich werde ihn fragen«, sagte sie schließlich, »du kannst dich auf mich verlassen. Ich werde es schon aus ihm herausbringen.«

Luigi warf ihr einen kurzen Blick zu. Er suchte nach Worten des Dankes. Als er das Leuchten in Claudias Augen sah, verlor er sich in ihrem Blick und sehnte sich nach ihrer Nähe. O Gott, dachte Luigi, was geschieht bloß mit mir? Dann hörte er sich sagen: »Ich habe eine kleine Eigentumswohnung an der Via Veneto.« Einige Männer waren ins Freie getreten.

»Du?«, fragte Claudia skeptisch. Luigi bereute bereits seine Worte. Vielleicht war er zu weit gegangen. Hatte alles falsch gedeutet. Vielleicht fehlte ihm schlicht die Erfahrung, um das Verhalten von Frauen richtig zu deuten. Woher hätte er diese auch nehmen sollen?

Claudia schaute ihn ungläubig an und wiederholte leise ihre Frage: »Du hast eine Wohnung an der Via Veneto?«

»Sie gehört einem Kardinal aus Brescia. Aber er ist bis nächsten Mittwoch in New York. Ich möchte nur mit dir reden, Claudia. Nur reden.« Er meinte es ehrlich. Aber die Dringlichkeit, mit der er sprach, schien seine Worte Lügen zu strafen.

Claudia überlegte einen Augenblick, ob der Kardinal aus Brescia ebenfalls nur zum Reden nach New York gereist war. Doch als sie die Sorgenfalten in Luigis traurigem Gesicht sah, verscheuchte sie diesen Gedanken.

»Ich kann dich ja schlecht im Vatikan empfangen«, fuhr Luigi unsicher fort.

Das Gespräch war Claudia plötzlich unangenehm. Sie wollte diese Vertrautheit nicht.

»Wirst du kommen?«, fragte Luigi ernst. Er schaute ihr direkt in die Augen. Claudia blickte sich hilflos um. Die Männer, die das Haus verlassen hatten, kamen auf sie zu. Luigi reichte ihr rasch eine Visitenkarte.

Claudia wich einen Schritt zurück. Sie wirkte bedrückt. »Ich bin nächste Woche am Gardasee, in unserem Haus.« Sie sprach, ohne Luigi anzuschauen. Luigi schämte sich. Er hatte sich ganz offensichtlich in Claudia getäuscht. Er hatte vergessen, dass seit dem letzten Mal ein ganzes Jahrzehnt vergangen war. Zwei Jahrzehnte. Und dass Claudia eine Frau geworden war, Gattin, Mutter. Es war ihm peinlich, dass er sich eine Blöße gegeben hatte.

»Ich werde allein dort sein.« Claudia warf ihm einen Blick zu. Ein Hauch von Traurigkeit hatte ihre Augen erfasst. Luigi versuchte fieberhaft, den Sinn der Worte zu verstehen. Er wollte nicht noch einmal voreilige Schlüsse ziehen.

Die Männer kamen näher. Bald würden sie jedes Wort verstehen.

»Freitagabend«, flüsterte Claudia, »du weißt, wo der Schlüssel ist?«

»An unserem Ort?«

»An unserem Ort«, antwortete Claudia und kehrte eilig zum Haus zurück. Unterwegs wurde sie von den Männern aufgehalten. Sie schienen erregt zu sein. Luigi Albertini entfernte sich vom Haus und nahm den Kiesweg, der durch den weitläufigen Park führte. Er wollte nicht mit den Männern ins Gespräch kommen. Die Menschen stellten ihm immer wieder dieselben Fragen. Wie ist Ihre Heiligkeit, der Papst? Erzählt er manchmal Witze, verfolgt er die Spiele der AS Roma, und putzt er die Zähne mit Perlweiß? Läuft er den ganzen Tag in einer weißen Soutane in seinem Appartamento Privato herum, oder verbringt er auch einmal einen Sommerabend in Shorts mit einem kühlen Bier auf seiner Dachterrasse?

In der Ferne hörte Luigi jetzt vereinzelte Schreie, dann lautes Weinen. Das Unausweichliche war passiert. Der Tod, der größte Skandal der menschlichen Existenz hatte einen von sieben Milliarden Menschen dahingerafft. Keine Eisenbahn blieb deswegen stehen, und kein Fußballspiel wurde deswegen abgebrochen, und kein McDonald's stellte seine Fritteusen für eine Gedenkminute ab. Der Tod war so alltäglich wie ein Haufen toter Blätter, die ein Windstoß im Herbst von den Bäumen blies. Luigi empfand keine Trauer. Nur Zorn. Wut. Der Don war tot, aber er, Luigi Albertini, lebte. Und der Don hatte seine Geheimnisse mit ins Grab genommen. Albertini hatte schon viele Menschen sterben sehen. Er bedauerte, dass Menschen starben. Aber Menschen waren nicht unsterblich, und gesund sterben konnte man auch nicht. Außer bei einem Unfall. Oder wenn man dem Don im Wege stand. Der Don hatte viele Menschen in den Tod geschickt, gesunde Menschen. Er war im hohen Alter gestorben. Was wollte er mehr? Nein, es war eher dieser Ort, der ihn aufwühlte, das Wiedersehen mit Claudia und der Gedanke, was wohl geschehen wäre, wenn er damals dem Don nicht gehorcht hätte und hiergeblieben wäre. Er wäre nicht der Nunzio Apostolico Con Incarichi Speciali des Papstes geworden. Was wäre aus ihm geworden? Der Gehilfe des örtlichen Schuhmachers? Die Leute bestellten heute ihre Schuhe im Internet oder kauften sie in riesigen Schuhzentren. Was wäre also aus ihm geworden? Irgendetwas, aber nichts, was das Begehren von Claudia geweckt hätte. Er dachte an die beiden Spatzen auf dem Fenstersims im Vatikan. Jetzt wusste er, wieso der Papst die Tiere mit so viel Melancholie beobachtet hatte. Für einen Augenblick dachte er, dass es ganz in seinen Händen lag, sein Leben von heute auf morgen zu ändern. Jetzt. Gleichzeitig wusste er, dass er es nicht tun würde. Die Vorstellung machte ihn zornig. Wie konnte ein Mensch sehen, was ihm bevorstand, und es dennoch nicht abwenden? Dann fiel ihm ein, dass Claudia verheiratet war. Wieso dachte er schon wieder an Claudia? Weil sie ihn auf den Mund geküsst hatte? Hatte sie nicht. Hatte sie doch. Fast. Der dritte Kuss hatte seine Lippen berührt. Oder hatte er … hatte er ihren Mund gesucht? Nein, Luigi verwarf den Gedanken. Aber schließlich: Was heißt schon verheiratet? Fünfzig Prozent aller Ehen wurden geschieden, und siebzig Prozent der Verheirateten hatten Affären. Nein, das waren ganz törichte Gedanken, eine junge Familie zerstören, das wollte Luigi weiß Gott nicht. Zerstören? Was er da gesehen hatte, war keine intakte Familie gewesen. Dieser skandinavische Riese konnte wohl kaum Claudias Sehnsüchte stillen.

Eine seltsame Unruhe erfasste Luigi Albertini. Zuerst hielt er es für einen Schmerz in der Brust, für eine krankhafte Verspannung, doch dann fand er Gefallen daran und ließ es geschehen, bis eine wohlige Wärme der Erregung seinen Körper erfasste. Der Don war tot, dachte Albertini, und gemessen an der Lebensdauer des Universums, war ihm der Don nur eine Tausendstelsekunde voraus. Bald würde auch er sterben, und er würde die Villa am Gardasee nicht aufgesucht und nie erfahren haben, was Claudia ihm sagen wollte. Und plötzlich schoss eine feurige Hitze in seinen Kopf. Er glaubte zu taumeln, das Bewusstsein zu verlieren. Sein ganzer Körper kochte vor Erregung, vor Begierde, vor Besessenheit, und schließlich musste sich Luigi eingestehen, dass er Claudia begehrte.

»Ist das der Teufel?«, fragte eine Kinderstimme.

Luigi Albertini zuckte zusammen. Hinter einem Gebüsch trat Aron, der zwölfjährige Sohn von Claudia hervor. Salvatore, der zweiundsiebzigjährige Bruder des Don, begleitete ihn. Aron zeigte auf die lebensgroße Bronzestatue, die zwischen den Büschen auf einem bronzenen Baumstumpf saß. Sie stellte einen Satyrn dar, einen Flöte spielenden Satyrn.

»Nein«, lächelte Salvatore, »das ist ein Satyr. In der griechischen Mythologie sind das Waldgeister im Gefolge des Gottes Dionysos. Dionysos ist der edle Gott der

Trunkenheit, der Raserei, doch im Rausch findet Dionysos Klarheit. Er verwandelt Wasser in Wein.«

»Wie Jesus?«, fragte der junge Aron ungläubig.

»Ja, wie Jesus. Aber Dionysos ist viel, viel älter. Dionysos symbolisiert den Lauf der Welt, Geburt und Tod. Wie der Weinstock, so stirbt auch Dionysos jedes Jahr und feiert dann seine Auferstehung.«

»Wieso heißt er dann Dionysos?«, fragte der Junge.

»Die alten Götter verkörpern Eigenschaften. Diese Eigenschaften findest du in allen Religionen. Sie haben deshalb viele Namen. Bei den Griechen nennt man den Gott der Freude, des Weines und der Ekstase Dionysos, bei den Römern Bacchus. Er wird auch als Tier dargestellt, als Stier.«

»Und wieso ist der Teufel sein Freund?«

»Der Satyr ist die derbe Seite des Dionysos. Satyr ist die animalische Lüsternheit, die Dekadenz, das Schlechte. Wie alle Halbgötter ist Satyr halb Mensch, halb Tier. Er ist gehörnt und hat Bocksfüße. Alles, was er in seinem Rausch tut, ist maßlos übertrieben, deshalb ist ein Mensch, der übertreibt, ein Satyriker, weil Übertreibungen oft lustig sind.«

Der Junge schaute seinen Großonkel skeptisch an. Er schien irritiert. Irgendwie gefiel ihm das alles nicht. Dann schaute er Hilfe suchend zu Kardinal Albertini. Aber Luigi schwieg. Claudia hatte sich seiner Gedanken bemächtigt. Als Aron näher zu ihm trat, sah Luigi das Amulett, das der Junge um den Hals hängen hatte. Es zeigte einen kleinen Phallus.

»Du wirst damit deine Schulkameradinnen erschrecken«, scherzte Luigi.

»Ja«, sagte der Junge bedrückt, »meine Mutter hat es noch nicht gesehen. Sie schimpft immer über all die Pimmel, die bei meinem Opa herumhängen. Sie sagt, jede Putzfrau müsse annehmen, er sei schwul.«

Salvatore lächelte und kam ebenfalls näher. »Wir hängen über der Tür Hufeisen auf, das bringt uns Glück, bei den Chinesen ist es die Zahl Acht, sie verspricht Reichtum, und bei den Römern war es eben der Phallus, der Glück brachte.«

»Ja«, sagte der kleine Aron und steckte das Amulett unter sein weißes Hemd, »Großvater sagt, dieses Ding hätte mal einem bedeutenden Römer gehört, der den Vesuvausbruch überlebt hat.«

»Das hat er auch mir erzählt«, sagte Albertini, »und es war in der Tat ein bedeutender Römer. Er hatte viele Klienten, wie dein Großvater.«

Salvatore gab dem Jungen einen Klaps. »Lauf zu deiner Mutter, ich muss mit dem Monsignore reden.« Aron lief gleich los. Salvatore wartete, bis der Junge fort war. »Man wird einsam geboren und stirbt einsam, nicht wahr, Monsignore?«, fing er an.

»Es erinnert uns daran, dass alles endet, dass alles vergänglich ist«, gab Luigi zurück.

»Glauben Sie wirklich, dass nichts Bestand hat auf dieser Welt?«, fragte Salvatore. Er hatte ein seltsames Lächeln auf den Lippen.

»Der Glaube hat Bestand«, sagte Luigi, ohne zu überlegen.

»Und die Freundschaft?«, fragte Salvatore.

»Freunde sterben«, antwortete Luigi.

»Und die Sonne?« Salvatore lächelte, als er fortfuhr: »Sie stirbt nur für eine Nacht und wird wiedergeboren. Sie ist unsterblich.«

Luigi schwieg. Nach einer Weile fragte er Salvatore, ob er die Geschäfte seines Bruders übernehmen werde.

»Ja, Monsignore, deshalb habe ich Sie aufgesucht. Der Heilige Stuhl hat uns das Goldmandat, das unsere Familien seit Generationen innehatte, entrissen. Er hat uns dadurch beleidigt und entehrt, und jetzt schickt er uns seinen Nunzio Apostolico und bittet um Hilfe. Sagen Sie dem Heiligen Vater, dass Kardinal Douglas tot ist. Er weiß es noch nicht. Und geben Sie acht, Luigi, Sie sind der Nachfolger von Kardinal Douglas.«

9

BASEL

Das Basler Schützenhaus war stets das Lieblingsrestaurant von George Green gewesen. Wann immer er an Tagungen der BIZ teilgenommen hatte, hatten die Banker vorher und nachher in dem Traditionshaus aus dem 16. Jahrhundert, das während der Französischen Revolution als Truppenunterkunft gedient hatte, gespeist. Die Stammkundschaft fügte sich nahtlos in das altertümliche Ambiente des großen Speisesaals mit der gewölbten Holzdecke, den kleinen Fenstern in meterdicken Mauernischen und den knarrenden Dielen, die wahrscheinlich die wenigsten hörten, weil das Gehör vergreisungsbedingt bereits nachgelassen hatte. Entsprechend wurden die Diskussionen geführt.

Cassidy hatte sich zu den ausgemusterten Nationalbankpräsidenten Frankreichs, Hollands und Österreichs gesellt. »Nehmen Sie doch Platz«, scherzte der Österreicher Waldheim, nachdem sich Cassidy bereits gesetzt hatte, »die Anwesenheit der Vereinigten Staaten tut unserem angeschlagenen Ego gut.«

»Ein bisschen Gastfreundschaft ist wohl das Mindeste, was wir erwarten können, nachdem wir euch von Hitler und der Sowjetunion befreit haben«, sagte Cassidy.

»Wenn Sie uns das nicht täglich unter die Nase reiben

würden, könnten wir vielleicht Dankbarkeit entwickeln«, stichelte Waldheim.

»Ihr seid doch bloß neidisch, dass eure Kinder unser Cola trinken.«

»Dafür hatten wir eine Antike und ein Mittelalter«, warf der Franzose Lacroix ein.

»Und wenn wir Europa nicht befreit hätten, wärt ihr wieder in der Antike. Das Hakenkreuz stammt doch von den Römern, oder?«

»Aber andersherum, spiegelverkehrt«, belehrte ihn Waldheim.

»Hitler war Legastheniker?«, scherzte Cassidy. »Auf jeden Fall war er Sozialist, ein Nationalsozialist, ein Linksextremer und kein Rechtsextremer!«

»Nicht schon wieder, Cassidy«, bat de Kock, »es gibt doch noch andere Themen, zum Beispiel den Dollar. Ich hörte, dass die Rolling Stones ihre Verträge nur noch in Euro aufsetzen. Ist der Dollar am Ende?«

»Hört auf mit dem Dollar, bei der Weinkarte gelten Schweizer Franken«, sagte der Franzose Lacroix und klappte die Weinkarte auf.

»*We have a deal*«, sagte Cassidy zustimmend, »aber wo bleibt Lustrinelli?«

Der Franzose schielte theatralisch über die lederne Umrandung der Weinkarte und verzog das Gesicht zu einer Grimasse.

»Wir haben letzte Nacht mit Lustrinelli eine kleine kulturelle Reise durch das Burgund unternommen«, erläuterte der Holländer de Kock.

»Das bedeutet, dass er den ganzen Abend hier war und gesoffen hat?«, fragte Cassidy in seiner unverwechselbar direkten Art.

»Wenn wir schon keine Funktion mehr haben«, amüsierte sich de Kock, »dann trinken wir wenigstens noch jene Tropfen, die uns zustanden, als wir noch eine hatten.«

De Kock, Lacroix und Waldheim lachten lautstark. Cassidy lächelte höflich. Dann fragte er unumwunden:

»Und Lustrinelli hat nicht zufällig die Freiheitsstatue erwähnt?« Waldheim stutzte, er wusste nicht, worauf der Amerikaner hinauswollte. De Kock lachte, als hätte er eine Pointe verstanden.

Lacroix fragte: »Wieso sollte ein Italiener die Freiheitsstatue erwähnen?«

»Ich weiß es nicht«, sagte Cassidy, »deshalb frage ich ja. Welche Bedeutung hat für Sie die Freiheitsstatue?«, versuchte er es im Plauderton.

»Wir Franzosen haben sie euch geschenkt«, schmunzelte Lacroix, »ein Geschenk des französischen Volkes zur Hundertjahrfeier der amerikanischen Unabhängigkeit.«

»Ein Geschenk?«, spottete Waldheim. »Ihr habt doch von den Amerikanern Geld dafür verlangt. Ohne den Zeitungsverleger Pulitzer würde die Statue heute in irgendeinem Pariser Hangar verrotten.«

Lacroix überhörte den bissigen Unterton in der Stimme des Österreichers und fuhr fort: »Einundzwanzig Jahre lang hat unser Künstler Bartholdi daran gearbeitet. Es war in jeder Beziehung sein Lebenswerk.«

»Eine reife Leistung«, scherzte de Kock, »wenn man bedenkt, dass sein Modell in den einundzwanzig Jahren ein bisschen Patina angesetzt haben muss.«

»Nur Patina?«, lachte Waldheim. »Einundzwanzig Jahre lang vermag kein Busen der Schwerkraft zu trotzen.«

»Seine Mutter stand ihm Modell«, warf Lacroix ein, »er hat seine Mutter über alles geliebt. Sie war eine sehr resolute Frau, und so hat er sie auch dargestellt, imposant und strahlend wie eine griechische Göttin, aufrecht und unerschrocken, den Fuß auf den zerbrochenen Ketten der Knechtschaft und in ihrer rechten Hand die Fackel der Freiheit.«

Waldheim bestellte eine Flasche weißen Chablis und fragte in die Runde, ob es allen recht sei.

»Ja, ja …«, murmelte Cassidy und kam wieder zum Thema zurück: »Aber hat Lady Liberty nicht noch eine andere Bedeutung?«

Waldheim hob bedeutsam den Zeigefinger und fing zu dozieren an: »Für die Immigranten, die Ende des 19. Jahrhunderts in überfüllten Frachtern New York ansteuerten, war die Freiheitsstatue das Erste, was sie nach der entbehrungsreichen Überfahrt sahen – die Statue, die sich aus dem Nebelmeer erhob, war für viele Immigranten zeitlebens das Symbol der Hoffnung. Mein Großvater …«

»Nicht schon wieder!«, flehte Lacroix. Die anderen lachten.

»Es muss noch etwas geben«, insistierte Cassidy.

Waldheim ließ sich nicht entmutigen: »Gustave Eiffel konstruierte das massive Eisenskelett, das die Kupferplatten der Statue von innen stützt. Im Sockel ist ein Gedicht eingraviert, das als Anspielung auf den Koloss von Rhodos interpretiert wird. Überhaupt ist die Freiheitsstatue ursprünglich ein Plagiat des Kolosses von Rhodos gewesen.«

»Aber die Kolossal-Statue von Rhodos stellt den griechischen Sonnengott Helios dar«, gab de Kock zu bedenken.

»Ja und?«, sagte der Franzose. »Die Freiheitsstatue ist eben eine weibliche Version des Sonnengottes. Die Sonne hat kein Gesicht und ist weder weiblich noch männlich. Heißt es nicht schon in der Bibel, man solle sich von Gott kein Bildnis machen?«

»Und die Krone?«, brummte Waldheim. »Ich dachte, die sieben Strahlen symbolisieren die sieben Meere und Kontinente.«

»Das ist eine Corona, ein Sonnenkranz«, bemerkte Lacroix.

»So was wie ein Heiligenschein?« Cassidy lachte.

»Das wusste ich nicht«, sagte de Kock. Er sah betrübt vor sich hin – das dritte Glas Wein tat seine Wirkung.

»Doch«, beharrte Lacroix, »dort, wo ich aufgewachsen bin, werden alle Heiligen mit einem Strahlenkranz dargestellt. Aber nun verraten Sie uns doch, warum Sie sich auf einmal so sehr für Lady Liberty interessieren«, wandte er sich an Cassidy.

»Und was unser italienischer Kollege Lustrinelli damit zu tun hat«, fügte Waldheim an.

»Aber nicht mit nüchternem Magen«, scherzte Cassidy und winkte den Kellner herbei. Er hatte nicht die Absicht, den Herren am Tisch irgendetwas über das Gerücht zu erzählen. »Ich wollte eigentlich nur wissen, ob Lustrinelli darüber gesprochen hat.«

»Nein«, antwortete der Franzose, »er erhielt einen Anruf und verließ dann unseren Tisch.«

In diesem Augenblick klingelte Cassidys Handy. Perfektes Timing, dachte er. Er hatte mehrere Weckrufe programmiert, sodass er bei der erstbesten Gelegenheit wieder verschwinden konnte. Er machte den Herren ein Zeichen, dass sie ihn entschuldigen möchten, und zog sich rasch zurück.

10

PESCHAWAR

Die Überquerung des Khaiberpasses hatte die Haut der Männer ausgetrocknet und mit einer feinen Staubschicht überzogen. Der Khaiberpass war der wichtigste Pass des Hindukusch, er verband Zentralasien mit dem indischen Subkontinent, die afghanische Hauptstadt Kabul mit der Grenzstadt Peschawar. Paschtunische Stämme kontrollierten den Pass, den bereits Marco Polo und Alexander der Große benutzt hatten.

Die jungen Männer saßen erschöpft im Schatten ausgedörrter Pistazienbäume und warteten. Sie beobachteten die Ruinen des gegenüberliegenden Gästehauses, das den Namen *Al Qaida* trug und der Terrororganisation ihren Namen gab. Hier hatte Osama Bin Laden früher seine Gäste untergebracht. Nichts als ein Haufen Schutt war übrig geblieben. Es war drückend heiß. Man hatte ihnen verboten, im nahe gelegenen Flüchtlingslager Nasir Bagh Wasser und Proviant zu holen. Niemand sprach ein Wort. Die Männer waren in Gedanken versunken. Der Helikopter ließ auf sich warten. Schließlich wandte sich Yousaf Yousafzai zu seinem Nachbarn um und fragte: »Kannst du damit umgehen?«

Dieser nickte. Zu ihren Füßen lagen mehrere RPG-7, Panzerfäuste der afghanischen Taliban.

»Die holen sie bei den Tschetschenen. Hast du schon mal eine abgefeuert?«

»Nein«, antwortete Yousaf Yousafzai kleinlaut, »ich mach mehr mit Sprengstoff.«

In der Ferne hörte man einen Helikopter. Gleich würde er hinter dem Hügel auftauchen und auf dem staubigen Acker hinter den Ruinen landen. Die jungen Männer erhoben sich. Jeder griff nach einer RPG-7. Es waren insgesamt zwölf Panzerfäuste. Yousaf Yousafzai schulterte die Waffe, doch sie entglitt ihm sofort. Verdammt schwer, dachte Yousaf. Er sah, dass einige sein Missgeschick beobachtet hatten. Das gefiel ihm nicht. Zwei grinsten. Yousaf sah weg. Jetzt setzte der Helikopter auf. Es war ein Sikorsky S-65, der von der deutschen Bundeswehr erbeutet worden war. Gebückt und in Einerkolonne eilten die jungen Männer zum Helikopter und stiegen ein. Yousaf war der Letzte. Er war es nicht gewohnt, mit einer so schweren Waffe auf der Schulter in gebückter Haltung zu rennen. Die dröhnenden Rotorblätter wirbelten den Staub von der Erde auf und bliesen ihn mit enormem Druck in Yousafs Gesicht. Yousaf schloss instinktiv die Augen und spuckte den Sandstaub wieder aus. Er stolperte und fiel auf die Knie. Als er das eine Auge wieder öffnete und sich erheben wollte, sah er die Rotorblätter unmittelbar vor sich. Instinktiv ließ er sich erneut fallen, dabei verhakte sich ein Finger im Abzug. Es löste sich ein Schuss, die Granate durchschlug die Kinnverglasung der Pilotenkanzel, zerschmetterte die Windschutzscheibe und explodierte im vorderen Fahrwerksschacht hinter der Pilotenkanzel. Die Maschine wurde mit einem ohrenbetäubenden Knall auseinandergerissen.

Als sich der Rauch verzogen hatte, sah Yousaf, dass

alle tot waren. Um ihn herum lagen blutverschmierte abgerissene Körperteile im Dreck. Yousaf wollte fortlaufen, aber er war wie erstarrt und rührte sich nicht vom Fleck.

11

SIZILIEN

»Er verlangt eine Munera«, sagte Salvatore knapp. Salvatore und Claudias Bruder Mario saßen in der Bibliothek des Don. Mario rang sichtlich um Fassung.

»Wir leben im 21. Jahrhundert. Das ist meine Antwort.«

»Mario«, begann Salvatore in väterlichem Tonfall, »hast du dir einmal überlegt, wieso die katholische Kirche die älteste Institution der Welt ist?«

Mario wollte nichts davon hören. Er wollte keine Munera für seinen Vater. Es ärgerte ihn, dass sein Onkel nun die Führung der Familie übernommen hatte.

»Die katholische Kirche ist heute die älteste Institution der Welt«, fuhr Salvatore fort, »weil sie an den Traditionen festhält, weil ihre Priester immer noch in altmodischen schwarzen Gewändern rumlaufen, weil sie das Abendmahl zelebrieren wie vor Hunderten von Jahren und wie Kannibalen aus prähistorischen Zeiten den Leib Christi verspeisen und sein Blut trinken.« Salvatore hielt kurz inne: »Die Tradition ist nie zeitgemäß, ein Kult nie modern, ein Mysterium entspricht nie dem Zeitgeist. Und das ist der Boden, auf dem wir überleben.«

Mario warf die Hände in die Luft: »Aber eine Munera! Selbst Albertini würde das ablehnen!«

»Albertini ist keiner von uns, Mario«, entgegnete Salvatore ruhig, »aber Albertini lebt immer noch im Zölibat. Priester werden heute nicht mehr kastriert, wie es in früheren Kulturen Brauch war, aber am Zölibat wird dennoch festgehalten. Seit Tausenden von Jahren. Wenn du die Tradition entweihst, bleibt nichts als ein bisschen Zeitgeist, und diesen Geist verweht die Zeit. Das ist meine Antwort, Mario.«

Mario dachte fieberhaft nach. Er hatte sein Studium an der Universität abgeschlossen und war nun dabei, in Rom eine Kanzlei zu eröffnen. Er wollte nicht Concilieri eines Paten sein. Er verabscheute Gewalt, und er hasste die groben Menschen, die im Dienste seines Vaters standen. Er wollte das ererbte Imperium verkaufen und den Erlös als Festgeld in Schweizer Franken anlegen, wollte eine Familie gründen und ein friedliches Leben führen und nicht in der ständigen Angst leben, dass irgendwer aus der Familie eines Tages nicht mehr nach Hause kommt. Er wollte raus aus dieser Geschichte. Doch dann sah er das Gesicht seines Onkels, und er wusste, dass es keine Lösung gab.

»Aber wer soll es machen?«, fragte er verzweifelt.

»Francesco und Furio werden die beiden Gäste für die Munera aufsuchen«, sagte Salvatore. Er sagte es mit einer Seelenruhe, als habe er sich soeben für ein Lachs-Risotto entschieden.

12

VATIKANSTADT

Luigi Albertini passierte eiligen Schrittes die Pforte Santa Anna, grüßte flüchtig Michel Poussin, den zweiten Mann der Schweizergarde, und stieg die breiten Steintreppen zum Apostolischen Palast hoch. Jedermann kannte Albertini. Zwar wusste über seine Funktion kaum einer Bescheid. Doch man brachte ihm den größten Respekt entgegen, weil man wusste, dass er zum engsten Vertrautenkreis des Heiligen Vaters gehörte. Hier inmitten dieser alten Mauern herrschte ein stillschweigendes Einverständnis darüber, dass man zu einer auserlesenen Elite gehörte, die eine göttliche Mission auf Erden zu erfüllen hatte.

Albertini verließ den Fahrstuhl im zweiten Stock und nahm einen zweiten Fahrstuhl, der sich auf der anderen Seite des Raums befand und von livrierten älteren Herren bewacht wurde. Der zweite Fahrstuhl brachte Albertini ins Zentrum der Macht. Über diesen Fahrstuhl erreichte man die Büros, Kabinette und Audienzsäle. Überall sah man Männer in geistlichem Ornat. Die engeren Mitarbeiter des Papstes rekrutierten sich nach wie vor aus dem alten römischen Adel. Viele von ihnen waren mit Orden dekoriert wie tapfere Soldaten. Gardisten standen in jedem Gang.

Ein Diener im hellgrauen Frack öffnete die schweren

Flügeltüren der Sala Clementina, als Luigi Albertini auf ihn zukam. Er begleitete Luigi, und gemeinsam durchquerten sie den Großen Saal, der für größere Privataudienzen genutzt wurde. Er bot gut und gern fünfhundert Menschen Platz und erinnerte in seiner Herrlichkeit an Versailles, nur dass er größer und monumentaler war als alles, was Versailles zu bieten hatte. Hier wurde jedem Besucher sofort zu Bewusstsein gebracht, dass er nichts ist und die göttliche Institution der katholischen Kirche alles.

Am Ende des Saals übernahm ein hochdekorierter greiser Diener die Begleitung Albertinis. Albertini brauchte keine Begleitung, auch wenn die kleine Eskorte mehr eine Ehrbezeugung war und weniger der Kontrolle diente. Der Diener öffnete die Tür zu einem abgedunkelten Raum und verbeugte sich. Albertini betrat das finstere Kabinett. Die Wände waren mit roten Veloursstoffen verkleidet. Unter der sieben Meter hohen gewölbten Decke war die Luft stickig. Das Fenster war eine Attrappe, die überdimensionalen Gemälde an den Wänden kaum erkennbar. Durch die gläsernen Einsätze in der Kuppel drang Licht in das Kabinett und erhellte den Tisch in der Mitte des Raums. Zwei Männer saßen sich im Halbdunkel gegenüber. Der eine war der Heilige Vater, den anderen sah Luigi Albertini nur von hinten. Er trug das scharlachrote Birett der Kardinäle. Der Mann war ein Koloss von beinahe zwei Metern mit der imposanten Statur eines Wettkampfschwimmers, und Luigi erkannte in der hünenhaften Gestalt seinen ehemaligen Vorgesetzten, Kardinal Alessandro Camoranesi.

Albertini trat an den Tisch, kniete vor dem Papst nieder und küsste ihm die Hand.

»Wie geht es Ihnen, Euer Heiligkeit?«

»Hervorragend, Luigi«, antwortete der Papst mit auffallend kräftiger Stimme, »die Ärzte verbringen fast ebenso große Wunder wie Jesus Christus. Sie haben mich *neu eingestellt*, wie sie es nennen, neue Medikamente. Es ist ein wenig so, als würde man die Religion wechseln«, lachte der Papst. »Ich frage mich, ob die Medizin eines Tages aus Ungläubigen wird Gläubige machen können.«

Die Vitalität des Heiligen Vaters verblüffte und erfreute Luigi. Jetzt begrüßte er den Kardinal mit den breiten Schultern: »Herr Kardinal.« Albertini verbeugte sich respektvoll.

»Don Calame ist verstorben?«, fragte der Kardinal.

Albertini nickte: »Ja.«

»Gott sei seiner Seele gnädig«, murmelte der Papst und senkte den Blick. Ob er tatsächlich etwas für Don Antonio Calame empfunden hatte, hätte Luigi nicht zu sagen gewusst. Der Don hatte ihm nur Ärger bereitet.

»Jetzt wird sein Bruder Salvatore die Geschäfte übernehmen«, sagte Kardinal Camoranesi. »Aber was ist nun mit dieser Goldgeschichte? Ich konnte Lustrinelli nicht erreichen.«

Luigi wandte sich an den Papst: »Die früheren Päpste haben die Goldreserven stets der Familie des Don Calame anvertraut. Er hat das Gold vor einigen Jahren nach Absprache mit dem Vatikan an die italienische Nationalbank ausgeliehen. Und Lustrinelli, der Direktor der Bank, hat die Goldreserven nun an einen Goldhändler in London ausgeliehen oder verkauft. Dieser Goldhändler heißt Dario Baresi.«

»Wer hat das veranlasst?«, fragte Camoranesi. Albertini wusste es nicht und blickte fragend den Heiligen Vater an.

»Hat sich Don Calame nicht dazu geäußert?«, fragte Camoranesi an Albertini gewandt.

»Don Calame sagte nur, er sei nicht der Boss der zwei Welten. Das sind seine Worte. Und dass ich die Antwort im Vatikan finde. Ihm habe man das Vertrauen entzogen.«

Der Papst und Camoranesi wechselten kurz Blicke, lauernd, prüfend, misstrauisch.

»*Ich* habe es angeordnet.« Der Papst hatte die Worte wie beiläufig ausgesprochen.

Luigi und Camoranesi waren fassungslos. Sie sahen den Papst an. Der alte Mann saß in seiner weißen Soutane da und polierte mit Daumen und Zeigefinger eine kleine Unreinheit auf dem goldenen Pektorale, dem bischöflichen Brustkreuz, das an einer Kette an seinem Hals hing.

»*Sie* haben es angeordnet?«, entfuhr es Camoranesi.

»Ja«, antwortete der Papst ohne Umschweife. »Ich weiß, die Krankheit hat mich lange Zeit gelähmt. Die letzten Monate waren auch für mich nicht einfach. Aber es ist Zeit, dass ich meine Führungsaufgaben wieder wahrnehme. Die Ärzte sind überzeugt, dass sie die Krankheit in den Griff kriegen. Sie werden mich nicht vom Krebs heilen, aber ich werde damit noch einige Jahre leben können.«

»Aber Eure Heiligkeit, eine Entscheidung von solcher Tragweite müssen Sie mit mir absprechen«, empörte sich Camoranesi. Man spürte, dass er alle Mühe hatte, sein impulsives Temperament zu zügeln. »Seit Jahrhunderten vertrauen die Päpste die Goldreserven des Vatikans den Banken der Familie Calame an. So haben es alle Päpste gehalten. Sogar Johannes Paul II.«

»Kardinal Camoranesi«, sagte der Papst, »ich weiß, dass ich nicht Italiener bin, und Sie wissen, dass das Konklave einen Nichtitaliener zum Papst gewählt hat. Es war Gottes Wille. Und es war mein Wille, die Goldreserven in andere Hände zu geben, in die Hände der italienischen Nationalbank. Als jedoch Lustrinelli zum Präsidenten der Bank gewählt wurde, war ich gezwungen, eine andere Lösung zu finden. Denn Lustrinelli ist, wie Sie wissen, einer von Don Calames Leuten …«

»*War* einer von Don Calames Leuten, Eure Heiligkeit«, unterbrach ihn Camoranesi.

Der Papst schien verstimmt zu sein. Er fixierte den Kardinal und schien zu überlegen, ob er auf dessen Belehrung eingehen sollte.

»Ich wollte diese unheilvolle Allianz beenden«, sagte der Papst schließlich. »Ich habe deshalb veranlasst, dass die Goldreserven nach London transferiert werden, in die Hände eines englischen Goldhändlers.« Es sah aus, als wolle er sich rechtfertigen. Für Albertini eine höchst ungewohnte Erfahrung.

»Wieso haben wir keine Belege für diese Transaktion?« Camoranesi warf die Hände die Höhe. »Und diese Bullion-Bank in London – die gehört Dario Baresi! Und der ist ebenfalls einer von Don Calames Leuten!«

Der Papst schnappte nach Luft: »Nein, nein, Kardinal Camoranesi, und selbst wenn es so wäre, Dario Baresi ist ein gläubiger Mensch, und seine Loyalität gilt dem Heiligen Stuhl und nicht einem …« Der Papst zögerte, dann winkte er ab und polierte wieder an seinem goldenen Kreuz. Fast kleinlaut fügte er hinzu: »Im Übrigen haben Sie mir diesen Dario Baresi empfohlen. Es ist schon eine Weile her, aber den Namen habe ich von Ihnen.«

»Ich kann mich nicht daran erinnen, Eure Heiligkeit«, erwiderte Camoranesi, ohne zu zögern. Doch Albertini wusste, dass Camoranesi log.

»Sie zweifeln an meinem Gedächtnis?« Der Papst sah Camoranesi vorwurfsvoll an.

»Durchaus nicht, Eure Heiligkeit, aber es befremdet mich, dass Sie über die Köpfe Ihrer Finanzverwaltung hinweg eine Transaktion in dieser Größenordnung veranlassen. Wo genau ist nun das Gold? Wir haben keinerlei Belege. Was soll ich nächstes Frühjahr den Steuerprüfern erzählen?«

»Sprechen Sie mit Dario Baresi und bitten Sie ihn um die entsprechenden Belege.«

»Es gibt auch von der italienischen Nationalbank keinen Beleg, der den Depotausgang bestätigt.« Camoranesi war puterrot angelaufen.

»Wir werden das schon in Ordnung bringen«, beschwichtigte ihn der Heilige Vater, »ab sofort stehe ich Ihnen wieder voll und ganz zur Verfügung. Das war in letzter Zeit nicht immer leicht. Ich fühlte mich schwach, erschöpft ...« Für einen Moment schien er den Faden zu verlieren. Aber dann besann er sich und fuhr fort: »Kardinal Douglas hat die Transaktion geleitet ... Sonderbar, er meldet sich nicht mehr.«

»Kardinal Douglas ist tot, Eure Heiligkeit«, sagte Luigi Albertini leise.

Der Papst sah ihn bestürzt an: »Tot?«

Camoranesi sah ratlos von einem zum anderen: »Was hat Kardinal Douglas mit der Sache zu tun?«, fragte er.

»Ich hatte ihn mit einer Mission beauftragt. Er war der Verbindungsmann zu Dario Baresi.« Der Papst wandte sich an Luigi: »Woher wissen Sie, dass Kardinal Douglas tot ist?«

»Don Calame hat es mir gesagt.«

»Und das sollen Sie mir ausrichten?«, fragte der Papst. Er schien verunsichert. Luigi nickte.

»Ich wusste von Anfang an, dass das Gerücht wahr ist«, sagte der Papst leise.

»Welches Gerücht?«, fragte Camoranesi drängend.

Der Papst hob den Kopf und schaute Camoranesi und Albertini nacheinander an: »Ich beauftrage Sie beide hiermit, die Mission von Kardinal Douglas zu Ende zu führen. Nehmen Sie Kontakt mit Dario Baresi auf. Er soll das Gold übergeben, so, wie es ihm Kardinal Douglas aufgetragen hat. Ich bestehe darauf, dass das Gold an seinen Bestimmungsort gebracht wird.« Der Papst sah Camoranesi mit durchdringendem Blick an.

»Seinen Bestimmungsort?«, fragte Camoranesi. »Es kursieren Gerüchte, sehr merkwürdige Gerüchte. Man hört, dass Ihre Heiligkeit mit diesem Gold sehr eigenmächtig…«

»Ich will Frieden, Monsignore, Frieden«, unterbrach ihn der Papst, »und keine Bürokratie der Welt wird mich daran hindern.«

»Frieden kann man nicht kaufen, Eure Heiligkeit«, entgegenete Camoranesi. »Wer Frieden kaufen will, offenbart nur seine Schwäche. Und Schwäche ist der Anfang aller Kriege.«

»Ich bin dankbar für jede Meinung, die zu einer Entscheidungsfindung beiträgt, aber in diesem Fall brauche ich keine Belehrungen. Sie sind nicht Gott.«

»Nur sein Bankier«, entgegnete Camoranesi scharf.

»Ich will, dass Sie Kontakt zu Baresi aufnehmen, aber die Gespräche soll Luigi führen. Es geht um die Durchsetzung meines Willens und nicht um kleinliche buchhalterische Belange.«

»Eure Heiligkeit, ich werde mich umgehend darum kümmern«, sagte Camoranesi und erhob sich. Auch unter der sieben Meter hohen Kuppel dieses finsteren

Raumes wirkte seine Statur Respekt einflößend. Umso anrührender war das Bild, wie jetzt dieser Hüne von Mann demütig vor dem Heiligen Vater niederkniete und dessen Hand küsste. Dann erhob er sich wieder, trat zu Albertini und umarmte ihn herzlich. »Kaum zu fassen, was aus meinem Sekretär geworden ist. Ich kann wirklich stolz auf dich sein, Luigi, nicht wahr, Eure Heiligkeit?« Camoranesi warf dem Papst einen kurzen Blick zu.

»Ja«, sagte der Papst leise, »er bereitet uns viel Freude.«

Camoranesi schaute Luigi an. »Die Welt da draußen ist entzückt von ihm. Er gilt sogar als Frauenschwarm«, lachte der Kardinal, »und ich hörte, dass er für ein Weinmagazin Kolumnen schreibt.«

Der Papst lächelte milde: »Ich weiß nicht, ob das Eigenschaften sind, die ein Diener Gottes haben muss.«

»Ich weiß es auch nicht«, lachte Camoranesi, »aber er hat sie nun mal, diese Eigenschaften, und Gott wird sich wohl irgendetwas dabei gedacht haben. Das will ich jedenfalls schwer hoffen.«

Camoranesi verließ den Raum, getreu seiner Devise, nie eine Unterhaltung in Bitterkeit abzuschließen. Es war bemerkenswert, wie er es schaffte, nach hitzigen Debatten stets wieder zu einem fast jovialen Ton zurückzufinden.

»Sie schätzen ihn?«, fragte der Papst, als er mit Luigi allein im Raum war.

»Ich habe Camoranesi viel zu verdanken. Er hat mich gefördert, wo er nur konnte.«

»Danken Sie Gott, Luigi. Es ist der Glaube, der Sie zu dem gemacht hat, was Sie heute sind.«

Luigi nickte verlegen. Ihm lag eine Frage auf dem Herzen. »Was meinte Camoranesi mit der Bemerkung,

Eure Heiligkeit wollen den Frieden kaufen? Welchen Frieden?«

»Nur vor Gott, unserem Herrn, muss ich bestehen …«, sagte der Papst gedankenverloren. »Aber jetzt brauche ich eine Morphinspritze. Zwei Ampullen. Rufen Sie die Schwester!«

13

VATIKANSTADT

Kardinal Michelis belegte eines der kleineren Appartamenti am Ende des Flurs. Luigi Albertini klopfte leise an und betrat dann das schmale Zimmer. Ein Sofa, ein Sessel, ein Tisch, eine halb leere Bücherwand, die Tapeten schäbig, der Teppich abgenutzt – hier hatte man seit Jahrzehnten nichts mehr renoviert. Unter dem Fenster stand ein schlichtes Eisenbett. Eine Schwester schloss soeben die Fensterläden, und der alte Kardinal Michelis, dessen schmächtiger Leib sich in dem großen Bett fast verlor, folgte ihr mit den Augen. Jetzt bemerkte er Albertini.

»Schon wieder Donnerstag?«, sprach er ihn freudig an.

»Ja«, lächelte Albertini, »schon wieder Donnerstag.«

»Sie brauchen aber nicht jede Woche zu kommen.«

»Ich weiß, Monsignore, aber ich komme gern.«

Im Sommer war es in den Appartamenti des Vatikans brütend heiß. Die Schwester hatte die Läden fest zugezogen. Luigi nahm die leere Kanne vom Nachttisch und füllte sie im Badezimmer mit Leitungswasser. Dann goss er ein Glas voll und reichte es Michelis.

»Danke. Aber gehen Sie jetzt, Albertini, Sie haben bestimmt Besseres zu tun.«

»Nein, Monsignore, ich bin gern bei Ihnen.«

Michelis trank einen Schluck, dann sagte er mit kläglicher Stimme: »Sie sind der Einzige, der noch kommt.

Und die Schwester. Meistens schlafe ich und bekomme es gar nicht mit. Ich merke es an den Fensterläden. Mal sind sie geschlossen, mal offen. Dann weiß ich, dass sie da war. Und wenn Sie kommen, Luigi, dann ist es Donnerstag. Früher war es der Sonntag. Jetzt ist der Sonntag der Donnerstag.«

Michelis´ Lippen begannen kaum merklich zu zittern. Er schloss die Augen. Tränen kullerten über seine Wangen. »Wenn nur die Schmerzen nicht wären, Luigi«, flüsterte er schließlich mit tränenerstickter Stimme.

»Kümmert sich sonst niemand um Sie, Kardinal Michelis?«, fragte Albertini den alten Mann. »Warum gibt man Ihnen nicht wenigstens ein anständiges Appartamento?«

»Sie nehmen mir übel, dass ich als Italiener dem Heiligen Vater treu gedient habe.« Er sah Luigi flehentlich an. »Aber es war doch meine Pflicht, Albertini, nicht wahr?«

14

ROM

Kardinal Camoranesi, den man in den Medien gern den »Bankier Gottes« nannte, bewohnte ein Appartamento an der Via Veneto. Der Finanzminister des Vatikans misstraute der eigenen Institution und leistete sich eine herrschaftliche Wohnung außerhalb des Vatikans.

»Nimm Platz, Luigi«, sagte Camoranesi in väterlichem Ton. Luigi Albertini setzte sich in das schwere Ledersofa neben der Balkontür. Das Appartamento hatte seinen ganz eigenen Charme: schwere Chesterfield-Ledersessel, die aussahen, als hätten bereits Humphrey Bogart und Lauren Bacall darin gesessen, dunkle, wuchtige Holzmöbel und Bücherwände, alte Bronzeskulpturen von römischen und griechischen Gottheiten, und an den Wänden gerahmte Fotografien. Zigarrenrauch hatte die Zimmerdecke bräunlich verfärbt.

»Ich habe dich vermisst«, strahlte Camoranesi und reichte Luigi ein Glas Wasser, »ich bin einsam geworden, seit du nicht mehr an meiner Seite arbeitest.« Camoranesi hob seinen Grappa und stieß mit Albertini an: »Ich werde es wohl nicht erleben, dass wir beide mal mit einem Grappa anstoßen. Aber erzähl schon! Was hat Don Calame wirklich gesagt?«

»Nicht viel«, antwortete Albertini, »ich habe ihn gefragt, ob er mein leiblicher Vater sei.«

Camoranesi prustete vor Lachen und verschüttete sein Getränk: »Und? Was hat er gesagt?«

»Dass er nicht mein leiblicher Vater sei. Sind Sie mein Vater?«, fragte Albertini ratlos.

Camoranesis Lachen dröhnte durch das Appartement.

»Ich habe die Kirche geheiratet, nicht deine Mutter. Im Übrigen habe ich deine Mutter nicht gekannt. Ich war zwar seinerzeit als junger Priester im Süden, aber der Zölibat war mir immer heilig. Manchmal hatte ich meine Zweifel, und wenn ich sehe, wie du dich entwickelt hast, dann denke ich, es muss schön sein, einen Sohn zu haben, einen Sohn wie dich. Die Zeit mit dir, Luigi, war die schönste Zeit meines Lebens.« Nachdenklich leckte er die Flüssigkeit ab, die über seine Finger lief.

»Wir haben einen schwierigen Papst, Luigi. Eines Tages wird ein anderer Papst kommen und mich fragen, wieso wir seinen Vorgänger nicht vor Dummheiten bewahrt haben.«

»Sie sagten, man könne den Frieden nicht kaufen … Was meinten Sie damit?«

»Es ist nur ein Gerücht, Luigi, aber es ist ein böses Gerücht, und es ist besser, du kennst es nicht. Wir müssen die Kirche schützen.«

»Hat es mit Dario Baresi zu tun?«

»Dario Baresi wird sich hüten, italienischen Boden zu betreten. Don Calames Leute sind wütend, weil sie sehen, dass ihnen die Felle davonschwimmen. Es ist eine neue Zeit angebrochen. Bündnisse werden aufgelöst, alte Schwüre und Versprechen gelten nicht mehr. Lustrinelli, Dario Baresi – Don Calame hat sie zu dem gemacht, was sie sind, und dann haben sie ihren Don vergessen, verleugnet. Plötzlich war der Don ein Mann von gestern.

Das lässt sich ein Don Calame nicht gefallen. Sein Bruder Salvatore wird sie dafür bestrafen.«

»Dann werde ich wohl nach London gehen und diesen Dario Baresi aufsuchen müssen.«

Camoranesi fuhr sich nachdenklich mit der Rechten über den breiten Nacken: »Du kannst es versuchen, Luigi.« Der große Mann erhob sich von seinem Sessel und schaute auf die stark befahrene Straße hinunter: »Ich verstehe nicht, wie der alte Herr das über meinen Kopf hinweg veranlassen konnte. Und dann beauftragt er ausgerechnet diesen Schotten Douglas damit. Du wusstest auch nichts davon, oder?«

»Nein, ich habe Kardinal Douglas nicht einmal gekannt.«

»Ein Affront. Du bist schließlich sein Nunzio Apostolico Con Incarichi Speciali. Aber er gibt den Auftrag heimlich einem Nichtitaliener. Er baut sich ein Schattenreich aus Nichtitalienern auf. Irgendwann hat er alle Italiener ersetzt. Er ist nicht dumm.«

Camoranesi zog die Vorhänge zu. »Manchmal hat man den Eindruck, er sei verwirrt, dann überrascht er wieder mit blitzgescheiten Bemerkungen. Was meinst du, Luigi, ganz ehrlich, begreift der Heilige Vater noch, was in der Welt vor sich geht?«

Camoranesi wartete keine Antwort ab, sondern fuhr fort:

»Wir wollten einen Führer, und was hat uns der Heilige Geist geschenkt? Einen rührigen Seelsorger.«

»Ihm fehlt der Bezug zum Materiellen«, stimmte ihm Luigi zögernd zu, »er kann mit Geld nicht umgehen.«

Camoranesi lächelte verständnisvoll: »Wir müssen ihn im Auge behalten. Wenn es Gott nicht tut, müssen wir es tun, Luigi.« Camoranesi lachte und schenkte sich einen weiteren Grappa ab. Er hielt Luigi die Flasche hin, aber der winkte ab, er hielt sich an sein Wasser.

»Weißt du, Luigi, du könntest mir einen Gefallen tun, eine kleine Reise in die Schweiz.«

»Ich war noch nie in der Schweiz.«

»Es gibt dort ein Haus, es gehörte meinem Vater. Der alte Mann ist vor einiger Zeit verstorben. Ich will dieses Haus nicht. Was soll ich damit? Du könntest hinfahren und es für mich verkaufen. Schlage einfach einen guten Preis heraus und behalte fünf Prozent Provision. Wenn du einen Termin beim Notar hast, rufst du mich an. In der Zwischenzeit organisiere ich für dich ein Treffen mit Dario Baresi außerhalb Italiens.«

Luigi zeigte keine Reaktion. Er wusste nicht, was er von dem Vorschlag halten sollte.

Camoranesi klopfte ihm aufmunternd auf die Schulter: »Das Haus ist in Basel, liegt direkt an der Grenze zu Frankreich und Deutschland. Es ist etwa eine Million Euro wert. Das wären fünfzigtausend Euro für dich. Und den Weinkeller schenke ich dir. Der Geizkragen hat bestimmt noch ein paar schöne Tropfen gelagert. Oder sagen wir so: Wenn er noch ein paar Flaschen Pape-Clément und Bon Pasteur hat, bringst du sie mir nach Rom. Den Rest behältst du für dich.«

»Wenn Sie es wünschen, mache ich es gern …«, begann Luigi zögernd. Camoranesi kramte bereits ein Dossier unter einem Berg von Dokumenten hervor, die sich im Bücherregal stapelten. »Aber ich möchte keine Beteiligung, ich mache das gerne für Sie. Aus Dankbarkeit.«

»Luigi«, lachte Camoranesi, »mein kleiner Luigi. Die Gesellschaft des Heiligen Vaters scheint dir nicht zu bekommen. Jetzt willst du eine Provision von fünfzigtausend Euro ausschlagen.«

»Ich brauche kein Geld,« sagte Luigi, »aber ich wäre Ihnen dankbar, wenn Sie mir in einer anderen Angelegenheit helfen würden.«

»Aber gern.« Camoranesi schob das Dossier über den kleinen Tisch, der zwischen den Sesseln stand.

»Kardinal Michelis …«

»Lebt der noch?«, lachte Camoranesi.

»Ja«, fuhr Luigi mit ernster Miene fort, »er ist schwer krank, er hat einen Tumor und leidet fürchterliche Schmerzen. Seine Unterbringung lässt aber sehr zu wünschen übrig, und die ärztliche Versorgung … Es bricht mir das Herz …« Luigi brach abrupt ab.

Camoranesi stand auf und kam zu ihm herüber. Er nahm ihn freundschaftlich in den Arm: »Mein kleiner Luigi, du hast ein zu gutes Herz. Mit einem so guten Herzen hättest du nie in den Vatikan kommen dürfen.«

»Wie können Sie nur so reden?«, entsetzte sich Albertini.

»Der Vatikan, der Vatikanismus, Luigi, hat nur sehr wenig mit der heiligen Institution der römisch-katholischen Kirche zu tun. Ich dachte, das hättest du mittlerweile begriffen. Auch im Tempel der Nächstenliebe sterben die Menschen einsam. Was glaubst du, was die Menschen im Apostolischen Palast miteinander verbindet? Der Glaube? Nein, Luigi, es ist Radio Vaticano, weil Radio Vaticano uns jeden Morgen mitteilt, wer befördert und wer gekreuzigt worden ist. Diese tägliche Soap-Opera der vatikanischen Intrigen und Komplotte hält uns am Leben und macht unser Dasein in diesen Gemäuern einigermaßen erträglich. Und wenn im Radio Vaticano die liturgischen Gesänge beginnen, gehen in den engen Appartamenti des Apostolischen Palastes die Lichter aus, und wir versündigen uns gegen Gott, unseren Herrn.

Und ab und zu wird einer dieser Sünder zum Papst gewählt.«

Luigi Albertini starrte Camoranesi ungläubig an: »Wieso sprechen Sie so?« Luigi hatte seinen geistigen Ziehvater stets bewundert, und es verstörte ihn, dass er so redete. Luigi fühlte sich plötzlich so alleingelassen. Hatte er Camoranesi die ganze Zeit falsch eingeschätzt? Hatte sich der Kardinal all die Jahre nur zurückgehalten, sich verstellt? Oder war etwas geschehen, das ihn aus der Bahn geworfen hatte? Ganz gleich, was es war, Luigi fühlte, wie sich ein Abgrund zwischen ihm und dem Kardinal auftat.

»Nun sieh mich nicht so entsetzt an, Luigi«, sagte Camoranesi und lächelte versöhnlich, »aber es ist leider so, dass praktisch jedes Gerücht, das über den Vatikan in Umlauf ist, wahr ist. Doch was ist daran so schlimm?« Camoranesi und füllte sein Glas nach. »Ich bin der Bankier Gottes und herrsche über ein Milliardenvermögen. Was unterscheidet meine Arbeit von der Arbeit der Konzernchefs von Coca-Cola, Nike oder der Deutschen Bank? Was haben die, was ich nicht habe?«

Luigi schwieg. Er war wütend und wollte sich das nicht länger anhören. Er stand auf.

Camoranesi erhob sich ebenfalls. »Es tut mir leid, Luigi, ich wollte dir nicht den Tag verderben. Aber ich verspreche dir, dass ich mich um Michelis kümmere. Ist das ein Wort?«

Das stimmte Luigi gnädiger. Er bedankte sich mit einem Kopfnicken und nahm die Unterlagen für die Immobilie in Basel entgegen.

Camoranesi reichte ihm außerdem einen Autoschlüssel. »Nimm den hier. Der schwarze Mercedes steht vor der Haustür.«

Luigi wollte zunächst ablehnen, aber er liebte Autos zu sehr, um widerstehen zu können. Und was war daran schon falsch?

»Wann fährst du los?«

»Wenn Sie es wünschen, gleich morgen früh«, sagte Luigi.

Camoranesi wollte noch etwas sagen. Er schien nach einer geeigneten Formulierung zu suchen.

»Sag mal, Luigi, hast du noch nie daran gedacht, ich meine, einfach alles hinzuschmeißen?«

»Nein«, antwortete Albertini wie aus der Pistole geschossen.

Camoranesi zog die Augenbrauen hoch: »Das kam etwas schnell, Luigi. So antworten Leute, die nur noch über das eine nachdenken …«

»Über das eine?«

»Wenn man einmal darüber nachgedacht hat, kann man nicht mehr damit aufhören. Es verfolgt dich Tag und Nacht. Selbst wenn die Arbeit die Gedanken für einige Stunden verdrängt, sie kommen zurück, diese Gedanken. Du bist noch jung, Luigi, keine vierzig, du hast noch viele Möglichkeiten, du kannst noch wählen. Deshalb werden diese Gedanken dich nie mehr loslassen. Bis du erst so alt bist wie ich … dann helfen dir die Hormone, und du erfreust dich an edlen Tropfen und gutem Essen. Und kleinen Erbschaften. Das ist die Sexualität des Alters.« Camoranesi schloss Albertini in die Arme und flüsterte ihm ins Ohr: »Also sei kein Narr und nimm meine Provision an. Fünf Prozent. Und dafür kaufst du dir auch ein bisschen Frieden, hm? Inneren Frieden.«

15

GARDASEE

Am Freitag hatte Luigi Albertini in den frühen Morgenstunden Rom verlassen. Er wollte am Abend in Basel sein. Doch statt die kürzeste Strecke über Parma zu nehmen, war er über Verona gefahren. Ohne sich recht darüber Gedanken zu machen, was er tat, erreichte er gegen Mittag die Villa des Don am Gardasee. Hier hatte Luigi nach dem frühen Tod seines Stiefvaters oft die Sommerferien verbracht. Mit Claudia und ihrem Bruder Mario. Er fuhr mit dem Wagen nicht direkt vors Haus, sondern parkte weiter unten an der Straße und ging den Rest zu Fuß. Er nahm den Schleichweg durch die Büsche, der, wie er wusste, zum Hintereingang führte.

Luigi mochte nicht darüber nachdenken, ob es klug war, herzukommen. Er war einem Impuls gefolgt – er musste es einfach tun. Der Gedanke erschreckte ihn sogleich, und er redete sich ein, dass er bis zu diesem Augenblick noch nichts Verwerfliches getan hatte. Hinter dem Haus parkte ein weißer Jaguar. Das war nicht Claudias Wagen. Er trat an die Hintertür, die direkt in die Wohnküche führte. Sie war nicht verschlossen.

Er wollte gerade Claudias Namen rufen, als er die Gestalt am großen Küchentisch erblickte. Es war Salvatore Calame, der neue Don. Als Luigi den Raum betrat, schreckte er auf. »Monsignore! Ich habe Sie nicht kommen hören«, sagte er und stand auf. Er trat zu Luigi und gab ihm die Hand. »Meine Männer haben Sie nicht gemeldet!« Er blickte durchs Fenster, das zur anderen Seite hinausging, wo Luigi jetzt zwei Leibwächter sah, die die Straße im Auge behielten.

»Ich habe mein Auto weiter unten abgestellt und bin den Rest zu Fuß gekommen …« Luigi war verunsichert. Abgesehen von der Panne mit seinen Wachleuten schien Salvatore nicht überrascht zu sein, ihn zu sehen. Das machte Luigi stutzig. Wieso wunderte er sich nicht? Hatte er ihn erwartet?

»Ich bin auf der Durchreise«, setzte Luigi wieder an und musste nicht einmal lügen, »und da hab ich mir gedacht …«

»Schau doch mal rein! Sehr löblich«, sagte Salvatore mit wehmutsvoller Stimme. »Alte Erinnerungen! Das verstehe ich gut. Setzen Sie sich. Trinken Sie einen Kaffee mit mir?«

Luigi setzte sich an den Eichentisch, während Salvatore sich eine Tasse aus dem Küchenschrank holte. Die Glasscheiben des Schränkchens waren staubblind. Auf dem Herd dampfte eine Kanne mit frisch gebrühtem Kaffee.

»Nein danke«, wehrte Luigi ab.

Salvatore sah ihn eine Weile prüfend an. Als er mit seiner Tasse Kaffee zurück an den Tisch kam, fragte er unvermittelt: »Darf ich Sie etwas fragen, Monsignore? Wieso sind Sie Priester geworden, Luigi?«

Luigi zuckte die Schulter. »Wieso wird man das, was man ist?«, entgegnete er.

»Verstehe«, murmelte Salvatore. Die dunkel gebeizte Tischplatte hatte zahlreiche Furchen und Kerben. Die reinste Kraterlandschaft, sinnierte Luigi. Dann sah er die kleine Schachtel auf dem Tisch. Sie hatte das Format einer Zigarillo-Packung. Sie war weiß. Ein Medikament. Durogesic Matrix, las Luigi. Das Logo kam ihm bekannt vor. Aber er konnte sich nicht erinnern …

»Sie wundern sich vielleicht, dass ich hier plötzlich reinschneie«, versuchte er es erneut.

»Nein«, entgegnete Salvatore, »ich wundere mich nicht. Aber Sie wundern sich vielleicht, mich hier anzutreffen?«

Wusste Salvatore, dass er mit Claudia verabredet war? Luigi hätte ihn fragen können. Aber dann hätte Salvatore es auf jeden Fall gewusst. Vielleicht hätte er dann Claudia zur Rede gestellt. Ihr Ehemann hätte es womöglich erfahren und ihr eine Szene gemacht. Für nichts und wieder nichts. Es war ja wirklich nichts geschehen.

»Sie lieben den Heiligen Vater, nicht wahr?«

»Er ist mein Papst«, entgegnete Luigi.

»Das weiß ich, Monsignore. Das weiß ich. Aber der Papst ist alt, und er wird eines Tages sterben. Wir alle werden eines Tages sterben. Vielleicht wird Sie der neue Papst nicht mehr wollen, und Sie werden sich eine andere Aufgabe suchen müssen.«

»Vielleicht«, entgegnete Luigi.

»Ich könnte jemanden wie Sie gebrauchen, Luigi. Ich habe keine Kinder …«

Luigi horchte auf.

»Nein, nein«, wehrte Salvatore sogleich ab, »ich bin nicht Ihr Vater. Ich habe gehört, dass Sie in dieser Angelegenheit eine Volksbefragung durchführen, reichlich spät nach so vielen Jahren, aber ich bin's nicht, Luigi, ich bin nur ein alter Mann, der sich Gedanken macht.«

Luigi schwieg. Nach einer Weile erhob er sich. »Ich werde dann mal wieder gehen.«

»Schon? Sie sind doch gerade erst angekommen!«

Luigi schwieg.

»Sie haben Urlaub?«

Luigi zuckte die Schultern.

»Urlaub von Gott …«, sinnierte Salvatore.

»Wie kommen Sie darauf?«

»Sie tragen keine Priesterbinde, Luigi. Sie sehen heute gar nicht wie ein Priester aus.«

Luigi spürte, wie ihm die Hitze ins Gesicht stieg. Schließlich sagte er: »Ja, vielleicht mache ich tatsächlich einmal Urlaub von Gott.«

16

BASEL

Ein Büffelkopf starrte Luigi an. Er hing über dem Kamin, umgeben von Antilopengeweihen. Hier hatte einer afrikanisches Leben ausgestopft. An den Wänden prangten Felle, ein Gepardenfell, ein Tigerfell, mehrere Felle von Zebras, und auf dem Boden die Krönung: das Fell eines riesigen Löwen samt Kopf – der halbe Katalog der geschützten Tierarten Afrikas. Einige vergilbte Fotografien zeigten einen lebenslustigen Herrn mit weißem Panamahut, der vor erlegten Tieren posiert, umringt von schwarzen Trägern und Fährtensuchern. Luigi schaute sich die oberen Stockwerke der herrschaftlichen Villa an. Das Schlafzimmer schien schon lange nicht mehr benutzt worden zu sein. Wahrscheinlich stand das Haus schon seit Jahren leer. Was wollte Camoranesi mit einer solchen Immobilie in der Schweiz?

Luigi schaute sich alle Räume an und kippte einige Fenster, um frische Luft hereinzulassen. Zuletzt schaute er sich das Untergeschoss an. Er öffnete die schwere Stahltür des Kellers, der im Fall eines Krieges als Luftschutzbunker dienen sollte. Doch die hölzernen Bettgestelle waren zweckentfremdet worden. Keine Decken und andere Dinge für den Kriegsfall lagerten dort, sondern einige Hundert Flaschen Bordeaux, Margaux, Pomerol, Pauillac. Einige der edelsten Tropfen waren noch in vernagelten Weinkisten: Rothschild, Pétrus, Le Bon Pasteur, La Conseillante. Einige Weine waren über fünfzig Jahre alt, der jüngste bereits über zwanzig.

Luigi holte sich in der Küche ein Weinglas und wollte es unter dem Wasserhahn auswaschen. Es gluckste in der Leitung. Rostgefärbtes Wasser spritzte heraus. Nach einer Weile war das Wasser kühl und klar. Er fand einen Korkenzieher und kehrte in den Weinkeller zurück. Er entkorkte vorsichtig einen Pétrus, der seit vierundzwanzig Jahren hier lagerte, und nahm andächtig einen Schluck. Luigi war enttäuscht. Er schmeckte nicht wie ein Wein, für den man heute tausend Euro hinblätterte. Dieser Pétrus war etwas kurzatmig – wie der arme Michelis in seinem brütend heißen Appartamento – oder »arm an Körper«, wie es die Leute ausdrückten, die mit Weintrinken ihr Geld verdienten. Der Anblick all dieser Flaschen machte Luigi nachdenklich. Er entkorkte und kostete weitere Weine. Die innere Anspannung, mit der er hergereist war, begann sich zu lösen. Langsam kam er zur Ruhe. Mit einem Lappen wischte er über die Etiketten, nahm die Flaschen in die Hand, prüfte die Füllstände und entkorkte schließlich einen Cheval Blanc.

Dabei überkam ihn ein seltsames Gefühl. Das heißt, zunächst war es nicht mehr als ein vager Gedanke. Etwas fremd und unscharf. Doch allmählich begann sich der Kern herauszuschälen. All die Flaschen mit den edlen Tropfen hatten denjenigen, der sie eingelagert hatte, überlebt. Jede einzelne Flasche schien ihren ehemaligen Besitzer zu verspotten. Hatte Camoranesis Vater gedacht, er würde ewig leben? Er hatte den Weinkeller nur für sich angelegt. Er schien nicht damit gerechnet zu haben, dass alles vergeht und unser Leben endet, und das oft abrupt, und dass nichts zurückbleibt. Außer diesen Flaschen. Der Fährmann duldet kein Gepäck, nicht einmal Handgepäck, denn das Totenhemd hat keine Taschen. Luigi probierte den Cheval Blanc, und er mundete entschieden besser als der große Pétrus.

Als Luigi nach knapp einer Stunde den letzten Tropfen Cheval Blanc mit geschlossenen Augen getrunken hatte, zog er eine Kiste Château Pape-Clément unter einer Holzpritsche hervor und öffnete sie mit einem Schraubenzieher. An der Seitenwand der Holzkiste klebten die skelettierten Überreste einer Maus, die offenbar vor langer Zeit zwischen die Kisten gekrochen war und sich nicht mehr hatte befreien können. Luigi entkorkte eine der Flaschen und füllte sein Glas. Dabei dachte er an die Maus, wie zufällig sie in ihr Unglück geraten war. Kein Mensch käme auf den Gedanken, in diesem Fall von einem Plan zu sprechen, von Vorhersehung. Es war nichts als Zufall gewesen, ein dummer Zufall. Und nur weil Willkür und Zufall eine so bedeutende Rolle in unserem Leben spielten, bemühten wir uns rückwirkend, eine Struktur, eine Logik, einen Plan in all den Zufallsmustern zu entdecken. Dabei war alles ein evolutionsbedingter Spleen, der uns dazu verleitete, überall Zusammenhänge herzustellen, wo beim besten Willen keine zu finden waren. Und so suchte man auch nach dem Sinn, wenn jemand starb. Während Luigi das nächste Glas leerte, fragte er sich, wieso beim Anblick eines Mausskeletts niemand fragte, welchen Sinn dieses doch nicht minder tragische Ableben hatte. Worin lag der Unterschied zwischen einer toten Maus und einem verstorbenen Don Antonio Calame? Beide waren einsam geboren und einsam gestorben. Man stirbt immer allein. Aber wieso sollte nun dem Leben und Sterben des Don Calame ein besonderer Plan zugrunde liegen? Weil er zu einer

Säugetierart gehörte, die den Toaster und die doppelte Buchhaltung erfunden hatte? Den Tod der Maus nahm man einfach so hin, weil Mäuse nun mal starben. Wieso aber war der Tod einer zweibeinigen, großen Maus nicht so einfach hinzunehmen? Weil die zweibeinige Maus darüber nachdenkt und zum Schluss kommt, dass es nicht sehr erbaulich wäre, wenn ihr Dasein ebenso belanglos wäre wie das der Maus.

Darüber dachte Albertini nach. Doch noch immer wusste er nicht recht, worauf all diese Gedanken hinausliefen, und die Flasche Pape-Clément war dabei nicht sonderlich hilfreich, denn er verlor sich im Genuss dieses opulenten Körpers wie in einem barocken Gemälde. Schließlich wurde er müde. Er wollte schlafen gehen. Er fragte sich, ob eine Maus an Gott glaubt, und ob es einen Gott für die Mäuse gibt, auch wenn Mäuse nicht darüber nachdenken konnten, ob es einen Gott gibt. Luigi kam zum Schluss, dass Menschen einen besseren Plan verdienen als Mäuse. Aber wer verdient schon was? Verdient ein Mensch, dass er kurz nach dem Abitur von einem rückwärts einparkenden Greis zu Tode gefahren wird? Wenn Menschen etwas verdienen oder eben nicht verdienen würden, würde das eine übergeordnete Behörde voraussetzen, die gibt und nimmt. Eine göttliche Justizbehörde mit modernster Datenbank und hübschen Statistiken. Es würde sogar Gerechtigkeit voraussetzen. Und einen Gott, der sie ausübt und durchsetzt. Luigi hatte Mühe, den Gedanken richtig zu fassen. Er wollte sich deutlich vor Augen führen, dass ein Mensch so bedeutungslos war wie ein Reiskorn im Reisfeld. Und dass unser Planet ein Stecknadelkopf im Universum war. Und dass wir uns das mit dem göttlichen Plan nur so ausgedacht haben, um uns den Gedanken an die Endlichkeit aller Dinge erträglicher zu machen. Ein Akt der Versöhnung.

Luigi nahm den Schraubenzieher und beförderte das Mausskelett näher ans spärliche Kellerlicht. Und als er es jetzt genauer betrachtete, war ihm mit einem Mal sonnenklar – dass es keinen Gott gab – dass es keinen Plan gab – dass es keine ordnende Kraft gab. Und damit auch keine Gerechtigkeit. Kein Erbarmen. Keine Milde des Schicksals. Und schon gar keine ausgleichende Gerechtigkeit oder Saldierung des Elends. Weder für Mäuse noch für Menschen. Und schon gar nicht für ihn, Luigi Albertini.

Luigi richtete sich auf. Er wollte in die Küche gehen und Claudia anrufen. Er wollte ihr mitteilen, dass es keinen Gott gab und dass ihrer Liebe nun nichts mehr im Wege stehe. Luigi fühlte sich elend. Er hatte den einen Gedanken zu weit getrieben. Er hatte zu tief gegraben. Jetzt würde der ganze Stollen zusammenbrechen, und es würde kein Zurück mehr geben. Niemand würde ihn retten. Denn es gab keinen Plan.

Aber wenn es keinen Plan gab, wenn keiner über ihn wachte – dann wurde er auch nicht beobachtet. Und wenn niemand ihn beobachtete, war er frei. Frei. Tatsächlich frei.

War das sein Urlaub von Gott? Albertini stützte sich auf eins der Bettgestelle und holte tief Luft. Leise flüsterte er Claudias Namen, leise, als fürchtete er, man könnte ihn hören. Er begehrte sie, er liebte sie. Er konnte gar nicht begreifen, wie er es all die Jahre ohne sie ausgehalten hatte. Er war davon überzeugt, dass noch kein Mensch auf Erden derart tief und rein für einen anderen Menschen empfunden hatte. Er liebte Claudia über alles.

Der Weg zum Telefon schien endlos. Stolpernd und

torkelnd erklomm Albertini, die Hand am Geländer, die Treppe. Er wollte in den obersten Stock. Im Erdgeschoss berührte er aus Versehen einen Lichtschalter. Kleine Strahler tauchten hölzerne Frauenfiguren mit spitzen Brüsten und Krieger, die aussahen wie ausgemergelte Giacometti-Skulpturen, in ein geheimnisvolles Licht. Luigi verirrte sich in die Küche. Was wollte er dort? Wasser trinken? Warum hatte er so viel Wein getrunken? Er vertrug eigentlich keinen Wein.

Er verließ die Küche wieder und stieg die nächste Treppe zu den Schlafzimmern hoch. Er dachte an Claudia und daran, dass alles endlich und vergänglich war. Dass alles willkürlich und zufällig war und dass niemand Buch führte. Und dass es wahrscheinlich nun in seiner Macht lag, Claudia anzurufen. Ein Gedanke hatte ihn befreit.

»*Kyrie eleison*«, begann Luigi zu summen, »*kyrie eleison*«, die Anrufung der Götter und Herrscher in vorchristlicher Zeit. Albertini erreichte das Bett im obersten Stock und sang aus voller Kehle: »*Gloria in excelsis deo*«, Ehre sei Gott in der Höhe. Er riss die dicke Decke mit den bunten afrikanischen Stickmustern zur Seite und ließ sich ins Bett fallen. Er nahm sich vor, an nichts mehr zu denken, an rein gar nichts – und morgen alles vergessen zu haben.

17

BASEL

Der Mann trug eine braune Cordhose und einen unpassenden blauen Blazer dazu. Er ging zügigen Schritts den Fußweg entlang. Er hatte es eilig. Eine rote Suzuki fuhr an ihm vorbei. Das verunsicherte den Mann. Er blieb stehen und schaute der roten Suzuki nach. Er wartete. Dann betrat er die schmale Gasse, die die beiden Querstraßen miteinander verband. Er sah erneut die rote Suzuki auf der oberen Straße vorbeifahren. Obwohl es bereits dämmerte, erkannte er, dass es eine rote Bandit 1200 war. Ein Mann in Lederkombi saß darauf. Er fuhr langsam. Der Mann mit der braunen Cordhose umklammerte den Griff seiner Ledertasche fester. Er spürte den Druck bis in die Schultern. Er war entschlossen, pünktlich zu dem Treffen zu erscheinen. Sobald er das Haus erreicht hatte, würde er in Sicherheit sein.

Energischer schritt er den steilen Fußweg hinauf. Er war etwas außer Atem, als er an der oberen Straße ankam. Der Mann mit der Cordhose war knapp fünfzig, aber nicht sehr gut in Form. Das Motorrad war verschwunden. Eilig überquerte er die Straße und suchte nach einer Hausnummer. Es musste ganz in der Nähe sein. Die Dreiundvierzig. Dann sah er den großen Parkplatz und die mit Efeu umrankten Säulen der Jugendstilvilla. Der Mann überprüfte den Namen auf dem Türschild und klingelte mehrfach. Irgendwo hörte er das Aufheulen eines Motorrads. Die Suzuki. Der Mann zog sich vom Eingang zurück und eilte in einen Autounterstand, der zu einem Hof hinter dem Haus führte. Von der Straße aus konnte man ihn nicht sehen. Trotzdem. Er hätte nicht in die Schweiz fliegen sollen. Aber was sollte er machen? Der Kardinal hatte es ihm befohlen.

18

BASEL

Ein Geräusch schreckte Luigi Albertini auf. Es klang wie das Bersten einer Fensterscheibe. Luigi horchte. Im Flur brannte Licht. *Kyrie eleison.* In Gedanken hörte er sich die Melodie summen. Er schaute auf die Uhr. 3 Uhr 15. Er kniff die Augen zusammen. Sein Schädel brummte. Warum hatte er bloß so viel getrunken? Er hatte sehr unruhig geschlafen und viel geträumt. Er hatte sich heftig mit jemandem gestritten. Er hatte mit Gott gestritten. Dann hatte er in finsteren Tiefen gegen eiskalte Wellen gekämpft. Wie gigantische Bergketten hatten sich die schäumenden Wellen in der Nacht vor ihm aufgetürmt und ihn wie Strandgut hochgeworfen, wieder aufgefangen und in die Tiefen des Ozeans hinuntergesogen. Und er hatte gehofft, dass das Schwarze in der Ferne die Silhouette eines Schiffes sei, oder ein Küstenstreifen, doch es war der Schlund eines Ungeheuers. Und er hatte begriffen, dass er nun allein war, dass er verdammt war, dazu verdammt, den Rest seiner Tage in den finsteren Tiefen des Ozeans zu verbringen. Die Menschen hatten ihn verlassen.

Luigi atmete tief durch. Wie konnte ein erwachsener Mensch derartiges Zeug träumen? Mit Gott streiten! Die plötzliche Angst, die ihn überkam, gab ihm die Antwort. Er geriet in Panik. Die Angst hetzte ihn durch den Flur.

Jetzt hörte er erneut ein Geräusch. Es kam von draußen. Vielleicht ein Tier. Luigi wusste, dass es kein Tier war. Da draußen schlich irgendjemand ums Haus herum. Das Haus hatte einige Jahre leer gestanden. Wieso musste ausgerechnet heute Nacht jemand hier einbrechen? Luigi spürte, wie er weiche Knie bekam. Er konnte sich kaum auf den Beinen halten. Der Albdruck lastete noch immer auf ihm. Er hatte Claudia anrufen wollen. Hatte er es getan? Oder hatte er gar mit ihrem Ehemann Sergio gesprochen? Was war mit Salavatore? Der Mann machte ihm Angst. Man sollte sich nicht mit solchen Leuten einlassen. Ein falsches Wort, und man landete auf dem Meeresgrund.

Vorsichtig tastete er sich durch das dunkle Schlafzimmer und trat leise auf den Flur hinaus, der über eine massive Steintreppe zum Erdgeschoss hinunterführte. Im Flur waren abschließbare Wandschränke. Die Schlüssel steckten. Leise öffnete Albertini den ersten Schrank. Drei Jagdgewehre, eine historische Winchester 73 und zwei Faustfeuerwaffen. Die Smith & Wesson Magnum war geladen. Luigi öffnete die Trommel. Fünf Patronen, Kaliber 44. Jetzt hörte er wieder ein Geräusch. Da war jemand, hinten im Hof. Luigi öffnete die Tür zur Terrasse. Langsam richtete er sich auf und schaute über die Brüstung. Der Wald, der jenseits des Hofes begann, hüllte alles in tiefe Schwärze. Irgendetwas hatte sich bewegt. Luigi war wie gelähmt. Jetzt erkannte er die Umrisse einer Gestalt. Sie kam langsam auf den Hof zu. Luigi hielt die Waffe schützend vor sich. Dann drückte er ab. Die Gestalt schien sich zu ducken. Dann rannte sie fort. In Richtung Wald.

Luigi horchte. Die Gestalt war verschwunden. Auf der anderen Seite, vor dem Haus, hörte er jetzt ein Motorrad. Es entfernte sich rasch. Wieso hatte er es nicht kommen hören? Vielleicht hatte ein Nachbar ein Motorrad. Aber wer fährt um diese Uhrzeit mit dem Motorrad los?

Doch was gingen ihn die Nachbarn an? Ihn interessierte, was sich hier im Hinterhof abgespielt hatte, oder drüben im Wald. Irgendjemand war hier gewesen. Und jetzt war er fort.

19

USBEKISTAN

Yousaf döste auf einem Feldbett inmitten von gackernden Hühnern. Ein Jeep blieb vor der Hütte stehen. Der Fahrer hupte. Am Steuer saß ein Mann schwarzer Hautfarbe, athletisch gebaut, Anfang dreißig, sommerliche, weiße Leinenhose, offenes senffarbenes Hemd. Sein Jeep sah aus, als hätte man ihn vor zehn Jahren den UN-Truppen gestohlen und seitdem nicht ein einziges Mal gewaschen.

»In Europa implantiert man streunenden Hunden einen Chip unter die Haut«, sagte er nach einer Weile und schüttelte verächtlich den Kopf.

Yousaf verzog keine Miene. Er saß da, stumm, bereit, jedes Schicksal anzunehmen, das ihm widerfahren sollte.

»Wo sind die andern?«, fragte der Mann am Steuer.

»Ich bin allein«, antwortete Yousaf ruhig.

»Ich sollte aber sieben Leute abholen«, insistierte der Mann, »ein komplettes Team.«

»Ich bin allein,« wiederholte Yousaf, »ich bin das Team.«

»Ich bringe dich ans Ziel. Dafür werde ich bezahlt. Ansonsten habe ich mit der ganzen Sache nichts zu tun. Ist das klar?«

Yousaf nickte.

»Kannst du einen Helikopter fliegen?«

»Wir haben keinen Helikopter«, sagte Yousaf. Sein Blick schweifte in die Ferne.

Plan B, dachte der Fahrer. Er schaute den Mudschahed nachdenklich an. Am liebsten wäre er ausgestiegen, hätte den Afghanen am Kragen gepackt und ordentlich durchgeschüttelt. Aber was konnte der Junge dafür? Wahrscheinlich hatte er keine Ahnung, was ihn wirklich erwartete.

»Wie lange willst du hier noch rumsitzen?«

Yousaf erhob sich von der Pritsche. Seine nackten Füße traten in den Hühnerkot, der überall herumlag. Langsam ging er auf den Fahrer zu: »Bist du der Holländer?«

Der Schwarze am Steuer nickte. »Beeil dich und wasch dir die Füße.«

»Seit wann sind Holländer schwarz?«

»Seit sie in Somalia waren.«

20

SIZILIEN

Francesco und Furio schauten sich die Akte an, die Salvatore ihnen über den Tisch geschoben hatte. Es war ungewöhnlich, Salvatore auf dem braunen Ledersessel des verstorbenen Don Antonio Calame sitzen zu sehen. Selbst Salvatore spürte ein gewisses Unbehagen, aber der Gedanke, dass er es für seinen Bruder Antonio und die Familie tat, gab ihm Kraft, die Sache durchzuziehen. Francesco hatte ein glattes, ebenmäßiges Kindergesicht, war um die fünfunddreißig, aber seine geschätzten hundertfünfzig Kilo verliehen ihm den Charme eines Schlachtschiffes. Wenn er sich bewegte, keuchte er, als würde der Maschinenraum explodieren. Mit jedem Schritt scheuerte er sich die schweißnassen Innenschenkel wund. Furio war nur wenige Jahre jünger. Er trug ein enges schwarzes T-Shirt, unter dem sich die Muskelpartien eines durchtrainierten Körpers abzeichneten. Das lange, pechschwarze Haar hatte er zu einem Pferdeschwanz zusammengebunden. Er wirkte nicht gerade wie ein Latin Lover, obwohl er bei den Frauen gar nicht so schlecht ankam. Aber das lag wahrscheinlich an seiner ernsten Art. Stille Wasser gründen tief. Gewisse Frauen mochten das, und Furio war für solche Frauen durchaus der Typ, den man in den Arm nahm, an die entblößte Brust drückte und mit einer Pille Prozac fütterte.

»Kennt ihr Basel?«, fragte Salvatore.

»Ja«, brummte Francesco, »wir waren mal da, als Juve in der Champions League gegen den FC Basel gespielt hat.«

Furio nickte: »Ja, ja, war alles so sauber. Ich weiß nicht, wie die das machen. Wo lassen die bloß den ganzen Dreck?«

»Noch Fragen?«, fragte Salvatore.

Francesco reichte die Akte zurück: »Sie sprachen von zwei Zielen.«

Salvatore reichte eine zweite Akte über den Tisch. Furio machte Anstalten, sie an sich zu nehmen, doch Francesco schaute ihn grimmig an und griff dann seinerseits danach. Er schlug sie auf und hielt sie dann so in den Händen, dass auch Furio einen Blick hineinwerfen konnte. Francesco stand auf solche Spielchen. Er war der Capo, und er erwartete, dass sich Furio respektvoll unterordnete.

»In den Bergen!«, stöhnte Francesco. »Ich hasse Berge.« Er schob die Akte zu Furio rüber und lehnte sich zurück: »Furio soll das machen.«

»Liebst du Berge, Furio?«, fragte Salvatore.

»Nur wenn sie flach sind«, murmelte Furio.

21

BASEL

»Ich fühlte mich bedroht«, sagte Luigi Albertini, als Kriminalkommissar Johann Sutter, den sie hier Detektiv-Wachtmeister nannten, seine Frage wiederholte, warum Luigi mitten in der Nacht mit Feuerwaffen herumspielte. »Oder finden Sie es normal, wenn jemand um drei Uhr morgens auf Ihrem Grundstück herumschleicht?«

Sutter musterte Albertini nachdenklich, der da am Küchentisch saß und den Kopf auf die Hände stützte. Er trug schwarze Shorts und ein verschwitztes weißes T-Shirt. Irgendwie sah er verknittert aus. Die Stirn in Falten gelegt, mit dunklen Augenringen unter müden Augen. Rasiert und geduscht würde er entschieden jünger wirken. Der Kommissar öffnete den Kühlschrank. Er war leer und stank.

»Aber niemand hat auf Sie geschossen? Oder sehe ich das falsch?«, fragte Sutter.

Luigi hob den Kopf. Das Tageslicht blendete ihn.

»Ich kenne Ihre Gesetze nicht. Aber gilt Notwehr erst, wenn man erschossen wird?«

»Sie sind nicht der Hausbesitzer?«, fragte Sutter unbeeindruckt.

Luigi schüttelte den Kopf. Er schaute durch das große Küchenfenster in den Hof hinaus. Beamte der Spurensicherung markierten den Tatort und machten Fotos.

»Ich bräuchte dann einmal Ihren Ausweis«, sagte Sutter.

Luigi fuhr erschreckt zusammen.

»Ihren Ausweis«, wiederholte Sutter.

»Ja, natürlich«, murmelte Luigi und stand auf. Er fühlte sich wie ertappt. Sutter beobachtete ihn skeptisch.

»Ich habe noch nichts im Magen«, sagte Albertini gequält und machte einige Schritte. Ihm war speiübel. Auf dem Fenstersims lagen sein Pass, sein Portemonnaie, Schlüssel, Handy. Er nahm den Ausweis und reichte ihn Sutter.

»Das Haus gehörte Signore Camoranesi«, sagte Luigi.

»Ist er hier?«

»Nein«, antwortete Luigi, »er ist vor einiger Zeit verstorben, jetzt gehört es seinem Sohn.«

»Und was tun Sie hier?«, fragte Sutter und blätterte Luigis Pass durch.

»Ich sollte im Auftrag von Camoranesis Sohn das Haus verkaufen.«

»Und den erstbesten Interessenten schlagen Sie gleich in die Flucht?«, sagte Sutter, ohne die Miene zu verziehen. Er spielte mit dem Pass in der Hand. »Italiener …«

»Rom.«

»Sie sind verheiratet?«

Albertini starrte Sutter an, als hätte er ihn soeben getreten.

»Nein«, sagte Luigi. Es klang irgendwie deprimiert.

»Beruf?«

»Ich … ich befasse mich mit … Weinen.«

»Alkoholiker?«, fragte Sutter, und wieder klang es nicht wie ein Scherz.

»Ich bitte Sie«, wehrte sich Luigi, »ich bin Journalist, ich schreibe über Weine.«

»Der Weinpapst Albertini?«

»Ich bin nicht verwandt mit dem großen Albertini. Ich bin der unbekannte Albertini.«

»Der unbekannte Albertini also.«

»Ja.« Ein verlegenes Lächeln huschte über Luigis Gesicht. Es war ihm nicht klar, wieso er nicht einfach seinen Vatikanausweis zückte und sich als akkreditierter Diplomat des Heiligen Stuhls zu erkennen gab. Irgendetwas in seinem Innern sagte ihm, dass er das besser nicht tun sollte. Er wollte niemanden kompromittieren. Aber andererseits war ihm auch klar, dass es für eine Ermittlungsbehörde kein Problem war, in kürzester Zeit alles über ihn herauszufinden. Möglicherweise wäre die Sache damit schnell beendet. Er kannte das Opfer nicht. Wieso sollte er einen wildfremden Menschen erschießen? Und wenn er das Opfer doch kannte? Er hatte die Leiche noch nicht gesehen. Eine große Unruhe erfasste Albertini.

Sutter wandte sich ab, trat auf den Hof hinaus. Luigi folgte ihm. Das Anwesen war verwildert. Überall wucherte Unkraut, Gras, Gestrüpp. Efeu hatte sich wie ein grüner Teppich über die Mauern gelegt, und Robinien umarmten mit ihren Ranken alles, was sie erreichen konnten, rissen metallene Handläufe aus ihren Verankerungen und sprengten die Steintreppe, die zum Wald hinaufführte. Zum Wald hin war der Hof offen. Der Wald selbst war ein undurchdringliches Niemandsland von mehreren Tausend Quadratmetern. Links und rechts war das stattliche Anwesen mit hohen Zäunen von den Nachbargrundstücken getrennt.

Zwei Beamte mit Gesichtsmasken und Plastikhandschuhen hievten die Leiche in einen schwarzen Plastiksarg. Als sie an der Veranda vorbeigingen, befahl ihnen Sutter, den Sarg abzustellen. Sutter winkte Luigi zu sich.

»Kennen Sie den Mann?«

Luigi trat näher an den Sarg und sah auf den älteren Mann hinab, der mit halb offenem Mund in der Kunststoffwanne lag. Der Tote machte einen verblüfften Eindruck, als verstünde er nicht ganz, wieso er gestorben war. Er hatte pechschwarzes Haar und ein schneeweißes Gebiss, man sah borstige Haarbüschel in seinem linken Ohr. Darunter klaffte ein Loch. Die Kugel musste ihn schräg in den unteren Halswirbel getroffen haben. Luigi kam in den Sinn, dass bei Toten die Haare noch ein paar Stunden weiterwuchsen. Oder waren es ein paar Tage? Luigi fühlte sich sterbenselend, übermüdet, erschöpft. Ihm war flau. Er hatte Angst, sich übergeben zu müssen. Wieso zum Teufel hatte er letzte Nacht so viel getrunken? Das war nicht sein Stil. Wieder überlegte er, ob er gestern Nacht telefoniert hatte.

»Ob Sie den Mann schon einmal gesehen haben?«, wiederholte Sutter.

»Nein«, antwortete Luigi müde, »ich kenne den Mann nicht. Woher sollte ich ihn kennen? Ich lebe in Rom.«

»Die Sache scheint Sie nicht sonderlich zu interessieren«, raunzte ihn Sutter an.

»Ich brauche einfach etwas Schlaf«, verteidigte sich Luigi matt.

»Ich kann verstehen, dass Sie es nicht mögen, wenn man Ihren Schlaf stört. Und der Mann hier, der hat letzte Nacht Ihren Schlaf gestört«, bemerkte Sutter nicht ohne Sarkasmus.

»Ich hab's Ihnen doch schon erklärt. Es war dunkel, drei Uhr morgens oder so. Ich hatte schlecht geschlafen, ich war noch ganz benommen …«

»Betrunken, wollten Sie sagen.« Sutter wies zur Tür und trat in die Küche. »Ziehen Sie sich an. Sie werden uns begleiten.«

»Wohin denn?«, fragte Luigi.

22

BASEL

»Muss das sein?«, fragte Luigi Albertini gequält, als er die Metalltreppen des Basler Untersuchungsgefängnisses Waaghof hinaufgeführt wurde. Sutter und seine Begleiter führten ihn in ein geräumiges Arbeitszimmer. Die Türen zu den Nebenräumen waren weit offen. Neben einem Monitor lag ein aufgerissener Schuh. Sutter gab einem der Beamten einen Wink, eine Blutprobe zu nehmen. Luigi setzte sich und machte den Arm frei. Während der Beamte sich an ihm zu schaffen machte, versuchte er sich zum x-ten Mal zu rechtfertigen.

»Ich stand da draußen auf dem Balkon, es war Nacht, eine mondlose Nacht, ich höre diese Geräusche, und da kommt mir in den Sinn, dass ich kürzlich von einem alten Ehepaar gelesen habe, das von Einbrechern überfallen, geknebelt und gefesselt worden ist, und dass man die beiden erst ein Jahr später zufällig entdeckt hatte. Ich habe nicht genau erkannt, was es war. Ich habe einfach geschossen. Ich wollte nur ein paar Warnschüsse abgeben. Ist das denn so schwer zu verstehen?«

Routiniert hatte der Beamte Luigis Oberarm abgebunden. Er nahm drei Ampullen aus einer Packung und beschriftete sie. Sutter musterte ihn nachdenklich und rieb sich dabei die Nasenspitze. Nach einer Weile fragte er: »Sind Sie in psychiatrischer Behandlung?«

»Nein, ich spende gerade Blut.«

Luigi wurde die Sache allmählich zu bunt. Er hatte den Toten gesehen. Er kannte ihn nicht. Ein Beziehungsdelikt konnte man also ausschließen.

Der Beamte, der Albertini das Blut abnahm, füllte das dritte Glasröhrchen ab, verschloss es und drückte Albertini eine Wundauflage in die Armbeuge. »Bitte draufdrücken.«

»Bei drei Ampullen können Sie auch gleich meine Cholesterinwerte und den Prostata-Marker messen.«

»Wir testen Sie unter anderem auf Drogen«, sagte Sutter kühl und blätterte erneut in Albertinis Pass.

»Ich verstehe das alles nicht«, sagte Albertini, »aber Sie werden dafür bezahlt, Zusammenhänge aufzuspüren.«

»Was soll ich denn Ihrer Meinung nach davon halten, Signore Albertini?«

Luigi lächelte: »Ein heruntergekommener Alkoholiker schießt um drei Uhr morgens auf weiße Mäuse und trifft dabei den Präsidenten der Milchgenossenschaft. Aber was macht der Präsident der Milchgenossenschaft um drei Uhr morgens in meinem Garten? Wollte er das Balzverhalten der Dachse beobachten?«

»Der Tote ist Präsident der Milchgenossenschaft?«, fragte Sutter, und zum ersten Mal wirkte er wirklich irritiert.

»Verzeihen Sie, ein kleiner Scherz meinerseits«, murmelte Luigi.

»Es freut mich, dass Ihnen die gute Laune noch nicht vergangen ist«, gab Sutter mürrisch zurück.

»Lassen wir die Wissenschaft entscheiden. Morgen haben Sie Ihre Laborberichte. Oder braucht man in diesem Land dafür eine Volksabstimmung?«

»Wir werden alles haben, Herr Albertini, die Blutanalyse, die Todesursache, die Schussentfernung, die Schusswaffenidentifizierung, die Geschossanalyse, wir werden mehr haben, als Ihnen lieb ist.«

Luigi streckte die Hand nach seinem Ausweis aus: »Kann ich jetzt gehen?«

»Nein«, lachte Sutter, »Sie sind vorläufig festgenommen und werden in einer Untersuchungszelle übernachten. Innerhalb von achtundvierzig Stunden werden Sie dem Haftrichter vorgeführt. Er wird über das weitere Vorgehen entscheiden.«

23

BASEL

Cassidy stand an der Rezeption des Basler Hilton, das sich gleich neben dem BIZ-Turm befand. Er wartete. Die junge Frau hinter dem Tresen surfte im Online-Shop von Tally Weijl.

»Lassen Sie sich nicht stören, ich bin nur ein Kunde«, grinste Cassidy.

Die junge Frau blickte kurz hoch und lächelte. Sie war blond und zierlich. Als sie weiter auf der Tastatur herumspielte, wurde Cassidy langsam ungeduldig: »Sie sollten eine Anti-Kunden-Firewall einrichten: Kunden unerwünscht!« Wieso nicht gleich den Eingang verbarrikadieren und jeden potenziellen Kunden mit Gummischrot und Wasserwerfern zum Teufel jagen?

Cassidy schaute sich nach irgendwelchen Gästen um, die seinen Humor möglicherweise teilten. Doch da gab es nur einen Koloss von einem Mann, der wie eine Dampflok schnaubend über den dicken roten Teppich der Empfangshalle gewalzt kam.

»Ich bin gleich so weit, Sir«, antwortete die junge Frau freundlich.

»Mit dieser Piepsstimme könnten Sie die Mäuschen von Walt Disney synchronisieren«, witzelte Cassidy. Die junge Frau starrte ihn verständnislos an. Sie hatte noch nie begriffen, wieso diese älteren Herren sich immer einbildeten, jede junge Frau anmachen zu können.

Der Koloss trat direkt hinter den Tresen, zeigte der verdutzten Angestellten einen Ausweis und brummte auf Italienisch: »Die Gästeliste!«

»Sir …«, wollte das Mädchen von der Rezeption protestieren, doch der Italiener mit dem Kindergesicht schnitt ihr das Wort ab:

»Ich habe dich nicht nach deiner Aufenthaltsbewilligung gefragt, sondern nach der Gästeliste.«

Das Mädchen erhob sich und klickte mit der Maus auf das Menüfeld »Guest list«. Während der Italiener durch die Liste scrollte, wandte sich die junge Frau an Cassidy.

Er grinste: »Und jetzt lassen Sie Bruder Tuck die Gästeliste beschnüffeln? Sie sollten besser nach Tokio auswandern und Mangapüppchen synchronisieren. Die Mäuse von Walt Disney sind doch etwas zu tough. Amerikanisch halt.«

»Womit kann ich Ihnen dienen, Sir?«, fragte die junge Frau entnervt.

»Ignorieren Sie die Bemerkung des Gastes und bleiben Sie stets freundlich und sachlich«, lachte Cassidy. »Also, ich suche einen Dottore Lustrinelli, er ist Gast in Ihrem Hotel. Würden Sie ihm bitte mitteilen, dass ich ihn im Foyer erwarte. Mein Name ist Cassidy. John F. Cassidy.«

Francesco spitzte die Ohren. Soeben hatte er Lustrinelli in der Gästeliste gefunden. Er sah einen Vermerk, wonach Lustrinelli vor einer halben Stunde Champagner und belegte Brötchen aufs Zimmer bestellt hatte.

»Signore Lustrinelli hat vor einer halben Stunde das Haus verlassen, Sir«, teilte die junge Frau Cassidy mit.

Francesco verkniff sich ein Grinsen und begab sich zum Fahrstuhl, während Cassidy enttäuscht dreinblickte.

»Verdammt. Dann sagen Sie mir wenigstens, wo ich hier einen anständigen Drink bekomme.«

»Drüben an der Bar, Sir, aber die öffnet erst in einer Stunde.«

Mit einem Seufzer schob Cassidy der jungen Frau eine Visitenkarte über den Tresen: »Geben Sie das Dottore Lustrinelli. Wenn er zurückkommt, soll er mich anrufen. Es ist dringend.«

Die junge Frau nahm die Karte und legte sie in ein offenes Postfach. Als sie zurück an den Tresen trat, grinste Cassidy. Er beugte sich vor und flüsterte der verdutzten jungen Frau etwas ins Ohr.

»Sir«, antwortete die junge Frau nun sehr bestimmt, »erstens bin ich Kroatin, und zweitens ist das hier kein Bordell, und wenn Sie nicht sofort verschwinden, lasse ich den Sicherheitsdienst rufen.«

24

BASEL

Cesare Lustrinelli, Präsident der italienischen Nationalbank, lag nackt auf dem Rücken in seinem King-Size-Bett und schnaubte wie ein Stier, während eine junge Frau über ihn gebeugt war und ihn mit heftigen Beckenbewegungen zum Höhepunkt trieb. Eigentlich war Lustrinelli nicht der Typ für solche Rendezvous. Er war seit sechsunddreißig Jahren glücklich verheiratet, und sein eheliches Sexualleben war bereits vor Jahren zum Erliegen gekommen. Es war nichts Besonderes vorgefallen. Es hatte sich einfach so ergeben. Seit dem Zusammentreffen mit Dario Baresi schluckte er Viagra wie andere Kräuterbonbons, und seit Baresi ihm von diesem Gerücht erzählt hatte, war es ihm einerlei, ob ihn eine versteckte Kamera filmte oder ob ihm das Potenzmittel die Augäpfel bersten ließ.

Doch Dottore Lustrinelli war weit davon entfernt zu erblinden. Er sah den dicken jungen Mann mit dem arglosen Kindergesicht, der da plötzlich aus dem Nichts aufgetaucht war und nun vor seinem Bett stand, sehr deutlich. Mit einer ganz und gar nicht arglosen Bewegung schubste Francesco die junge Frau vom Bett. Dann zog er Lustrinelli an beiden Füßen zu sich. Der Kopf des Präsidenten der italienischen Notenbank schlug hart auf dem Teppich auf, wie eine Bowlingkugel, die aus der Bahn gesprungen war. Es tat weh. Lustrinelli blieb benommen liegen. Er wusste nicht, wie ihm geschah. Aber er war sicher, dass es mit dem zu tun hatte, was Baresi ihm erzählt hatte. Aber was wollte dieses Riesenbaby von ihm? Lustrinelli rieb sich den Hinterkopf. Wenigstens war der Fremde nicht seine Ehefrau.

»Der steht ja immer noch«, brummte Francesco und zeigte auf das erigierte Glied des Bankpräsidenten. Lustrinelli machte keine Anstalten, sein Geschlecht zu bedecken. Die junge Frau sprach ein paar hastige Worte, die niemand verstand. Es war polnisch. Blitzschnell zog sie sich an. Als Francesco auf sie zukam, wich sie zurück und legte schützend die Arme vor ihr hübsches Gesicht. Der Italiener griff in seine Jackentasche, nahm ein Bündel Geldscheine heraus, befeuchtete den Daumen und zählte drei Hunderteuroscheine ab.

»War sie drei Scheine wert?«, fragte er Lustrinelli. Der Bankier nickte. Francesco reichte der Polin die Scheine und wies zur Tür. Verzweifelt suchte sie den Blickkontakt zu Lustrinelli:

»Du weißt, wo du mich findest, ja? Und denk daran, ich kann gut kochen.«

»Ich werde dich nicht vergessen«, murmelte Lustrinelli und griff zum Telefonhörer. Francesco entriss ihm den Hörer und zerrte so lange am Apparat, bis der Stecker aus der Dose sprang. Die Polin ergriff Schuhe und Kleider und eilte barfuß zur Tür. Francesco machte eine ausholende Bewegung, als wolle er sie im Vorbeigehen schlagen. Die Polin schrie auf und rettete sich auf den Flur.

»Tür zu!«, brüllte der Italiener ihr nach. Die Polin schloss die Zimmertür. »Nimm dich in Acht«, lachte er, »morgen will sie dich heiraten.« Er holte eine Walther 9 mm hervor und machte ein ernstes Gesicht.

»Ich brauche wohl eher einen Bodyguard«, sagte Lustrinelli. Er kam auf die Beine und baute sich vor dem Eindringling auf. Cesare Lustrinelli war trotz seiner dreiundsechzig Jahre von schlanker Statur und hatte eine selbstbewusste Körperhaltung. Selbst nackt strahlte er mehr Dominanz aus als Francesco mit seiner Waffe. Lustrinelli war es gewohnt, Befehle zu erteilen, und ordinäre Menschen verachtete er ganz besonders. Mit herrischer Miene blickte er daher seinen jungen Landsmann an.

Der wich instinktiv einen Schritt zurück. Dann fuchtelte er mit der Waffe herum: »Wir gehen auf Reisen, Dottore Lustrinelli«, erklärte er die Spielregeln, »jemand will dich sprechen, das ist alles. Wenn du abhaust, muss ich dich umlegen. Wenn du mir keine Schwierigkeiten machst, bringe ich dich morgen wieder zurück. Dann kannst du weiterbumsen. Bei der Dosis Viagra, die du geschluckt hast, steht er bestimmt noch.«

Lustrinelli zog sich an, während Francesco den Raum inspizierte: »Benutzt du eigentlich keine Gummis?«

Lustrinelli suchte unter dem Bett nach seinen Socken.

»Genügt es nicht, dass diese Osteuropäer unsere Sozialsysteme plündern? Müssen die uns auch noch Syphilis, Tripper und Aids bringen? So wurden die Indianer ausgerottet. Die Indianer wurden nicht am Little Big Horn vernichtet, sondern durch die Pocken.«

Lustrinelli warf Francesco einen verächtlichen Blick zu: »Am Little Big Horn haben die Indianer gesiegt, Signore«, belehrte er ihn. Der massige Mann mit dem Kindergesicht verstand nicht, was der Bankpräsident damit sagen wollte. Er starrte ihn mit offenem Mund an. Es ärgerte ihn, wenn er die Leute nicht verstand und er nicht wusste, ob sie sich über ihn lustig machten.

Lustrinelli sah sein Gegenüber ungerührt an und knöpfte sich das Hemd zu: »Es war klug von Ihnen, Schläger zu werden und nicht Geschichtslehrer.«

Der Schläger rammte ihm die Faust in die Magengrube. Der Bankpräsident sackte zusammen.

»Wenn du kotzen musst, tu es hier«, sagte Francesco, »in meinem Auto ist es verboten.«

Lustrinelli begriff, dass es ein anstrengender Tag werden würde, und schwieg. Der Koloss ging zum Nachttisch und nahm die Medikamentenschachtel an sich, die unter der Leselampe lag.

»Wie viele haben Sie geschluckt, um so eine steinharte Latte zu kriegen?«, fragte er.

Lustrinelli hatte tatsächlich immer noch eine Erektion und versuchte mühsam, seine graue Anzughose zuzuknöpfen. »Signore, ich kann mich nicht erinnern, dass wir zusammen die Schulbank gedrückt hätten. Also unterlassen Sie diese anzügliche Konversation.«

»Ich habe ziemlich hohen Blutdruck, deshalb hätte es mich interessiert, ob ich mit den Dingern eine Dauerlatte kriege oder einfach nur blind und taub werde.« Francesco schien aufrichtig besorgt.

Lustrinelli war nicht entgangen, dass der junge Mann ihn plötzlich siezte: »Ihr Problem ist nicht der Blutdruck«, brummte er, »sondern die Frage, wie ein derart ordinärer Mensch eine Frau findet.«

Jetzt hatte er Francesco ernsthaft getroffen. Schweigend nahm der junge Italiener eine Dose aus seiner Innentasche und öffnete sie. Darin lag eine Spritze. Lustrinelli wich zum Fenster zurück. Er überlegte, ob er einen Gegenstand durch das Fenster werfen und um Hilfe rufen sollte. Zum kleinen Fernseher waren es nur zwei Schritte.

»Was haben Sie vor?«

Francesco kam langsam auf ihn zu.

»Mit so einer Latte können Sie nicht unter die Leute.«

Wenig später fuhr der schwarze 7er-BMW aus dem Parkhaus des Hotels und fädelte sich in den Verkehr ein. Francesco steuerte den Wagen Richtung Autobahn. Neben ihm saß der Bankier. Francesco hatte die Rückenlehne weit zurückgestellt. Lustrinelli war müde und kämpfte gegen die einsetzende Wirkung des Betäubungsmittels an.

Francesco griff ihm lächelnd in den Schritt und brummte: »Sehen Sie, Dottore, jetzt haben wir ihn doch noch gebändigt.«

»Wo fahren wir hin?«, murmelte Lustrinelli.

»Sie wurden von Don Calame für eine Munera auserwählt.«

»Eine Munera?«, fragte Lustrinelli mit schwerer Zunge. Dann fielen ihm die Augen zu. Der Kopf rutschte zur Seite. Und Francesco erzählte nochmals die Geschichte mit Buffalo Bill und den Pocken, obwohl es ihm schon zu denken gab, dass die Indianer angeblich am Little Big Horn gesiegt hatten. Wer zum Teufel hatte ihm diesen Blödsinn erzählt?

25

MÜRREN

Das Chalet lag unweit des Palace-Hotels im schweizerischen Mürren im Berner Oberland. Im Sommer war hier oben kaum etwas los. Die meisten Hotels hatten geschlossen. Mürren war ein klassischer Winterkurort. Die Skiliftmasten ragten wie stählerne Skelette in der grünen Landschaft auf.

Furio drückte mehrmals die Türklingel. Wer hätte gedacht, dass sich ein berühmter Programmierer, der einmal weltweit für Schlagzeilen gesorgt hatte, in einem solch schäbigen Chalet verkroch? Im Haus regte sich nichts. Furio hatte nichts anderes erwartet. Programmierer erreicht man am besten per E-Mail. Aber eine Haustür öffnen, das ist wahrlich ihre Sache nicht. Furio drückte die Türklinke. Das Haus war abgeschlossen. Kurz entschlossen warf sich Furio gegen die Tür. Das Schloss sprang aus der Verankerung und fiel zu Boden. Alles war alt und morsch, als Furio den Vorraum betrat. Es stank nach Staub und Moder. Eine Holztreppe führte zum oberen Stockwerk. Diverse Kabel waren notdürftig über dem Verputz befestigt. Einfach den Kabeln folgen, dachte Furio. Jeder Schritt verursachte ein lang gedehntes Knarren, als würde gleich das ganze Treppenhaus wie ein Kartenhaus zusammenfallen.

Im oberen Stockwerk befanden sich zwei Zimmer. Auf

der einen Tür stand »King Cruel«. Ja, auch Programmierer hatten ihren Stolz, besonders wenn sie sich international als Hacker einen Namen gemacht hatten. Vorsichtig öffnete Furio die Tür. Unter der Dachschräge saß King Cruel vor einem Monitor. Ein langer, nervöser Kerl mit zotteliger Mähne und wildem Robinson-Crusoe-Bart, der sich gerade sexuell befriedigte. Auf dem Bildschirm lief ein Porno, King Cruel hatte sich Kopfhörer ins Ohr gestöpselt. Als er den Schatten sah, der sich näherte, fuhr er erschreckt hoch. Doch die heruntergelassenen Jeans hinderten ihn daran, davonzulaufen. Er fiel der Länge nach hin und fluchte laut. Da lag er nun, King Cruel, der weltberühmte Hacker, noch keine fünfundzwanzig Jahre alt, Frank Bohne mit bürgerlichem Namen, gebürtiger Berliner. Er hatte sich einst einen Scherz erlaubt und von einem E-Banking-Konto der sizilianischen Mafia fünfzig Millionen Euro abgehoben und an Greenpeace überwiesen. Doch Greenpeace hatte das Geld brav zurücküberwiesen. So war die ganze Sache ins Rollen gekommen. Eigentlich war es als Scherz gedacht. Doch niemand hatte darüber gelacht.

»King Cruel, nehme ich an«, murmelte Furio, während sich Frank Bohne hochrappelte und seine Hose hochzog.

»Wie kommen Sie hier rein?«, giftete Bohne ihn an. »Und was wollen Sie von mir?«

»Ich will Sie zu einer Munera einladen«, antwortete Furio ruhig.

»Eine Munera? Was soll das? Pastascheiße mit Funghi?«

Furio überlegte, ob er antworten sollte. In dem Raum stank es. Jeder Schritt wirbelte Staub auf. Überall lag schmutzige Wäsche herum, dreckiges Geschirr mit eingetrockneten Essensresten, leere Flaschen stapelten sich auf den Tischen und Bänken, und die PC-Tastatur sah aus, als sei sie aus einer Packung Kellogg's Cornflakes herausgefallen.

»Eine Munera«, antwortete Furio mit ruhiger Stimme, »ist für zwei Personen, aber eine stirbt dabei.«

26

BASEL

Um die Mittagszeit wurde Luigi Albertini dem Haftrichter vorgeführt. Der grau melierte Herr teilte ihm mit, dass die bisherigen Ergebnisse ihn nicht belasten würden. Er ließ ihn auf Kaution frei, allerdings mit der Auflage, das Haus der Camoranesis nicht zu verlassen, bis ihm Detektiv-Wachtmeister Sutter seinen Pass wieder zurückbrachte.

»Der Tote wurde mit einer anderen Waffe getötet?«, fragte Albertini. Die Beamten in der Vorhalle hatten so etwas getuschelt. Luigi hatte sich aber keine Gewissheit verschaffen können.

Der Haftrichter zuckte die Schultern: »Ich bin nicht befugt, Ihnen die Ergebnisse der ballistischen Untersuchungen mitzuteilen.«

27

BASEL

Um die Mittagszeit kehrte Cassidy noch einmal ins Hilton zurück. Diesmal stand ein junger Mann an der Rezeption.

»Könnten Sie bitte Signore Lustrinelli Bescheid sagen, dass ich da bin?«

Der junge Mann schaute auf den Monitor: »Zimmer 410. Ich werde Sie gleich anmelden.«

Cassidy wartete. Nach einer Weile zuckte der junge Mann die Schultern: »Dottore Lustrinelli ist nicht auf seinem Zimmer.«

»Ich habe soeben mit ihm telefoniert«, log Cassidy, »er sagte, er wolle nur kurz das Hemd wechseln.«

»Wir versuchen es gleich noch mal«, sagte der junge Mann. Cassidy ließ ihn einfach stehen und ging zum Fahrstuhl. Der Mann an der Rezeption öffnete den Mund, um ihm etwas nachzurufen, aber er ließ es sein.

Cassidy fuhr in den vierten Stock und klopfte an Lustrinellis Tür. Dann horchte er. Nichts. Es schien tatsächlich niemand da zu sein. Als am Ende des Flurs ein Zimmermädchen mit ihrem Putzwagen erschien, tat er so, als suche er seine Schlüssel. Als die Frau an ihm vorbeiging, bat er sie, das Zimmer aufzuschließen, er habe sein Handy liegen lassen. Die Frau schloss das Zimmer auf und wartete. Cassidy betrat das Hotelzimmer 410. Kurz darauf trat er in Unterhose auf den Flur und sagte dem Zimmermädchen, er wolle doch noch den anderen Anzug anziehen. Sie nickte und ging weiter. Cassidy schloss die Tür. Jetzt war er allein in Lustrinellis Zimmer.

28

BASEL

Kriminalkommissar Johann Sutter stand in der Küche der Camoranesi-Villa und beobachtete Luigi Albertini, der an seinem Glas Rotwein nippte.

»Sie wollen also nach Rom zurück«, sagte Sutter.

»Ja, ich bin hergekommen, um im Auftrag von Herrn Camoranesi die Immobilie zu verkaufen. Ich habe einen Makler damit beauftragt. Mehr kann ich im Moment nicht tun.«

»Hm«, machte Sutter, »darf ich mich setzen?«

Luigi stand auf und nahm ein zweites Bordeauxglas aus dem Schrank.

»Nicht im Dienst«, sagte Sutter abwehrend. Luigi überhörte es und schenkte Sutter ein.

»Ich trinke nur im Dienst«, scherzte Luigi.

»Natürlich«, murmelte Sutter, »Sie sind ja – Weinjournalist.« Er sah Luigi scharf an.

»Das ist ein Château Pape-Clément«, sagte Luigi unbeirrt, »ein gewisser Bertrand de Goth hat das Weingut gekauft, 1299.«

»Ist schon eine Weile her«, murmelte Sutter, »hm?«

»Sechs Jahre später«, fuhr Luigi fort, ohne auf den Einwand zu achten, »wurde Bertrand de Goth als Klemens der Fünfte zum Papst gewählt. Deshalb heißt der Wein heute noch Château Pape-Clément.«

»Na ja«, meinte Sutter, »dann werde ich ihn wohl probieren müssen. Aber nicht zu viel.«

»Sechzig Prozent Cabernet Sauvignon und vierzig Prozent Merlot, Sie werden sehen, ein ganz außerordentlicher Körper.«

Albertini ließ den Wein im Glas kreisen, führte das Glas an die Nase und schnupperte. Dann trank er.

»Riechen Sie die verbrannte Erde?«, fragte Luigi mit dem Anflug eines Lächelns, »Holzrauch, Eichenfässer, Kaffee, Kirschlikör, Cassis ...«

Sutter trank und stellte das Glas auf den Tisch: »Und nach der zweiten Flasche sehen Sie wohl Burgen und hören Pferdehufe.«

Sutter griff in seine Aktentasche und legte Albertinis Pass auf den Tisch: »Eigentlich trinke ich bei diesem Wetter lieber ein kühles Helles ...«

»Nun gut«, unterbrach ihn Luigi, »das war der 82er-Jahrgang, ein Jahrtausendjahrgang im Bordeaux, aber auch die späteren Jahrgänge sind ...«

»Was, sagten Sie, sind Sie von Beruf?«, unterbrach ihn Sutter.

»Weinjournalist.«

»Aha«, machte Sutter, »Weinjournalist.«

Luigi nickte. Er spürte, dass Sutter auf etwas hinauswollte.

»Und vorher? Ich meine, man macht ja nicht Abitur und wird dann Weinjournalist ...«

»Mal dies, mal jenes ...«

»Das hätte mich jetzt noch interessiert«, sagte Sutter ernst, »mal dies, mal jenes.«

»Ist das schon wieder ein Verhör?«, fragte Luigi leicht gereizt. »Ich dachte, das ballistische Gutachten hätte mich entlastet.«

»Als Täter scheiden Sie aus. Aber in meinen Überlegungen spielen Sie immer noch eine Rolle.«

»Was wollen Sie damit sagen?«

Sutter legte zwei kleine transparente Plastiktüten auf den Tisch. In der einen Tüte war ein Siegelring, in der anderen Tüte eine goldene Halskette mit Anhänger.

»Kennen Sie sich mit solchen Dingen aus?«

Luigi nahm die Tüte mit dem Siegelring, schaute den Ring genauer an und legte ihn dann wieder auf den Tisch: »Das ist ein Siegelring mit einem Stiermotiv.«

Der Kommissar nickte: »Ja, ja, so weit sind wir auch schon gekommen. Wahrscheinlich das Sternzeichen des Toten. Uns interessiert eher das andere …«

Luigi nahm die zweite Tüte in die Hand: »Was ist das?«

»Das wollte ich eigentlich Sie fragen, Signore Albertini.«

»Ein vergoldeter Pinienzapfen«, sagte Luigi.

»Anatomie ist wohl nicht Ihre Stärke«, lächelte Sutter, »das ist ein Phallus, und die Eichel hat die Struktur eines Pinienzapfen.«

Luigi zuckte die Schultern: »Sie meinen, der Tote war schwul?«

»Sie sind nicht verheiratet, Signore Albertini …«, begann Sutter vorsichtig.

»Ja, das sagte ich doch schon.«

»Sie hatten fast zwei Promille im Blut …« Sutter schob das Glas beiseite.

»Ich trinke eigentlich nie größere Mengen, in meinem Beruf muss man besonders vorsichtig sein. Als ich hierherkam, ging mir so einiges durch den Kopf. Ich setzte mich an den Tisch und begann über verschiedene Dinge nachzudenken …«

»Sind *Sie* schwul, Signore Albertini?«

Albertini lachte leise und schüttelte amüsiert den Kopf.

»Sie sind nicht verheiratet«, insistierte Sutter, »Sie sind ein gut aussehender Mann in den besten Jahren.«

»Vielleicht der Beginn der Midlife-Crisis«, scherzte Albertini und schaute sich das Amulett genauer an: »Hier ist eine Inschrift. Haben Sie eine Lupe?«

Sutter nahm Luigi das Amulett aus der Hand.

»Sie kennen diese Art Amulette, Albertini. So wie Sie guten von schlechtem Wein unterscheiden können, kann ich einen Lügner von einem ehrlichen Menschen unterscheiden. Sie sind akkreditierter Diplomat des Heiligen Stuhls und genießen Immunität. Glauben Sie, das hätten wir nicht sofort herausgefunden? Ich frage mich: Wieso berufen Sie sich nicht darauf? Ist es Ihnen unangenehm, Monsignore Albertini? Oder werden Sie gar erpresst?«

Luigi konnte sich ein Grinsen nicht verkneifen. Die Zusammenhänge, die der Kommissar konstruierte, erheiterten ihn. Für den Kommissar ergaben sie scheinbar Sinn, und doch war er auf dem Holzweg. Aber Luigi konnte ihm schlecht erzählen, dass seine Krise darin bestand, dass er als katholischer Priester eine Frau liebte.

»Was ist daran so komisch?«, fragte Sutter. »Ich frag mich, was Sie mir verheimlichen und wieso ein Kardinal des Papstes um drei Uhr morgens mit zwei Promille im Blut auf einen Mann schießt, der ein Schwulenamulett am Hals trägt.«

»Solange Sie keine Beweise haben, sollten Sie diese abstrusen Theorien für sich behalten.«

»Wie Sie meinen, dafür erzählen Sie mir, was es mit diesem Amulett wirklich auf sich hat. Und dann nehmen Sie Ihren Pass und verschwinden.«

Luigi nickte Sutter zu und nahm den Pass, den der Kommissar auf den Tisch gelegt hatte. »Der Pinienzapfen ist ein uraltes Symbol für die Unsterblichkeit. Sie finden ihn in zahlreichen Gärten. Und ironischerweise auch auf Friedhöfen.«

»Und was bedeutet es, wenn man es am Hals eines Toten findet?«, fragte Sutter.

29

VATIKANSTADT

Sie trafen sich um zwölf Uhr mittags vor dem gigantischen Pinienzapfen im Cortile della Pigna, dem Pinienhof von Vatikanstadt. Die bronzene Pigna hatte einst die Villa des römischen Kaisers Hadrian geziert. Seit Jahrhunderten stand sie hier im Vatikan und wurde Jahr für Jahr von Hunderttausenden Touristen fotografiert, ohne dass sie jemals die Bedeutung dieses Symbols erkannten.

»Wie war Ihr Urlaub? Haben Sie sich erholt?«, begrüßte ihn Salvatore. Sorgenfalten verdüsterten sein altes Gesicht.

»Erholt gerade nicht«, antwortete Luigi knapp.

Salvatore stand eine Weile still vor dem Pinienzapfen. Dann wandte er sich an Luigi und sagte: »Wieso tritt der Papst nicht einfach zurück? Er ist krank.«

»Die Möglichkeiten eines Rücktritts regelt das Kirchenrecht, Salvatore. Papst Johannes Paul II. hat den entsprechenden Artikel noch persönlich verfasst. Paragraf 332 hält ausdrücklich fest, dass der Papst niemandem Rechenschaft schuldig ist über die Gründe, die ihn zu einem Rücktritt bewegen oder von einem solchen abhalten.«

»Monsignore, ich bitte Sie, ich frage nicht den Juristen, sondern den Freund und Vertrauten meines seligen Bruders. Da draußen braut sich etwas zusammen. Der Papst ist in Gefahr. Unsere Leute im Nahen Osten erhalten Informationen, die darauf hindeuten, dass hier in Rom etwas geschehen wird. Möglicherweise wollen einige Leute Panzerfäuste vom Typ RPG-7 einsetzen. Wir wissen von den Tschetschenen, dass die afghanischen Taliban auf Einkaufstour sind. Für einen Kunden aus Pakistan. Mehrere Gruppen sind schon unterwegs. Der alte Mann sollte lieber heute als morgen zurücktreten, bevor es zu spät ist.«

»Man plant einen Anschlag auf den Papst?« Luigi sah den Don durchdringend an. »Trachtet man dem Papst nicht immer nach dem Leben?«

»Bisher hatte der Papst Freunde, die ihn beschützt haben«, sagte Salvatore, »aber seine neuen Freunde können nicht mal ihr eigenes Leben schützen.«

»Ich verstehe, dass der Heilige Stuhl Ihre Familie gekränkt hat, Salvatore. Die Calames werden keinen Finger rühren, um den Papst zu schützen. Aber macht es Sinn, einen schwer kranken alten Mann zu töten?«

Salvatore musterte Luigi Albertini. Er schien nachzudenken. Nach einer Weile sagte er zögernd, jedes Wort abwägend: »Vielleicht geht es denen nicht nur darum, den Papst zu töten, vielleicht geht es nicht nur um den Bischof von Rom, vielleicht geht es um etwas Größeres, um etwas viel Größeres …«

»Ich bitte Sie, Salvatore! Ich bin all diese Andeutungen leid. Der Papst spricht in letzter Zeit auch nur noch in Rätseln. Was soll ich davon halten?«

Salvatore rang nach Worten. Schließlich sagte er: »Es geht um die letzte Schlacht zwischen Gut und Böse, um das ewige Ringen zwischen Licht und Dunkelheit.«

»Armageddon?« Luigi spürte, dass Salvatore ihm etwas Entscheidendes mitteilen wollte. Aber er konnte nicht. Und es quälte ihn.

»Standen Sie meinem Bruder … sehr nahe?«, fragte Salvatore vorsichtig.

Luigi Albertini lächelte: »Sie wollen wissen, wie viel ich weiß von all den Dingen, die jeder sieht und niemand weiß?«

»Ja, von all den Dingen, die jeder sieht und niemand weiß.« Salvatore musterte ihn eindringlich. Nach einer Weile sagte er schließlich: »Sagen Sie dem Heiligen Vater, dass er zurücktreten soll. Nur so kann das Unheil noch abgewendet werden. Sagen Sie ihm: Die Zeit ist gekommen.«

»Und wenn er sich weigert?«, fragte Luigi.

Salvatore schwieg. Albertini wartete geduldig auf eine Antwort.

»Wieso sollte er sich weigern?«, fragte Salvatore. »Er hört doch auf Sie. Und wir wollen doch nicht, dass dem Heiligen Vater etwas zustößt.« Albertini spürte, dass ihm Salvatore eine große Verantwortung auferlegen wollte. Doch er konnte diese Last nicht tragen.

»Der Papst fragte mich neulich: Hatte Jesus am Kreuz eine Wahl? Nein, Jesus konnte nicht vom Kreuz herabsteigen. Jesus ist nicht zurückgetreten, und ein Papst tritt auch nicht zurück.«

30

VATIKANSTADT

Etwas unwillig öffnete Casimir, der Zweite Sekretär des Papstes, die Tür des Appartemento und ließ Luigi Albertini eintreten. Luigi sagte ihm, dass er den Papst sofort unter vier Augen sprechen müsse. Der Sekretär zog sich, ohne ein Wort zu verlieren, zurück. Kurz darauf erschien er wieder und führte Luigi Albertini ins Privatgemach des Papstes.

Als Luigi neben dem Heiligen Vater niederkniete, stieg ihm ein säuerlicher Geruch in die Nase. Der Geruch des Alters, dachte Luigi.

»Wissen Sie mehr?«, fragte der Papst leise.

»Im Grenzgebiet zwischen Afghanistan und Pakistan sollen Terrorkommandos losgeschickt worden sein, Eure Heiligkeit ...« Luigi schluckte. »Um Sie ... zu töten, Eure Heiligkeit.«

Der Papst lächelte still vor sich hin: »Sie wollen mich töten, weil ich mein Versprechen nicht halten kann. Aber die wahren Mörder sind jene, die mich daran hindern, mein Versprechen zu halten. Haben Sie mit Dario Baresi gesprochen?«

»Nein«, sagte Luigi, »er ist wie vom Erdboden verschwunden.«

Luigi nahm einen Stuhl und setzte sich. Dann senkte er respektvoll den Blick. Der Papst gab ihm mit einer

Handbewegung zu verstehen, dass er Platz nehmen könne. Obwohl er bereits saß.

»Ich werde alles Notwendige veranlassen«, fuhr Luigi fort, »Sie brauchen sich keine Sorgen zu machen.«

Der Papst lachte leise und begann dann zu husten.

»Ich mache mir keine Sorgen, Luigi, nicht darüber. Wenn sie mich umbringen wollen, müssen sie sich beeilen. Aber zuvor werde ich das Versprechen einlösen, das ich gegeben habe.« Der Papst hob unter großen Anstrengungen den Kopf. »Ich bin nur der Stellvertreter unseres Herrn, Luigi. Stellvertreter kommen und gehen. Wenn man sie tötet, werden sie zu Märtyrern. Das hilft der Kirche. Aber was ist, wenn sie die Kirche töten? Die Institution der Kirche?«

»Gott werden sie nicht töten, Heiliger Vater, niemand kann Gott töten«, antwortete Luigi Albertini. Er kam sich töricht vor bei diesen Worten. Er war Diplomat, Nuntius, und kein Seelsorger. Geschweige denn Theologe.

»Luigi«, begann der Papst von Neuem, »wenn diese Menschen die Kirche töten, töten sie den Hirten, dann wird jeder Mensch wieder seinen eigenen Göttern huldigen. Dann wird der Glaube obdachlos.« Luigi schwieg. Der Papst sah ihn lange an. Er öffnete den Mund, um etwas zu sagen. Doch dann besann er sich anders und schwieg.

»Braucht der Glaube denn eine Kirche, Eure Heiligkeit?«, nahm Luigi wieder das Wort.

Der Papst lächelte: »Braucht die Herde einen Hirten, Luigi?«

Als Luigi Albertini die Privatgemächer des Heiligen Vaters verließ, stieß er im Flur beinahe mit Schwester Melanie zusammen. Gemeinsam mit drei weiteren Nonnen und den beiden Privatsekretären bildete sie die »päpstliche Familie« im Apostolischen Palast, die aufgrund ihrer Nähe zum Heiligen Vater manchen klerikalen Neid auf sich zog. Auch das häufige Erscheinen Albertinis ohne vorherige Absprache sorgte zunehmend für Missgunst und üble Nachrede.

»Sie waren beim Heiligen Vater?«, fragte Schwester Melanie erschrocken.

»Ja«, antwortete Luigi, »wann war der Arzt zuletzt bei ihm?«

»Heute Morgen«, antwortete Schwester Melanie. Sie schien sehr bekümmert.

»Seine Heiligkeit ...«, begann Luigi zögerlich, »es ... es riecht im Zimmer Seiner Heiligkeit.«

»Wir dürfen die Fenster nicht mehr öffnen«, gab Schwester Melanie resigniert zurück. »Seine Heiligkeit könnte sich erkälten. Nur wenn er in der Messe ist, dürfen wir ganz kurz lüften ...«

»Er ist inkontinent«, unterbrach Albertini sie.

Schwester Melanie schwieg. Sie schien es als Vorwurf aufzufassen. Fast trotzig sagte sie: »Ich achte darauf, dass er seine Medikamente nimmt. Aber...« Sie machte eine unwirsche Bewegung. Dann schaute sie Albertini direkt in die Augen und zischte leise: »Er will keinen Katheter, und von Windeln will er auch nichts hören. Heilige Mutter Maria, was soll ich denn machen?«

»Die Wäsche wechseln.«

»Das würde ich ja tun, aber er will alles allein machen! Er ist so stur.«

»Ich weiß«, antwortete Luigi versöhnlich und legte Schwester Melanie die Hand auf die Schulter, »nur deshalb hat das Christentum bis heute überlebt. Weil alle so stur sind.«

31

VATIKANSTADT

Auf Michelis' Nachttisch lag eine schmale weiße Packung mit der Aufschrift »Durogesic 100«. Die Packung war aufgerissen. Ein durchsichtiges Pflaster ragte heraus. Albertini erinnerte sich, ein solches Pflaster schon einmal gesehen zu haben. Das Pflaster enthielt Fentanyl, ein stark wirksames Opioid gegen Tumorschmerzen. Aber Luigi fiel nicht ein, wo er es kürzlich gesehen hatte.

»Schon wieder Donnerstag«, seufzte Michelis leise. Albertini setzte sich neben das Bett und legte seine Hand auf Michelis' Schulter.

»Nein, es ist erst Montag, Kardinal Michelis, ich wollte trotzdem kurz nach Ihnen sehen. Ich habe mit Kardinal Camoranesi über Sie gesprochen. Er hat mir versprochen, dass man sich künftig besser um Sie kümmern wird.«

»Ach, Luigi«, seufzte Michelis, »Sie sind ein wunderbarer Mensch. Zu Recht wurde Ihnen die Gnade gewährt, dem Heiligen Vater zu dienen. Passen Sie gut auf ihn auf. Ich glaube, sein Leben ist in Gefahr. Und wer ihm beisteht, gerät selber in Gefahr. Ihm werden sie nichts antun, aber den Leuten, die ihn beschützen. Schauen Sie mich an, Luigi, ich kann nichts mehr für unseren Papst tun.«

»Haben Sie einen Wunsch, Kardinal Michelis«, fragte Albertini, »irgendeinen Wunsch, den ich Ihnen ...«

»Sterben, Luigi, sterben möchte ich. Ist das zu viel verlangt?«

»Haben Sie starke Schmerzen?«

»Ach, die Schmerzen …«

»Sie bekommen zu wenig Morphin?«

Michelis verdrehte die Augen, um Luigi besser sehen zu können. Er konnte sich offensichtlich kaum noch rühren.

»Wozu haben wir im Vatikan eine eigene Apotheke?«, flüsterte Luigi. »Ich werde Ihnen etwas besorgen …«

»Es wirkt nicht mehr«, entgegnete Michelis müde, »ich brauche mehr, aber mehr können sie mir nicht verabreichen, das müssen Sie verstehen, Luigi, die Schwestern haben ihre Vorschriften, und hat nicht unser Herr weit größere Schmerzen erdulden müssen?«

Luigi spürte, wie ihm Tränen in die Augen traten. Beschämt senkte er den Kopf. Er versuchte sich zusammenzureißen. Was war nur mit ihm los?

Michelis sprach weiter: »Ein Kardinal hat mich vor einiger Zeit besucht. Ich habe seinen Namen vergessen. Es war wohl vor einem halben Jahr, als ich nach Erlösung verlangte. Und er sagte zu mir: Der Herr hatte kein Morphin, als er am Kreuz starb. Das hat er gesagt. Er bekam nur Essig zu trinken.«

Albertini nickte. »Aber Jesus war nicht allein, als er am Kreuz starb, um ihn waren seine Freunde …«

»Ich bin auch nicht allein, Luigi. Sie sind doch heute gekommen. Sie haben mich nicht vergessen. Sie haben ein gutes Herz, Luigi. Und wissen Sie, wenn mehr kommen würden, das würde mich zu sehr anstrengen. Gehen Sie nur! Sie sind jung. Sie haben das Leben noch vor sich.«

32

VATIKANSTADT

Die Küche, die am Ende der päpstlichen Privatgemächer lag, war sehr groß und mit modernsten Geräten und Maschinen ausgestattet. In der Mitte des Raumes befand sich ein großer Tisch, an dem zehn Personen sitzen konnten. Doch heute saß nur Luigi Albertini an dem Tisch. In der Hand hielt er ein Glas mit Grappa. Er sah kurz ins Glas, dann stürzte er das hochprozentige Zeug in einem Zug runter. Schwester Melanie stand neben ihm, die Flasche in der rechten Hand, den Korken in der Linken.

»Was er verbrochen hat?«, wiederholte Schwester Melanie seufzend und atmete tief durch. »Kardinal Michelis gehörte einfach der falschen Mannschaft an. Sie kennen doch mittlerweile die Spielregeln. Die Mannschaft, die den Papst stellt, bestraft anschließend die Verlierer. Wenn die Toskana-Fraktion am Ruder ist, lassen sie die Lombardei keuchen und schwitzen. Und wenn die Römer wieder am Zug sind, kriegen es die Mailänder heimgezahlt. Aber richtig schmutzig wird es erst, wenn ein Nichtitaliener gewählt wird, einer, der mit dem alten italienischen Adel bricht.«

Sie schenkte Albertini einen zweiten Grappa ein.

»Beschaffen Sie ihm mehr Morphin!«, sagte Albertini mit gepresster Stimme.

»Wir haben die Dosis bereits erhöht«, flüsterte Schwester Melanie, »nur weiß davon niemand. Kardinal Camoranesi war hier, er hat uns angewiesen, dafür zu sorgen, dass Michelis keine Schmerzen leidet. Aber die Schmerzen bleiben. Es ist eine große Lüge, Kardinal Albertini, dass man mit Morphin die Tumorschmerzen vollständig in den Griff kriegt. Wenn wir die Dosis noch weiter erhöhen, töten wir ihn.«

Schwester Melanie verkorkte die Flasche und räumte sie weg. In der Ferne hörte man Schritte, Stimmen. Einige Kardinäle betraten die geräumige Küche. Sie wurden von den beiden Privatsekretären des Papstes und von Staatssekretär Roca angeführt. Roca war rank und schlank, die anderen allesamt wohlbeleibt. Sie sprachen über das Essen wie andere Menschen über Sex, und sie schwelgten in detailreichen Schilderungen und stöhnten, als würde ihnen allein die Vorstellung einer karamellisierten Cognac-Pfeffer-Sauce höchste Genüsse bescheren.

»Haben Sie heute schon Kardinal Michelis besucht?«, rief Luigi ihnen zu.

»Michelis?«, fragte einer der Kardinäle. »Lebt er denn noch?«

»Der wird noch seinen Hundertsten feiern«, lachte Staatssekretär Roca und klopfte Luigi Albertini auf die Schulter. »Wissen Sie, wo unser Finanzminister steckt? Der Papst will ihn sprechen. Er meint, die Finanzen des Heiligen Stuhls seien in Unordnung geraten.«

Einige lachten.

»Alessandro Camoranesi«, meinte ein anderer Kardinal, »ich hörte, die Afrikaner würden ihn wählen.«

»Es muss wieder ein Italiener sein«, fügte ein anderer energisch hinzu.

»Brüder, ich bitte euch«, rief Kardinal Roca und fügte leise hinzu: »Noch lebt der Heilige Vater.«

Sofort wurde es still.

»Noch lebt der Heilige Vater«, wiederholte Roca leise.

»Genau wie Kardinal Michelis«, sagte Luigi.

33

BASEL

Seit Stunden wartete Cassidy im Hotelzimmer des Bankpräsidenten. Es war bereits dunkel geworden. Etwas steif erhob er sich aus dem Sessel neben dem Fenster und schenkte sich einen Calvados ein. Er schwenkte das Glas ein paarmal im Kreis und führte es dann an die Nase.

Kaum zu fassen, sinnierte Cassidy, dass einem Säufer wie mir ein derartiges Getränk bisher entgangen ist. Ein Hauch von Wehmut übermannte ihn. Vieles im Leben zog einfach an einem vorüber. Er ging auf die siebzig zu, unaufhaltbar, wie auf einem Laufband, das nicht zu stoppen war. Und vor ihm purzelten die Alten ins Grab, und hinter ihm rückten die Nächsten nach. Und irgendwann würde er an der Reihe sein. Bald. Ein Großvater ohne Enkel, ohne Kinder, ohne Familie. Ein alter Mann mit einem Glas Calvados in der Hand. Cassidy öffnete das Fenster.

Der Verkehrslärm störte ihn nicht, und die grünen Straßenbahnen, die rumpelnd und quietschend unter dem Fenster vorbeifuhren, gaben ihm das Gefühl, nicht ganz allein zu sein hier oben, in der Suite des verschwundenen Präsidenten der italienischen Nationalbank. Das Bett war zerwühlt, die Bettdecke lag am Boden, als hätte sie jemand in aller Eile weggeschleudert.

Cassidy zog seine Schuhe aus, lockerte seine Krawatte. Er rechnete nicht mehr mit einer Rückkehr Lustrinellis.

Da stand er nun. Einen Calvados in der Hand. Hinter ihm das offene Fenster, ein bisschen Luft. Vor ihm das unordentliche Doppelbett. Rechts der Fernseher, daneben eine kleine Kommode. Ein Notebook. Lustrinellis Notebook.

Cassidy schenkte sich Calvados nach und ging ins Bad. Der Fußboden war mit nassen Badetüchern ausgelegt. Offenbar hatte Lustrinelli noch geduscht. Ein Necessaire, eine Zahnbürste. Nicht zwei. Pillen. Meriten gegen Bluthochdruck, Sortis gegen Cholesterin, Aspirin für alle Fälle. Im Waschbecken ein paar schwarze Haare. Lange Haare.

Cassidy ging zurück, setzte sich vor Lustrinellis Notebook. Er zögerte. Er schaute ein paarmal zur Tür. Dann loggte er sich ins Internet ein. Er schaute sich die zuletzt von Lustrinelli besuchten Adressen an. Escort-Services. Er klickte einige Seiten an, aber die Mädchen auf den Bildern langweilten ihn. Es wunderte ihn selbst. Aber er wollte endlich Lustrinelli finden.

Cassidy las die E-Mails im Posteingang. Nichts Gescheites. Bürokram. Viele kurze Mitteilungen von seiner Sekretärin in Rom, Termine. Ein Schreiber bedankte sich für einen Börsentipp, ein anderer verfluchte ihn deswegen einige Tage später.

Cassidy schenkte sich einen weiteren Calvados ein und zog sein Hemd aus. Seine Stimmung stieg. Er hatte alles im Griff. Er glaube nicht mehr an eine Rückkehr Lustrinellis. Nicht heute Abend. Er zog seine Hose aus und schmiss sie über die Stuhllehne. Jetzt stand er da, in marineblauer Unterhose und Unterhemd. Und schwarzen Socken. Er schloss das Fenster und ging zum Bett rüber. Er wollte sich ein wenig hinlegen. Da trat sein Fuß auf etwas. Er bückte sich danach. Ein Handy. Lustrinellis Handy. Er überlegte, ob er irgendjemanden anrufen sollte. Die letzten Nummern wählen. Im nächsten Moment hatte er schon die Wahlwiederholung gedrückt. Doch er brach die Verbindung sofort wieder ab, schmiss das Handy aufs Bett. Eben noch hatte er sich völlig entspannt gefühlt, souverän. Jetzt kamen ihm Zweifel an seiner ganzen Unternehmung. War das der Calvados?

Cassidy spürte etwas Nasses auf seinem rechten Oberschenkel. Das Glas mit Calvados war offenbar in Schieflage geraten. Er ging zum Fenster rüber und holte die Flasche. Er hielt sie fest im Griff. Er starrte auf das Bett. Er wollte zum Bett rüber. Der Fußboden schien in Bewegung zu geraten. Wellenartig. Das lag wohl an der Bettdecke, an den Leintüchern, die am Boden lagen. Verzerrten die Perspektive. Als er das Bett erreicht hatte, überlegte er, ob er sich setzen sollte. Mit einer Bewegung nach links oder eher nach rechts? Wie setzt man sich aufrecht? Muss man dabei etwas denken? Etwas Bestimmtes? Oder geht es einfach so?

Schließlich saß Cassidy aufrecht im Bett. Die Beine von sich gestreckt. Er setzte die Flasche an die Lippen und trank. Er dachte an die Invasion der Normandie. So viele GIs. Viele waren gestorben. Aber einige hatten doch überlebt. Und wieso hatte verdammt noch mal keiner die Idee gehabt, diesen Calvados »Hors d'Age« mit rüberzunehmen? Wieso hatte Clint Eastwood nicht diesen Calvados entdeckt? Hat doch hier gedreht! »Flag of our Fathers«. Oder war es »The Longest Day«? Trank Eastwood etwa nicht? Und all die Western mit Sergio Leone? Hatte Clint nur Wasser getrunken? Und die Normandie im Sandkasten eines Hollywood-Studios abgedreht? War alles nur Show? Nichts echt? Taten die Leuten nur so? Als ob? Wie Lustrinelli? Und wie der Mann in der marineblauen Unterhose, der sich nach den Burritos seiner Mutter sehnte und auf einem fremden Kontinent eine Flasche Clavados schwenkte?

34

TOSKANA

Salvatore Calame starrte auf die Excel-Tabelle, die ihm die Buchhaltung zugemailt hatte. Ein klarer Trend. Seit Monaten. Kontinuierlich abwärts. Wenn das so weiterging, würden sie in achtzehn Monaten mehr ausgeben als einnehmen. Das letzte Quartal war das schlechteste Ergebnis, seit der zweiundsiebzigjährige Salvatore vor fast fünfzig Jahren die Führung der Fortuna Gold Resources Inc. in der südlichen Toskana von seinem Vater übernommen hatte. Hier hatten schon vor zweitausendfünfhundert Jahren die Etrusker Bergbau betrieben. Als man in den Achtzigerjahren dank neuartiger Explorationsmethoden Gold entdeckte, ging man an die Börse. Aber seit der Goldpreis ins Uferlose stürzte, rentierte sich die Gewinnung nicht mehr.

Verbittert schaute Salvatore aus dem Panoramafenster seines Büros in dem sechsstöckigen Verwaltungsgebäude nördlich der zentralen Verarbeitungsanlage. Von hier aus überblickte er einen Großteil des Areals, dessen Gleis- und Förderbandanlagen eine Länge von mehreren Kilometern hatten und die mächtigen Fördertürme miteinander verbanden. Das war die Fortuna Gold Resources Inc., das waren die Minen des Salvatore Calame.

Jetzt sah er, wie der weiße Range Rover von Dottore Machioni hinter dem ersten Förderturm verschwand.

Salvatore schaute auf die Tabletten, die der Arzt ihm gebracht hatte. Er starrte sie an, als hätte Machioni ihm den Feind mitten ins Herz seines Imperiums hineingetragen. Er nahm die Schachtel mit den Xeloda-Tabletten, wog sie nachdenklich in der Hand und warf sie dann in hohem Bogen in Richtung Papierkorb. Er verfehlte ihn um einen halben Meter. Nicht einmal das wollte ihm mehr gelingen.

Salvatore griff zum Telefon. Er drückte eine Taste und musste nicht lange warten. »Lasst es geschehen«, sagte Salvatore, »lasst es einfach geschehen.« Er hörte eine Weile zu. Dann sagte er: »Ja, ich hab mit ihm gesprochen. Er hat ein großes Herz. Aber es gibt Menschen, die eines Tages ihr Herz verschenken. Wenn der Preis stimmt. Wir müssen dem Kardinal ein Angebot machen, das er nicht ablehnen kann. Ich hätte ihn gerne zur Munera eingeladen, aber ich denke, er ist noch nicht so weit. Sind die Gäste schon unterwegs?«

35

PALERMO

Der CD-Spieler in seinem Wagen spielte »Torneró«, und Furio sang aus voller Kehle mit: »*Adesso scrivi aspettami … il tempo passerá … un anno non è un secolo … toooorneróóóóó …*«

Der Wagen holperte durch die Mandarinenplantagen im gottverlassenen Hinterland von Palermo. Es war heiß. Die Straße voller Schlaglöcher. Mücken, die wie kleine Wurfgeschosse durchs offene Fenster ins Wageninnere flogen. Die Straßenschilder wurden immer spärlicher, und die wenigen waren kaum lesbar. Er überholte einen Greis mit einem Maulesel. Dann wieder trostlose Einöde. Und diese Hitze.

»Können wir nicht vernünftig miteinander reden?«, fragte Frank Bohne nach einer Weile. Doch Furio grölte weiter »tooornerόόό« und schlug mit der Hand, die aus dem offenen Fenster baumelte, den Takt gegen die Autotür. Als der Song zu Ende war, hatte er einen hochroten Kopf: »I Santo California.«

»Die nächste Ortschaft?«

»Nein«, schrie Furio, »die Gruppe! ›Torneró‹ ist ein Song von I Santo California. *Capisc?*«

»Was interessiert mich dein Song«, zischte Bohne, »ich will wissen, wohin wir fahren und was eine Munera ist.«

»Kriegt man in Deutschland keine römische Geschichte beigebracht?«, fragte Furio.

»Ich habe nur Asterix gelesen.«

»Aha. Du hast also Asterix gelesen. Und da gibt's keine Munera?«

Frank Bohne zuckte mit den Schultern.

»Keine Munera bei Asterix«, murmelte Furio. Er warf einen Seitenblick auf den Programmierer und grölte: »Das ist auch richtig so, sonst wäre Asterix erst ab achtzehn.«

Furio lachte laut auf.

»Willst du mir Angst machen?« Bohne *hatte* Angst. Er hatte Angst, dass man ihm Schmerzen zufügen würde. Irgendjemand hier draußen im sizilianischen Hinterland, wo ihn kein Mensch hören konnte. »Falls du mir Angst einjagen wolltest, dann ist dir das gelungen.«

Furio schaute ihn voller Verachtung an. Er hasste diese Nordeuropäer, die bei der kleinsten Konfrontation gleich auf hilfloses kleines Kind machten. Furio schwieg und startete erneut »Tornerò«.

»Wann kann ich endlich pinkeln?«, protestierte Bohne.

»Du wirst bald Blut pissen«, antwortete Furio.

36

BASEL

Dottore Cesare Lustrinelli fehlte erneut. Die Sitzung der Bank für Internationalen Zahlungsausgleich begann ohne ihn. Wo zum Teufel steckt der Mann?, dachte Cassidy. Er war verärgert, und er machte keine Anstalten, es zu verbergen. Den übrigen Notenbankchefs war nicht ganz klar, wieso Lustrinellis Abwesenheit diesen Amerikaner Cassidy derart aufbrachte. Sie waren hier nicht an einer amerikanischen Eliteschule, die Anwesenheitslisten führte. Und im Übrigen hatte Italien wie alle anderen EU-Mitgliedsstaaten keine eigenständige Währungspolitik mehr. Die europäischen Notenbankchefs wollten ihren Regierungschefs mittelfristig den Weg für einen Budgetrahmen ebnen, aber es war einfach sinnlos, auf die Einhaltung des Stabilitätspaktes zu pochen, weil jedes EU-Mitglied unterschiedliche Inflations- und Wachstumsraten aufwies. Somit war es rein mathematisch ein Ding der Unmöglichkeit, mit einer einheitlichen Geldpolitik fünfundzwanzig verschiedenen Ländern zu genügen. Das war, als würde man Dürregebiete und Hochwassergebiete mit ein und derselben Menge Wasser versorgen wollen oder Untergewichtige und Übergewichtige mit ein und derselben Diät tyrannisieren.

Die Notenbankpräsidenten sprachen über den steigenden Ölpreis. Er hatte in den letzten Tagen mächtig zugelegt, nachdem Extremisten in Nigeria gedroht hatten, die Anlagen von Royal Dutch Shell anzugreifen. Und im Iran rechnete man wieder einmal mit einem israelischen Präventivschlag gegen die Atomanlagen. Jemand meldete sich zu Wort und versuchte die Anwesenden damit zu beschwichtigen, dass die US-Benzinlagerbestände ausreichten, um selbst in einem wetterbedingt verkehrsreichen Sommer den Bedarf zu decken. Trotzdem stieg der Ölkontrakt noch während der Sitzung um weitere zwei Prozentpunkte.

Cassidy dachte an den Calvados von letzter Nacht. Allein dafür hatte es sich gelohnt, nach Europa zu fliegen. Und Cassidy schwor sich, bevor er zurückfliegen würde, in die Normandie zu fahren und die Brennerei zu besuchen. Sobald die Sache mit Lustrinelli erledigt war. Ein Leben lang hatte er für andere Leute die Kohlen aus dem Feuer geholt. Jetzt wollte er mal an sich denken, nur an sich – und in die Normandie fahren und sich diesen Calvados besorgen.

37

VATIKANSTADT

Eine imposante Treppe führte in die oberen Stockwerke. Das Staatssekretariat des Papstes lag im dritten Stock des Apostolischen Palastes und war nur durch einen Flur von den Privatgemächern des Heiligen Vaters getrennt. Das Staatssekretariat war zweigeteilt. Sekretariat eins war für interne Angelegenheiten zuständig (dazu gehörten auch die Audienzen beim Papst), Sekretariat zwei, vergleichbar mit einem Auswärtigen Amt, war für Auslandsbeziehungen zuständig. Luigi Albertini erklomm die breite Steintreppe und begab sich zum Sekretariat eins, das von Kardinal Roca geleitet wurde. Als Stabschef des Papstes entschied er, wer den Papst sprechen durfte und welche Schreiben aus der täglichen Korrespondenz der Papst zu lesen bekam und welche nicht. Roca stammte aus einer der ältesten Adelsfamilien Italiens.

»Sie haben mich rufen lassen?«, fragte Albertini, als er, ohne anzuklopfen, den großen Barocksaal betrat, der Roca als Büro diente.

»Sie klopfen nicht an, Monsignore?«, fragte Roca, ohne von seinen Akten aufzusehen.

»Selbstverständlich klopfe ich an, Kardinal Roca«, log Albertini, »Ihr Gehör scheint nachzulassen. Vielleicht helfen drei Vaterunser vor den Mahlzeiten.«

Roca schaute auf und schürzte seine dünnen Lippen

zu einem spitzbübischen Lächeln: »Ich hörte schon, dass Sie in letzter Zeit zu einer gewissen Spottlust neigen.« Roca musterte Albertini nachdenklich: »Wissen Sie eigentlich, wie viele Leute im Vatikan arbeiten?«

»Ja«, entgegnete Albertini gelangweilt, »höchstens die Hälfte.«

»Dann haben Sie gestern mit den Kardinälen Gatusso und Pirlo Skat gespielt«, lachte Roca.

»Nein«, sagte Albertini und schritt um Rocas breiten Mahagonitisch herum, um einen Blick auf seinen Bildschirm zu werfen, »Gatusso und Pirlo betrügen. Den beiden möchte ich nicht die Beichte abnehmen.«

»Wieso nicht? Wir könnten bestimmt etwas lernen.«

Roca bemerkte, dass Albertini auf seinen Monitor starrte, und drückte flink die Cheftaste, die einen unverfänglichen Bildschirmschoner startete.

»Danke, dass Sie mir die unkeuschen Bilder erspart haben«, scherzte Albertini, obwohl er gesehen hatte, dass Roca lediglich den Posteingang seiner Mails geladen hatte.

Roca reagierte säuerlich: »Monsignore Albertini, auch der Humor hat seine Grenzen. Nehmen Sie Platz. Ich habe mit Ihnen zu reden.«

Albertini setzte sich in einen schweren Ledersessel dem Staatssekretär gegenüber.

»Ich will nicht viele Worte verlieren. Ab sofort gilt: Wenn Sie mit dem Papst sprechen wollen, haben Sie sich bei mir anzumelden. Ich bitte darum. Die beiden Privatsekretäre des Heiligen Vaters haben sich wiederholt bei mir beschwert.«

»Ich habe es bisher nicht getan und werde es auch in Zukunft nicht tun«, entgegnete Albertini gelassen, »als Nunzio Apostolico Con Incarichi Speciali habe ich ungehinderten Zugang zu Seiner Heiligkeit.«

»Ich habe dies in meiner Funktion als Stabschef des Papstes geändert, in Zukunft …«

»Kümmern Sie sich lieber um Kardinal Michelis!«, zischte Albertini.

»Ach, Kardinal Michelis ist das Problem? Ich kann Ihre Gefühle verstehen, Kardinal Albertini, aber auch der Hader bedarf gewisser Formen. Ich dachte, die Elite des vatikanischen Beamtentums würde an der Pontifikalakademie für den diplomatischen Dienst ausgebildet und lerne dabei gewisse Umgangsformen.«

»Vielleicht habe ich den einen oder anderen Kurs verpasst«, murrte Albertini. Er spürte, dass sich in letzter Zeit eine Menge Wut angestaut hatte.

Roca zögerte. Er wusste nicht recht, ob er Albertini mit harten Bandagen anfassen sollte (was schiefgehen konnte) oder ob er ihn nicht lieber langfristig zu seinem Verbündeten machte.

»Monsignore Albertini, Sie sind es doch gewesen, der mir gestern in einer Eilnote die Empfehlung zukommen ließ, die Sicherheitsvorkehrungen für Seine Heiligkeit zu überprüfen und auf Stufe drei zu erhöhen. Sie sind Opfer Ihrer eigenen Maßnahme.«

»Ich verstehe«, sagte Albertini, »von den anderen Religionen unterscheidet uns nur die Bürokratie. Der Kantinenkoch hat es jedem erzählt, der Saltimbocca bestellt hat.«

»Das war doch nur ein Scherz, Albertini«, sagte Roca etwas verlegen, »aber in diesen Zeiten macht man auch mit Scherzen Politik. Jeder bringt sich in Position.«

»Jesus ist unser Markenzeichen, sollen Sie gesagt haben, und Sie seien seine Marketingabteilung und die Ortskirchen seien nichts anderes als Gottes Burger-King-Filialen, oder habe ich das falsch verstanden?«

Roca lachte verlegen: »In diesen Mauern bleibt auch nichts geheim.«

»Nichts? Dann wissen Sie vielleicht, wo jetzt die Goldreserven des Heiligen Stuhls lagern?«

Rocas Miene wurde ernst: »Kardinal Camoranesi müsste es wissen, aber er weiß es nicht. Es ist ein Skandal. Aber Kardinal Camoranesi scheint mehr mit seinem Antrag für einen neuen Dienstwagen beschäftigt zu sein als mit der Klärung dieses ungeheuerlichen Vorfalls. Hat er nicht erst letztes Jahr diese Eigentumswohnung an der Via Veneto erworben?«

»Wieder ein Kardinal mit zu viel Ehrgeiz?«, fragte Albertini nach einer kurzen Pause. »Wenn Sie die Tickets für die Papstaudienzen etwas teurer verkaufen würden, könnten Sie sich auch eine Wohnung leisten. Auf dem Schwarzmarkt bezahlt man bereits das Vierfache für eine einfache Gruppenaudienz. Vielleicht sollten wir wieder die Ablassbriefe einführen. Per SMS. Das wäre mal was Neues. Ablassbriefe per SMS.«

»Es reicht!«, unterbrach ihn Roca energisch. »Der Verlauf unseres Gesprächs missfällt mir sehr. Wieso muss in letzter Zeit jede Unterhaltung mit Ihnen derart entgleisen?«

»Wahrscheinlich liegt es daran, dass ich nie in der Seelsorge gearbeitet und mich nie in kleinen Dorfpfarreien um Kranke und Arme gekümmert habe.«

»Meinen Sie das schon wieder ironisch?«, fragte Kardinal Roca. Er war sichtlich verärgert. Albertini begriff, dass er den Bogen überspannt hatte. Er schwieg.

»Ja, ja«, zürnte Roca, »das ist das Problem der vatikanischen Elite. Sie kommen aus den Eliteschulen direkt in die Verwaltung und entwickeln den gleichen Ehrgeiz wie das Management bei Sony oder General Motors.«

»Haben wir nicht die gleichen Universitäten besucht?«, fragte Albertini vorsichtig.

»Aber Sie sind eine andere Generation, Albertini«, sagte Roca ernst, »ihr seid Karrieretypen, die sich kaum von weltlichen Karrieristen unterscheiden. Wir waren damals anders.«

»Sie meinen, was den Zölibat betrifft.«

»Was soll denn das schon wieder bedeuten?«, fragte Roca wütend.

»Dass heute viele bedauerlicherweise den Zölibat vergessen, wollte ich damit sagen.«

»Ihr Sarkasmus gefällt mir ganz und gar nicht, Monsignore Albertini. Man weiß nie, wann Sie lästern und wann nicht. Ich schäme mich für diese Unterhaltung.« Kardinal Roca verzog verächtlich den Mund.

»Ich schäme mich für das, was wir Kardinal Michelis antun«, sagte Albertini.

»Monsignore«, sprach Roca mit drohender Stimme, »es ist mir egal, wer unter mir der nächste Papst wird. Aber wenn Sie sich nicht unterordnen, werfe ich Sie aus der Mannschaft.«

38

SIZILIEN

Schon von Weitem hatten sie den Flugplatz gesehen. Er lag geschützt hinter den Hügeln, die das Hinterland von der Küste trennten. Furio hielt den Wagen auf dem Rollfeld neben der Cessna an. Der Pilot döste im Cockpit.

»Anlegen«, sagte Furio, als er Frank Bohne die Handschellen in den Schoß warf. Frank zögerte. Dann schlug er die eine Handschelle über das eine Handgelenk, dann die andere über das andere Handgelenk. Furio schüttelte verächtlich den Kopf. Diese Nordeuropäer kämpften wohl nie.

»Das Ganze ist gewiss nur ein Missverständnis«, begann Frank Bohne mit kläglicher Stimme.

»Steig aus und halt die Klappe!«, sagte Furio. Er stieß mit dem Fuß die Fahrertür auf und stieg aus. Seine Glieder taten weh. Er reckte und streckte sich. Bohne kam um den Wagen herum und blieb vor Furio stehen.

»Wir können doch über alles reden, ja? Lass uns doch irgendetwas trinken und vernünftig darüber reden …«

Furio verpasste ihm eine schallende Ohrfeige und wies zum Flugzeug: »Kein Wort mehr, ja? *Silenzio*!«

Beide gingen zur Cessna rüber. Furio klopfte gegen das Cockpit. Der Pilot wachte auf und gähnte. Er stieg aus und musterte den deutschen Hacker amüsiert. Dann machte er einen Spruch, den Frank Bohne nicht verstand. Aber Furio, der herzhaft lachte. Wenigstens lachte er jetzt.

39

TUNESIEN

Kaum hatte die Cessna die nordafrikanische Küste erreicht, setzte sie zum Sinkflug an. Die Maschine landete auf einer schmalen Piste am Rande eines mächtigen Trümmerhaufens aus antiken Säulenteilen, zerbrochenen Quadern und Steinbalken, die einmal zu Leptis Magna gehört hatten, der legendären karthagischen Stadt, die ungefähr hundert Kilometer östlich von Tripolis lag. Hinter einer Tempelruine ertönte der stotternde Motor eines schrottreifen Jeeps. Der Wagen wirbelte eine Menge Staub auf, als er auf einem schmalen, notdürftig freigeschaufelten Weg auf die Cessna zufuhr. Furio zerrte Frank Bohne aus dem Flugzeug und schubste ihn vorwärts.

»Ich habe Durst«, sagte Bohne mit trotziger Kinderstimme.

»Wie interessant«, spottete Furio, »ich dachte, du wolltest pissen.«

Der Jeep hielt neben ihnen. Ein Tunesier saß am Steuer. Auf dem Beifahrersitz Francesco. Er gab Furio und seinem Gefangenen ein Zeichen, auf die offene Ladefläche zu steigen. Dann fuhr der Jeep in Richtung Meer zurück. Sie entfernten sich von der punischen Ruinenstadt, die einst den Kawarenen, die aus dem Innern Afrikas kamen, als Stützpunkt gedient hatte. Kaiser Nero hatte die Stadt

Leptis mit einem Hafen ausgestattet und ihr den Beinamen »Magna«, die Große, verliehen. Übriggeblieben waren Tonnen von Marmortrümmern, die man den Steinbrüchen Ägyptens, Kleinasiens und Tunesiens entrissen hatte.

Der Jeep fuhr einen grün bewachsenen Hügel hinunter, der nach einigen Hundert Metern in einen schmalen Weg mündete, der links und rechts von steilen Böschungen flankiert war. Am Ende des Weges war eine meterhohe runde Mauer aus mächtigen Steinquadern. In der Mitte der Mauer befand sich ein gewölbter Eingang. Sie mussten ganz in der Nähe des Meeres sein. Frank Bohne hörte bereits die Brandung.

Furio und Francesco packten den Programmierer an den Oberarmen und führten ihn durch den Eingang. Sie schubsten ihn eine enge Steintreppe hinunter, und weiter ging es durch das Labyrinth von Gängen, das sich unter dem Amphitheater von Leptis Magna ausdehnte. Schließlich erreichten sie einen Gang mit Zellen. In der einen Zelle befand sich bereits ein älterer Mann, der auf dem Boden hockte. Furio öffnete die Zelle. Francesco stieß den Deutschen hinein. Dann fiel die Tür ins Schloss. Im nächsten Moment entfernten sich die Schritte.

Bohne sah verzweifelt den älteren Herrn an.

»Können Sie mir sagen, was das zu bedeuten hat?«

»Deutscher?«, antwortete Cesare Lustrinelli mit starkem italienischen Akzent.

»Ja«, antwortete Bohne, »aus Berlin. Kennen Sie Deutschland?«

»Wieso bist du hier?«, fragte Lustrinelli mit fester Stimme.

Der selbstbewusste Ton des Italieners ließ den Deutschen Hoffnung schöpfen.

»Keine Ahnung«, log Bohne, »die werden uns nicht umbringen, oder?« Bohne lachte hysterisch auf.

»Ich bin der Präsident der italienischen Nationalbank, und ich weiß sehr genau, wieso ich hier bin, aber wieso bist du hier, mein Junge?« Lustrinelli durchbohrte den jungen Deutschen mit seinem Blick.

»Ich bin Programmierer …«, begann Bohne zögerlich.

»Hacker«, verbesserte ihn Lustrinelli, »du bist dieser unterernährte Hacker, der den Verein um ein paar Millionen betrogen und das Geld an irgendeine Organisation überwiesen hat, die sich für die Neuansiedlung von Braunbären einsetzt.«

»Nein, nein, ich …« Bohne lehnte sich mit dem Rücken gegen die Wand und ließ sich langsam zu Boden gleiten. Jetzt saß er neben Lustrinelli und suchte den Augenkontakt. Doch Lustrinelli würdigte ihn keines Blickes.

»Ich erinnere mich an die Geschichte. Mit Lügen wirst du deine Haut nicht retten. Sie werden dir alle Knochen brechen, deinen Körper wie ein Hühnchen aufschlitzen und dich gefesselt in einen Schweinetrog werfen. Dann bleibt nichts mehr von dir übrig. Außer deinen Lügen.«

»Ich mache alles, was die wollen …«

»Die wollen deinen Tod«, entgegnete Lustrinelli barsch.

»Ich verstehe das alles nicht, wo sind wir hier eigentlich. Ist das Malta oder Tunesien?«

»Schweine fressen Menschen nur, wenn sie stark bluten. Hast du schon einmal das Gebiss eines Schweines gesehen? Schweine zermalmen jeden Knochen. Beim Schädel muss man nachhelfen. Wie bei einer Kokosnuss, ein paar Hammerschläge. Also, mein Junge, schau der Realität ins Gesicht und hör auf zu jammern. Mitleid ist keine Option.«

»Was ist eine Munera?«, stieß Bohne hervor. Seine Stimme überschlug sich. Er kriegte kaum noch Luft.

»Eine Munera?«

Bohne schaute hilflos zu Lustrinelli, aber der Banker starrte immer noch unbeirrt auf die gegenüberliegende Wand. Lustrinelli schwieg.

»Hat es etwas mit Schweinen zu tun?«

»Nein«, murmelte Lustrinelli, »eine Munera ist ein altrömischer Brauch. Das hat mit Schweinen nichts zu tun. Eine Munera veranstalteten die Römer zu Ehren eines Verstorbenen. Man lädt Männer ein. Männer wie uns.«

Lustrinelli schwieg.

»Und?«

»Ursprünglich war es eine religiöse Zeremonie. Doch Julius Cäsar hat es dann etwas übertrieben. Man lud immer mehr Männer ein. Zehn, zwanzig Männer. Und beim nächsten Begräbnis waren es dann schon fünfzig. Und keiner wollte sich lumpen lassen. Es wurde ein riesiges Spektakel. Später lud man sogar Tausende von Zuschauern ein. Und plötzlich dauerte so eine Munera Tage, Wochen, und es waren nicht mehr nur zwei Männer, die da unten in der Arena standen, sondern Hunderte … Und fünfzigtausend Menschen saßen auf den Rängen und …«

Frank Bohne begann zu weinen.

»Ja«, murmelte Lustrinelli, »das ist eine Munera.«

40

TUNESIEN

Gleißendes Licht blendete die beiden nackten Männer, die mit spitzen Speeren in die zerfallene Arena des Amphitheaters von Leptis Magna getrieben wurden. Über dem Tor zur Arena standen Männer mit schwarzen Anzügen und dunklen Sonnenbrillen. Ein frischer Wind wehte vom Meer her über die Ruinen des einst so berühmten Theaters. Auf den erhöhten Rängen waren bewaffnete Männer postiert. Eine Flucht war ausgeschlossen.

»Männer«, begann Salvatore Calame mit lauter Stimme, »vor der Asche unseres verstorbenen Bruders Don Antonio Calame werdet ihr einen ehrenhaften Kampf auf Leben und Tod ausführen, so wie es seit den Etruskern Brauch ist. Bedenkt, dass dieser Kampf eine religiöse Handlung darstellt. Mit eurem Blut werdet ihr den Geist des Verstorbenen versöhnen. Wir opfern euer Blut unserem geliebten Don Antonio Calame.«

Furio und Francesco warfen den beiden nackten Männern je ein römisches Kurzschwert, einen Gladius, zu und zogen sich rasch zurück.

»Wir werden niemals gegeneinander kämpfen«, schrie Frank Bohne zu den Männern auf den Rängen hoch. Der Don antwortete nicht. Man hörte nur das Meer, den Wind, und es war weit und breit keine Menschenseele, die den beiden hätte zu Hilfe eilen können. Bohne schaute verzweifelt zu Lustrinelli. Dieser bückte sich nach seinem Gladius. Blitzschnell ergriff auch Bohne seinen Gladius und wich ängstlich zurück.

Frank Bohne umklammerte die Waffe mit zitternder Hand. Er hatte Angst. Er war in allen sportlichen Dingen immer schon sehr ungeschickt gewesen. In seiner Playstation war er unbesiegbar. Aber das hier war kein Spiel. Er war irgendwelchen Irren in die Hände geraten. Gleich würde etwas Unglaubliches, etwas schier Unfassbares geschehen. Sie waren hier auf dem tunesischen Festland und würden sich gleich einen Gladiatorenkampf auf Leben und Tod liefern. Und das im 21. Jahrhundert!

»Das ist der blanke Irrsinn«, schluchzte King Cruel und zeigte den Männern auf den Rängen sein verweintes Gesicht, »lasst es jetzt gut sein! Ich halte das nicht mehr aus!«

»Ich werde nicht gegen dich kämpfen, Junge«, schrie Lustrinelli mit fester Stimme. Die Hitze machte ihm zu schaffen. Er machte ein paar Schritte nach vorne. Plötzlich hielt er inne: »Ich werde keinen Menschen töten«, flüsterte er leise.

»Ich auch nicht«, schluchzte Bohne, »ich kann das nicht.«

»Wenn sie uns töten wollen, sollen sie es tun«, sagte Lustrinelli, während er ein paar weitere Schritte auf Bohne zuging.

»Wir werfen einfach unsere Waffen weg«, sagte Bohne. Seine Stimme überschlug sich. Es war so erbärmlich, hier zu stehen, nackt in der glühenden Sonne, und um sein Leben zu winseln. Lustrinelli zeigte keinerlei Regung. Nackt stand er vor dem Programmierer und wartete. Lustrinellis Unerschrockenheit machte Bohne Angst. Ein böser Traum, fuhr es Bohne durch den Kopf, es ist alles nur ein böser Traum. In diesem Moment durchbohrte Lustrinellis Gladius seinen Bauch. Lustrinelli hatte derart wuchtig zugestoßen, dass er den Halt verlor. Er sackte vor dem verblüfften Programmierer in die Knie und schaute zu ihm hoch. Sein Gladius hatte Bohnes Weichteile oberhalb der linken Hüfte durchbohrt. Lustrinelli wollte den Gladius wieder aus dem Fleisch ziehen, aber Bohne hielt das Schwert fest. Er schaute zu den Rängen hoch. Wabernde Luft verzerrte die schwarzen Gestalten bis zur Unkenntlichkeit. Er sah, dass sie sich ihm näherten, wie stumme Geister aus der Unterwelt. Nur nicht den Gladius herausziehen, dachte Bohne. Ein wildes Schnauben ließ ihn aufhorchen. Furio und Francesco hatten einen Stier in die Arena getrieben. Einen Stier! Es war noch nicht vorbei.

»Lebend werde ich euch von größerem Nutzen sein!«, schrie Lustrinelli, so laut er konnte.

»Du besudelst das Andenken des Verstorbenen«, schrie Salvatore in die Arena hinunter, »steh auf und kämpfe wie ein Mann.«

Dann erhob sich Lustrinelli und wandte sich dem Stier zu. Der Deutsche torkelte rückwärts, als habe er sich noch nicht entschieden, ob er langsam verbluten oder sofort tot umfallen wollte.

Unterdessen senkte der Stier seinen monströsen Schädel und scharrte mit dem Fuß im Staub der Arena. Da brüllte Lustrinelli, so laut er konnte: »*Sol invictus*!«

Der Stier setzte eine Tonne Körpergewicht in Bewegung und donnerte mit stampfenden Hufen auf Lustrinelli los, der erneut »*Sol invictus*« brüllte.

Mehrere Schüsse peitschten über die Arena. Lustrinelli ging zu Boden und versuchte mit seinem linken Arm sein Gesicht zu schützen. Er sah, wie der Stier vor ihm einknickte. Der schwere Kopf wurde zu Boden gedrückt, während das Hinterteil des Stiers zuerst in die Höhe flog und dann seitlich verkrümmt mit einem dumpfen Schlag auf dem Boden aufschlug, während laufend weitere Schüsse abgefeuert wurden.

Nach einer Weile richtete sich Lustrinelli auf. Er keuchte und rang nach Luft. Aber er war unverletzt. Der Stier vor ihm lag im Sterben. Blut floss aus seinem weit aufgerissenen Maul. Dann verdrehte das Tier die Augen, die Zunge glitt heraus. Lustrinelli roch den dampfenden Geruch von warmem Blut. Der Präsident der italienischen Nationalbank wollte aufstehen. Es ging nicht. Seine Knie waren wie aus Watte. Er war unverletzt, aber er konnte sich nicht mehr rühren.

Salvatore kam allein die Stufen der Arena hinunter. Er blieb vor dem knienden Lustrinelli stehen.

»Was weißt du über die Dinge, die jeder sieht und keiner ahnt?«, fragte Salvatore leise.

»*Sol invictus*«, antwortete Lustrinelli leise und senkte sein Haupt. Er wollte leben, einfach nur leben.

»Du bist keiner von uns«, flüsterte Salvatore, »wer hat es verraten?«

»Dario Baresi, der Neapolitaner, der in London mit Gold handelt.«

»Dario Baresi«, flüsterte Salvatore fassungslos, »er bricht den Schwur …«

»Ich habe ihm das Gold des Heiligen Stuhls übergeben. Im Auftrag des Vatikans.«

»Der Vatikan hat sein Gold Don Calame anvertraut, wir haben es dir anvertraut. Und du hättest es uns zurückgeben müssen.«

»Nein. Es ist das Gold des Vatikans.«

»Es wäre an Don Calame gewesen, dieses Gold an den Vatikan zurückzugeben. Wir hätten eine Lösung gefunden. Aber du hast dem Vatikan geholfen, sich von Don Calame zu lösen. Dabei verdankst du alles, was du bist, Don Calame. Aber du hast es vergessen. Du verleugnest ihn und lässt ihn im Stich. Du verrätst unsere Freundschaft.«

»Ich konnte nicht anders«, stieß Lustrinelli aus, »es war die strikte Anweisung des Vatikans, das Gold an Dario Baresi zu übergeben. Aber Dario Baresi ist doch einer von euch!«

»Nein, er war einer von uns. Baresi ist wie du. Durch uns ist er geworden, was er ist. Er hat den Auftrag des Vatikans erhalten, weil er sich von uns losgelöst hat. Und jetzt hat er sogar den Vertrag gebrochen. *Sol invictus*.«

»*Sol invictus*, aber ich werde es nicht verraten. Ich weiß nichts über eure Bräuche und Ziele.«

»Schweig, Lustrinelli. Du wirst uns zu Dario Baresi führen. Er versteckt sich. Wer weiß, vielleicht hat *sol invictus* heute tatsächlich dein Leben gerettet.«

Salvatore blinzelte in die Sonne, als erwarte er von ihr eine Antwort. Die Hitze war drückend. Nach einer Weile schaute er wieder auf den nackten Bankpräsidenten hinunter und sagte leise: »Gestehe! Wenn du klug bist, erzählst du uns, was Dario Baresi dir alles erzählt hat.«

Lustrinelli wusste, dass er keine Wahl hatte. Vor ihm lag der junge Programmierer in einer Blutlache. Er war nicht tot. Er röchelte leise. Er hatte die Augen verdreht. Sein Gesicht war eine schreckliche Grimasse des Entsetzens. Lustrinelli war bereit: »Dario Baresi sagte, es gebe auch Dinge, über die ich nicht Bescheid wüsste. Über die niemand Bescheid wüsste. Baresi trank gerne. In einer einzigen Nacht hat er sich schier um den Verstand gesoffen und mir alles erzählt. Ich wollte es nicht wissen, ich wollte es nicht hören. Du bringst mich in Gefahr, schrie ich ihn an, doch er hörte nicht auf zu reden. Wir waren die letzten Gäste an der Hotelbar. Und Baresi erzählte mir alles. Ich habe es nicht geglaubt, aber jetzt weiß ich, es ist alles wahr, was er erzählt hat. *Sol invictus.*«

Lustrinelli hob den Kopf. Muss ich dafür sterben, schien sein Blick zu fragen.

41

SIZILIEN

Die Straße endete abrupt in einem abgestorbenen Olivenhain. Die Türen von Furios Auto waren weit geöffnet. Furio saß quer auf dem Fahrersitz und hatte die Beine nach draußen gestreckt. Zu seinen Füßen im Staub lag Frank Bohne. Er krümmte sich, stöhnte und presste die Hände gegen die heftig blutende Wunde. Aus dem CD-Spieler drang »The Story of a Soldier«. Ein Trauermarsch.

»Ich muss immer weinen, wenn ich das Stück höre«, sagte Furio leise. Er schaute über die Felder. Irgendwo musste das Meer sein.

»Die Musik stammt von Ennio Morricone. Hast du ›The Good, the Bad and the Ugly‹ gesehen? Von 1966. Mein Jahrgang. Ich habe alle Filme gesehen, die 1966 in die Kinos kamen. Aber nur bei diesem Film musste ich weinen. Nur bei dieser Szene. Immer wenn die Musik einsetzt. Sie ist so traurig.«

»Ich brauche einen Arzt«, wimmerte Bohne. Tränen rannen ihm über die Wangen.

»Pass auf, jetzt kommt der Chor.« Furio sang leise mit: *»Blue grass and cotton. Burnt and forgotten. All hope seems gone. So soldier march on to die.«*

Furio seufzte: »Das stammt aus dem amerikanischen Bürgerkrieg. Im Film müssen die Gefangenen die Musik spielen. Und immer, wenn sie diese Nummer spielen, wissen wir, drüben in der Holzbaracke foltert der Captain wieder einen Gefangenen. Dann gibt's ein paar harte Schnitte. Faust ins Gesicht, Blut spritzt. Schnitt. Dann draußen der Chor in den grauen Uniformen, abgemagert, verzweifelt, und sie spielen mit Gefühl den Trauermarsch. Dann wieder Cut.«

»Meine Mutter ...«, keuchte Bohne, doch die Tränen erstickten seine Stimme, und der Weinkrampf, der ihn übermannte, verstärkte die Schmerzen. Frisches Blut rann über seine Hände.

»Was soll ich deiner Mutter sagen? Wie du gestorben bist? Meinst du, das wird ihr gefallen? Keine Mutter will das hören. Ich bin sicher, du magst nicht mal Oliven.«

42

VATIKAN

Der Papst hatte Luigi Albertini in sein Arbeitszimmer gebeten. Er kam gleich zur Sache: »Haben Sie endlich etwas von Dario Baresi gehört?«

»Nein«, antwortete Luigi, »niemand weiß, wo er ist.«

»Er macht uns Sorgen. Es könnte sein, dass er der Kirche sehr große Probleme bereiten wird. Haben Sie wenigstens mit Kardinal Camoranesi gesprochen?«

»Nein«, entgegnte Luigi, »Kardinal Camoranesi ist auf Reisen.«

»Er ist immer auf Reisen«, murmelte der Papst. Eine Weile schwieg er. Dann sagte er: »Der Arzt war hier.« Es klang ernüchternd.

»Ich sah ihn im Flur. Er sah nicht gut aus.«

Der Papst lachte leise und begann dann zu husten.

»*Ich* bin todkrank, Luigi, nicht der Arzt.«

Luigi zögerte. Was er sagen wollte, kostete ihn die größte Überwindung. Schließlich brachte er es hervor: »Eure Heiligkeit, haben Sie schon einmal darüber nachgedacht …«

»Nein«, unterbrach ihn der Papst mit zorniger Stimme, »ich werde nicht zurücktreten! Streiten die da draußen etwa bereits über meine Nachfolge?«

»Sie sagen, es müsse unbedingt wieder ein Italiener sein.«

»Es wird ein Italiener sein«, murmelte der Papst, »der letzte Papst wird ein Italiener sein. Aber ich weiß mittlerweile, woher das Gerücht stammt. Das Gerücht stammt tatsächlich von den Männern, die sich unter der Kirche von San Clemente treffen. Wissen Sie, was es mit der Kirche San Clemente auf sich hat?«

»Es war das Privathaus eines römischen Adligen, der später Papst wurde. Clemens, der dritte Papst nach dem Apostel Petrus. Don Antonio Calame hat es mir erzählt. Clemens war ein Heide, der viele Götter anbetete. Jesus war nur einer von vielen Propheten auf seinem Hausaltar. Für ihn waren sie allesamt Söhne der Sonne.«

Der Papst sah seinen Nuntius misstrauisch an. »Sie wissen mehr, als Sie zugeben, Luigi. Sie wissen es, Luigi, habe ich recht? Auch Papst Johannes Paul I. wusste es. Sie wollten, dass er es sagt. Und er hat es gesagt. Dann hat ihn die Kurie getötet. Dann wollten sie, dass Papst Johannes Paul II. es sagt. Er hat sich geweigert. Die Kurie hat ihn dafür bewundert. Und die anderen haben ihn da draußen niedergeschossen. Sehen Sie, Albertini«, der Papst lächelte unerschrocken, »ganz gleich, was ich tue, entweder töten mich die eigenen Leute, oder die andere Seite tut es. Es ist zu spät. Wenn das Gerücht einmal in der Welt ist, ist alles zu spät.«

Luigi schwieg. Er betrachtete den Papst nachdenklich. Die Fledermaus. Das war der Spottname, den der vatikanische Hofstaat seinem absolutistischen Herrscher verliehen hatte. Und als der Papst den von der Krankheit gezeichneten Kopf zwischen den hochgezogenen Schultern verbarg, hatte er tatsächlich etwas von einer Fledermaus.

»Sie sind mein Nunzio Apostolico Con Incarichi Speciali, Albertini, Sie müssen doch wissen, ob ich eine Wahl habe.«

»Ich fürchte, Sie haben keine«, antwortete Albertini nach einer Weile, »Sie können in diesen Mauern sterben wie Papst Johannes Paul I. oder da draußen niedergestreckt werden wie Papst Johannes Paul II.«

»Kann ich mir wenigstens das Wetter aussuchen?« Er sah seinen Nuntius mit einem matten Lächeln an.

»Ein bisschen Sonne?«, fragte Luigi doppeldeutig.

»*Sol invictus*«, lächelte der Papst, »die unbesiegte Sonne.«

»Aber auch die Sonne scheint nicht immer«, sagte Luigi leise.

Der Papst verstand sehr wohl, was er damit sagen wollte. Er wusste, dass die Sonne nicht scheinen würde. Und schon gar nicht für einen Papst wie ihn.

43

ROM

Luigi Albertini kniete in einer der mittleren Reihen in der Basilika San Clemente. In der Nähe des Beichtstuhles. Er hörte, wie jemand die Kirche betrat und über die hallenden Steinplatten zum Mittelschiff schritt. Ein Räuspern, das Knarren der hölzernen Sitzbank. Don Salvatore schob sich seitwärts zu Luigi hinüber und kniete nieder.

»Der Heilige Vater wird nicht zurücktreten«, sagte Luigi leise, ohne den Sizilianer anzublicken. Ihn graute vor der Konsequenz dieser Tatsache.

Salvatore drehte langsam den Kopf und schaute über seine linke Schulter hinweg: »Dann halten Sie sich ab jetzt von ihm fern, Luigi, der Papst wird sterben.«

»Sie wollen mich auf die Probe stellen?« Luigi spürte, wie sein Puls heftig ausschlug. Wahrscheinlich sah man ihm an, dass er kaum Luft kriegte: »Salvatore, Sie können doch nicht allen Ernstes dem Nunzio Apostolico Con Incarichi Speciali des Heiligen Vaters mitteilen, dass Sie seinen Schutzbefohlenen töten werden. Er steht vor Ihnen!« Albertini war außer sich vor Empörung.

»Ich spreche zu Ihnen, Luigi, als einem Freund der Familie, nicht zum Nuntius des Papstes. Sie sind doch einer von uns, Luigi!«

»Salvatore! Das ist ungeheuerlich! Ich liebe den Heiligen Vater! Für ihn würde ich mein Leben hergeben.«

Salvatore starrte mit verbitterter Miene zum Altar: »Der Papst hat uns immer gebraucht, Luigi. Benutzt. Seit Hunderten von Jahren. Jetzt hat er sich von uns losgesagt. Das Gold des Vatikans lagert in London. In der Bank von Dario Baresi. Aber Baresi ist spurlos verschwunden, und wir werden dafür sorgen, dass es so bleibt.«

»Sie haben kein Interesse am Gold des Heiligen Stuhls?«

»Nein, Luigi, aber wir werden zulassen, dass der Heilige Stuhl sein Gold verliert. Denn er hat es jemandem versprochen. Und wenn der Heilige Stuhl sein Versprechen nicht hält, wird der Papst sterben.«

»Und wer wird es verhindern?«

»Niemand.«

»Wer wird den Papst töten?«

»Ein Italiener tötet keinen Papa. Wir werden es dulden. Wenn der Papst sein Gold nicht zurückerhält, kann er sein Versprechen nicht einlösen, und er wird sterben. Sagen Sie das Kardinal Camoranesi. Wenn die Zeit gekommen ist, werden wir ihm helfen, sein Gold zurückzubekommen. Aber nicht unter diesem Papst.«

»Und das soll ich Kardinal Camoranesi sagen?«

»Er ist der Finanzminister des Papstes. Wenn er vernünftig ist, helfen wir ihm. Venedig hat keine Macht. Entweder wählt er die Piemonteser oder die Toskaner. Wenn er sich für uns entscheidet, werden wir ihm helfen.«

»Helfen?«

»Wir machen ihn zum nächsten Papst. Die Afrikaner haben wir bereits auf unserer Seite.«

Luigi Albertini schaute Salvatore nachdenklich an.

»Hätte Don Antonio Calame dieses Vorgehen gutgeheißen?«, fragte Albertini zögerlich.

»Es ist unsere Sache«, entgegnete Salvatore, »la cosa nostra, mein Bruder hat es begonnen, ich werde es zu Ende führen. Werden Sie uns unterstützen?«

»Geben Sie ihm nur drei Monate!«

»Der Sommer geht dem Ende zu. Gegen Weihnachten wird es eng.«

Luigi nickte. Er wusste nicht, was er sagen sollte. In was war er da nur hineingeraten? Wenn er bloß die richtigen Worte fände. Doch ihm war gleichzeitig klar, dass es keine Worte gab, mit denen er irgendetwas aufhalten konnte.

»Ich beobachte Sie seit Langem, Luigi«, unterbrach jetzt Salvatore seine Gedanken. »Ich weiß, dass Sie von Zweifeln zerrissen sind. Sie leiden. Seit Sie Claudia in Sizilien wiederbegegnet sind, ist etwas in Ihnen zerbrochen. Noch sträuben Sie sich. Aber es ist zu spät, Luigi. Glauben Sie mir! Auch im Vatikan spricht man über Sie. Über ihre neu erwachte Spottlust. Man hält Sie bereits für einen großen Zyniker. Luigi, hören Sie mir gut zu: Wir lassen unsere Leute nie im Stich. Wir nicht. Wenn Sie den Pfad verlassen, werde ich da sein und Ihre Hand nehmen, Luigi. Ihre Feinde werden meine Feinde sein, und Ihr Glück wird auch mein Bestreben sein.«

Luigi spürte, dass er eine Schwelle übertreten hatte. Nichts war mehr wie vorher. »Was ... was bieten Sie mir?«, flüsterte er. Er schämte sich so für diese Worte. Es war, als hätte er eins der Bordelle hinter dem Forum Romanum betreten und der ewigen Verlockung nachgegeben. Das Gefühl erfüllte ihn mit Angst, und doch war es prickelnd und aufregend. Er wollte dieses Gefühl nicht mehr missen. Dieses Lebensgefühl. Das Gefühl, über einen Abgrund zu schauen. Und gleich den Sprung zu wagen. Er warf Salvatore einen flüchtigen Blick zu. Dann schaute er Hilfe suchend zur gigantischen Kuppel über dem Altar empor. Ein alles umspannendes Apsismosaik zeigte in düsteren Farben den Lebensbaum mit dem gekreuzigten Jesus.

Salvatore holte einen Briefumschlag aus der Innentasche seines Jacketts und legte es auf die Kirchenbank: »Ich habe da einen Brief von Claudia für Sie. Es gibt für alles Mittel und Wege.« Salvatore nahm einen zweiten Umschlag aus der Innentasche und legte ihn neben den ersten Brief auf die Bank: »Und das ist ein Pulver, Luigi, fünfzehn Gramm Phenobarbiturat. Man rührt es mit lauwarmem Wasser an. Es befreit von Schmerzen. Es entspannt und macht schläfrig, und man wacht nie mehr auf.«

»Ich soll den Heiligen Vater töten?«, fragte Albertini entsetzt. »Sie sagten doch, ein Italiener tötet keinen Papa.«

»Sie sollen niemanden töten, Kardinal Albertini«, sagte Salvatore mit strenger Miene, »Sie sollen über Nächstenliebe und Barmherzigkeit nachdenken. Sie sollen darüber nachdenken, wieso man Menschen verwehrt, was man jedem Haustier zugesteht: die Befreiung von Schmerzen. Wenn Sie einen Selbstmörder davon abhalten, sich aus Liebeskummer vor den Zug zu werfen, können Sie behaupten, dass dieser Mann in drei Monaten noch gelebt hätte. Wenn Sie dem Heiligen Vater diesen Gnadenakt verweigern, ändern Sie gar nichts. Sie beschleunigen nur, was Gott vorherbestimmt hat.«

Albertini war fassungslos. Salvatore bemerkte es und legte ihm freundlich die Hand auf die Schulter: »Es gibt im Leben nichts geschenkt, Luigi. Manchmal muss man ein Opfer bringen. Der eine Brief ist die Kür, der andere die Pflicht. Nehmen Sie beide an sich oder keinen. Ich werde jetzt nach vorne zum Altar gehen und niederknien. Wenn ich zurückkomme und die Briefe sind nicht mehr da, dann weiß ich, Sie sind einer von uns, Luigi.«

Salvatore schob sich aus der Kirchenbank. Langsam ging er zum Altar. Dort kniete er nieder. Als er sich wieder erhob und zur Sitzbank zurückkehrte, war Luigi Albertini verschwunden. Die beiden Briefe hatte er nicht angerührt.

44

VATIKANSTADT

Michelis' Zustand war unverändert schlecht, als Luigi Albertini ihn das nächste Mal besuchte. Um diese Jahreszeit war es in den Appartamenti heiß wie in einem Brutofen. Die Schwester hatte die Läden zugezogen und arretiert. Luigi nahm die leere Kanne auf dem Nachttisch und füllte sie im Badezimmer mit Leitungswasser. Er schenkte dem alten Mann ein Glas ein und reichte es ihm. Der schüttelte kaum merklich den Kopf.

»Haben Sie einmal daran gedacht«, begann Luigi sehr vorsichtig, »dem Leiden … ein Ende zu bereiten?«

Kardinal Michelis sah ihn fragend an: »Das ist Sünde, Luigi, und Sie wissen es.«

»Ich weiß, aber was ist all unsere Medizin anderes als der Versuch, Leiden zu beenden?« Luigi schwieg eine Weile. Dann fuhr er sehr leise fort: »Es gäbe da ein Mittel. Man rührt es in Wasser an und trinkt es. Dann schläft man ein. Man spürt nichts. Man schläft einfach ein und wacht nie mehr auf.«

»Ich kann das nicht tun, Luigi«, flüsterte Michelis mit heiserer Stimme, »sie würden mir ein christliches Begräbnis verweigern. Sie würden mich verscharren wie einen Hund. Und das zu Recht. Gott hat uns das Leben geschenkt, wir dürfen es nicht so einfach wegwerfen.«

Eine Weile schwiegen beide. Luigi dachte an Claudias

Brief, den er in San Clemente zurückgelassen hatte. Er überlegte, was sie ihm geschrieben haben könnte. Es ließ ihm keine Ruhe mehr. Da fiel ihm ein, dass er einfach Claudia anrufen könnte. Welche Bedeutung würde dieser Brief noch haben, wenn er einfach Claudia anrief und sie um ein Treffen bat?

Michelis riss ihn aus seinen Gedanken: »Wenn nur die Schmerzen nicht wären, Luigi. Die Schmerzen sind schlimm. Manchmal krieg ich kaum noch Luft. Die Nächte sind am schlimmsten. Wenn ich könnte, würde ich … Aber ich kann nicht. Ich darf nicht.«

Wollte der alte Mann ihm damit etwas andeuten? Sollte er das Phenobarbiturat besorgen oder nicht? Michelis' Hand glitt unter dem Leinentuch hervor. Albertini sah den nackten Schenkel des Kardinals. Dort, wo der Körper auf dem Bett ruhte, war das Fleisch blau. Dunkelblau.

»Wo bleibt die Barmherzigkeit, die Gnade?«, flüsterte Luigi. Er war richtig wütend.

»Hadern Sie nicht, Luigi, Sie waren bereit, mir zu helfen. Aber ich habe nicht mein Leben in diesen Mauern verbracht, um am Ende ohne christliche Sakramente zu sterben.«

»Sie vertrauen immer noch auf Gott, Kardinal?«

»Auf Gott ja, aber nicht mehr auf seine Kirche.«

45

ROM

Auf dem Namensschild des luxuriösen Appartamentos im dritten Stock stand lediglich »Leone«. Claudia blieb vor der Tür stehen und schickte eine SMS ab. Wenige Sekunden später öffnete sich die Tür. Luigi Albertini hatte schon geraume Zeit auf sein Handy gestarrt. Kaum hatte sie den Wohnungsflur betreten, warf sich Claudia in Luigis Arme und küsste ihn leidenschaftlich, während er mit einem Tritt die Wohnungstür zuschlug. Luigi hatte Claudia nach dem Besuch bei Michelis angerufen und sich für dieses Wiedersehen unter vier Augen alles genau zurechtgelegt: Küsschen links, Küsschen rechts, einen Kaffee anbieten, mit oder ohne Zucker. Doch all das war vergessen. Stattdessen zerriss er wie von Sinnen Claudias Bluse, während sie blitzschnell die Schnalle von seinem Gürtel löste und, ohne zu zögern, nach seinem Geschlecht griff.

Auf dem abgewetzten Teppich im Flur liebten sie sich, bis die wund gescheuerten Knie bluteten und sie erschöpft nebeneinander auf dem Rücken lagen und die Stukkatur an der Decke anstarrten.

»Das hätten wir nicht tun sollen«, sagte Luigi nach einer Weile, doch ohne rechte Überzeugung in der Stimme.

»Ja«, sagte Claudia, »ich weiß.«

»Es tut mir leid. Ich wünschte, es wäre nicht geschehen«, sagte Luigi leise.

»Mir tut es nicht leid«, sagte Claudia dann.

Luigi zögert. »Mir eigentlich auch nicht«, seufzte er und setzte sich auf.

»Dann hast du also gelogen«, scherzte Claudia, »was haben sie dir nur im Vatikan beigebracht?«

»Was sie mir beigebracht haben?«, murmelte Luigi wie zu sich selbst. »Dass man stets die Karriere im Auge behalten muss. Der Priester will Bischof werden, der Bischof Erzbischof, der Erzbischof Kardinal und der Kardinal Papst. Das ist wohl das Mindeste, was einem für das Leben eines Prälaten im Dienste des Vatikans zusteht.«

»Luigi«, rief Claudia aus, »so kenne ich dich ja gar nicht.« Sie stand auf. Wieder musste Luigi denken, wie schön ihr Körper war. Er folgte ihr in die Küche und berührte sanft ihre Hüfte. Sie blieb stehen und küsste ihn auf die Wange.

»Luigi, du musst meinetwegen nichts aufgeben. Wir können das, was geschehen ist ...«

»Was würde ich denn aufgeben, Claudia? Ich habe dir nie erzählt, wie es wirklich ist. Bereits im Priesterseminar hältst du Ausschau nach den kleinen Leitern. Es gibt überall Leitern. Die des Zimmerpräfekten ist die beste. Jeder Bischof braucht einen Zimmerpräfekten. Dann wirst du sein persönlicher Sekretär und Fahrer. Und die andern im Seminar beginnen dich zu hassen. Richtig zu hassen. Warum? Weil sie abends im Hobbyraum des Seminars Tischtennis spielen und sich ab und zu als Krönung des Abends ein kaltes Cola besorgen – während du die Limousine des Bischofs fährst und in den besten Lokalen absteigst und die edelsten Tropfen trinkst. Du tust alles für einen solchen Bischof. Mit ihm steigst du auf in die Champions League des Vatikans, während die andern in der Regionalliga verkümmern. Und der Bischof beginnt dich richtig zu mögen. Dafür hassen dich die andern noch mehr und versuchen es mit Intrigen, Verleumdungen, übler Nachrede. Jetzt beginnt das große Spiel. Du zahlst es mit gleicher Münze heim. Du steigst weiter auf. Aber nur, wenn du dem Bischof zu Willen bist. In jeder Beziehung. Und wenn du es ihm nicht selber besorgst, musst du ihm einen Stricher zur Verfügung stellen. Ich habe wohl die größte Stricherkartei von Rom. Denn ich habe stets nur dich geliebt, Claudia.«

Luigi senkte dem Blick. Claudia nahm ihn in die Arme.

»Mein Gott, Claudia, was ist bloß mit mir geschehen?«

Claudia strich ihm zärtlich übers Haar. Dann sagte sie: »Komm, lass uns eine Dusche nehmen. Du musst dich entspannen.«

Gemeinsam gingen sie ins Badezimmer.

»Als ich hörte, dass dein Vater im Sterben liegt …«, fing Luigi wieder an zu sprechen, »… ich hätte nicht kommen dürfen. Ich habe es geahnt, Claudia … ich hätte dich nicht wiedersehen dürfen …«

Claudia sah ihn ratlos an: »Und ich dachte immer, das Priesteramt …«

»Der kleine Landpfarrer da draußen, der gutmütige Hirte und Seelsorger, den mag es schon geben, aber hinter den Mauern des Vatikans herrschen nur Intrigen, Bestechungen und Klüngelei. Du musst dich früh entscheiden, welcher Familie, welchem Klan du dich anschließen willst. Welcher Klan stellt die Präfektur des päpstlichen Hauses, wer stellt den Staatssekretär, wer macht den nächsten Papst? Wenn du dich dem falschen Klan anschließt, musst du selbst als Kardinal monatelang warten, bis dich der Präfekt zum Papst vorlässt. Was zählt, ist die bedingungslose Mannschaftstreue. Jeder Kardinal hat seinen Hofstaat an Vasallen. Deinem Vater habe ich es zu verdanken, dass ich zum richtigen Klan gehöre. Durch ihn habe ich direkten Zugang zum Papst bekommen …«

Claudia schob die gläserne Falttür der Duschkabine zur Seite und trat unter die Dusche. »Du bist verbittert, Luigi. Du siehst die Dinge zu schwarz.«

Sie stellte die Dusche an.

»Ich übertreibe nicht, Claudia. Im Vatikan wimmelt es von schwarzen Oliven. So nennen wir diese aufgedunsenen Alten, die wie Weiber aussehen und ihre ölige Seelsorgermiene aufsetzen, wenn sich Fremde nähern. Sie tratschen den ganzen Tag und vergüten jede Indiskretion mit einer neuen Indiskretion. Und dann haben wir noch die kleine Elite der eiskalten Karrieristen, die nie verzeihen und jeden zerstören, der sich ihnen in den Weg stellt. Es gibt kaum ein Gerücht, das über den Vatikan verbreitet wird, das nicht wahr ist. Würde ich ein Buch über den Vatikan schreiben, ich würde es ›Sodom und Gomorrha‹ nennen.«

Claudia stellte die Dusche ab und trat aus der Kabine: »Und wo bleibt der Glaube?«, fragte sie, ohne Luigi in die Augen zu sehen.

»Hier geht es nicht um den Glauben, Claudia, hier geht es um Geschäfte. *Mors tua vita mea*. Dein Tod ist mein Leben. Wenn du im Vatikanismus überleben willst, musst du deinem Nächsten übel mitspielen. Der Vatikanismus ist der Niedergang aller ethisch-sozialen Werte. Die Seelsorge ist unser Geschäft, aber nicht unser Leben. Und wer das nicht erträgt, verkümmert, verstummt, zieht sich zurück in Parallelwelten, wo er keinem Kardinal im Wege steht.«

Luigi holte eins der Badetücher aus dem Badezimmerschrank, legte es Claudia um und trocknete sie ab. »Weißt du, dass ich in der Villa am Gardasee war? Ich hatte gehofft, dich dort zu treffen. Stattdessen saß Salvatore am Küchentisch.«

Claudia schwieg. Dann sagte sie: »Ich konnte nicht, Luigi. Es tut mir leid.«

»Ich hatte den Eindruck, als hätte mich Salvatore erwartet.«

Claudia schüttelte den Kopf: »Wie hätte er dich erwarten sollen, Luigi, das bildest du dir nur ein.« Sie ging nicht weiter darauf ein. Sie lächelte ihn an und fragte ihn, wem dieses Appartement gehöre.

»Kardinal Camoranesi«, sagte er und stieg in die Duschkabine.

Als Luigi aus dem Bad kam und zu Claudia in die Küche ging, hatte sie bereits Kaffee gemacht.

»Wieso darfst du seine Wohnung benutzen?«

»Ich bin so etwas wie sein Family Office«, scherzte Luigi und setzte sich zu ihr an den Tisch, »ich besorge ihm ab und zu nette Gesellschaft, und als Dank für meine Diskretion darf ich das Appartement während seiner Abwesenheit benutzen.«

Claudia sah ihn entsetzt an.

Luigi lachte: »*Si non caste, saltem caute*, pflegt er zu sagen. Wenn schon kein Verzicht, dann wenigstens mit Vorsicht.«

»Ich bin ja nicht prüde«, brachte Claudia hervor, »aber ich bin schockiert, Luigi. Ist denn alles Schall und Rauch bei euch, ist denn nichts echt?«

Luigi schwieg.

»Ich bin Katholikin«, versuchte es Claudia erneut.

Luigi schmunzelte: »Ich bin auch Katholik. Sind wir nicht alle Katholiken? Waren wir vorher nicht eben auch Katholiken?« Luigi lächelte verlegen. »Hör zu, Claudia«, fuhr Luigi fort, »was meinst du wohl, was in all den jungen Männern in den Priesterseminaren vor sich geht? Die Hälfte ist schwul, für die ist gesorgt. Aber die andere Hälfte? Was ist mit denen? Bist du schon einmal mit dem Zug zum Bahnhof der Vatikanstadt gefahren?«

Claudia schüttelte den Kopf.

»Natürlich nicht, dieser Bahnhof wird alle zwanzig Jahre einmal benutzt. Mitten auf den Schienen versperrt ein altes Holztor den Weg. Es ist von Unkraut, Efeu und Büschen überwuchert. Der Zugführer muss aussteigen und an einer Klingel, die am Tor befestigt ist, läuten. Und nach einigen Minuten öffnet sich das Tor. Und was kommt dahinter, Claudia? Das Paradies auf Erden. Der alte Bahnhof ist ein Shopping-Center, das auf zwei Etagen alles bietet, was man sich nur wünschen kann. Im zweiten Stock findest du Spitzen-BH und Damen-Slips. Aber Zutritt erhältst du nur, wenn du die Carta Verde vorweisen kannst. Mit der Carta Verde kannst du ein paar Meter weiter tanken, zwanzig Prozent günstiger als im übrigen Italien. Der Heilige Stuhl hat die beste PR-Abteilung der Welt. Über eine Milliarde Kunden, und alle glauben daran – nur nicht die demütigen Diener im Weinberg des Herrn, denn es ist der Weinberg des Dionysos.«

Albertini lachte leise. Claudia nahm seine Hand und hielt sie fest.

»Am Anfang ist der Wille stark, doch der Glaube beginnt zu bröckeln, man wird demoralisiert von den Bischöfen und Kardinälen, von den üppigen Gelagen und sexuellen Ausschweifungen der Vorgesetzten, und plötzlich erkennst du, dass es hier nicht andes zugeht als in irgendeinem anderen Großkonzern. Nur verkauft man hier keine Sportdrinks, Flugtickets oder Autos. Sondern den christlichen Glauben. Eine Fabel. Eine Fabel, die unsere Welt erklärt, unserem Leben einen Sinn gibt und Trost bietet für ein sinnloses Dasein.«

Claudia stand auf und machte sich einen zweiten Espresso.

»Der Kaffee ist wirklich gut.«

»Wir haben hier nur vom Besten, Claudia«, Albertini sah sie lächelnd an, »was meinst du, was in so einem enthusiastischen jungen Mann in einem Priesterseminar vor sich geht, wenn er zum ersten Mal in den Hauptsitz nach Rom kommt und mit der Realität konfrontiert wird? Und wenn er einsam in den Straßen Roms unterwegs ist und all die verführerischen jungen Frauen sieht, ihre Busen, die sich unter den engen T-Shirts abzeichnen, ihre nackten Bauchnabel und die knackigen Pos, die einen um den Verstand bringen.«

»Großer Gott«, entfuhr es Claudia, »dann ist alles nur Schein und Trug?«

»Es ist unser Geschäft, Claudia. Ich habe keinen Grund, mich zu beklagen oder mich zu entschuldigen. Ich habe studiert, sehr lange studiert, und profitiere davon. Meine heutigen Aufgaben sind weltlicher Natur. Ich bin der Geheimagent des Papstes, und ich gehöre dem richtigen Klan an, und eines Tages werde ich zu den Leuten gehören, die den nächsten Papst wählen. Das ist mein Job, Claudia. Ich liebe diesen Job, und ich liebe den Heiligen Vater.«

Claudia war an den Tisch zurückgekommen und nippte an ihrem Kaffee. Als sie den Kopf hob, wirkte sie müde, erschöpft. Luigi ergriff zärtlich ihre Hand.

»Aber noch mehr – liebe ich dich, Claudia.«

Claudia sah ihn fragend an.

»Keine Angst«, fuhr Luigi fort. »Ich werde deine Ehe, deine Familie nicht zerstören. Dafür liebe ich dich zu sehr. Du hattest Angst, dass ich mehr will?«

Claudia lächelte. Sie schien erleichtert.

»Und jetzt sage mir, wer mein leiblicher Vater ist«, sagte Luigi unvermittelt.

»Ich kann es dir nicht sagen, Luigi«, antwortete Claudia, ohne zu zögern, »mein Vater hat es mir gesagt. Ich könnte dich anlügen und behaupten, mein Vater hätte das Geheimnis mit in den Tod genommen. Aber es ist nicht wahr. Mein Vater hat es mir gesagt.«

»Dann ist es jemand aus der Kurie. Ist es jemand aus der Kurie? Ist das der Grund, wieso du es mir nicht sagen kannst?«

»Sagtest du nicht, dass die meisten schwul sind?«

»Aber nicht alle. Ich bin es nicht. Manchmal dachte ich, es sei Kardinal Camoranesi … das Appartamento hier … die Begünstigungen, der Schutz und die Förderung, die er mir all die Jahre gewährt hat … aber er ist schwuler als Elton John und Boy George zusammen.«

»Er ist es nicht, Luigi, aber wir gehen jetzt nicht die gesamte Kurie des Vatikans durch, oder?«

»Dann ist es einer von denen«, murmelte Luigi.

Claudia schwieg.

»Sag mir wenigstens, ob er mir wohlgesinnt ist.«

»Wenn dem nicht so wäre, würdest du zu den schwarzen Oliven gehören.«

»Gehört er dem gleichen Klan an?«

Claudia erhob sich.

»Um der alten Zeiten willen. Bitte. Ich flehe dich an. Sag es mir!«

»Ich kann nicht«, antwortete Claudia, »es ist unmöglich.«

46

TOSKANA

Salvatore Calame hatte Luigi ins Hauptquartier der Fortuna Gold Resources Inc. bestellt. Er hatte es dringend gemacht, doch jetzt ließ er sich Zeit. Salvatore versuchte Ordnung auf seinem Schreibtisch zu schaffen, doch Luigi hatte den Eindruck, der alte Salvatore war nicht ganz bei der Sache, ja der Don schien nervös zu sein.

»Das Leben begreift man erst, wenn es zu Ende geht«, sagte Salvatore. Es klang wie eine Anklage. Er stopfte einen Packen Papier entnervt in eine Schublade. Salvatore hielt abrupt inne und hob den Kopf: »Man kann sich nicht darauf vorbereiten. Und dann ist es zu spät.«

Der Don sah Luigi eine Weile unverwandt an. Dann fuhr er fort: »Luigi, ich habe die gleiche gottverdammte Krankheit wie mein Bruder, und ich werde daran sterben. Wie mein Bruder und wie der Heilige Vater.«

Mit einer hektischen Bewegung sprang Salvatore von seinem Stuhl auf und ging zu dem großen Panoramafenster. Trotz der mehrfach isolierten Fensterscheiben war das Getöse der Förderanlagen und der titanenhaften Hämmer aus dem Innern der Verarbeitungshallen zu hören. Salvatore starrte auf die Fördertürme und murmelte halblaut vor sich hin.

»Herrgott«, stieß er hervor, dann versagte ihm die Stimme.

Luigi trat zu ihm ans Fenster und legte ihm den Arm auf die Schulter. Salvatore wandte sich ab und ging wieder hinter seinen Schreibtisch. Er überflog mit gehetztem Blick all die kleinen Notizzettel, die stapelweise herumlagen. Er nahm seine Agenda, blätterte wahllos darin herum und schob sie dann mit einer unwirschen Bewegung von sich. Der Gedanke, bald nicht mehr hinter diesem Schreibtisch zu sitzen, machte ihn zornig. Unendlich zornig. Lag er erst mal unter der Erde, würde hier irgendein anderer hereingestiefelt kommen und erst einmal aufräumen. Wegschmeißen. Würde die Bilder von den Wänden abhängen und auch sie wegschmeißen. Nichts würde von ihm übrig bleiben. Wütend schmiss er die Agenda durchs Zimmer. Er würde den 31. Dezember ohnehin nicht mehr erleben.

»Welche Kragengröße haben Sie, Luigi?«, fragte der Don unvermittelt.

»Ich weiß es nicht«, antwortete Luigi überrascht.

»Vielleicht passen Ihnen meine Hemden. Ich habe noch welche, die sind ganz neu, noch nie gebraucht ... Ach, vergessen Sie's! Wer will schon die Hemden eines alten Mannes!«

Eine Weile starrte Salvatore vor sich hin, dann stieß er hervor: »Es ist einfach zu früh, verstehen Sie? Es gibt noch Dinge, die ich erledigen muss. Kaum habe ich die Geschäfte meines Bruders übernommen, schon erwischt es mich! Und meine Neffen? Die wollen nichts davon wissen. Sie verachten unser Geschäft. Sie profitieren davon, aber sie verachten es. Sie verstehen es nicht. Deshalb habe ich Sie hergebeten, Luigi. Ich brauche jemanden, dem ich vertrauen kann.«

»Und da wenden Sie sich an einen Nuntius?«, fragte Luigi.

»Für meinen Bruder waren Sie wie ein Sohn. Ich spreche nicht zum Nuntius des Papstes, ich spreche zu Luigi Albertini. Hören Sie auf Ihr Herz, Luigi.« Salvatore schenkte Luigi ein warmes Lächeln. Er stand auf und ging langsam auf ihn zu. Er legte ihm eine Hand auf die Schulter. »Hören Sie mir einfach zu, Luigi. Und dann fahren Sie wieder zurück nach Rom und schlafen eine Nacht darüber. Wenn Sie sich für mich entscheiden, fliegen Sie nach London, zu Dario Baresi.«

Luigi sah überrascht auf. »Zu Dario Baresi?«

»Ja, ich muss ihn sprechen, unter vier Augen.«

»Der Heilige Vater hat mich beauftragt, Dario Baresi zu suchen«, sagte Luigi, »anscheinend ist er untergetaucht, weil er Angst vor Ihrer Rache hat.«

»Wer spricht denn hier von Rache!«, rief Salvatore. »Ich will mit ihm sprechen, das ist alles. Ich will wissen, was wirklich geschehen ist. Ich will es von ihm hören. Vielleicht hat er Dinge getan und gesagt, die er bereut. Er braucht sich nicht zu verstecken. Wenn er bereut, werden wir ihm nichts tun. Sie finden ihn im Swiss-Re-Tower in London.«

»Ich werde nach London gehen, Don Salvatore, das ist auch im Sinne des Heiligen Vaters. Er sagte kürzlich: Zuerst Kardinal Douglas, jetzt Dario Baresi … Es sei eine unheimliche Entwicklung.«

Salvatore hob den Kopf und schaute Luigi lange an. Er wirkte müde, die Krankheit hatte ihn bereits gezeichnet. »Habe ich Sie nicht gewarnt, Luigi?«

Luigi nickte.

»Aber ich habe Ihnen nicht alles erzählt, Luigi«, sagte Salvatore mit ungewohnt sanfter Stimme. »Dario Baresi«, begann der Don vorsichtig, »gehört einer Vereinigung an, einem … Bund … von Männern.«

»Sie sprechen von organisiertem Verbrechen?«, fragte Luigi vorsichtig. Er wollte den alten Mann nicht erneut reizen. Salvatore winkte ab.

»Eine Art Klub à la Rotary oder Lions?«

»Nein, nein, es ist viel älter …«

»Freimaurer?« Luigi wusste nicht, worauf der alte Mann hinauswollte.

»Nein«, entgegnete Salvatore aufbrausend, »es hat einen gänzlich anderen Charakter. Es ist viel älter. Es ist ein Bund von Männern, … eher eine Art Jagdgemeinschaft, wie sie bestanden haben am Anfang der Zeit. Man schloss einen Pakt, einen Vertrag, ging gemeinsam zur Jagd und teilte gemeinsam das Mahl.«

Salvatore sah, dass Luigi ihn nicht verstand. Er senkte den Kopf und wandte sich ab. Er schien bewegt. Er kämpfte gegen Emotionen, die ihn übermannten.

»Es gibt Dinge, die alles überdauern«, flüsterte Salvatore. Er griff nach der Goldkette, die er am Hals trug. Irgendetwas hing an dieser Kette. Er riss es los und ballte die Faust. Dann legte er das Amulett in einen braunen Umschlag, den er vom Tisch nahm. Er klebte ihn zu und reichte ihn Luigi. »Öffnen Sie ihn erst, wenn Sie Baresi gefunden haben. Zeigen Sie es ihm, dann weiß er, dass Sie von mir kommen. Und dann bringen Sie mir Dario Baresi hierher, und wenn ich nicht mehr sein sollte … ich habe Sie als Testamentsvollstrecker eingesetzt. Wenn Sie Rat brauchen, dann gehen Sie an Allerheiligen in die Kirche San Clemente in Rom und zünden zwölf rote Kerzen an. Sie müssen sie selber mitbringen, denn in der Kirche verkaufen sie nur weiße Kerzen.«

»Sie können sich auf mich verlassen, Don Salvatore.«

»Ich weiß«, sagte Salvatore, »wie sich auch Claudia auf Sie verlassen kann, nicht wahr?«

»Claudia?«, fragte Luigi. Er spürte, wie ihm die Hitze ins Gesicht stieg.

»Sie begehren sie. Und ich sagte Ihnen doch, dass Ihre Wünsche auch meine Wünsche sind. Wenn Sie erst zu uns gehören, werde ich Ihnen helfen, das Glück zu erzwingen.«

47

BASEL

Es war schon spät. Cassidy hatte sich wieder Lustrinellis Notebook vorgenommen und blätterte dessen E-Mails durch. Nichts Neues. Lustrinellis Sohn hatte ein paarmal geschrieben. In der ersten Mail entschuldigte er sich dafür, dass er sich schon so lange nicht mehr gemeldet hatte, in der zweiten teilte er seinem Vater mit, dass er die Schauspielschule in New York abgebrochen habe, und in der dritten Mail bat er um fünfundfünfzigtausend Euro, weil er sich nun entschlossen habe, Schriftsteller zu werden. Die weiteren Mails waren üble Beschimpfungen, weil sein Vater nicht antwortete.

Cassidy las und trank dazu Calvados. Nach einer Weile wählte er die Nummer der Rezeption. Er gab sich als Lustrinelli aus und behauptete, er habe seinen Zimmerschlüssel verloren, man solle ihm einen Ersatz bringen. Und eine Flasche Calvados.

Dann überprüfte Cassidy die Websites, die der Bankpräsident zuletzt besucht hatte. Eine Seite gehörte einer Online-Bank. Cassidy klickte den Link für den persönlichen Account an. Die Seite verlangte eine Identifizierung.

In diesem Moment klopfte es, und der Zimmerservice brachte den Ersatzschlüssel und eine Flasche Calvados. Das Mädchen war hübsch, aber Lustrinelli hatte keine

Augen für sie. Er starrte auf die Website. Die User-ID war gespeichert, es fehlte nur das Passwort.

Kaum war das Mädchen vom Zimmerservice wieder fort, klopfte es erneut an der Tür. Zuerst nur zaghaft, dann etwas stärker. Das war eindeutig nicht der Zimmerservice.

Cassidy stand auf. Ihm taten die Knochen weh. Er hatte zu lange in dem Sessel gehockt. Er ging zur Tür und versuchte nicht zu torkeln. Ein Calvados zu viel. Er öffnete die Tür. Im Flur stand eine osteuropäisch wirkende junge Frau.

»Oh«, sagte sie und machte große Augen, »ist Dottore Lustrinelli abgereist?«

»Nein«, antwortete Cassidy »ich bin ein Freund des Dottore und warte hier auf ihn. Kommen Sie doch rein.«

Die junge Frau zögerte. Cassidy lächelte freundlich: »Ich tue Ihnen nichts.«

Die junge Frau gab sich einen Ruck und betrat schließlich das Zimmer, das sie so gut kannte. Sie ging zum Fenster und öffnete es: »Ein bisschen frische Luft kann nicht schaden«, lachte sie.

Cassidy nickte.

»Lustrinelli hat mich angerufen. Ich sah seine Nummer auf meinem Handy. Aber er hat gleich wieder aufgelegt. Ich habe mehrfach versucht, ihn zurückzurufen, vergebens, also habe ich mir gedacht, schaue ich mal vorbei.«

Cassidy stutzte einen Augenblick, dann sah er das Handy, das er auf das Bett geworfen hatte. Er nahm es in die Hand und warf es der jungen Frau zu. Sie fing es geschickt auf. »Ja, er hat Sie gestern angerufen. Ich war dabei. Wir haben über alte Zeiten gesprochen, und einmal versuchte er, Sie anzurufen.«

Die junge Frau sah, dass Lustrinellis Notebook online war.

»Sie arbeiten an seinem Notebook?«, fragte sie. Sie lächelte verschmitzt und setzte sich vor das Notebook. Sie schaute sich die Seiten an, die Cassidy zuletzt besucht hatte.

»Ich sagte doch, wir sind Freunde.«

»Und deshalb trinken Sie auch seinen Calvados?« Die Frau lachte und legte ihre Jacke ab. »Das ist ein ganz spezieller Calvados, hat mir Dottore Lustrinelli erklärt. Das Hotel lässt ihn exklusiv für Dottore Lustrinelli aus der Normandie kommen.«

»Stehen Sie Lustrinelli ... sehr nahe?«, fragte Cassidy. Seine Baritonstimme klang warm und freundlich.

»Er wollte mich in die Normandie einladen. Nach ...« Die junge Frau beugte sich vor und las auf dem Flaschenetikett: »... nach Honfleur. Das liegt in der Normandie. Südlich von Le Havre, hat er gesagt. Er wollte unbedingt die Brennerei besuchen. Und er wollte mich mitnehmen.« Sie drehte sich etwas kokett auf ihrem Stuhl und spielte mit der Maus.

»Mitnehmen«, wiederholte Cassidy und setzte sich in den Stoffsessel neben dem Fenster. »Hat er Bankgeschäfte von hier aus getätigt?« Cassidy zeigte auf das Notebook.

Die junge Frau loggte sich auf das Portal einer Online-Bank ein.

»Ich heiße Natalia. Ich komme aus Polen.«

»Cassidy«, stellte der Amerikaner sich vor.

»Wollten Sie sich einloggen?«, amüsierte sich Natalia. Sie drehte sich zu Cassidy um und strahlte übers ganze Gesicht.

»Ja«, seufzte Cassidy, »er rief mich an, ich solle für ihn

etwas verkaufen. Er hat mir den ID-Code genannt, aber nicht das Passwort.«

Natalia stand auf. »Stört es Sie?«, fragte Sie, und befreite sich blitzschnell von ihren Schuhen. Cassidy schüttelte den Kopf. »Sie brauchen das Passwort?«, fragte die Polin.

»Hat er es irgendwo versteckt?«, fragte Cassidy.

Natalia schüttelte den Kopf: »Er hatte es immer in seiner Brieftasche.«

»Waren Sie dabei, wenn er sich eingeloggt hat?«

Natalia nickte: »Ich sagte doch, wir sind gut befreundet.«

Cassidy legte den Kopf schief: »Und? Hat er Aktien gekauft? Gold? Dollars?«

»Puts«, antwortete Natalia, »er hat gesagt, er kauft Puts.«

»Puts? Aber worauf?«

»Er hat mir nie erklärt, was ein Put ist.«

Cassidy seufzte. Er ging zu dem Tischchen, auf dem der Calvados stand, und schenkte sich noch einen ein: »Nehmen Sie auch einen? Dann erklär ich Ihnen, was ein Put ist.«

Natalia holte ein frisches Glas aus der Minibar und streckte es Cassidy hin. Der musste grinsen. Er füllte ihr Glas. Cheers. Beide nahmen einen Schluck.

Dann erklärte Cassidy: »Ein Put ist eine Wette. Man wettet darauf, dass etwas sinkt. Sie können einen Put auf Microsoft setzen. Sie wetten also darauf, dass der Kurs der Microsoft-Aktie sinkt. Sie kaufen Puts für beispielsweise fünftausend Dollar, und wenn die Aktie sinkt, können Sie mit etwas Glück in wenigen Stunden hunderttausend Dollar daraus machen. Das ist die Hebelwirkung von Optionen. Und wenn Sie Pech haben, verlieren Sie alles.«

Natalia sinnierte einen Moment vor sich hin. »Das bedeutet also«, sagte sie dann, »dass man sich seiner Sache schon sehr sicher sein muss, wenn man eine Million auf einen Put setzt.«

»Eine Million?«, rief Cassidy und sprang auf. »Worauf hat Lustrinelli denn eine Million gesetzt?«

Natalia lachte laut: »Das war doch nur ein Beispiel!« Sie wollte sich ausschütten vor Lachen. »Lustrinelli hatte knapp eine Million Euro auf seinem Online-Depot. Ich weiß nicht, was er damit gemacht hat. Er sprach nur immer von Puts.«

»Ja, ja«, sagte Cassidy ungeduldig und ließ sich wieder in seinen Sessel fallen. »Und womit hat er spekuliert? Mit Aktien, Dollars, Währungen oder Gold?«

»Sie sind gar kein Freund von Lustrinelli«, sagte Natalia leise, »Sie sind auch einer von denen, die ihn pausenlos anrufen und belästigen.« Natalia fühlte sich betrogen.

»Nein, nein«, wehrte Cassidy ab, »Lustrinelli hat mich um Hilfe gebeten. Deshalb bin ich hier. Um ihm zu helfen.«

Natalia schaute Cassidy skeptisch an. Cassidy zuckte die Schultern, als wolle er sagen: Glauben Sie mir oder lassen Sie es bleiben.

Natalia schloss die Seite der Online-Bank und klappte das Notebook zu.

»Versuchen Sie sich doch bitte zu erinnern«, beschwor Cassidy sie, »wir könnten damit eine Menge Geld verdienen.«

»Wir?«, fragte Natalia zaghaft.

»Ja! Wir. Ich würde Sie beteiligen. Aber ich müsste wissen, worauf Lustrinelli gewettet hat.«

Natalia nickte. Sie wirkte jetzt sehr geschäftsmäßig. Sie warf Cassidy einen kurzen Blick zu. Cassidy war überzeugt, dass sie es ihm gleich sagen würde. Die Gier war zurück. Endlich hatte er die Chance, seine Riesenverluste von damals wieder wettzumachen. Mit einem einzigen Put.

»Lustrinelli ist ein sehr vernünftiger Mann«, sagte Natalia leise. »Er wollte mit mir nicht mal Karten spielen. Nur Sex und ein bisschen reden.«

»Ich flehe Sie an, Natalia, versuchen Sie sich zu erinnern.«

»Er ist ein feinfühliger Mensch mit guten Umgangsformen. Er hat Stil.«

Cassidy schenkte ihr Calvados nach: »Aber was hat er gekauft, Natalia?«

48

TÜRKEI

Der Holländer hatte sich im Schatten des offenen Jeeps auf den Boden gelegt und döste vor sich hin. Er trug braune Shorts und ein ärmelloses schwarzes Shirt. Die nackten Füße hatte er in den Sand gegraben.

»Ich brauche einen Arzt«, wiederholte Yousaf und blieb vor dem Holländer stehen. Er trug rote Bermudashorts mit Muschelmuster und ein feuerwehrrotes Hemd, dessen Enden vor dem Bauchnabel zusammengeknotet waren.

»Wir haben keinen Arzt«, murmelte der Holländer, ohne die Augen zu öffnen.

»Ich kann den linken Arm kaum noch bewegen. Es tut so weh. Letzte Nacht konnte ich kaum schlafen.«

»Frozen Shoulder nennt man das«, murmelte der Holländer, »pass bloß auf, dass es nicht noch die rechte Schulter erwischt, sonst kannst du dir nicht mal mehr den Hintern wischen.«

»Was heißt das?«, fragte Yousaf nervös. »Kennst du dich aus mit solchen Dingen?«

»Mit Frozen Shoulder kenne ich mich aus. Dauert zwei Jahre, egal, ob du zum Arzt gehst oder nicht. Kriegen fast nur Frauen.«

»Was heißt das?«, fragte Yousaf erneut.

»Das heißt, dass das Problem da oben drin ist.« Der Holländer tippte sich an die Stirn.

»Ich habe das erst seit dem Unfall mit der Panzerfaust.«

»Du musst das endlich abhaken, Junge, sonst wird das nichts mit deiner Schulter.«

»Durch mein Missgeschick sind alle gestorben«, sagte Yousaf. Er setzte sich neben den Holländer in den Sand.

»Die wären auch so gestorben, früher oder später. Ich glaube, der überraschende Tod ist immer noch der angenehmste Tod, meinst du nicht?«

Yousaf begann zu niesen. Dreimal. Viermal.

»Jetzt hast du dich auch noch erkältet«, grinste der Holländer, »aber das wirst du überleben.«

»Vielleicht ist es der Anfang einer Lungenentzündung, manchmal habe ich Mühe mit dem Atmen. Verstehst du? Ich habe dann das Gefühl, ich kriege keine Luft mehr.«

Der Holländer nickte bloß: »Ich frage mich immer, wieso sie dich überhaupt ausgewählt haben.«

»Ich sollte nur der Kofferträger sein. Mehr nicht.«

»Kofferträger. Mit deinen Schultern«, murmelte der Holländer und hielt die Augen geschlossen.

Yousaf erhob sich wieder und versuchte einige Rotationsbewegungen mit der Schulter.

Der Holländer sah ihn an. »Lass doch endlich deine verdammte Schulter in Ruhe«, murrte er. »Wie willst du überhaupt diesen Job erledigen?«

»Was kann ich dafür, dass noch einer fehlt?«, gab Yousaf ebenso unwirsch zurück.

»Es fehlen verdammt viele in deinem Team! Egal, was du vorhast, es wird so enden, wie es begonnen hat!«

»Es gibt viele Teams!«, schrie Yousaf. »Ein Team wird es schaffen.«

»Aber du bestimmt nicht«, schimpfte der Holländer, »du bist ein Witz von einem Team! Aber mir soll es egal sein, ich werde nur fürs Fahren bezahlt. Ich fahre dich ans Ziel, und dann musst du selber schauen, wie du zurechtkommst. Ich habe mit der ganzen Scheiße nichts zu tun.«

Eine junge Frau war zu ihnen getreten und sah spöttisch von einem zum andern. Sie hatte braune Haut, war aber wie eine westliche Touristin gekleidet, schwarze Shorts und bauchfreies schwarzes Top, und hatte ihre Augen hinter einer großen dunklen Brille versteckt.

»Deine Verstärkung aus dem Iran«, grinste der Holländer und stand auf.

»Das ist doch eine Frau«, entsetzte sich Yousaf.

»Hast du ein Problem damit?«

»Sie soll hinten sitzen und die Klappe halten«, schimpfte Yousaf.

»Sie ist unser Navigationssystem. Deshalb wird sie vorne sitzen. Das Lazarett ist auf der Rückbank.«

»Oh, er ist krank?«, lachte die Iranerin und nahm ihre Brille ab. Sie hatte wunderschöne tiefschwarze Augen und sah den jungen Afghanen durchdringend an.

»Frozen Shoulder links und leichte Erkältung, aber ich denke, er ist transportfähig.«

Die Iranerin setzte die Brille wieder auf, ging ein paar Schritte um den Wagen und setzte sich dann auf den Beifahrersitz. Yousaf nahm auf dem Rücksitz Platz. Er machte ein grimmiges Gesicht.

Der Holländer setzte sich ans Steuer und ließ den Motor aufheulen. Er schaute fragend zu der jungen Frau.

»Rom«, sagte sie.

»Rom?«, lachte der Holländer und warf einen Blick in

den Rückspiegel. »Yousaf, wenn du die Fahrt überlebst, bringen wir dich in Rom zu einem Arzt.« Er zwinkerte der Iranerin zu: »Die haben doch in Rom auch Psychiater, oder?«

49

LONDON

Die St. Mary Axe Nr. 30 lag im historischen Londoner Bankenviertel. Eine Bombe der IRA hatte hier vor einigen Jahren die rigiden Bauvorschriften ausgehebelt und dem Stararchitekten Norman Foster den Freiraum geschaffen, um einen Turm von hundertachtzig Metern zu errichten. Der Turm hatte die Form eines gigantischen Tannenzapfens aus Stahl und Glas, und die Londoner tauften ihr neues Wahrzeichen auf den Namen *Gherkin*, Gurke. Einige Zyniker behaupteten, Foster habe die IRA dafür bezahlt, die Parzelle für eine Neunutzung frei zu machen. Andere Kritiker meinten, man dürfe nach den Anschlägen von *Nine Eleven* keine Hochhäuser mehr bauen, das würde fanatische Islamisten nur provozieren. Berufsfeministinnen schließlich empörten sich über den Männlichkeitswahn, der sich in der eindeutig zweideutigen Form der Riesengurke manifestierte, und Menschen mit Abitur lobten die feine Ironie des Architekten, stellte das Ganze doch nichts anderes dar als einen Pinienzapfen, also das Symbol der Unsterblichkeit. Für die dreitausendfünfhundert Angestellten im Swiss-Re-Tower, so der offizielle Name, standen genau achtzehn Parkplätze zur Verfügung. Mehr Parkplätze hätten selbst Neoliberale als Provokation empfunden, gab es doch in der Londoner Innenstadt mit dem schlechtesten Verkehrsnetz der Welt nebst Maut und Dauerstau ohnehin kaum eine Chance vorwärtszukommen.

Luigi Albertini stand in der Halle des futuristischen Tannenzapfens und überlegte, ob der Architekt bewusst dieses alte Symbol der Unsterblichkeit gewählt hatte. Er schaute sich die zahlreichen Firmentafeln an. Eine trug die Aufschrift »BBB Baresi Bullion Bank Ltd. London«. Die Büros lagen im fünfunddreißigsten Stockwerk. Luigi nahm den Fahrstuhl. Beim Empfang der BBB Ltd. hingen Panorama-Aufnahmen von Goldminen in Südafrika, Kanada und Goldverarbeitungsanlagen in Dubai.

»Sir?«

»Mein Name ist Albertini, Luigi Albertini. Ich würde gerne Mr. Baresi sprechen, Dario Baresi.«

»Mr. Baresi ist auf Reisen, aber ich werde sehen, was ich für Sie tun kann.« Die Dame griff zum Telefon, wechselte ein paar Worte und begleitete Luigi zum Fahrstuhl. Sie fuhr mit ihm in die oberste, die vierzigste Etage. Am Eingang zur Bar nahm sie ihren Badge hervor und drückte ihn auf das Lesegerät. Die Tür öffnete sich.

»Wenn Sie bitte hier warten wollen. Der Drink geht auf Kosten des Hauses.«

Luigi betrat die Bar. Die Karte empfahl Champagner und Seezungenfilet. Doch Luigi hatte nur Augen für die phänomenale Aussicht auf die pulsierende Metropole, die ihm hier zu Füßen lag. Dann sah er sich um. Das Licht in dem Gebäude war einzigartig. Aus allen Richtungen fiel Sonnenlicht ein. Es war überwältigend. Auf Kunstlicht konnte weitgehend verzichtet werden. Der futuristische Pinienzapfen war eine einzige Ode an die Sonne.

»Sie wollten Mr. Baresi sprechen?«, fragte eine freundliche Stimme. Vor ihm stand eine ganz offensichtlich magersüchtige junge Frau mit langem dunklen Haar in einem dunklen Hosenanzug. Mit ihren aufgespritzten Lippen erinnerte sie ihn ein bisschen an eine amerikanische Schauspielerin, die sich permanent gegen den Hunger in der Welt stark machte, während sie aus purer Dummheit selbst verhungerte.

»Ja«, entgegnete Luigi und lächelte, als wolle er sie zu einem Date einladen. Seit er mit Claudia geschlafen hatte, sah er Frauen mit ganz anderen Augen.

»Ich bin seine Mitarbeiterin. Mr. Baresi ist auf Reisen. Ist es geschäftlich?« Die junge Frau setzte sich zu ihm. Für ihr schmales Handgelenk gab es wohl nur Plastikuhren in der Kinderabteilung. Ihre leicht entrückte Leidensmiene offenbarte ein bisschen Stolz über ihre Hungerleistung und das übliche Mitleid, das Magersüchtige für Normalgewichtige empfinden.

»Privat.« Luigi holte den Briefumschlag hervor, den der Don ihm gegeben hatte, und legte ihn auf den Tisch. Die junge Frau fixierte das aufgedruckte Firmenlogo. »Es ist sehr wichtig. Können Sie mir sagen, wo ich Mr. Baresi erreichen kann?«

»Sind Sie mit Mr. Baresi befreundet?«

»Salvatore Calame schickt mich. Ich bin aus Rom hierhergekommen, um ihm eine sehr persönliche Mitteilung zu machen.«

Die junge Frau fuhr sich mit der Hand durch das lange Haar und strich sich dann nervös über die Nasenspitze.

»Um ehrlich zu sein, wir wissen nicht, wo Mr. Baresi in diesem Moment ist«, sagte sie dann, »er ist geschäftlich unterwegs. Er beantwortet aber seit einigen Tagen keine Anrufe, keine E-Mails. Wir verstehen das nicht. Ich dachte, vielleicht können Sie uns weiterhelfen.«

Luigi sah die junge Frau an. Es ärgerte ihn, dass er vergebens nach London geflogen war. Er hatte vor dem Abflug mehrfach in London angerufen, aber man hatte ihm stets ausgerichtet, dass Mr. Baresi zurzeit nicht zu sprechen sei. Dass er verschollen war, davon war nicht die Rede gewesen. Die ganze Reise die reinste Zeitverschwendung.

Albertini dachte an Claudia. Er wollte nach Rom zurück und sie sehen. Er wusste, dass es früher oder später Probleme geben würde, auch mit ihrem Mann, vor allem mit ihrem Mann. Aber es kümmerte ihn kaum noch. Der Drang, Claudia wiederzusehen, wischte alle Bedenken beiseite. Luigi dachte an das Sprichtwort, wonach Liebe blind mache. Zum ersten Mal begriff er den Wahrheitsgehalt dieser banalen Redewendung.

Luigi steckte den Briefumschlag wieder ein und reichte der jungen Frau seine Visitenkarte.

»Für alle Fälle. Falls er anruft.«

Sie schaute sich die Visitenkarte kurz an und schenkte Luigi daraufhin ein merkwürdiges Lächeln. Luigi sah sie fragend an.

»Weinjournalist«, sagte die Frau.

Offenbar kann sie lesen, fuhr es Albertini durch den Kopf, und im gleichen Augenblick irritierte ihn sein zunehmender Sarkasmus. Irgendetwas in ihm war gebrochen. Es war, als hätte er einen Schritt in eine verbotene Welt getan.

»Ist es wahr«, fragte die Frau, »dass Weintester den Wein gar nicht trinken, sondern wieder ausspucken?«

»Das ist die kulinarische Form des Zölibats, wenn Sie so wollen. Wer damit Mühe hat, wird Mitglied bei den Anonymen Alkoholikern.«

Beide erhoben sich. Als er ihr die Hand gab, spürte

Luigi ein Kribbeln. Dabei ist sie gar nicht mein Typ, dachte Luigi überrascht. Seit der Begegnung mit Claudia hatten sich seine Gefühle für Frauen grundlegend geändert. Er hatte sie nicht mehr unter Kontrolle.

Eigentlich wollte Luigi auf direktem Weg zum Flughafen und den Mittagsflug zurück nach Rom nehmen. Doch dann stand das Taxi im Stau, und Luigi stellte fest, dass der Taxifahrer im indischen Mangalore aufgewachsen war und dort keinen Englischkurs besuchte hatte. Luigi hatte versucht, ihm anhand eines Stadtplans zu erklären, welche Route er zum Flughafen wählen sollte. Es war ein Rätsel, wie dieser nette Inder zu einer Londoner Taxilizenz gekommen war, aber dann stellte sich heraus, dass der Mann weder Lizenz noch Führerschein hatte, sondern anstelle seines kranken Bruders fuhr, der zu einer Hochzeit unterwegs war, aber den Flug verpasst hatte, eben wegen dieser Erkrankung, die sein fahrender Bruder als Norovirus identifizierte. Als sie schließlich den Flughafen erreichten, hatte auch Luigi seinen Flug verpasst, und der nächste Flug war storniert. Man bot ihm an, über Amsterdam oder Berlin nach Rom zu fliegen. Luigi entschied sich gegen einen Europa-Rundflug und für ein Hotelzimmer in der Nähe des Flughafens. Er wollte in Ruhe über alles nachdenken.

50

LONDON

Luigi bestellte sich einen Hamburger mit Pommes aufs Hotelzimmer und rief Salvatore an. Er informierte ihn über den Stand der Dinge in London.

»Kommen Sie zurück, Luigi, ich habe einen anderen Plan. Im Leben gibt es immer Alternativen. Nur wenn man stirbt, wird es eng mit den Optionen.« Salvatore lachte. »Der Arzt meint, ich hätte noch genügend Zeit, um meine Angelegenheiten in Ordnung zu bringen. Natürlich erwischt es einen immer im falschen Moment. Kein Mensch öffnet dem Tod die Tür und sagt: Kommen Sie rein! Ich hab Sie schon erwartet.«

Luigi überlegte, ob Salvatore Aufputschmittel geschluckt hatte. Er wirkte seltsam aufgeräumt. »Es ist wie mit den Jahreszeiten, Luigi, sie kommen und gehen. Wir alle kommen und gehen. Leben und sterben unter der Sonne. Doch nur die Sonne ist unbesiegbar, weil sie stets von Neuem aufersteht.«

Jetzt tippte Luigi eher auf einen italienischen Roten. Salvatore schien wirklich sehr entspannt zu sein. Als sie das Gespräch beendet hatten, loggte sich Luigi über den hoteleigenen Internetdienst ins World Wide Web ein. Mit flinken Fingern rief er die Website der »Baresi Bullion Bank« auf. Firmengeschichte, Geschäftsleitung … Dann kamen die Bilder.

»Mein Gott«, entfuhr es Albertini. Er sprang von seinem Stuhl auf und tigerte aufgebracht im Zimmer umher. Er griff im Vorbeigehen nach seinem Weinglas und stellte es dann auf den Fernseher. Ungläubig warf er nochmals einen Blick auf den Monitor. Dort war ein Bild von Dario Baresi zu sehen. Es bestand überhaupt kein Zweifel. Das war der Mann, den er in der Schweiz nicht erschossen hatte.

51

ITALIEN

Die Pferdebox war leer. Das Schnauben kam von nebenan. Cesare Lustrinelli lag keuchend auf dem Strohballen und starrte an die Holzdecke. Jetzt sah er den Kopf des Araberhengstes, der über die hölzerne Trennwand zu ihm herüberschaute. Francesco saß rittlings auf seinem Bauch. Der Bankier kriegte kaum Luft. Furio hielt seinen rechten Arm fest, und die Ärztin injizierte mit einer kleinen Kanüle einen VeriChip in den Vorderarm. Der Chip war nicht größer als der Kopf eines Streichholzes.

»Während des Zweiten Weltkrieges«, erklärte die Ärztin, »waren die Dinger noch größer als ein Reisekoffer.«

Sie war recht hübsch, um die fünfunddreißig und hatte die blonden Haare zu einem Dutt zusammengebunden.

»Haben Sie auch Erfahrung damit?«, fragte Lustrinelli streng und sah skeptisch auf die Kanüle. Sein Ton war nicht anders, als wenn er in seinem Büro in der Nationalbank seiner Chefsekretärin eine Order gab.

»Bei Pferden ja, die Dinger sind batteriegetrieben und haben eine große Reichweite.«

»Und wie werde ich die Elektronik wieder los?«

»Zweimal scheißen«, lachte Francesco und stieg von Lustrinelli herunter. Lustrinelli sah den ordinären Kerl hasserfüllt an.

»Das wandert direkt ins Gewebe, das werden Sie nie mehr los«, sagte die Ärztin.

»So wertvoll bist du?«, sagte Furio und grinste. »Wertvoller als ein reinrassiger Lipizzaner mit fünfhundertjährigem Stammbaum.«

Francesco sah die Ärztin an: »Tja, Salvatore hängt an ihm. Wir wollen ihn nie mehr vermissen.«

»Das Bein«, sagte die Frau knapp und holte eine etwas größere Kanüle aus ihrem Arztkoffer.

Francesco machte Anstalten, sich wieder auf Lustrinelli zu setzen. Der wehrte entschlossen ab: »Hören Sie auf mit dem Theater. Ich habe die Situation begriffen.«

Francesco grinste, und sein hängendes Doppelkinn schwoll an wie bei einem Frosch: »Aha, verstehe, schließlich sind Sie Bankpräsident. Sie begreifen schnell. Ich frage mich nur, wieso ihr alle auf diese faulen amerikanischen Hypothekarkredite reingefallen seid.«

»Wofür ist dieses zweite Teil?«, wandte Lustrinelli sich an die Tierärztin.

»Dann kann Salvatore mit deinem linken Bein telefonieren«, lachte Francesco.

52

LONDON

Luigi Albertini nahm den Briefumschlag aus der Innentasche seines Jacketts. Er betastete den Umschlag. Dann riss er ihn auf. Er nahm das Amulett heraus, das Salvatore hineingelegt hatte. Es zeigte einen Phallus. Die Eichel hatte die Form eines Pinienzapfens. Auf den ersten Blick sah es aus wie ein kleiner Swiss-Re-Tower. Luigi ließ das Amulett angewidert auf den Tisch fallen und ging zum Fenster. Er riss die Vorhänge auf und öffnete die Fenster. Er brauchte Luft. Lärm drang in das Zimmer, Autos, Hupen, aufheulende Motoren, Sirenen. Luigi gefiel die Entwicklung der ganzen Angelegenheit überhaupt nicht. Der Tote in der Schweiz, die orakelhaften Andeutungen von Salvatore, das merkwürdige Verhalten des Heiligen Vaters …

Luigi fühlte sich gefangen in einem Szenario, das er nicht durchschaute. Zwar war er der Geheimagent des Papstes, aber er hatte nicht das Zeug, um in weltlichen Labyrinthen bestehen zu können. Man konnte ihn nach Krakau schicken, nach Kuala Lumpur oder Corumbá, er würde mit jedem geistlichen Würdenträger klarkommen und die Interessen des Heiligen Stuhls durchsetzen, unnachgiebig und hart in der Sache. Er trug das Wappen des Papstes auf seiner Visitenkarte. Man brachte ihm den Respekt entgegen, der einem Diplomaten eines monarchistischen Herrschers über eine Milliarde Gläubige gebührte. Aber jetzt war er auf sich allein gestellt, und er fragte sich ernsthaft, ob möglicherweise sogar der Heilige Vater auf einer fremden Galeere ruderte. Luigi brauchte jemanden, dem er sich anvertrauen konnte. Aber mit wem konnte er darüber sprechen? Er hatte keine Ahnung, wer noch für oder gegen den Heiligen Vater war. Keiner legte seine Karten offen. Der Vatikan funktionierte wie seinerzeit der Hofstaat des Sonnenkönigs Ludwig XIV. in Versailles. Man bemühte sich, Zitate des Herrschers wiederzugeben, um zu dokumentieren, dass man dessen Meinung vertrat. Wem konnte man also trauen? Luigi griff zum Telefon und wählte eine Nummer. Er kannte die Nummer auswendig.

»Kannst du sprechen?«, fragte er.

»Du bist außer Atem«, sagte Claudia. Sie schien besorgt.

»Sehen wir uns wieder?«, fragte Albertini ungeduldig.

»Mein Mann ist nicht im Haus. Wo bist du?«

»In London. Ich musste jemanden besuchen. Ich bin im Sheridan. Ich fliege morgen früh zurück.«

Claudia schwieg. Sofort wurde Luigi unsicher.

»Bist du noch da?« Luigi fehlte einfach die Erfahrung mit dem weiblichen Geschlecht.

»Ja, ja, ich bin noch da«, sagte Claudia.

»Erinnerst du dich an ein Amulett, das einen Phallus zeigt, und die Eichel hat die Form eines Pinienzapfens, das Symbol der Unsterblichkeit?«

»Mein Vater hat viel von diesem Kram. Ein bestimmtes Amulett?«

»Es ist aus Gold. Salvatore trug es um den Hals.«

Claudia schien zu überlegen. »Ach, dieses Amulett«, sagte sie dann, »mein Vater hatte auch eins, aber ich glaube, es hat nichts zu bedeuten. Ist eher so ein – Klubabzeichen.«

»Was für ein Klub?«, fragte Luigi mit Nachdruck.

»Wie bei der Chaîne des Rôtisseurs«, lachte Claudia, »irgend so ein Abzeichen eben. Die AS Roma hat ja auch ihre Abzeichen oder wir Christen ...

»Was hat das mit der Religion zu tun?«, fragte Luigi irritiert.

»Weil du für den Papst arbeitest, aber was ist denn mit dir los, Luigi? Ich dachte, du rufst an, weil ... weil du mich vermisst.«

»Ich vermisse dich sehr«, sagte Luigi, »ich kann an nichts anderes denken. Ich habe das Gefühl, als hätte ich bisher alles falsch gemacht in meinem Leben. Seit ich dich kenne ...«

»Ich höre draußen ein Auto. Aber wieso ist dieses Abzeichen so wichtig? Vielleicht tragen es alle Leute, die mit Gold handeln. Eine Art Firmenabzeichen.«

»Ein Phallus als Firmenabzeichen? Was weißt du über prähistorische Jagdgemeinschaften und ihre Riten, ihre Symbole, ein gemeinsames Mahl ...«

»Ich muss jetzt Schluss machen«, flüsterte Claudia und unterbrach die Verbindung. Zuletzt hatte er noch etwas gehört, das wie ein Kuss klang. Vielleicht hatte sich Luigi aber auch getäuscht. Wie hätte er auch wissen sollen, wie Küsse klingen, die man ins Handy haucht?

53

CALAIS

»Müssen wir den Tunnel nehmen?«, fragte Cesare Lustrinelli gereizt. Er fuhr sich über das unrasierte Gesicht. Sein dünnes Haupthaar war fettig. Er war übermüdet, sehnte sich nach einem Bad. Und er hätte lieber die Autofähre nach Dover genommen. Da wäre eine Flucht möglich.

»Ja«, lachte Furio. Er saß am Steuer und klopfte den Takt zu »Tornerò«, das aus den Lautsprechern plärrte. Cesare Lustrinelli saß auf dem Beifahrersitz, Francesco hinter ihm. Das Riesenbaby kaute Nüsse.

»Ich mag auch keine Tunnels«, grunzte Francesco, »aber wenn der Chef sagt, wir sollen den Eurotunnel nehmen, dann nehmen wir den Scheißtunnel eben. Da!«, schrie Francesco. »Da geht's zur Verladestation.«

»Wer sitzt am Steuer, du oder ich?«, brüllte Furio zurück. »Wir sind doch nicht verheiratet! Musst du dich ständig wie die bekiffte Alte in den Simpsons aufführen?«

»Halt die Klappe«, schrie Francesco und spuckte hustend ein paar Erdnussreste aus. Lustrinelli wischte sich angewidert den Nacken.

Furio bog nach links ab zur Verladestation: »Du hasst Berge, du hasst Tunnels? Was liebst du denn? Außer Fressen!«

Wütend schlug ihm Francesco die angefangene Packung Erdnüsse an den Hinterkopf: »Du sollst endlich die Klappe halten, hier bin ich der Chef! Hast du das begriffen?«

»*Real power must be taken!*«, stichelte Furio.

»Hör bloß auf mit deiner Scheißnummer!«, brüllte Francesco.

»Wenn einer hier die Nerven verlieren darf, dann ich«, brüllte Lustrinelli, »ich bin die Geisel, ich bin das Opfer! Habt ihr das kapiert? Und jetzt ist Schluss mit diesem ordinären Geschwätz!«

»Du bist der Täter!«, brüllte Furio.

»Genau«, schrie Francesco und verpasste Lustrinelli von hinten eine Kopfnuss, »du hast das Gold des Papstes geklaut!«

»Quatsch«, schrie Furio genervt, »das hat dieser Dario Baresi, der Neapolitaner, der in London diese Goldbank führt.«

»Dario Baresi ist der Täter, und der Vatikan ist das Opfer! Geht das nicht in euer Spatzenhirn rein?«, warf Lustrinelli gereizt ein.

»Und du?«, schrie Francesco Lustrinelli an.

»Ich? Ich habe damit nichts zu tun!«

»Und wieso sollten wir dich entführen?« Franceso lief rot an.

»Francesco«, sagte der Bankpräsident mit ruhiger Stimme, »das ist eine sehr vernünftige Frage. Wir sollten jetzt einfach anhalten …«

Francesco verpasste Lustrinelli erneut eine Kopfnuss und brüllte: »Wir führen nur Befehle aus, klar?«

»Das heißt«, lachte Lustrinelli, »ihr habt keinen blassen Schimmer, worum es eigentlich geht. Ich sage nur: Little Big Horn.«

Furio lachte laut auf: »Du hast ihm den Scheiß mit Little Big Horn erzählt?«

Francesco stopfte sich trotzig eine Handvoll Erdnüsse in den Mund: »Ich dachte, vielleicht will der Dottore ein bisschen quatschen.« Francesco schmatzte und nahm genüsslich zur Kenntnis, dass es Lustrinelli anwiderte. »Wir sind dem Dottore zu ordinär. Er wünscht sich ein bisschen – Kultur. Nicht wahr, Dottore?« Francesco sah den Bankier verächtlich über die Nasenspitze an: »Wussten Sie eigentlich, Sir, dass bereits Napoleon einen Tunnel unter dem Ärmelkanal bauen wollte?«

Lustrinelli verdrehte die Augen. Furio warf ihm einen belustigten Blick zu.

»Francesco hat wieder gegoogelt. Immer wenn wir irgendwo hinfahren, googelt er vorher und erzählt mir dann den ganzen Historienshit. Dabei ist die Hälfte davon falsch.«

»Aha, der Dottore wusste es nicht«, hakte Francesco nach, »das war 1902.«

»Napoleon starb 1821«, bemerkte Lustrinelli trocken.

»Na und?«, fauchte Francesco.

»Dann kann es nicht 1902 gewesen sein«, grinste Furio, »das will dir der Dottore Lustrinelli damit sagen.«

»Es war 1802«, sagte Lustrinelli. »Man könnte meinen, es gibt in Italien keine Schulpflicht. Oder hast du da bereits deine Kameraden verdroschen?«

»Kennen Sie die Blackfriars Bridge, Herr Direktor?«

»Wollt ihr mich dort aufhängen, wie den Bankier Calvi?«, spottete Lustrinelli. »Wie willst du den Henkersknoten schaffen, wenn du nicht mal deine Schnürsenkel binden kannst?«

Furio lachte laut auf: »Ich habe den Film gesehen! Der Bankier Gottes baumelt im Morgengrauen an der Brücke und hat einen Backstein in den Taschen. Und die Nebelmaschinen …«

»Das war kein Film, Furio, das war echt,« sagte Francesco mürrisch. Er ertrug Lustrinellis Spott nicht.

»Ich dachte, das sei aus einem Film? *This shit was real?*«

»Klar. Du warst im Knast. Hattet ihr keine Zeitungen?«

»Kann er denn lesen?«, murmelte Lustrinelli und schaute zum Fenster hinaus.

Furio warf ihm einen verächtlichen Blick zu: »Du würdest dich gescheiter mal rasieren, Dottore!«

»Sind Sie Mafioso oder Stylist?«, fragte Lustrinelli, ohne ihn eines Blickes zu würdigen, und rief: »Was zum Teufel habe ich der Welt angetan, dass ich mit zwei derart blöden Kreaturen …«

»Ich finde, er verliert den Respekt!« Francesco riss eine Chipstüte auf. »Das endet böse.« Er war richtig wütend.

»Respekt muss man sich verdienen«, gab Lustrinelli zurück.

»Aber sag mal«, sagte Furio mit tiefen Falten auf der Stirn, »*Little Big Man*, war das auch echt?«

»Du meinst *Little Big Horn*?«

»Nein, verflucht, der Film hieß *Little Big Man*.«

»Aber du meinst *Little Big Horn*.«

»Ich meine genau das, was ich sage: *Little Big Man*.«

»Ja, so hieß der Film.«

»Das sag ich ja die ganze Zeit. *Little Big Horn* war ein Film …«

»Nein«, mischte sich Lustrinelli ein, »damals 1876 am Little Big Horn River, da gab's noch keine Filme, und Dustin Hoffman …«

Furio und Francesco verschlug es die Sprache.

»Macht er sich etwa über uns lustig?«, fragte Francesco.

54

LONDON

Luigi lag auf dem Hotelbett und dachte nach. Seit Stunden dachte er nach. Er hatte allmählich den Verdacht, dass er sich etwas vormachte. Er wusste nur zu gut, was er wollte und was er als Nächstes tun würde. Und er wusste auch, wohin das alles führen würde. Zu Claudia. Wozu dachte er also nach? Wollte er mit Vernunft und Logik begründen, wieso es richtig war, der Unvernunft zu folgen? Er wusste es nicht. Er begriff auch nicht, wie ein Mensch von knapp vierzig Jahren zwei Jahrzehnte lang im Dienste der Kirche stehen und plötzlich so mir nichts, dir nichts ins Straucheln geraten konnte. Aber was heißt straucheln, er war ja bereits gefallen. Ein zärtlicher Blick von Claudia hatte genügt. Er hatte nie den Eindruck gehabt, dass er in irgendeiner Weise wankelmütig seinen Dienst versah, sein Leben lebte. Und doch, im Nachhinein hätte er glauben können, dass sein Schicksal während all der Jahre an einem seidenen Faden gehangen hatte. Oder war er hinter den heiligen Mauern des Vatikans schlicht verroht und hatte sich desillusioniert von dieser geschäftstüchtigen Kirchenorganisation abgewandt und sich der weltlichen Realität geöffnet?

Jemand klopfte an die Tür. Luigi sprang auf und öffnete. Es war nicht der Zimmerservice. Die junge Frau mit dem dunkelbraunen Teint und dem pechschwarzen halblangen Haar wollte keine Minibar auffüllen. Sie wollte zu ihm. Ihr Pagenschnitt erinnerte ihn an die Pariser Tänzerinnen des Moulin Rouge. Die schmalen Augen hatten einen seltsamen Ausdruck. Albertini wusste nicht, woran es lag. Schminke? War die Frau Asiatin? Ja, das war es. Sie hatte die schmalen Augen und die breiten Wangenknochen der Mongolen.

»Woher kennen Sie meinen Vater?«, fragte die Frau unvermittelt. Ihre Stimme klang etwas schrill, aber sehr melodiös.

»Ihren Vater? Ich weiß nicht mal, wer Sie sind.« Luigi sah die Frau verwirrt an. Wer war sie, was wollte sie? Wer wusste, dass er hier in London war?

»Sie haben heute Morgen im Swiss-Re-Tower nach meinem Vater gefragt. Ich bin seine Tochter. Li-Li.«

Luigi trat einen Schritt zurück und bedeutete der Frau, einzutreten. Draußen musste es regnen. Die Frau war ganz durchnässt. Luigi schloss die Tür hinter ihr, und schon im nächsten Moment war es ihm unangenehm, hier mit der unbekannten Frau im Zimmer zu sein. Er drehte sich mit einer hektischen Bewegung um. Die Asiatin erschrak und wich einen Schritt zurück.

Luigi versuchte ein versöhnliches Lächeln. Dann sagte er:

»Ich kenne Ihren Vater nicht, Li-Li. Ein Geschäftsfreund aus Italien hat mich gebeten, Ihren Vater hier in London aufzusuchen.«

Die junge Frau hatte das Amulett bereits gesehen, das Luigi auf den geöffneten Briefumschlag gelegt hatte. Sie war vor dem kleinen Schreibtisch neben dem Fernseher stehen geblieben und starrte unverwandt das Amulett an.

»Das gehört meinem Vater«, sagte sie leise und nahm es zärtlich in ihre Hand.

»Nein, Li-Li, es gehört Salvatore Calame, er hat es mir gegeben. Ich sollte es Ihrem Vater zeigen, damit er weiß, dass meine Botschaft von ihm kommt.«

»Vielleicht hat Salvatore das Amulett meinem Vater gestohlen.« Es lag Panik in ihrer Stimme.

»Nein«, beschwichtigte Albertini sie, »es gibt gewiss mehrere solcher Amulette. In der Schweiz zum Beispiel habe ich erst vor Kurzem ...«

Luigi biss sich auf die Lippen. War es möglich, dass Salvatore Calame Dario Baresi in der Schweiz getötet und ihm das Amulett abgenommen hatte? Aber das ergab keinen Sinn. Und Baresis Amulett befand sich gewiss noch immer in irgendeiner nummerierten Plastiktüte in der Asservatenkammer der Basler Staatsanwaltschaft. Albertini sah, dass Li-Li ihn erwartungsvoll ansah. Er machte keine Anstalten weiterzureden. Li-Li holte eine Brieftasche hervor und zog ein Foto heraus. Sie reichte es Albertini. Er erkannte sofort Dario Baresi. Es war dasselbe Bild, das Albertini zuvor im Internet gesehen hatte. Albertini gab Li-Li das Foto zurück und wandte sich von ihr ab: »Und das soll Ihr Vater sein?«

»Das ist mein Vater. Ich bin seine Adoptivtochter.«

Albertini nickte betrübt. »Setzen Sie sich doch. Bitte. Was ich Ihnen zu sagen habe, wird sehr schmerzlich für Sie sein. Ich war vor einiger Zeit in der Schweiz«, begann Albertini zu erählen, »im Haus eines Freundes. Ich habe dort übernachtet. Als ich am Morgen aufwachte, lag ein Toter im Garten hinter dem Haus. Er trug einen goldenen Pinienzapfen am Hals.«

»Mein Vater?«, fragte Li-Li mit tonloser Stimme.

»Es war der Mann auf dem Foto.«

Die junge Frau begann zu zittern. Tränen rannen ihr übers Gesicht. Dann begrub sie ihr Gesicht in den Händen. Sie weinte und schluchzte wie ein Kind, das alles verloren hatte. Luigi nahm sie in den Arm. Sie weinte so hemmungslos und laut, dass man sie wohl auf allen Etagen hörte. Ihr zierlicher Körper bebte und zuckte.

Luigi führte die junge Frau behutsam zum Bett und legte sie hin. Sie rollte sich zusammen wie ein Embryo und heulte hemmungslos weiter. Luigi hatte sich auf die Bettkante gesetzt. Er streichelte sanft ihre Schulter.

»Ihr Vater trug einen Ring. Einen Siegelring mit dem Motiv eines Stiers. Vermutlich das Sternzeichen Ihres Vaters …« Luigi wollte nur einfach etwas sagen, doch die junge Frau blickte ihn fragend an.

»Der Stier hat nichts mit dem Sternzeichen zu tun«, sagte sie mit schwacher Stimme, »es war ein Geschenk meiner Mutter. Sie war Archäologin.«

Luigi reichte ihr ein Taschentuch. Li-Li schnäuzte sich die Nase und setzte sich auf. Sie rutschte ans Bettende, setzte sich auf das Kissen und zog die Beine an. Wie ein kleines Mädchen verschränkte sie die Arme um die Knie. Dann sprach sie mit träumerischer Stimme: »In vielen Kulturen verkörpert der Stier Kraft, Stärke, Potenz. Der Stier ist der Ursprung allen Lebens, denn als die ersten Sonnen- und Lichtkulte entstanden, befand sich die Welt im Sternzeichen des Stiers. Es ist die Zeit der ersten Zivilisationen in prähistorischer Zeit …«

Luigi sah die junge Frau überrascht an. Sie schien mehr zu sich als zu ihm zu sprechen.

»Der Stier auf dem Siegelring Ihres Vaters erinnerte mich an den Stier in der Kapelle Santa Prisca in Rom. Er hat die gleiche Körperhaltung …«, begann Luigi vorsichtig.

»Ein Stier in einer christlichen Kapelle?«, lachte Li-Li bitter und schnäuzte sich erneut die Nase.

»Der Stier befindet sich auf dem Wappen eines Papstes. Es ist das Wappentier der Borgia-Familie. Die Borgias haben viele Päpste gestellt ... Aber was hatte Ihr Vater damit zu tun?«

Li-Li schien ihn nicht zu hören. »Halt mich fest«, hauchte sie nur.

Luigi stand ratlos auf. Er überlegte, ob er ein paar Sandwichs aufs Zimmer bestellen sollte. Vielleicht wollte sie sich auch die nassen Haare trocknen. Doch in diesem Augenblick schnellte Li-Li hoch und schrie ihn an:

»Du sollst mich festhalten! Hörst du nicht? Halt mich fest!« Dann warf sie sich ihm an die Brust und weinte so hemmungslos und laut, dass Luigi nichts anderes übrig blieb, als diese fremde Frau in seine Arme zu nehmen und sie so lange an sich zu drücken, bis sie sich einigermaßen beruhigt hatte. Li-Li begann sich in seinen Armen zu winden wie eine Schlange, sie umklammerte Luigi, und ihre flinken Hände durchwühlten sein Haar, packten seinen Nacken, sie zog seinen Kopf zu sich hinunter, küsste ihn, heftig, grob, riss ihn mit sich, zog ihn aufs Bett.

55

BASEL

»Erzähl mir von deinen Kunden«, grinste Cassidy. Er lag entspannt in der Badewanne, die vor Kurzem noch Dr. Cesare Lustrinelli benutzt hatte. Ihm gegenüber im dichten Badeschaum lag Natalia, die zierliche Polin. Sie hatte Cassidy alles erzählt, was sie über Lustrinelli wusste. Worauf der Dottore gewettet hatte, wusste sie aber bedauerlicherweise nicht. Jetzt lag sie vor ihm und spielte mit dem bläulichen Badeschaum. Manchmal nahm Cassidy ihren Fuß, der auf seinem Schenkel ruhte, und küsste ihn.

»Erzähl schon«, bat Cassidy und kitzelte ihre Füße. Natalia zog das Bein zurück und legte es zwischen Cassidys Beine.

»Erzähl du mir lieber von deinem Job«, schmollte Natalia, »du bist ein Agent, so eine Art James Bond, der zu viel Calvados getrunken hat und nie mehr nüchtern wird.«

»Vorsicht!«, bat Cassidy. »Ich hab's nicht gerne, wenn ich einen Fuß zwischen den Beinen habe.«

»Erzähl schon«, drohte Natalia und trat sanft zu, »sonst werde ich dir wehtun.«

»Aber es ist kompliziert«, sagte Cassidy. Er hatte keine Lust, einer dreiundzwanzigjährigen Prostituierten die Weltwirtschaft zu erklären.

»Du hältst mich für dumm«, schmollte Natalia. Sie wusste, dass ältere Herren das mochten.

»Nun gut«, sagte Cassidy. »Pass auf, wieso weißt du, dass ein Hunderteuroschein hundert Euro wert ist?«

»Weil es draufsteht«, lachte Natalia.

»Und wieso glaubst du, dass das, was auf diesem Stück Papier steht, auch wahr ist?«

»Wenn es nicht wahr wäre, könnte ich damit keine Schuhe kaufen, die hundert Euro kosten. Jetzt bist du platt!«, lachte Natalia. »Und dafür warst du zehn Jahre auf der Universität, während ich als Sexualtherapeutin promoviert habe.«

»Woher weißt du, was eine Sexualtherapeutin ist?«

»Von meinen Kunden. Ich sitze mit meinen Kunden in der Badewanne, und sie bringen mir in dreißig Minuten bei, was sie in zehn Jahren auf der Universität gelernt haben.«

»Ich war aber noch nicht fertig, Natalia. Früher erhielt man für dieses Stück Papier bei jeder Bank Gold im Gegenwert von hundert Euro. Das heißt: Wenn die Bank eine Banknote im Wert von hundert Euro druckte, garantierte sie gleichzeitig, dass sie in ihrem Keller ein Stück Gold im Wert von hundert Euro hat. Die Nationalbank konnte also nie mehr Papiergeld drucken, als Gold im Keller war. Und da wir das alle wussten, haben wir akzeptiert, dass wir uns gegenseitig mit an und für sich wertlosem Papier bezahlen.«

»Das habe ich begriffen, Herr Professor. Müsste ich mit Goldbarren rumlaufen, wäre der Henkel meiner Gucci-Tasche auch längst gerissen. Aber was hat das mit deinem Beruf zu tun?«

»Ich bin noch nicht fertig.«

»Oh«, murmelte Natalia, »das war also erst der Anfang. Wie lange hast du denn studiert?«

Cassidy machte eine bedrohliche Miene und atmete tief durch.

»Also: Nach dem Ersten Weltkrieg musste uns Europa zur Begleichung der Kriegsschulden sein Gold abliefern. Nach dem Zweiten Weltkrieg war nicht nur Hitler besiegt, sondern der Dollar der einzige wahre Überlebende in der Welt der Währungen. Wir kauften wie wild im Ausland ein und bezahlten mit unseren Dollars, die wir nach Lust und Laune nachdruckten. Als die Rolling Stones über den Äther plärrten, hatten wir bereits zu wenig Gold, um all diese frischen Dollars abzudecken. Deshalb war Nixon – das war der damalige amerikanische Präsident …«

»Ich weiß, wer Nixon war.«

»Sei nicht so empfindlich!«

»Wieso hältst du mich für blöd? Weil ich dir jeden Morgen einen blase? Ich bin doch auch in der EU.«

»Also noch einmal: Als das physische Gold nicht mehr ausreichte, um neue Papierdollars zu decken, brach der damalige Präsident Nixon 1971 kurzerhand das Versprechen, jeden Dollar in Gold einzutauschen. Über Nacht hatte Gold ausgedient. Von diesem Tag an druckten wir so viel Papiergeld, wie wir wollten. Wir brauchten ja nicht mehr auf das vorhandene Gold Rücksicht zu nehmen. Währungen basieren seitdem nur noch auf Vertrauen. Vertrauen in die hier in Basel tagenden Notenbankchefs, die darüber bestimmen, ob mehr oder weniger Geld gedruckt wird. Wird mehr gedruckt, wird die Ware Geld billiger, und die Zinsen sinken, was Wirtschaft und Privathaushalte dazu animiert, Geld auszugeben. Wird die Geldmenge künstlich verknappt, also weniger neues Papiergeld gedruckt, steigen die Zinsen, das Geld wird teurer, die Hypotheken steigen – und Konsum und Wirtschaft nehmen ab. In der Theorie wenigstens.«

»Und was hast du damit zu tun? Oder machst du nur Spesen?«

»Ich sagte ja, dass es kompliziert ist«, murrte Cassidy und schloss die Augen.

Natalia trat fester zu: »Mach weiter, aber wenn das Badewasser kalt ist, musst du fertig sein.«

»Letzter Versuch«, drohte Cassidy, »also, mit Kennedy und Nixon begann die große Geldverschwendung. Es wurden Sozialprogramme und Kriege finanziert, die sich niemand leisten konnte, die aber notwendig waren, um Wahlen zu gewinnen. Und gleichzeitig musste man auch die Gutverdienenden mit Steuersenkungen zufriedenstellen. Alles Dinge, die aus politischen Gründen notwendig, aber aus wirtschaftlicher Sicht ruinös waren. Dafür wurden immer schneller immer mehr Dollars gedruckt. Bis heute. Und dafür sind die Republikaner und die Demokraten, die Rechten und die Linken, gleichermaßen verantwortlich. Weil beide ihren Wählern Dinge versprechen, die nicht bezahlbar sind. Und deshalb verliert der Dollar an Wert. Also flüchten die Leute ins Gold. Um dies zu verhindern, haben die USA alle Länder sanft genötigt, ihre Goldreserven koordiniert auf den Markt zu werfen, damit der Goldpreis nie steigt und jeder Idiot begreift, dass Gold kein sicherer Hafen mehr ist. Nun haben die Länder ihr Gold weggeschmissen, und das Gold beginnt langsam zu steigen. Und der Mann, der bis vor Kurzem hier in diesem Hotelzimmer gewohnt hat, hatte eine Menge Gold. Das Gold des italienischen Staates, aber auch das Gold anderer Leute. Er wollte uns etwas sehr Wichtiges mitteilen. Leider fiel ihm dabei der Hörer aus der Hand. Seitdem ist er verschwunden. Und jetzt sitze ich hier mit einer äußerst attraktiven Polin und warte, bis der Mann zurückkommt. Weil ich ihm ein paar Fragen stellen möchte.«

»Dann bist du doch so eine Art – Agent?«

»Kein Agent. Ich helfe Menschen, die Probleme haben.«

»Also ein bisschen so wie ich?«

»Findest du, dass ich Probleme habe?«, fragte Cassidy irritiert.

»Na ja«, Natalia betrachtete ihn kritisch, »du bist immerhin nicht mehr der Jüngste, oder?«

»Ja, ja«, brummte Cassidy, »schenk mir lieber noch Calvados nach.«

Natalia stieg aus der Wanne, ohne Cassidy aus den Augen zu lassen: »Findest du nicht, dass wir prima zusammenpassen?«

Er schmunzelte. Sie wusste, dass er sie mochte. In diesem Moment klopfte jemand an die Tür.

»Hast du was bestellt?«, fragte Cassidy.

»Nein«, antwortete Natalia und warf sich einen weißen Bademantel über. Er war mindestens zwei Größen zu groß.

»Ja?«, fragte Natalia laut, während sie zur Tür ging und nasse Abdrücke im grauen Filzteppich hinterließ.

»Kriminalpolizei.«

Natalia öffnete sofort die Tür. Als sie den Mann sah, war sie kreidebleich.

»Sutter. Kriminalpolizei«, sagte der Mann und hielt ihr eine Marke hin. »Ist das Ihr Zimmer?«

»Nein«, wehrte Natalia ab und schaute Hilfe suchend zum Badezimmer rüber. Dort hörte man, wie Wasser schwappte und auf den Boden platschte.

»Ich komme ja schon«, schrie Cassidy.

Kriminalkommissar Johann Sutter lief an der halb

offenen Badezimmertür vorbei und ging zum Fenster. Mit wenigen Blicken erfasste er die Situation.

»Ja, was gibt's?«, keuchte Cassidy.

Sutter drehte sich um. Vor ihm stand ein nicht mehr junger massiger Mann in einem weißen Bademantel, der ihm eindeutig eine Nummer zu klein war.

»Sind Sie Cesare Lustrinelli?«

»Cassidy, John F. Cassidy«, sagte der Amerikaner mit dröhnender Stimme.

»Ihre Ausweise bitte. Was machen Sie hier?«

Cassidy holte seinen Pass hervor und reichte ihn dem Kommissar. »Ich bin hier mit Herrn Lustrinelli verabredet. Aber er lässt auf sich warten.«

»Wir haben eine Vermisstenanzeige aus Rom. Deshalb bin ich hier. Warum genau hält sich Herr Lustrinelli in Basel auf, wissen Sie das?«

»Er nimmt an der Tagung der BIZ teil, die Ende der Woche zu Ende geht, das heißt, er wollte daran teilnehmen.«

»Und in der Zwischenzeit benutzen Sie seine Badewanne und ...« Er warf einen kurzen Blick zum Badezimmer.

»Ich sagte doch: Er lässt auf sich warten ...«

Sutter griff in seine Tasche und nahm ein Foto heraus. Er zeigte es Cassidy: »Kennen Sie diesen Mann?«

»Nein«, sagte Cassidy, »aber das ist nicht Lustrinelli.«

»Natürlich ist das nicht Lustrinelli. Sonst würde ich Sie ja nicht fragen.«

Sutter warf einen Blick ins Badezimmer. Natalia zog sich gerade an. Sutter wandte sich wieder an Cassidy: »Ihre ...?«

»Sie ist nicht meine Tochter, sie ist nicht meine Frau, ich bin auch nicht verwandt mit ihr ... Beantwortet das Ihre Frage?«

»Ihre Freundin«, schlug Sutter vor.

Cassidy hob die Arme hoch, als wolle er den Polizisten segnen: »So ist es.«

»Also, rufen Sie bitte … Ihre Freundin.«

»Natalia!«, rief Cassidy.

Natalia kam aus dem Badezimmer. Sie hatte sich angezogen, aber noch ein Handtuch um den Kopf geschlungen.

Sutter zeigte ihr das Foto: »Kennen Sie diesen Mann?«

»Ja«, sagte Natalia bestimmt.

»Ja?« Sutter sah sie erwartungsvoll an.

»Du kennst ihn?«, fragte Cassidy erstaunt.

»Natürlich«, sagte Natalia, »Lustrinelli hat ihn mir im Internet gezeigt. Er hat mich gefragt: Würdest du dich bei diesem Mann einer Brustoperation unterziehen? Ich bitte dich: einer Brustoperation? Sind meine Brüste etwa zu klein?«

Cassidy schüttelte kaum merklich den Kopf: »Das hat er gefragt?«

»Ja«, sagte Natalia.

»Ist der Mann Chirurg?«, fragte Sutter.

»Das habe ich ihn auch gefragt«, sagte Natalia, »er war aber nicht Chirurg, sondern Goldhändler. Ein Neapolitaner, der in London Gold verkauft. Er wohnt in einem Wolkenkratzer, der so aussieht wie ein Riesenvibrator … Er wollte mit dieser bescheuerten Frage nur herausfinden, ob ich ihm vertrauen würde. Es war die Vertrauensfrage.«

Natalia setzte sich an den Laptop und klickte sich ins Internet. Auf der Menüleiste wählte sie »Favoriten«. Im nächsten Moment erschien die Website der BBB Ltd. London.

»Das ist er!«

»Shit«, murmelte Cassidy.

»Baresi«, sagte Natalia, »er heißt Dario Baresi.«

»Fragen Sie ihn nach Lustrinelli«, sagte Cassidy und schenkte sich einen Calvados ein.

»Baresi ist tot«, sagte der Kommissar.

»Tot? Und Sie meinen, Lustrinelli hat ihn …?« Cassidy trank das Glas in einem Zug leer.

Natalia schüttelte den Kopf: »Geht nicht. Lustrinelli wurde wahrscheinlich entführt.«

»Entführt?«, riefen Sutter und Cassidy gleichzeitig und sahen entgeistert die junge Frau an.

Ich halte das nicht aus, dachte Cassidy und schenkte sich einen weiteren Calvados ein.

»Ich habe viel darüber nachgedacht«, sagte Natalia. »Als ich das letzte Mal mit Lustrinelli zusammen war, kam plötzlich ein Riesenbaby in unser Zimmer gestürmt. Er packte Lustrinelli an den Füßen und zog ihn vom Bett runter. Mich schubste er auf den Flur. Und seitdem habe ich Lustrinelli nicht mehr gesehen. Also könnte es vielleicht eine Entführung gewesen sein.«

»Wer sind Sie eigentlich?« Sutter schaute Natalia eindringlich an.

»Er sucht Lustrinelli«, sagte Natalia und zeigte dabei auf Cassidy, »und ich helfe ihm dabei.«

»Oh, Sie sind Partner?«, fragte Sutter ungläubig. Er drehte sich zu Cassidy um, der sich erschöpft aufs Sofa hatte fallen lassen.

Cassidy zuckte nur resigniert die Schultern.

56

LONDON

Francesco und Furio sahen zu der überdimensionalen Glasgurke auf. Cesare Lustrinelli stand zwischen ihnen und sah zu Boden. Er war unrasiert, verschwitzt und erschöpft.

»Silvio. Eigentlich heiße ich Silvio. Aber weil ich aussehe wie der Furio in der Mafiaserie ›The Sopranos‹, nennen mich alle Furio. Man meint immer, der Film kopiert die Realiltät, aber das stimmt nicht, die Realität kopiert den Film. Seit Gene Hackman in ›French Connection‹ seinen Colt um neunzig Grad gedreht hat ...«

»Genau! So schießt ja kein Mensch ... Die Waffe musst du gerade halten ...«, fuhr ihm Francesco in die Parade.

»Halt mal die Klappe, Francesco!«

»Willst du deinem Capo den Mund verbieten?«

»Wir waren bei ›French Connection‹ ...«

»Du warst bei ›French Connection‹, und es war völlig bescheuert, wie die ihre Waffen gehalten haben ...«

»Sag ich ja die ganze Zeit. Und seitdem dreht jeder kleine Mafioso seine Waffe um neunzig Grad, bevor er abdrückt ...«

»Und schießt daneben«, ergänzte Francesco. Er hob belehrend den Zeigefinger in die Höhe. »Man sollte diese Drehbuchautoren erschießen!«

»Aber das geht nur, wenn man die Waffe richtig hält«, ergänzte Furio.

»Sind Sie bald fertig, meine Herren?«, fragte Lustrinelli gereizt.

Francesco und Furio wechselten einen Blick. *Was ist denn in den gefahren?*

»Ich habe ›French Connection‹ gesehen«, sagte der Bankier, »aber keiner hält die Waffe um neunzig Grad gedreht. Wir können ja gleich Baresi fragen. Vielleicht hat er den Film gesehen oder in seiner DVD-Sammlung.«

Francesco runzelte die Stirn.

»Er verarscht uns«, sagte Furio und schaute wie ein begossener Pudel zu Francesco rüber. »Das enttäuscht mich. Also, ich meine, wir machen ein bisschen Konversation, und er verarscht uns.«

»Sag ich doch«, fauchte Francesco, »das ist wie mit Little Big Horn …«

»Nicht schon wieder.« Furio wandte sich an Lustrinelli: »Noch Fragen, Dottore?«

Lustrinelli würdigte ihn keines Blickes.

»Wir gehen jetzt rein«, sagte Francesco, »und Dottore Lustrinelli zeigt seine Visitenkarte und sagt, dass Baresi ihn bereits erwartet …«

»Und wenn er eine Szene macht?«, fragte Furio.

Francesco zog seinen Zeigefinger einmal quer über den Hals.

»Und wenn Baresi nicht da ist?«, fragte Furio.

»Wir werden jetzt nicht jede Möglichkeit durchdiskutieren, ja?«

Francesco war nervös. Auf sein Zeichen hin marschierten die drei Männer zum Eingang des Swiss-Re-Tower.

57

LONDON

Luigi sah zu der jungen Frau, die auf dem Hotelbett lag und vor sich hin starrte, während er am anderen Ende der Leitung verbunden wurde.

»Albertini, Luigi Albertini.«

»Kardinal Albertini«, freute sich Kommissar Sutter, »schön, dass Sie anrufen. Ist Ihnen doch noch etwas eingefallen?«

»Der Mann im Garten, ich weiß jetzt, wer er ist.«

»So«, sagte Sutter, er schien nicht sonderlich überrascht.

»Dario Baresi ist sein Name«, sagte Luigi.

»Das wissen wir inzwischen auch«, kam es vom anderen Ende der Leitung. »Was wissen Sie über diesen Baresi?«

»Ein Bullion-Banker in London.«

»Ein was …?« Jetzt klang der Kommissar doch ein wenig überrascht.

Luigi erklärte es ihm: »Wenn Sie mit Gold handeln, handeln Sie nicht mit unförmigen Nuggets, sondern Sie müssen es irgendwie in eine handelsübliche Form gießen. In der Regel in rechteckige Barren oder eben in runde Bullionmünzen. Bullionmünzen sind Goldmünzen, die wie Sammlermünzen aussehen, aber in Wirklichkeit kleine Goldbarren in Münzenform sind.«

»Für einen Weinverkoster wissen Sie aber eine ganze Menge über Gold.«

»Ich hab's auf der Homepage der Firma nachgelesen.«

»In welcher Beziehung standen Sie zu Dario Baresi?«

»Ich habe ihn nicht gekannt.«

»Sie sind jetzt in London?«

»Ich erhielt vor einigen Tagen den Auftrag, Baresi hier in London aufzusuchen. Ich wusste nicht, dass er der Mann im Garten ist.«

»Ein merkwürdiger Zufall«, brummte Sutter, »finden Sie nicht auch?«

»Herr Kommissar, es ist nicht mein Garten, es ist nicht meine Leiche, es ist nicht mein Problem.«

»Immer mit der Ruhe«, unterbrach ihn der Kommissar. »Es liegt nichts gegen Sie vor. Aber Sie könnten uns helfen. Höchstwahrscheinlich galt der nächtliche Besuch nicht Ihnen, sondern diesem Kardinal ... Camoranesi. Vielleicht wollte Dario Baresi Kardinal Camoranesi treffen, oder aber Dario Baresi wusste, dass Sie in der Schweiz sind, und wollte Sie treffen, unbekannterweise.«

Diese Variante gab Albertini zu denken. War es möglich, dass Kardinal Camoranesi Baresi in die Schweiz geschickt hatte? Er hatte dem Papst schließlich versprochen, ein Treffen zwischen ihm und Baresi zu arrangieren.

»Unsinn«, erwiderte Luigi, »das ergibt keinen Sinn.«

»Und wer hat Sie beauftragt, Dario Baresi in London aufzusuchen?«

»Darüber kann ich Ihnen keine Auskunft geben, Herr Kommissar ...«

»Sie sind Diplomat. Ich kann Sie nicht zur Aussage zwingen.«

»So ist es. Wenn Sie weitere Fragen haben, Herr Kommissar, können Sie mich jederzeit erreichen.« Damit beendete Luigi das Gespräch. Li-Li hatte ihn die ganze Zeit über beobachtet.

»Das war der Schweizer Kommissar, der den Tod deines Adoptivvaters untersucht.«

»Hat man eine Aktentasche bei meinem Vater gefunden?«, fragte sie mit matter Stimme.

Luigi sah sie fragend an. »Ich weiß nicht. Ich habe keine bei ihm gesehen. Was denn für eine Aktentasche?«

»Er trug immer eine schwarze Aktentasche bei sich. Immer.« Li-Li kämpfte erneut gegen die Tränen an. Luigi ergriff ihre Hand und streichelte sie. Doch Li-Li starrte nur gedankenverloren vor sich hin. Dann flüsterte sie: »Bring mich zu ihm, ich will sehen, wo mein Vater gestorben ist.«

58

LONDON

Francesco und Furio verließen, mit dem Bankier in ihrer Mitte, das futuristische Gebäude.

»Ich hab doch gesagt, dass er sich rasieren soll!«, schimpfte Francesco.

»Er war nicht da, das ist alles. Die ganze Welt hätte sich heute früh rasieren können, und Baresi wäre trotzdem nicht da gewesen.«

Furios Handy klingelte. Er nahm den Anruf an, während sie zur nächsten U-Bahn-Station gingen.

»Was?«, schrie Furio plötzlich. »Was läuft denn hier für eine Scheiße ab?« Er beendete das Telefonat.

»Kann der Kerl nicht mal fünf Minuten normal reden«, schrie Francesco und suchte bei Lustrinelli Unterstützung.

»Hauen Sie ihm jedes Mal eine runter«, stichelte Lustrinelli, »dann lernt er es.«

»Baresi ist tot!« Furio war außer sich.

»Jetzt versteh ich, wieso er nicht hier war«, sagte Francesco.

»Tot! Verdammt noch mal. Es kam gerade in den Nachrichten. Dario Baresi ist tot! Erschossen, in der Schweiz«, wiederholte Furio.

»Wir sind nicht schwerhörig, wir haben es verstanden, auch wenn nicht jedes zweite Wort ›Scheiße‹ war. entgegnete Francesco genervt. Sie wollten gerade die Straße überqueren, als, ohne jede Vorwarnung, Lustrinelli plötzlich zusammenbrach. Er sackte einfach zusammen und blieb reglos am Boden liegen.

»Hey!«, schrie Francesco und sah ratlos auf den Bankier hinab. Erste Passanten blieben stehen.

Furio trat einen Schritt zurück: »Scheiße. Kennst du den Kerl? Ich kenne ihn nicht!« Er packte Francesco am Ärmel und zerrte ihn weg. Sie liefen über die Straße. Dort angekommen, drehten sie sich um.

»Sollen sich die Engländer um ihn kümmern. Ist doch ihr Tourist, oder? Wir kümmern uns um die Touristen in Rom … oh!«, schrie Furio. Sie sahen gerade noch, wie sich Lustrinelli auf der anderen Straßenseite aufrappelte und auf ein schwarzes Taxi zurannte. Er machte einen außerordentlich fitten Eindruck.

59

BURGUND

Als sie eine Zeit lang auf der Landstraße Richtung Süden gefahren waren, hielt Furio den Wagen an. Beide stiegen aus, öffneten den Reißverschluss ihrer Hose und urinierten in die verdörrten Sträucher.

»So kriegt die Natur wenigstens was zu saufen«, brummte Francesco.

»Pisse bringt die um, habe ich mal in einem Film gesehen«, sagte Furio, »da will sich einer an seinem Nachbarn rächen und pisst ihm in den Garten. Da wächst hinterher kein Halm mehr, und der Rasen lernt kein Englisch mehr.«

Furio hatte seine Blase bereits entleert und schloss den Reißverschluss der Hose. Er schaute zu Francesco. Francesco konzentrierte sich immer noch mächtig.

»Und was macht der Nachbar?«, fragte Francesco mit gepresster Stimme.

»Darum geht's doch gar nicht, Francesco. Es geht darum, ob Pisse einen englischen Rasen ruiniert oder nicht.«

Autos und Lastwagen fuhren vorbei und wirbelten Staub auf.

»Ist das hier etwa ein englischer Rasen?«, schrie Francesco gegen den Verkehrslärm an.

»Wieso bist du plötzlich so gereizt? Hast du wieder deine Tage?«

»Ich kann nicht, wenn mir jemand zuschaut!«

»Aha«, sinnierte Furio und wandte sich von Francesco ab, »Leute umnieten kannst du, aber beim Pissen bist du heikel. Sensibel. Weißt du was? Das ist vielleicht die Prostata. Ich erinnere mich an einen Film …«

»Steig doch schon mal in den Wagen, Furio, bevor ich dir eine runterhaue.«

Furio machte einige Schritte zum Wagen. Sein Handy brummte in seiner Hosentasche. Er nahm den Anruf an.

»Ja? Oh, Don Calame … nein, wie vom Erdboden verschwunden. Wieso funktioniert dieses Ortungssystem nicht … Was? … Ich sag doch immer: Billige Ware kommt einen oft teuer … Nein, soll Scotland Yard ihn finden oder der Teufel persönlich. Uns nützt er eh nichts mehr. Dario Baresi ist tot. Wir brauchen neue Befehle.« Er hörte eine Weile zu und legte dann seine schmale Stirn in Falten: »Kardinal Albertini? Können wir machen. Wir fahren ihm nach und bringen Ihnen diese verfluchte Aktentasche nach Rom. Ja, Francesco ist hier … Ja, ich weiß, er ist der Capo. Nein, er pisst gerade. Er versucht es. Was? … Nein, ich werde ihm mein Handy nicht geben. Weil er gerade etwas anderes in den Händen hält. Und ich sehe hier auf dieser Landstraße nirgendwo ein Waschbecken. Ja? Hygiene muss sein. Das ist das Einzige, was von meiner Kinderstube übrig geblieben ist. Ein bisschen Hygiene.«

60

BASEL

Li-Li und Luigi waren am Vormittag in Basel eingetroffen. Während Luigi in der City einen Interessenten für Camoranesis Haus getroffen hatte, hatte es Li-Li vorgezogen, das Basler Kriminalkommissariat zu besuchen. Sie wollte sich nach der Aktentasche ihres Vaters erkundigen, obwohl Luigi dies bereits telefonisch getan hatte.

Am Nachmittag saß Luigi angespannt vor seinem Laptop und googelte alle Begriffe durch, die ihm im Zusammenhang mit Baresi, Camoranesi und Salvatore Calame einfielen. Er suchte nach Stieren, Pinienzapfen, vergoldeten Phallussymbolen, Papstwappen, nach Licht und Sonne. Er surfte durch die Edelmetallmärkte, vertiefte sich in Statistiken, Prognosen, Investmentanalysen und die Bestandslisten des World Gold Council. Das Telefon klingelte. Auf dem Display wurde die 40 angezeigt. Haustür. Luigi nahm den Hörer ab.

»Li-Li?« Luigi wartete die Antwort nicht ab und löste über die Sterntaste des Telefons den elektronischen Türöffner aus. Er erhob sich und ging langsam in den Flur. Er war neugierig, welche Neuigkeiten die junge Chinesin aus dem Kriminalkommissariat mitbrachte. Doch zu seiner Überraschung hörte er Männerstimmen. Er blieb am Ende der Treppe stehen und wartete. Tatsächlich erschienen zwei Männer im Treppenhaus und kamen die Stufen hoch. Der eine war ziemlich dick und keuchte bei jedem Tritt, der andere hatte das Haar zu einem Zopf zusammengebunden.

»Gandolfini«, sagte der Dicke, der vorausging, »wir sind Nachbarn und interessieren uns für die Villa.«

Luigi überlegte nicht lange. Wie gern hätte er sich bei seinem langjährigen Mentor Camoranesi mit einer erfreulichen Nachricht bedankt und damit einmal mehr Vertrauen erworben.

»Setzen wir uns doch in die Küche«, sagte Luigi. Mittlerweile freute er sich sogar auf die Provision von fünfzigtausend Euro.

»Wir waren übrigens Freunde von Baresi«, begann Francesco, als er sich in der Küche setzte, »es ist schrecklich.«

»Ich war sogar verwandt mit ihm«, doppelte Furio nach. Francesco warf ihm einen entnervten Blick zu.

»Ja, der Junge war sogar verwandt mit ihm, das ist noch schlimmer.« Francesco starrte Furio wütend an, als wolle er ihn fragen, ob er nun zufrieden sei.

Albertini fühlte sich überrumpelt, bedroht.

»Sie sagten doch, Sie seien wegen der Villa hier. Sind Sie nicht wegen der Villa hier? Meine Name ist Albertini. Luigi Albertini.«

»Ich weiß«, log Francesco, »aber Dario Baresi ist doch in Ihrem Garten gestorben.« Francesco setzte eine Leidensmiene auf, die einen richtig deprimieren konnte: »Konnten Sie noch mit ihm sprechen?«

»Dazu war er nicht mehr in der Lage«, antwortete Luigi.

»Betrunken?« Francesco machte wieder auf Trauer und Schmerz.

»Tot.« Furio nickte eifrig mit dem Kopf, als habe er soeben ein Tausend-Euro-Rätsel gelöst. »Herr Albertini will uns sagen, dass er schon tot war.«

»Wieso lässt du ihn nicht ausreden? Ich habe ihn doch gefragt.« Francesco war wieder sauer. Albertini stellte drei Gläser und einen Krug Leitungswasser auf den Tisch. »Oder mögen Sie lieber ein kaltes Bier oder Wein …« Er selbst schenkte sich ein Glas Rotwein ein. Er war nervös, seine Hand zitterte.

»Er hat Ihnen nichts mehr gesagt?«

»Er war schon tot. Er hatte auch nichts bei sich«, antwortete Albertini.

»Das haben wir ihn doch noch gar nicht gefragt«, sagte Furio und schaute zu Francesco, der sein Glas Wasser austrank. Es war heiß. Francesco schwitzte wie ein Schwamm. Er gab Furio mit einer Kopfbewegung zu verstehen, dass er an der Reihe war.

»Kennen Sie die Filme von Sergio Leone?«

»Ja.« Albertini schüttelte genervt den Kopf. *Was soll die Frage?*

»›The Good, the Bad and the Ugly‹, 1966. Mein Geburtsjahr. Ich habe alles gesehen, was damals in die Kinos kam. Aber nur bei diesem Film musste ich weinen. Bei einer Szene.«

Francesco atmete tief durch und schaute durch das Panoramafenster in den Garten hinaus. Er kannte Furios Part auswendig.

»Es gibt da eine Szene im Strafgefangenenlager der Nordstaatler. Die gefangenen Südstaatler müssen draußen Musik spielen, ›The Story of a Soldier‹, während drinnen in der Holzbaracke Duco gefoltert wird.«

»Geht's nicht etwas kürzer?«, unterbrach ihn Francesco.

»Writing is re-writing, ich finde, die Szene wird jedes Mal besser.« Furio wandte sich wieder Albertini zu, der sich allmählich unwohl fühlte.

»Eli Wallach wird in der Holzhütte zusammengeschlagen, gefoltert, der arme Kerl verliert sogar einen Zahn … und am Ende, und genau darauf will ich hinaus, gesteht er doch alles. Gesteht, wo der Goldschatz vergraben liegt. Und da fragt sich der Zuschauer, wieso zum Teufel hat der arme Kerl nicht früher gestanden? Dann hätte er noch all seine Zähne, hm?«

Furio grinste breit. Francesco zuckte die Schultern. Er gab Furio recht. Das war eine neue Wendung. Eine eindeutige Verbesserung.

»Aber dann holen sie Clint Eastwood rein«, sagte Francesco und setzte die Erzählung fort, »weil Eli Wallach gesagt hat, der Goldschatz ist auf dem Friedhof begraben, aber nur der Blonde weiß, in welchem Grab. Und es gibt Tausende von Gräbern da draußen. Also holen sie den Blonden rein. Clint Eastwood. Er sieht das Blut am Boden. Und erneut beginnt die Musik zu spielen …«

»Ja, und jetzt machen wir uns Sorgen«, brummte Francesco wie zu sich selbst.

Furio fuhr fort: »Und Clint Eastwood sagt: *Wollen Sie mir die gleiche Behandlung zukommen lassen …* Dabei wäre es schöner, wenn er sagen würde: *Spielt die Musik für mich?* Stellen Sie sich das mal vor. Clint Eastwood kommt rein. Die Musik beginnt zu spielen und er fragt: *Spielt die Musik für mich?*«

Schweigen.

Furio nahm einen Schluck Wasser und wischte sich die Lippen ab.

Nach einer Weile sagte Luigi: »Ich habe den Film gesehen, ich kenne die Musik, ich erinnere mich an die Szene. Worauf wollen Sie hinaus?«

»Wir werden dir sehr wehtun, Luigi. Und dann wirst du uns alles erzählen.«

Luigi wollte aufspringen, aber er sah, dass Furio bereits seine Waffe auf ihn gerichtet hatte.

»Nicht bewegen«, sagte Furio, »wir wollen damit sagen ... nein, wir wollen dir die Chance geben, uns alles zu erzählen, bevor du einen Zahn verlierst. Am Ende wirst du uns eh alles erzählen.«

»Am Ende quasseln sie alle, sie reden sich um den Verstand, weinen, flehen, wimmern, während ihnen das Blut wie Ketchup aus dem Mund läuft«, ereiferte sich Francesco.

»Ich mach's nicht gerne, ich bin ein Hygiene-Freak, nicht wahr, Francesco?«

Francesco schaute Albertini freundlich an, als wolle er sagen: *Mach es uns doch nicht so schwer.*

Albertini hatte sich vom Rotwein nachschenken wollen, dabei rutschte ihm die Flasche aus und zerbarst auf dem Boden. Er bückte sich, um die größten Splitter aufzuheben. Er schnitt sich in die Hand. Sie blutete.

Francesco und Furio wechselten einen Blick des Bedauerns.

»Wir wollten kein Blut sehen«, sagte Furio leise, »wir wollten es diesmal ohne Blut machen. Du bist schließlich auch Italiener.«

»Jetzt fließt aber doch eine Menge Blut.«

»Das wäre doch eine Idee für eine neue Fernsehshow. Die größten Weintester der Nation lassen sich gemeinsam volllaufen und erzählen uns dann was über den Körper eines 82er-Lafleur. Man sagt doch ›Körper‹, oder?«

»Luigi, hat Dario Baresi von einem Vertrag gesprochen?« Francesco erhob sich vom Tisch.

Luigi schüttelte kaum merklich den Kopf.

»Vielleicht ist er doch eher der Typ Clint Eastwood«, sagte Furio leise.

Francesco schüttelte den Kopf: »Ich glaube, ihm ist kotzübel.«

»Also bloß nicht kotzen«, warnte Furio, »wenn ich etwas nicht ausstehen kann, dann sind es Leute, die kotzen.«

»Er hat's wirklich mit der Hygiene«, sagte Francesco mit ernster Stimme, »der endet noch wie Howard Hughs, legt den Boden mit Kleenex-Tüchern aus und glotzt den ganzen Tag Filme.«

Luigi versuchte einen klaren Gedanken zu fassen. Er begriff nicht, was die beiden Italiener von ihm wollten.

»Also«, wandte sich Francesco freundlich an Furio, »Luigi verkostet jetzt die nächste Flasche, und du, Furio, schaust dir das Haus an. In der Zwischenzeit versuchen wir zwei«, er sah Luigi an, »herauszufinden, welcher Wein vielleicht etwas mehr nach Cassis schmeckt.« Er wandte sich dem Weinregal zu, das neben der Spüle stand.

Furio las die Etiketten: »Einen Angélus oder eher einen L'Evangile?«

»Klingt beides nach Kirchenpsalmen.«

»Du meinst, es passt eher zu einer Beerdigung?«

Francesco zuckte die Schultern. »Das ist seine Entscheidung«, antwortete Francesco und gab Furio ein Zeichen, sich jetzt im Haus umzusehen.

»Also, Luigi, vielleicht ist das der letzte Wein, den du in deinem Leben testest. Ich will wissen: Hat er zu viel

Tannin, ist er schon trinkreif, Bukett, rauchiges Eichenholz, reife schwarze Beeren, und was hat Baresi gesagt? Gibt es einen Vertrag, oder gibt es keinen Vertrag? Und wo ist seine gottverdammte Aktentasche?«

61

TOSKANA

Der Rehbock trat aus dem Wald und blieb stehen. Er nahm die Witterung auf. Dann machte er ein paar Sprünge am Waldsaum entlang. Als der Schuss ertönte, sackte er einfach zusammen. Es gab keinen Todeskampf. Er war sofort tot. Der Schuss war von drüben gekommen. Vom Hochsitz. Zwei Männer stiegen herunter und kamen langsam über das abgemähte Feld. Sie hatten ihre Gewehre geschultert.

»Was haben Sie mit dem Jungen gemacht?«, fragte Kardinal Camoranesi. »War es denn nötig, ihn derart zuzurichten? Eines Tages wird er einer von uns sein!«

»Haben *wir* ihn etwa in die Schweiz geschickt?«, entgegnete Salvatore Calame.

»Der Heilige Vater wollte, dass Albertini Dario Baresi trifft. Ich habe dafür gesorgt, dass Baresi zu Albertini in die Schweiz reist. Nach Italien hat er sich ja nicht mehr getraut. Baresi war nervlich am Ende. Und dann sucht er mitten in der Nacht das Haus auf …«

»Vielleicht konnte er nicht früher«, unterbrach ihn Salvatore, »vielleicht wurde er beschattet, verfolgt. Aber wieso haben Sie Albertini nicht informiert?«

»Ich habe ihn nicht mehr erreicht«, sagte Camoranesi. »Dass er nicht auf Dario Baresi vorbereitet war, hat ihm jedenfalls eine Menge Ärger erspart.«

»Glauben Sie?«

»Mein Glaube ist schwach«, brummte Camoranesi.

»Wer hat Dario Baresi getötet?«, fragte Salvatore.

»Ich dachte, *Sie* hätten ihn töten lassen?«

»Wir? Ich bitte Sie, Kardinal. Hätte ich Albertini nach London geschickt, um Dario Baresi zu sprechen? Das ist doch absurd. Und als Albertini mich aus London anrief und mir mitteilte, dass Dario Baresi nicht auffindbar ist, habe ich zwei meiner besten Leute in Begleitung von Lustrinelli nach London geschickt. Ich dachte, vielleicht schafft es Lustrinelli. Er hat Baresi als Letzter gesehen. Doch dann stand es in allen Zeitungen. Dario Baresi ist tot. In der Schweiz erschossen. Also schickte ich Albertini erneut in die Schweiz und zwei meiner Männer hinterher. Diese Aktentasche muss irgendwo sein. Und er hatte sie in jener Nacht bei sich. Er hatte sie immer bei sich. Und wenn die Polizei sie nicht hat …«

»Sie denken, Albertini hat sie?«

»Ist der Gedanke so abwegig?«, fragte Salvatore. »Wir haben versucht, es aus ihm herauszuprügeln, aber er scheint nichts von ihrem Verbleib zu wissen. Aber irgendwo muss diese verdammte Aktentasche sein.«

Salvatore schaute Camoranesi eindringlich an: »Haben Sie Dario Baresi getötet?«

»Was schauen Sie mich so an? Ich bitte Sie, Salvatore. Viele Leute haben ein Interesse daran, dass der Papst sein Versprechen nicht halten kann. Zuerst Kardinal Douglas, jetzt Dario Baresi. Sie räumen jede Figur vom Brett, bis der König schachmatt ist.«

»Und wo bleibt das Gold des Heiligen Stuhls?«, fragte Salvatore.

»Dazu bräuchten wir wohl Baresis Aktentasche. Ich

weiß auch, dass er stets alle Unterlagen bei sich hatte. Er nannte seine Aktentasche seinen Atomkoffer.«

Als sie den toten Rehbock erreicht hatten, kniete Camoranesi nieder. Er zog ein Jagdmesser heraus und schnitt dem Tier den Brustkorb auf. Dann griff er hinein in das warme Fleisch und schnitt dem Tier das Herz heraus. Er erhob sich und blieb vor Salvatore Calame stehen: »Lassen Sie uns den Vertrag erneuern, Salvatore.«

»Ja«, antwortete Salvatore mit feierlicher Stimme, »lassen Sie uns den Bund erneuern, der galt von Anbeginn der Zeiten.«

62

BASEL

»Wie fühlen Sie sich?«, fragte Li-Li leise. Sie saß im Zimmer 702 des Basler Kantonsspitals am Bett eines Patienten, dem man letzte Nacht den Magen ausgepumpt hatte.

Luigi öffnete die Augen. Selbst die Bewegung seiner Augenlider schmerzte.

»Als hätte ich einen Intercity gerammt.«

Dann überkam ihn wieder diese Müdigkeit. Luigi schloss die Augen. Er spürte eine Hand. Sie fühlte sich sehr weich an. Es musste die Hand von Li-Li sein. Sie sagte ihm noch, dass sie jetzt nach Hongkong zurückfliegen werde und dass sie sehr froh sei, dass sie den Ort gesehen habe, wo ihr Vater starb. Aber Luigi hörte es nicht mehr.

Als er die Augen wieder öffnete, war es draußen dunkel.

»Ich dachte, Komasaufen sei eher ein Problem von Pubertierenden«, sagte Kriminalkommissar Sutter. Er legte die Zeitung beiseite und wandte sich Luigi Albertini zu. Er musste schon eine ganze Weile hier gesessen haben.

»Ich habe schon alle Witze gehört, Sutter, falls Sie noch einen auf Lager haben, reicht's für einen Sammelband.«

»Sind Sie gestürzt?«, fragte Kommissar Sutter.

»Wieso? Haben Sie meine Degustationsnotizen gelesen?«

»Nein, Herr Albertini, nur den Arztbericht. Rippenprellungen, vielleicht beim Entkorken der Flaschen zugefügt, Hodenprellung, wahrscheinlich auch beim Entkorken passiert, Blutergüsse am ganzen Körper, wahrscheinlich aggressive Champagnerkorken. Was ist mit Ihrem Brustkorb passiert? Muss mindestens ein Zweihundertliter-Eichenfass gewesen sein.«

»Ja, in etwa …«, murmelte Albertini.

»Rauchen Sie?«

»Nein.«

»Wieso drücken Sie dann Ihre Zigaretten im Gesicht aus?«

Luigi fuhr sich langsam mit der Hand übers Gesicht.

»Und ich dachte schon, es sei Herpes. Oder von irgendeiner Malariamücke, die in einem Billigcharter nach Europa gejettet ist.«

»Wer war es, Albertini?«

»Es waren zwei.«

63

VATIKANSTADT

Der Papst saß am Ende des Tisches und starrte Luigi Albertini entsetzt an: »Um Gottes willen, Luigi, was ist denn mit Ihnen passiert?«

Luigi Albertini fuhr sich verlegen über die Blutergüsse, die sein Gesicht entstellten: »Die Welt ist schlecht, Eure Heiligkeit, ich wurde in der Schweiz überfallen.«

»Überfallen?«, wiederholte der Papst.

»Die Jugend hat keinen Respekt mehr«, mischte sich Kardinal Alessandro Camoranesi ein, »nicht einmal die Priesterbinde schützt unsereins noch vor roher Gewalt.«

Mit missmutigen Blicken quittierten der Papst und Kardinal Roca Camoranesis Wortmeldung. Er galt inzwischen als möglicher Nachfolger des Heiligen Vaters, aber seit alle wussten, dass er die Wohnung an der Via Veneto nicht gemietet, sondern erworben hatte, waren die klerikalen Neider noch zahlreicher geworden. Luigi Albertini gab Kardinal Roca mit einem diskreten Nicken zu verstehen, dass es ihm durchaus recht sei, wenn das Thema nun beendet wäre und er die Sitzung eröffnen würde. Roca verstand den Wink.

»Eure Heiligkeit«, begann er, »die Rohstoffmärkte sind in Bewegung geraten. Niemand weiß, warum. Im Nachhinein werden es alle wissen. Im Nachhinein haben es ja immer alle gewusst …«

Roca mimte wie üblich, wenn der Heilige Vater anwesend war, den aufopfernden, selbstlosen Hirten und Seelsorger und sprach mit großer Güte in der Stimme, während er die Hände faltete.

»Unsere Performance entspricht dem Durchschnitt der letzten zehn Jahre«, unterbrach ihn Camoranesi beschwichtigend.

Doch der Papst war misstrauisch. Er spürte, dass sich die Kurie bereits auf den nächsten Papst einstellte, dass man mittelfristig nicht mehr mit ihm rechnete. Das schmerzte. Die unterschwellige Respektlosigkeit kränkte.

»Ich will es genau wissen«, insistierte der Papst, »ich will es jetzt wissen, und wir werden so lange hier sitzen, bis ich weiß, was da los ist!« Der Papst forderte Camoranesi mit einer knappen Handbewegung zum Sprechen auf.

»Unser Rohstoffdepot verfügt im Augenblick über ein Volumen von knapp vierundzwanzig Milliarden Euro. Fünfzig Prozent in Gold, vierzig Prozent in Öl, und die restlichen zehn Prozent sind kurzfristige Kontrakte.«

»Fünfzig Prozent in Gold«, wiederholte der Papst, »aber wo ist dieses Gold gelagert? In London? Monsignore Albertini erzählte mir unerfreuliche Dinge. Dario Baresi soll einem Mord zum Opfer gefallen sein, und niemand weiß, wo er das Gold des Heiligen Stuhls gelagert hat. Dottore Lustrinelli könnte uns helfen. Aber der Direktor der Nationalbank ist spurlos verschwunden. Und Kardinal Douglas ist tot. Das sind schreckliche Nachrichten, meine Herren Kardinäle.«

»Wir sind dabei, die Sache aufzuklären«, sagte Camoranesi. »Das Gold muss irgendwo sein. Wir werden es finden und nach Hause holen.«

»Nein, nein«, wehrte der Papst ab. »Ich persönlich hatte Kardinal Douglas beauftragt, dafür zu sorgen, dass unser Gold von der italienischen Notenbank zu Dario Baresi nach London transferiert wird, damit es in meinem Sinne verwendet werden kann. Kardinal Albertini wird nun überprüfen, ob dies geschehen ist. Falls Dario Baresi das Gold nach meinen Wünschen ausgeliefert hat, ist alles in Ordnung. Falls das Gold nicht ausgeliefert wurde, soll Kardinal Albertini dafür sorgen, dass mein Wille geschehe.«

»Aber … für wen ist dieses Gold bestimmt?«, fragte Roca.

»Für … für den Frieden«, entgegnete der Papst. Nervosität lag in seiner Stimme. Ihm schien plötzlich unwohl zu sein.

»Für wen, Eure Heiligkeit?«, insistierte Roca höflich.

Der Papst sah von einem zum anderen. Dann sah er auf seine Hände.

»Für die islamische Welt.«

Roca schnappte hörbar nach Luft. Camoranesi starrte den Papst ungläubig an. Er sah ihn so respektlos an, als fordere er den Heiligen Vater umgehend zum Rücktritt auf. Luigi Albertini hatte den Kopf konsterniert gesenkt. Er wollte niemandem in die Augen schauen. Er soll zurücktreten, fuhr es ihm durch den Kopf, nehmt dem alten Mann dieses Amt weg.

Der Papst sah wieder auf, als er fortfuhr zu sprechen: »Wir erkaufen damit die Unversehrtheit unserer Priester, Nonnen, Kirchen und Institutionen in der islamischen Welt. Wir erkaufen damit den Frieden mit der islamischen Welt.«

Roca schäumte vor Wut. Er konnte nicht fassen, was ihnen der Heilige Vater soeben mitgeteilt hatte. Er warf Camoranesi und Albertini einen Blick zu, wie um sich zu vergewissern, dass auch sie gehört hatten, was er da eben vernommen hatte. Wie hatte dieser alte Mann bloß den Heiligen Stuhl derart in die Bredrouille bringen können?

»Mit wem haben Sie diese Vereinbarung getroffen?«, fragte Camoranesi.

»Mit der arabischen Herrscherfamilie, die Kardinal Douglas letzten Herbst in Hongkong getroffen hat. Sie wirken als Vermittler. Die arabischen Herrscher bezahlen seit Jahrzehnten monatlich Millionenbeträge, damit islamische Terroristen ihre Regimes nicht destabilisieren. Sie mögen das als Schwäche verurteilen …«

»Mit Verlaub, Eure Heiligkeit, es *ist* Schwäche. Es ist nicht Güte, es ist nicht Barmherzigkeit, es ist nur Schwäche«, ereiferte sich Roca. »Der Heilige Stuhl erkauft sich damit keinen Frieden. Er kauft den Krieg. Wer sich vor dem Feind entblößt, lädt ihn zum Krieg ein. Wer ihn bezahlt, macht ihn stark.«

»Was hat denn Papst Leo I. getan, als Attila damals auf Rom marschierte?«, ereiferte sich nun der Heilige Vater seinerseits und machte eine unwirsche Handbewegung. »Er ist Attila entgegengeritten und hat ihn mit Gold zum Rückzug gezwungen.«

»Attila war ein Feldherr und Staatsmann«, entgegnete Roca, »kein religiöser Fanatiker. Sie können der Intoleranz nicht mit Toleranz begegnen.«

»Sonst können wir hier in Rom gleich die Scharia einführen«, mischte sich nun Camoranesi mit lauter Stimme ein. »Nicht einmal die Römer haben es am Ende mit all ihrem Geld geschafft, die Barbaren davon abzuhalten, in ihr Reich einzufallen. Die Barbaren an den Grenzen des römischen Imperiums haben zuerst das Geld genommen, und danach haben sie Rom genommen!« Die letzten Worte schrie Camoranesi fast. Er hatte die Fassung verloren.

Luigi konnte es ihm nicht verdenken. Es war ein wahres Desaster, was der alte Mann da angerichtet hatte.

Der Papst schüttelte trotzig den Kopf: »Unzählige Staaten bezahlen heute für die Unversehrtheit ihrer Bürger. Was glauben Sie denn, wieso die Arabischen Emirate vor Anschlägen verschont bleiben? Was glauben Sie, wie viel wir für jeden einzelnen Hilfstransport bezahlen, der unversehrt in die Dritte Welt gelangt? Es gibt Konvois, die für eine halbe Million Nahrungsmittel transportieren und zehn Millionen kosten, bis sie alle Straßensperren passiert haben. Wir haben immer bezahlt, damit sich der christliche Glaube entfalten kann. Das ist unsere Versicherung. Auch unsere Kulturschätze und Museen sind versichert. Wir bezahlen Versicherungsprämien.«

»Das sind Schutzgelder und keine Versicherungsprämien«, unterbrach ihn Roca. »Wer Schutzgelder zahlt, finanziert den Terror und macht sich die freie Welt zum Feind. Mit dem Gold des Vatikans werden in Zukunft Bombenanschläge finanziert, die überall in der freien Welt Katholiken verstümmeln und töten! Eure Heiligkeit, bedenken Sie doch, Sie sind dabei, die zweitausendjährigen Fundamente der römisch-katholischen Kirche zu untergraben!« Roca schlug mit beiden Händen auf die Tischplatte. Er sah sich Hilfe suchend zu den anderen um. Camoranesi knetete seine Nasenwurzel und hatte die Augen geschlossen, Luigi Albertini sah nach wie vor entgeistert den Papst an.

»Wir haben jetzt keine andere Wahl mehr«, sagte der Papst unwirsch. »Wenn mein Wille nicht geschieht, werden sie mich an mein Versprechen erinnern und den Terror nach Rom bringen! Ich weiß, es gibt gewisse Kreise, hier in Rom, unter dieser Kuppel, die darauf hinarbeiten, dass mein Wille nicht geschehe. Sie wollen das Ende meines Pontifikats. Sie wollen meinen Tod. Das ist die schäbige Wahrheit, die hinter dem Tod von Kardinal Douglas und Dario Baresi und dem Verschwinden von Dottore Lustrinelli steckt. Jemand verhindert, dass mein Wille geschehe, damit sie nach Rom kommen und mich ans Kreuz schlagen.«

Der Papst bebte vor Aufregung. Die Wirkung der Schmerzmittel ließ bereits wieder nach, was seine Gereiztheit nur noch verstärkte. »Kardinal Albertini«, fuhr er mit resoluter Stimme fort, »ich beauftrage Sie hiermit, die Arbeit von Kardinal Douglas zu Ende zu führen. Finden Sie das Gold, das wir Baresi anvertraut haben, und liefern Sie es aus.«

»Der Auftrag ist nicht ungefährlich, Eure Heiligkeit«, sagte Camoranesi, »Kardinal Douglas hat er das Leben gekostet. Wieso Albertini?«

Luigi war überrascht, dass sich Camoranesi um sein Wohlergehen sorgte. Es berührte ihn.

»Ich habe mittlerweile von den chinesischen Behörden die Sterbeurkunde erhalten«, sagte Kardinal Roca, »Kardinal Douglas ertrank im Südchinesischen Meer.«

»Dabei war er ein guter Schwimmer«, sagte Camoranesi mit einem süffisanten Lächeln, »ich bin nicht der Meinung, dass Kardinal Albertini sein Leben aufs Spiel setzen sollte. Warum beauftragen Sie nicht die Familie von Don Calame?«, fragte Camoranesi. Er lächelte dabei, als wolle er sagen, dass dies von Anfang an das Klügste gewesen wäre.

»Weil ich mir beim Antritt meines Pontifikats geschworen habe, mit dieser Tradition zu brechen. Unter meinem Pontifikat sollte der Heilige Stuhl nie mehr mit dem organisierten Verbrechen in Verbindung gebracht werden können. Der Zusammenbruch der Ambrosia-Bank, ein erhängter Bankier unter einer Londoner Brücke … ich sehe die Schlagzeilen noch vor mir …«

»Ich hoffe, dass Gott am Ende des Tages nicht nur die schlechten Taten addiert«, unterbrach ihn Camoranesi, »die Familie von Don Calame hat dem Heiligen Stuhl seit Jahrhunderten große Dienste erwiesen. Und jetzt ziehen Sie die Gesellschaft islamischer Terroristen italienischen Geschäftsleuten vor. Ein Mensch, der Geschäfte tätigen will, ist kalkulierbar, aber ein Mensch, der von blindwütigem Hass getrieben wird …«

Der Papst wandte sich von Camoranesi ab. Mit einem Taschentuch wischte er sich den Schweiß von der Stirn. Die Schmerzen waren wieder da. Es war die hartnäckige Entzündung zwischen den oberen Rückenwirbeln. Wenn der eigene Körper schlechte Nachrichten sendet, erregt jede Bemerkung nur noch Wut und Zorn. Der Tumor drückte auf die Nervenstränge der Wirbelsäule. Der Papst wandte sich an Albertini: »Falls Sie scheitern, Kardinal Albertini, ordne ich hiermit an, dass man die restlichen Goldreserven des Vatikans, die noch bei der New Yorker Federal-Reserve-Bank eingelagert sind, nach Europa transferiert, damit mein Versprechen eingelöst werden kann. Aber mein Wille geschehe!«

»Diese New Yorker Goldbestände existieren in unserer Bilanz«, sagte Camoranesi mit kühler Stimme, »dieses Gold besitzt der Heilige Stuhl seit dem Zweiten Weltkrieg, aber wir wissen nicht, ob diese unsere Bestände in New York tatsächlich existieren. Physisch.«

»Dann überprüfen Sie es!«, herrschte ihn der Papst an.

»Wir möchten davon absehen, Eure Heiligkeit, weil wir befürchten, dass diese Bestände nicht mehr existieren. Und sobald wir Gewissheit hätten, müssten wir es in der Bilanz abschreiben. Das wäre nicht im Sinne des Heiligen Stuhls.«

»Ich besitze noch genügend Autorität, um das, was dem Vatikanstaat gehört, zurückzuholen«, insistierte der Papst. Dass er sein politisches Gewicht in der Welt derart betonte, war höchst ungewöhnlich für den Heiligen Vater.

»Eure Heiligkeit«, begann Kardinal Alessandro Camoranesi vorsichtig, »ich bitte Sie – wir können nicht einfach nach New York gehen und das Gold des Vatikans zurückfordern. Deutschland hat es nach dem Krieg auf diplomatischem Wege mit seinen Goldreserven versucht. Es ist unmöglich. De Gaulle war der Letzte, der Gold aus der Federal-Reserve-Bank abgezogen hat. Die Amerikaner wollten es ihm anfangs nicht geben, und als französische U-Boote vor New York auftauchten, um das Metall abzuholen, gaben die Amerikaner nach. Aber nach de Gaulle hat es keine Nation mehr geschafft. In den Sechzigerjahren haben es die Deutschen erneut versucht, da hat man ihnen mit dem Abzug der amerikanischen Truppen in Deutschland gedroht. Die Amerikaner haben kaum noch physisches Gold. Was sie dort lagern, sind Illusionen. Der Dollar ist nur noch ein Stück Papier.«

»Ja«, pflichtete ihm Kardinal Roca bei, »es herrscht ein Krieg ums Gold. Gold ist der letzte Zufluchtsort, wenn die Währungen zusammenbrechen.«

»Ich dachte, die Menschen würden Zuflucht in der Kirche suchen«, sagte der Heilige Papst.

»Eure Heiligkeit, der Heilige Stuhl hat kein vorrätiges Gold. Die Märkte sind in Unruhe geraten. Es zeichnen sich merkwürdige Entwicklungen ab. Japan bezahlt seine Ölimporte nicht mehr in Dollar, sondern in Yen. Die Araber wollen an ihren Ölbörsen den Dollar durch den Euro ersetzen, und bei den Chinesen weiß man nie, was sie tun. Sie sitzen auf über einer Billion Exporteinnahmen in Dollar. Wenn sie die ersten Milliarden umtauschen, bricht Panik aus. Aber auffallend ist, dass all diese Länder, die sich nun vom Dollar abwenden, Gold kaufen. Der Goldpreis explodiert, Eure Heiligkeit.«

Roca schüttelte skeptisch den Kopf. »Ich glaube nicht an solche Szenarien«, warf er ein. »Der amerikanische Finanzminister erklärte mir anlässlich seines Besuchs in Rom, dass die Wirtschaftsleistung der amerikanischen Gesellschaft die Funktion des Goldes übernommen habe. Und dass jeder Papierdollar nun mit einer entsprechenden Arbeitsleistung in gleichem Wert abgesichert sei. Die Forderung nach einem Goldstandard sei eine Form des Antiamerikanismus ...«

»Der amerikanische Finanzminister ist gestern Abend entlassen worden«, warf Camoranesi trocken ein.

»Was wollen Sie damit sagen?«, fragte der Papst. Er wirkte hilflos. Er schaute Rat suchend in die Runde. Er ergriff Luigis Arm und flehte: »Sorgen Sie dafür, dass das Versprechen eingehalten werden kann, das Ihr Papst gegeben hat. Ich will den Frieden der Kulturen.«

»Wenn Sie das Leben Unschuldiger retten wollen«, sagte Luigi Albertini und zögerte, bevor er fortfuhr, »dann müssen Sie – zurücktreten. Sie müssen dieses Opfer bringen für Gott und den Heiligen Stuhl.«

Roca sah ungläubig zu Camoranesi. Dieser nickte kaum merklich. Roca schien es, als habe er ein Lächeln auf Camoranesis Lippen gesehen. Doch dieser war mindestens ebenso überrascht von dem Vorstoß des jungen Kardinals wie Roca.

Der Papst nickte Luigi zu: »Wenn Sie scheitern, Luigi«, flüsterte der Papst, »nur wenn Sie scheitern.«

»Wenn ich scheitere?«, fragte Albertini mit trauriger Stimme. »Sie meinen, so wie Kardinal Douglas?«

Der Papst schien sich nicht über die Tragweite seiner Worte im Klaren zu sein, Camoranesi und Roca aber verstanden sehr wohl: Wer den Rücktritt des Papstes herbeiführen wollte, würde Kardinal Luigi Albertini töten müssen.

64

BELGRAD

Der Holländer reichte Yousaf einen Anzug in die Umkleidekabine. Nach einer Weile schob dieser den Vorhang der Kabine zur Seite. Er trug einen sommerlichen Anzug, Blazer, blaues Hemd, beige Hose. Der Farbige runzelte die Stirn: »Fehlt nur noch die Kapitänsmütze.«

»Gefällt mir.« Yousaf schaute sich im Spiegel an.

»Kaum im Westen, und nur noch Shopping im Kopf …«

»Hilf mir da raus!«, zischte Yousaf. »Mein Schultergelenk brennt wie Feuer. Ich schaffe es nicht allein.«

Der Holländer half ihm, den Blazer wieder auszuziehen. Yousaf stöhnte laut auf.

»Es wird immer schlimmer«, jammerte er und schlenkerte vorsichtig mit dem Arm, »ich krieg den Arm nicht mehr hoch.«

»Ist es das Einzige, das du nicht mehr hochkriegst?«

Yousaf lief rot an. Jetzt war er richtig zornig: »Ich brauche einen Arzt! Mein Arm brennt bis in die Fingerspitzen. Jede Bewegung ist wie ein elektrischer Schlag.«

»Du willst doch nicht behaupten, dass du weißt, was Elektrizität ist.«

Yousaf starrte den schwarzen Holländer fassungslos an: »Irgendwann wirst du mir das büßen.«

»Aber nicht jetzt, oder?«, spottete der Holländer. »Wer bringt dich denn sonst zum Arzt.«

»Ich mache mir Sorgen um meinen Arm«, sagte Yousaf trotzig. Er wollte ernst genommen werden.

»Wir machen uns alle Sorgen, Captain, aber nur zehn Prozent unserer Sorgen sind es wert.«

Yousaf musste mehrmals heftig niesen. Er hielt sich dabei den rechten Unterarm unter die Nase. Eine Verkäuferin erschien mit einem leeren Kleiderbügel und musterte Yousaf mit strengem Blick. Jetzt sah sie den Rotz auf dem Anzug. Mit Blut vermischt.

65

ROM

Luigi Albertini beobachtete hinter den Vorhängen des Appartements an der Via Veneto, wie eine blonde Frau hastig die Straße überquerte. Es war Claudia.

Wenig später lief sie ganz außer Atem die Treppe hoch. Albertini hatte die Wohnungstür bereits einen Spalt weit geöffnet. Er ließ Claudia eintreten und schloss die Tür. Sie erschrak, als sie sein Gesicht sah: »Du siehst ja schlimmer aus als …«

Er wollte sie küssen. Sie erwiderte den Kuss nur flüchtig und ging in die Küche.

»Ich wollte dich am Telefon nicht unnötig beunruhigen. Ich hab mir ja nichts gebrochen«, rief er hinter ihr her.

Sie warf einen Blick auf die Straße und zog dann die Vorhänge zu.

»Machst du mir einen Kaffee?«, sagte sie leise. »Bitte.«

»Du wirkst gehetzt«, sagte Luigi, während er eine Tasse unter die Sprühdüse der Espressomaschine schob.

»Mein Mann ahnt etwas … ich glaube, er weiß Bescheid.« Claudia warf ihre Haare zurück. Sie trug sie offen.

»Ich glaube, du täuschst dich, Claudia. Die beiden Kerle suchten einen Aktenkoffer. Es geht nicht um dich. Aber ich muss dir von London erzählen. Ich bekam dort einen sehr merkwürdigen Besuch.«

»Besuch?«, murmelte Claudia und setzte sich an den Tisch.

»Ich frage mich die ganze Zeit, wie sie gewusst hat, dass sie mich in diesem Hotelzimmer finden würde.«

»Sie? Eine Frau?«

Albertini nickte: »Niemand wusste, dass ich in London übernachten würde. Es war ein spontaner Entschluss, nachdem mein Flug ausgefallen war. Niemand konnte es wissen – außer dir und Salvatore.«

Luigi reichte Claudia den Kaffee.

»Misstraust du mir?«

»Das habe ich nicht gesagt.«

»Du misstraust mir. Wer war diese Frau?«

»Eine Chinesin aus Hongkong.«

Claudia schüttelte den Kopf: »Ich kenne niemanden in Hongkong.«

»Hast du mit jemandem darüber gesprochen, dass ich in London bin?«

»Mit meinem Mann, er kam überraschend nach Hause.«

»Hast du ihm gesagt, in welchem Hotel ich bin?«

»Ich kann mich nicht erinnern.«

Beide schwiegen für eine Weile.

»Und unsere Verabredung am Gardasee? Du warst nicht da. Stattdessen saß Salvatore in der Küche. Ich habe den Eindruck, man drängt mich, man schubst mich herum, man manipuliert mich, man spielt mit mir, ich bin Teil eines Plans, und egal, was ich tue, es ist stets die einzige Option, die in diesem Plan vorgesehen ist.«

Claudia hob den Kopf und schaute Luigi nachdenklich an.

»Habe ich dir den Kopf verdreht, Luigi?« Sie lächelte müde. »Vielleicht solltest du doch in der Kurie bleiben, Luigi, das Leben hier draußen …«

»Ich kann nicht mehr zurück, Claudia, ich habe mich zu weit enfernt. Es gibt kein Zurück mehr.«

Luigi ergriff ihre Hand. Claudia entzog sie ihm und erhob sich. Luigi litt. Doch Claudia war lediglich aufgestanden, um ihren Pullover auszuziehen. Sie tat es rasch. Als sie den Verschluss ihres BH löste, hörte man einen Schlüssel im Schloss der Eingangstür.

»Kardinal Camoranesi! Er ist hier in Rom«, flüsterte Luigi. Claudia eilte ins nebenan liegende Schlafzimmer und schloss die Tür. Luigi erhob sich und machte einige Schritte zum Flur. Camoranesi hatte die Wohnung betreten.

»Luigi!«, lachte Camoranesi und umarmte seinen früheren Sekretär herzlich. »Mein kleiner Luigi.« Camoranesi ging an ihm vorbei in die Küche und blieb vor dem Küchentisch stehen. Jetzt ruhte sein Blick auf den beiden Kaffeetassen.

»Machst du mir auch einen Kaffee?«, schmunzelte der Bankier Gottes. Luigi nahm eine saubere Tasse aus dem Schrank und schob sie unter die Düse. Er überlegte, wie er Claudias Anwesenheit rechtfertigen sollte.

»Wir hatten eine Abmachung, Luigi. Nur wenn ich auf Reisen bin.«

Albertini drehte ihm immer noch den Rücken zu: »Ich wollte gerade gehen.«

»Und sie? Sie hat noch nicht ausgetrunken.«

Luigi atmete tief durch. Jetzt wandte er sich dem Kardinal zu. Camoranesi stand hinter Claudias Stuhl und tunkte seinen Finger in ihren Kaffee. Er führte den Finger in den Mund und grinste.

»Noch warm.« Dann sah er den Pullover auf dem Küchenboden und hob ihn auf: »Ich hätte geschworen, dass du eine Nummer größer trägst.«

Luigi stellte den frischen Kaffee auf den Tisch.

»Luigi«, sagte Camoranesi mit durchdringendem Blick, »ich bin jetzt ein Papabile, ich kann mir keine Fehler mehr leisten. Nicht den geringsten Fehler. So etwas kann mich die Papstkrone kosten.«

Camoranesi reichte Luigi den Pullover und sagte: »Bring ihr den Pullover. Sie wird sich noch erkälten. Bestell ihr ein Taxi. Wir haben miteinander zu reden.«

Luigi nahm den Pullover und ging ins Schlafzimmer. Wenig später verließ Claudia das Zimmer, durchquerte wortlos die Küche und verließ die Wohnung. Albertini setzte sich an den Küchentisch und starrte trotzig auf seine Hände.

»Hatte eine gewisse Ähnlichkeit mit Claudia Calame, findest du nicht?«

Luigi schloss die Augen und ließ den Spott über sich ergehen.

Doch dann lachte Camoranesi prustend los und klopfte Luigi auf die Schulter: »Jetzt weißt du, wieso Kardinäle nie zu Lebzeiten heiliggesprochen werden«, und nahm ein Bündel Banknoten aus der Innentasche seines Jacketts. Er schälte ein paar Tausendeuronoten aus dem Bündel und schob sie Albertini über den Tisch: »Für deine Schweizer Reise.«

Luigi wollte ablehnen, doch Camoranesi winkte ab: »Sag nicht Nein, sonst nimmt es der Teufel.«

Camoranesi rollte sein Bündel Banknoten wieder zusammen und spannte einen Gummi darüber: »Mein Vater sagte immer, ein Mann muss stets so viel Bargeld in der Tasche haben, dass er jederzeit eine Kuh kaufen kann.«

Luigi steckte das Geld ein: »Danke.«

»Die Kirche ist nicht arm«, lachte Camoranesi, »sie darf es auch nicht sein. Eine arme Kirche könnte keine zweitausend Jahre bestehen.«

Camoranesi nahm einen Umschlag aus der Jackettinnentasche und reichte ihn Luigi: »Die Vollmacht für den Notar. Dein Interessent hat zugesagt und die Handänderung beim Grundbuchamt bereits angemeldet.«

»Ich soll noch einmal in die Schweiz?«, fragte Albertini mit Entsetzen in der Stimme.

»Ein allerletztes Mal, Luigi, ich schwöre es«, lachte Camoranesi.

»Wussten Sie eigentlich, dass Dario Baresi in der Schweiz war?«, fragte Albertini unvermittelt und fixierte Camoranesi eindringlich, damit ihm nicht die geringste Regung in seiner Mimik entgehen konnte.

»Aber sicher«, rief Camoranesi in seiner jovialen Art, »ich habe ihn schließlich hinbestellt.«

Albertini war perplex.

»Ich dachte, wenn du schon mal in der Schweiz bist, Luigi, schauen wir doch, dass du Baresi triffst. Nach Italien wäre er nicht gekommen. Die Familie der Calames ist, wie du weißt, etwas nachtragend.«

»Wieso haben Sie mich nicht informiert?«

»Ich habe dich doch angerufen, Luigi, gegen Mitternacht. Aber wahrscheinlich hast du schon geschlafen.« Camoranesi grinste anzüglich. »Oder warst anderweitig beschäftigt …«

»Nein, nein«, wehrte Luigi ab, »es ist nicht so, wie Sie denken. Ich hatte mir nur den Weinkeller angeschaut und das eine oder andere Glas zu viel getrunken. Ich habe in der Nacht wie ein Stein geschlafen.«

»Du trägst einen stillen Kampf aus, Luigi«, sagte Camoranesi mit ernster Stimme, »ich sehe dir das an. Du wachst morgens auf, die Probleme sind noch so groß wie zuvor, und dann liegt da auch noch eine Leiche im Garten. Vom Kater ganz zu schweigen.«

»Ja«, pflichtete ihm Albertini bei, »es hat mich beschäftigt. Ich habe mich tatsächlich gefragt, ob jemand das womöglich alles so arrangiert hat.«

»Siehst du«, lächelte Camoranesi, »manchmal gibt es sehr einfache Erklärungen.«

»Und wer hat nun Dario Baresi erschossen?«

»Die Kugel galt dem Heiligen Vater. Wer Dario Baresi erschießt, verhindert, dass der Papst sein Versprechen einlösen kann. Der Papst hat nicht mehr viele Freunde. Es wird viel geschwiegen hinter den dicken Mauern des Apostolischen Palastes. Man lauscht, man schaut, man schweigt, man wartet ab. Man lässt den Dingen ihren Lauf. Und keiner der Kardinäle würde es wagen, dem Papst einen Rücktritt nahezulegen. Das würde die Chancen, einmal vom Kardinalskonklave zum Papst gewählt zu werden, empfindlich schmälern. Es war sehr mutig von dir, dass du es dennoch gewagt hast. Aber der alte Mann ist krank, schwer krank. Er wäre nicht mal mehr imstande, eine Lotterieannahmestelle zu leiten. Unser Papst herrscht über eine Milliarde Gläubige und begeht Torheiten eines alten, verwirrten Greises.« Camoranesi hielt einen Augenblick inne: »Hol uns einen Grappa. Du hast für die Villa einen Käufer gefunden, und darauf stoßen wir an!«

Luigi nahm zwei Gläser aus dem Schrank und die Flasche aus dem Regal. Er schenkte, ohne zu zögern, beide Gläser voll. Camoranesi sah es und schmunzelte. Doch dann wurde er wieder ernst.

»Der Papst hält sehr viel von dir. Er hört auf dich. Du musst es ihm einfach immer und immer wieder sagen. Er *muss* zurücktreten!«

Camoranesi musterte Albertini aufmerksam, um zu sehen, wie der junge Mann reagierte, aber Luigi sah nur sein Glas an und schwieg. Camoranesi konnte es recht sein. Auch er würde eines Tages sterben. Vielleicht als Papst, vielleicht als Kardinal, und keiner würde sich einen Dreck darum scheren. Er kannte seine frommen Brüder. Von denen erwartete er rein gar nichts.

»Lege bei der Familie der Calames ein gutes Wort ein, sie sollen sich um das Gold des Papstes kümmern! Nicht du. Es ist zu gefährlich, Luigi! Verstehst du? Kardinal Douglas war ein kluger Mann, aber am Ende schwamm er aufgequollen wie eine Säuferbacke im Südchinesischen Meer. Ich will nicht, dass dem Heiligen Vater etwas zustößt, Luigi. Er ist schließlich unser Papst. Aber er muss vernünftig werden. Wir müssen ihn vor sich selbst schützen. Er muss die Sache Leuten anvertrauen, die etwas von ihrem Handwerk verstehen. Diese Zusammenarbeit hat Tradition. Die italienischen Päpste haben das stets verstanden. Der Heilige Vater versteht es nicht. Er ist kein Italiener. Ich will gar nicht beschönigen, dass in der Vergangenheit ein paar unschöne Dinge passiert sind. Der Zusammenbruch der Banco-Ambrosiano war ein Tiefpunkt. Und ein Bankier unter der Blackfriars Bridge ist keine Augenweide. Beide Seiten haben dafür geblutet. Niemand hat sich beklagt. Weil wir Partner sind. Wir ziehen es gemeinsam durch. Wenn wir scheitern, scheitern wir gemeinsam. Der Papst muss das jetzt begreifen.«

»Aber Sie haben doch nicht die gleichen Interessen«, sagte Luigi.

»Luigi, niemand wird zulassen, dass der Papst Schutzgelder an fundamentalistische Islamisten zahlt und damit den Terror in der freien Welt finanziert. Würde das publik, wäre dies das Ende unserer Kirche.«

»Und wenn wir es verhindern?«, fragte Luigi. »Dann sprengen sie aus Rache womöglich den Petersdom in die Luft.«

»Dann haben wir hinterher wenigstens wieder volle Kirchen«, sagte Camoranesi. Es war kein Scherz, er meinte es ernst. »Unser Wille wird geschehen, Luigi. Und der Papst wird sich unserem Willen beugen müssen. Wir werden ihn dafür beschützen. Wir zählen auf dich, Luigi! Auf dich hört er!«

Luigi sah wieder das Schnapsglas an. Eine Weile besann er sich. Dann hob er den Kopf.

»Sie können auf mich zählen, Kardinal Camoranesi.«

Er war selber etwas erstaunt über seine Worte. Eigentlich hätte er die Sache gerne noch einmal überschlafen. Aber Kardinal Alessandro Camoranesi nahm ihn in die Arme und klopfte ihm gönnerhaft auf die Schultern, als wolle er sagen: Du gehörst zur Mannschaft.

»Nimm dich in Acht, mein Junge, es würde mir das Herz brechen, wenn dir etwas zustoßen würde«, flüsterte er leise.

Er erhob feierlich sein Glas, dann stürzten beide ihren Grappa hinunter.

66

LONDON

Cesare Lustrinelli stieg aus einem weißen Taxi und sagte: »Warten Sie hier, ich hole meinen Koffer.«

Zielstrebig ging er durch die Halle des »Marble Arch«-Marriott-Hotels. Im nächsten Moment brachte ihn der Fahrstuhl in den ersten Stock. Zehn Uhr morgens, das war perfekt.

Im Flur standen die Wäschewagen der Putzmannschaft. Vor einer Tür standen zwei Koffer. Im Vorbeigehen schnappte sich Lustrinelli den einen und ging weiter den Flur entlang, bis er schließlich ein offenes Zimmer auf der linken Seite erreichte. Ohne sich umzudrehen, betrat er das Zimmer und schickte die schwarze Putzfrau, die gerade im Badezimmer beschäftigt war, hinaus. Wenn Lustrinelli befahl, gehorchten die Menschen. Seine Kleidung war zwar arg in Mitleidenschaft gezogen, aber damit ging man in England nur umso leichter als ein Lord von uraltem Adel durch. Flink hängte er das Schild »Bitte nicht stören« draußen an die Klinke und schloss die Tür. Er öffnete den Koffer. Frauenkleider.

Lustrinelli stellte sich unter die Dusche, wusch sich die Haare und genoss es, sich endlich etwas frisch machen zu können.

Wenig später stand er in einem viel zu engen roten Polohemd vor dem Frühstücksbuffet und stapelte Schinken, Speck und Roastbeef auf seinen Teller. Für das, was er vorhatte, brauchte er jetzt eine anständige Portion Fleisch. Am liebsten roh.

Er sah, wie sich hinten im Saal einige Leute von den Tischen erhoben und Geld zurückließen. Zielstrebig ging er auf einen der Tische zu, setzte sich, griff nach der Serviette, entfaltete sie mit einer weit ausholenden Bewegung und strich gleichzeitig unbemerkt die Geldscheine ein. Lustrinelli ließ es sich gut gehen. Er holte sich Nachschlag: Brot, Orangensaft, Joghurt. Er stopfte alles in sich hinein, als müsse er für einen sechsmonatigen Winterschlaf noch ein paar Fettschichten zulegen.

»Ihre Zimmernummer, Sir?« Ein thailändischer Kellner stand vor seinem Tisch und verbeugte sich knapp.

»Meine Frau kommt gleich«, brummte Lustrinelli mit vollem Mund, »sie hat die Schlüssel.« Lustrinelli grinste den Kellner an, als wolle er andeuten, dass seine Frau die Hosen anhat. Der Kellner gab sich damit zufrieden. Wieso hätte er auch annehmen sollen, dass dieser energische Herr, der gerade in der *Financial Times* blätterte, ein Hochstapler war, der sich mit Taxis herumchauffieren ließ, die er nicht bezahlte. Der Kellner sammelte die paar Münzen ein, die die vorherigen Gäste zurückgelassen hatten. Die Scheine waren in Lustrinellis Hosentasche sicher verwahrt.

»Wissen Sie, wer vorhin hier gesessen hat?«, fragte der Kellner.

»Keine Ahnung, ob die von hier waren«, flüsterte Lustrinelli in konspirativem Ton, »kommen rein, schlagen sich den Bauch voll und lassen ein bisschen Kleingeld zurück. Die Welt ist schlecht, nicht wahr?« Lustrinelli machte ein Gesicht, als würde ihm diese Erkenntnis den ganzen Tag verderben.

67

VATIKAN

Luigi Albertini klingelte die Glocke des Appartamento des Heiligen Vaters in der dritten Loggia des Apostolischen Palastes. Casimir, der Zweite Sekretär des Papstes, öffnete die Tür. Er ließ ihn nicht einfach passieren. Er bat Albertini zu warten und ging langsam den Flur zurück. Luigi blieb im Vorraum stehen. Auf dem Schaltbrett an der linken Wand leuchteten Ziffern auf. Ziffer Neun gehörte dem Papst. Sie blinkte so heftig wie das Blaulicht eines Polizeifahrzeugs. Das bedeutete, dass der Papst eine wichtige Botschaft erhalten hatte. Dann leuchtete mehrmals die Zwei auf. Sie galt den Ordensschwestern im Haushalt des Papstes. Offenbar waren sie im Appartamento. Luigi hörte Stimmen. Die drei Haushälterinnen verließen die Wohnung. Die eine trug Wäsche in einem Plastikeimer, die andere aufgerissene medizinische Packungen und eine Spritze. Die dritte Schwester trug ein Tablett mit Wasser und einer kleinen vielfach unterteilten Pillenschale. Sie verneigten sich kurz vor Albertini und gingen den Flur hinunter. Nun folgte der Papst. Er schlurfte über den Flur und blieb nah bei Albertini stehen.

»So, ich musste noch schnell eine kleine Spezialbehandlung über mich ergehen lassen. Einem alten Mann bleibt auch keine Demütigung erspart. Kommen Sie,

Luigi, wir wollen auf die Terrasse gehen.« Der Papst ging voraus den Flur entlang. Luigi folgte ihm bis zum Fahrstuhl. Ein Schweizergardist öffnete die Tür. Der Papst suchte nach seinem elektronischen Schlüssel.

»Sie tragen ihn am Hals, Eure Heiligkeit«, flüsterte der Schweizergardist, der dies beobachtet hatte. Der Papst wirkte nicht nur zerstreut, er war es auch. Er nahm den Metallstift und hielt ihn gegen das Lesedisplay im Innern des Fahrstuhls. Schweigend fuhren die beiden Männer zur Terrasse der päpstlichen Wohnung hoch.

»Der Wandel ist das einzig Beständige«, sagte der Papst, als sie auf der Terrasse standen und über die Ewige Stadt blickten. »Früher«, sagte der Papst, »überzog ein rötlicher Schimmer die ganze Stadt. Aber heute sieht man kaum noch etwas von den Dächern. Überall diese grauen Satellitenschüsseln, als würden alle Menschen ins All horchen und die Ankunft von Außerirdischen erwarten. Dabei ist Gott überall. Wenn man ihn sucht.«

Der Papst pochte gegen das Panzerglas, das die Terrasse umgab: »Seit Mai 81 sind wir auch hier oben nicht mehr in Sicherheit. Panzerglas, so weit das Auge reicht. Und jede Woche bricht sich ein Vogel das Genick. Dabei sind auch Vögel Geschöpfe Gottes.«

Der Papst ging einige Schritte und blieb vor einer der Bronzetafeln stehen, die auf der Terrasse aufgehängt waren und den Kreuzweg Jesu abbildeten. Sie zeigte Jesus, der von den römischen Soldaten ans Kreuz genagelt wird.

»Als das Kreuz aufgerichtet war, steckte ein römischer Soldat einen Schwamm auf sein Pilum, tunkte den Schwamm in Essig und reichte ihn dem Herrn. Als ich ein kleiner Junge war, hat mir meine Mutter diese Szene oft erzählt, und sie sagte, dass man die ganze Boshaftigkeit der römischen Soldaten erkenne. Aber bei dem

Essig handelte es sich um Essigwein, Posca, das Getränk der römischen Legionäre, ein Durstlöscher. Also meinte es dieser Soldat doch recht gut mit unserem Herrn, oder?«

Luigi nickte.

»Das ist mein Weg, Luigi«, murmelte der Papst und fuhr mit der Hand über die Bronzeplatte. Die Motorik der Hand war beeinträchtigt.

»Selbst wenn sie wüssten, dass ich morgen sterbe, würden sie versuchen, mich zu töten. Das ist ein symbolischer Akt, Luigi. Mit dem Menschen tötet man die Institution, die Kirche selbst. Deshalb wäre es ein Trugschluss zu glauben, mein Leben sei in Sicherheit, nur weil ich eh bald sterben werde. Ich habe darüber nachgedacht. Meine Nächte sind ja weiß Gott lang genug.«

Die Stimme des Papstes war nun klar und deutlich. Luigi war immer wieder erstaunt, wie unterschiedlich die mentale Verfassung war, in der er den krebskranken Papst antraf.

»Man will Ihnen helfen, Heiliger Vater, aber Sie müssen sich helfen lassen.«

»Nein«, wehrte der Papst ab, »alle wollen mich benutzen. Für ihre Zwecke. Aber wieso soll es mir anders ergehen als dem lieben Gott, unserem Herrn?«

»Sie werden erpresst, Heiliger Vater.«

Der Papst reagierte blitzschnell. Er ergriff Albertinis Hand und krallte sich an ihr fest: »Nein, um Himmels willen, ich habe mein Wort gegeben, und ich will es halten. Der Kirche zuliebe. Es ist mein freier Entschluss.«

»Wie heißt der Mann, dem Sie Ihr Wort gegeben haben? Ich werde ihn aufsuchen und mit ihm reden.«

»Auch er ist gestorben. Es war ein arabischer Scheich aus den Vereinigten Emiraten. Ein vernünftiger Mann, sehr kultiviert. Gut vernetzt, wie man heute sagt. Er stand mit Dario Baresi und Kardinal Douglas in direktem Kontakt.«

Luigi schüttelte kaum merklich den Kopf.

»Es ist ein Desaster, ich weiß, Luigi, ein Desaster, jeder Klempner geht überlegter vor, wenn er ein Problem lösen will. Aber ich habe es nun mal auf meine Weise getan. Als ich die Papstwahl annahm, sagte ich, ich sei bloß ein demütiger Diener im Weinberg des Herrn. Und es war die ganze Wahrheit, Luigi. Jetzt bin ich das Wildschwein im Weinberg des Herrn, und man bläst zur Jagd.«

»Papst Leo X. über Martin Luther«, lächelte Albertini. »Ich werde mich darum kümmern, Heiliger Vater.«

Es klang wenig überzeugend.

»Dario Baresi war ein gläubiger Christ. Ich glaube nicht, dass er etwas im Schilde führte. Er war ein vorsichtiger Mensch. Ich bin sicher, dass er für den Fall seines Todes vorgesorgt hat. Es wird etwas geben, das uns weiterhilft. Und mit Gottes Hilfe werden Sie es finden.«

68

TOSKANA

Salvatore Calame hatte sich eine mobile Krankenstation vor dem großen Panoramafenster einrichten lassen. Er lag in einem Krankenhausbett, und über einen Tropf wurden ihm eine Nährlösung, Oxaliplatin und allerlei Mittel gegen Übelkeit und Erbrechen zugeführt. Salvatore war mager geworden, die Arme spindeldürr. Nur der Bauch war angeschwollen, als sei er im siebten Monat schwanger.

»Jetzt sterben wir noch um die Wette«, murmelte Salvatore, »aber immer wenn es mir dreckig geht, denke ich, diesen Papst wirst du noch überleben, denn sein Gott ist ein Plagiat.«

Luigi verstand die Anspielung nicht. Salvatore sah die Verwunderung in Albertinis Gesicht und begann zu lachen.

»Schauen Sie mich an, Luigi, jetzt habe ich endlich mein Idealgewicht erreicht. Ihr dachtet immer, ich trinke und esse zu viel, aber der Krebs in meiner Leber hatte bereits einen Durchmesser von über zehn Zentimetern. Wie groß ist der Ball für die nächste WM in Südafrika?«

»Ich weiß es nicht«, antwortete Luigi. Er war nicht zum Scherzen aufgelegt.

»Wenn du stirbst, bist du tot, bevor du gestorben bist. Du gehörst nicht mehr zum Klub der Lebenden. Niemand nimmt dich mehr ernst. Man plant nicht mehr mit dir. Dann kommen siebzehnjährige Pflegerinnen rein und rufen dir zu: Hallo Big Boss, wie geht's uns heute? Es gibt keinen Respekt mehr. Ich habe mit den Großen dieser Welt verkehrt. Um jetzt in diesem Loch zu verrecken und mir die rotzfrechen Sprüche von einem siebzehnjährigen Mädchen anzuhören. Man sollte sie kreuzweise …«

»Soll ich mit ihr reden?«

»Nein, Luigi, wir haben Wichtigeres zu besprechen. Was ist mit dem Heiligen Vater los? Man sagt mir, manchmal klingt er ganz vernünftig, und manchmal scheint es, er leide eher an Alzheimer als an Krebs. Kürzlich empfing er Abgesandte aus Chile. Sie berichteten, der Papst habe sie gesegnet und sei dann eingeschlafen. Das Alter ist schrecklich, Luigi. Es ist ein Jammer, dass man nicht gesund sterben kann. Aber dann würde keiner wollen, und wir hätten in Rom eine Wohnungsnot. Haben Sie mit Kardinal Camoranesi gesprochen?«

»Ja, er hat mich gebeten, meinen Einfluss auf den Papst geltend zu machen, ihn daran zu erinnern, dass er die alten Bande nicht einfach lösen kann. Aber der Papst kann so stur sein. Ich habe eine volle Stunde mit ihm auf der Terrasse seines Appartements verbracht. Er ist noch sturer als der junge Johannes Paul II.«

»Was hat Camoranesi sonst noch gesagt?«

»Er erwähnte den Zusammenbruch der Banco Ambrosiano in den Achtzigerjahren, den Bankier Roberto Calvi, den man erhängt unter der Blackfriars Bridge in London fand …«

»Und?«

»Das ist alles. Mehr sagte er nicht.«

Salvatore dachte nach.

»Kannten Sie Roberto Calvi?«, fragte Albertini.

»Natürlich habe ich Roberto gekannt«, sagte Salvatore. »Er war einer von uns. Er hat damals sehr viel für den Vatikan getan. Papst Johannes Paul II. war ein eingefleischter Kommunistenhasser. Ein Dickschädel. Ein waschechter Patriarch. Und er blieb immer ein Pole. Er wollte stets sein geliebtes Polen von den Kommunisten befreien. Ein Denkmal in Polen war ihm wichtiger als eine Heiligsprechung in Rom. Er finanzierte die polnische Gewerkschaft Solidarność. Er ließ sie finanzieren. Roberto Calvi transferierte die Gelder, über die der Papst persönlich verfügen konnte, auf Auslandskonten und ließ sie der Solidarność zukommen. Das war vor Ihrer Zeit, Luigi, aber manchmal habe ich den Eindruck, als würde sich die Geschichte wiederholen. Die Geschichte von Papst Leo I. und Attila kennen Sie ja wohl ...« Salvatore lächelte still vor sich hin. Dann sagte er: »Die Rolle von Roberto Calvi hat später Dario Baresi übernommen. Wir haben ihn selber ins Spiel gebracht, als wir erfuhren, dass uns der Vatikan das Mandat entziehen will. Camoranesi hat uns unterstützt und Baresi beim Vatikan empfohlen. Cesare Lustrinelli sagte dem Papst, selbst die italienische Nationalbank würde ihr Gold an Dario Baresi ausleihen. So ist es gelaufen. Ich habe nachgedacht. Wenn Dario Baresi Sie in jener Nacht aufgesucht hat, musste er irgendetwas bei sich gehabt haben. Sie müssen in die Schweiz zurück«, sagte Salvatore, »irgendwo muss es sein. Baresi hatte immer eine schwarze Aktentasche bei sich.«

Luigi antwortete nicht gleich. Alle waren sie hinter dieser Aktentasche her. Und ganz offensichtlich wusste Salvatore nichts von dem Auftrag, den der Kardinal ihm bereits in dieser Sache erteilt hatte. Er beschloss, dies aber für sich zu behalten, und willigte schließlich ein.

»Und wenn Sie sie gefunden haben, bringen Sie sie hierher.«

Luigi sah Salvatore skeptisch an. Der Don war nicht aufrichtig zu ihm, das spürte Luigi. Er hatte seine eigenen Pläne.

»Zu mir«, wiederholte Salvatore und sah Albertini eindringlich an.

»Ich bin noch immer dem Heiligen Vater verpflichtet, Don Salvatore«, sagte Luigi.

Salvatore sah ihn schweigend an. Dann, nach einer Weile des Nachdenkens, begann er zögernd:

»Es gibt Dinge, die ich Ihnen gerne erspart hätte, Luigi. Ich hätte Ihnen gern mehr Zeit gelassen. Aber meine Krankheit erlaubt es mir nicht. Sie müssen mir glauben, ich wollte es behutsam angehen, wollte Ihnen und Claudia Zeit lassen, alles hätte sich von selbst ergeben …«

»Mir und Claudia?«, fragte Albertini entsetzt. »Ich stehe im Dienst des Heiligen Vaters! Don Salvatore …«

Doch der Don gab ihm mit einer Geste zu verstehen, dass er ihm diese Sätze ersparen möge. »Giuseppe hat kürzlich noch für die AS Roma gespielt, hat sich bei jedem Tor an die Brust gefasst und den Fans ewige Treue geschworen. Bis in den Tod. Und wo spielt er jetzt? Keine Ahnung, Luigi. Auf jeden Fall nicht mehr bei der AS Roma. Und tot ist er auch nicht. Also, Luigi, schauen Sie sich diesen Stuhl dort drüben an …«

Luigi drehte sich um und schaute auf den verwaisten ledernen Chefsessel hinter dem antiken Schreibtisch.

»Dieser Stuhl gehört Ihnen. Ich offeriere Ihnen mein Lebenswerk, ich mache Sie zu einem Teil meiner Familie, ich biete Ihnen meine Nichte …«

»Claudia?«

»Sie liebt Sie. Ich weiß es. Ich sehe es ihr an. Ich habe es gefördert. Ja, das ist wahr. Aber mehr nicht. Ihre Liebe ist echt. Zweifeln Sie nicht daran, Luigi, nur weil ich euch den einen oder anderen Stein aus dem Weg geräumt habe …«

»Was soll das heißen?«

»Dass der Weg frei ist.«

Luigi war entsetzt.

»Nein, nein, Luigi, kein Autounfall. Er hatte Affären, mit jungen Mädchen. Er hat in die Scheidung eingewilligt.«

»Und die Affären …«

»Kommen Sie mir nicht damit! Es stand ihm frei, den Verlockungen zu widerstehen! Er hat es nicht getan. Also hat er es uns leicht gemacht. Oder hätten Sie ihn lieber zerquetscht in seinem Auto auf der A1 gesehen?«

Luigi schwieg. Sein Blick wanderte durch das geräumige Chefbüro, als suche er irgendwo Hilfe. Doch es roch lediglich nach Sterilium und erinnerte ihn daran, dass Salvatore und der Papst bald sterben würden. Es ärgerte ihn, dass er immer tiefer in diesen Strudel geriet. Andere entschieden fortwährend für ihn, und je heftiger er sich dagegen wehrte, desto tiefer versank er im Morast, wie der Mann im Moor, der immer verzweifelter mit den Armen rudert und nicht begreift, dass er seinen Untergang beschleunigt. Oder hatte er doch Schuld auf sich geladen? Luigi dachte an Claudia, an ihre heimlichen Treffen, und erneut war er instinktiv bereit, für sie alles aufzugeben.

»Ich schenke Ihnen ein neues Leben, Luigi, ich beneide Sie darum.«

Salvatore hob den Arm und zeigte auf den leeren Sessel: »Sehen Sie die Statue auf meinem Schreibtisch?«

Salvatore nickte: »Der Koloss von Rhodos.«

»Es ist nicht das, was Sie denken. Auch sie wird Ihnen gehören. Wussten Sie, dass der erste Entwurf für die Freiheitsstatue der Koloss von Rhodos war?«

»Nein, und wieso haben sie sich anders entschieden?«

»Sie haben sich nicht anders entschieden. Sie tragen beide die Corona, den Strahlenkranz, die Strahlen der Sonne.«

»Aber die eine ist weiblich und die andere männlich.«

»Hat die Sonne ein Gesicht? Ist die Sonne weiblich oder männlich? Sagte nicht selbst Johannes Paul I., dass Gott Mutter und Vater zugleich sei?«

»Er hatte leider keine Zeit, uns das näher zu erläutern«, bemerkte Luigi mit unterschwelliger Ironie, »aber Salvatore, sagen Sie mir jetzt, was Sie von mir erwarten. Ich soll doch Gutes mit Gutem vergelten.«

Don Salvatore bat Luigi, die oberste Nachttischschublade zu öffnen. Er gehorchte.

»Nehmen Sie die beiden weißen Briefumschläge heraus. Im einen finden Sie den Brief von Claudia, er gilt noch immer. Im anderen finden Sie fünfzehn Gramm Phenobarbiturat.«

Luigi nahm die beiden Umschläge aus der Schublade.

»Die dreißigfache tödliche Dosis, ich weiß …«, sagte Luigi.

»Lösen Sie das Pulver in lauwarmem Wasser auf. Und ein Schuss Limettensaft. Ich glaube, der Papst mag Limette.«

69

BASEL

Am Nachmittag hatte Luigi Albertini beim Notar die Verkaufsurkunde von Camoranesis Immobilie unterzeichnet. Für das bewegliche Mobiliar hatten sie ein Handgeld vereinbart. Luigi wollte keinen Tag länger an diesem Ort bleiben. Aber sein Rückflug nach Rom war wegen einer landesweiten Unwetterwarnung storniert worden. Als Luigi in die Villa zurückkam, goss es bereits in Strömen, als wollte eine neue Sintflut über sie hereinbrechen. Gleichzeitig fegte ein fürchterlicher Orkan mit über zweihundert Stundenkilometern über den Süden Deutschlands und die Nordwestschweiz und knickte die Bäume an ungeschützten Lagen wie Streichhölzer um. Alles, was nicht niet- und nagelfest war, wurde aufgewirbelt und wie Spielzeug durch die Straßenschluchten geschleudert, Mülltonnen, Fahrräder, Straßenschilder, Lastwagen und Eisenbahnzüge wurden auf offenem Gelände umgeblasen. Der Druck in den Kanalisationen warf die schweren Gullydeckel hoch. Ganze Straßenzüge werden überschwemmt und Keller unter Wasser gesetzt. Luigi stand unter der überdachten Veranda und beobachtete das Naturschauspiel aus sicherer Distanz. Es war später Nachmittag, doch der Himmel war bereits düster wie die Nacht.

Luigi war kurz zuvor in den Keller gestiegen, war der

skelettierten Maus begegnet, die er noch nicht beiseitegeschafft hatte, und hatte einen Château Palmer entdeckt. Der Regen prasselte in Strömen nieder. Vor der Veranda hatte sich ein regelrechter See gebildet, der sich in Kürze über die sandsteinfarbenen Fußbodenplatten des Eingangsbereichs ergießen würde. Luigi setzte sich auf einen der trockenen Gartenstühle, die auf der überdachten Veranda standen. Der Wald hinter dem Hof war zu weit weg, als dass er von umstürzenden Bäumen hätte getroffen werden können. Luigi trank seinen Château Palmer und dachte erneut über Claudia nach, und er dachte an Senecas »De Brevitate vitae«, über die Kürze des Lebens, die Flüchtigkeit der Zeit, die Endlichkeit eines jeden Menschenlebens. Und er fragte sich, ob es tatsächlich so viel Freude machte, bis ans Ende seiner Tage zu arbeiten, tätig zu sein. Ein schrilles Geräusch störte seine Gedanken. Er horchte. Das Rauschen des niederprasselnden Regens verschlang jedes andere Geräusch und wurde nur ab und zu von krachenden Donnerschlägen und heftigen Blitzen zerrissen. Hatte das Telefon geklingelt? Luigi betrat das Wohnzimmer, ging zum Telefon. Er nahm ab. Er hörte das Freizeichen. Jetzt hörte er das Klingeln erneut. Es war jemand an der Haustür. Luigi rannte, ohne sich zu besinnen, in den oberen Stock, riss die Schranktür im Flur auf und nahm die Smith & Wesson heraus. Er riss eine der speckigen Schachteln auf und stopfte die Revolvertrommel mit fünf Patronen. Dann stieg er die Treppe zum Erdgeschoss hinunter.

Es klingelte erneut. Hinter dem Türglas zeichnete sich eine eher zierliche Silhouette ab. Kommissar Sutter? Wohl kaum, dachte Luigi und steckte den Revolver hinten in seinen Gürtel. Aber warum sollte er überhaupt die

Tür öffnen? Er erwartete keinen Besuch. In diesem Moment schlug die Person vor der Haustür mit der flachen Hand gegen die Türscheibe. Luigi hörte ein Lachen. Es war das grelle Lachen einer Frau.

Luigi öffnete sofort die Tür. Vor ihm stand Li-Li. Sie kicherte und lachte wie ein kleines Kind. Sie warf sich ihm sofort an den Hals.

»Darf ich reinkommen?«, fragte sie und senkte süß lächelnd ihren Blick. Luigi nickte leicht verstört und trat zur Seite. Li-Li zog lachend ihren durchnässten Mantel aus und hängte ihn an einen Haken an der Wand. Ihr Haar triefte.

»Du siehst aus, als wärst du dem Wasser entstiegen«, sagte Luigi.

»Vielleicht bin ich ein Wassergeist«, lachte Li-Li. »Wir haben viele Geister in China.«

»Trockne dich erst einmal richtig ab.« Er stieg mit ihr die Treppe hoch, führte sie ins Badezimmer und reichte ihr zwei Handtücher. »Ich dachte, du bist wieder in Hongkong.«

»Vielleicht wollte ich dich noch einmal sehen?«, kicherte sie leise.

Luigi ging in die Küche, holte ein zweites Weinglas und setzte sich mit der jungen Chinesin auf die überdachte Veranda. Sie trug ein Handtuch um den Kopf.

»Sind wir hier sicher?«, fragte sie etwas ängstlich. »Überall auf der Straße fliegen Mülltonnen herum.«

»Aber nicht hier hinten im Hof. Du brauchst keine Angst zu haben.« Luigi reichte ihr ein Glas.

»Ist der Wein teuer?«, fragte Li-Li sofort und lachte wieder los.

»Er ist hervorragend«, entgegnete Luigi, »von einem sehr alten Weingut. Es gehörte einmal General Palmer.

Er diente unter Wellington und besiegte Napoleon bei Waterloo. Als Dank erhielt er dieses Weingut. Damals hieß es Gascq. Er steckte sein gesamtes Vermögen hinein.«

Li-Li nahm einen Schluck. »Deshalb schmeckt der Wein so gut?«

»Nein«, lächelte Albertini, »niemand wollte diesen Wein trinken, und der arme Kerl, der Napoleon besiegt hatte, ging bankrott. Das war 1836. Aber ein Jahr später begann der kometenhafte Aufstieg von Château Palmer. Seine Anstrengungen hatten sich gelohnt, nur hat er es nicht mehr erlebt.«

»Eine traurige Geschichte«, sagte Li-Li und begann gleich wieder zu lachen. Ihr Lachen war einfach ansteckend. Luigi liebte das Lachen von Frauen. Was hatte er denn in den letzten Jahren Heiteres erlebt? Den Humor von Kardinälen. Albertini stieß mit Li-Li an und trank einen Schluck. Li-Li leerte das Glas in einem Zug.

»Das Mindeste, das wir für den armen Palmer tun können, ist, seinen Wein zu trinken und ihn gebührend zu loben.« Luigi erhob sich. Er wollte in die Küche und die Flasche holen.

Li-Li folgte ihm und zog ohne ein weiteres Wort ihre Bluse aus.

»Bitte nicht, Li-Li.«

»Wieso?«, lachte sie. »Willst du zuerst etwas essen?« Sie zerrte ihn von der Veranda.

»Ich muss mit dir reden«, sagte Luigi mit ernster Stimme.

Li-Li schubste ihn aufs Sofa und küsste ihn blitzschnell auf den Mund: »Ach, Gwai-Lo, du willst immer reden …«

»Was ist ein Gwai-Lo?«

»Ein weißer Geist. Wir nennen euch Gwai-Lo, weil ihr so bleich seid. Wie Geister. Eigentlich haben wir Angst vor Geistern. Aber du bist ein netter Gwai-Lo.« Li-Li gab Luigi erneut einen Kuss und biss sanft in seine Lippen. Sie drückte seinen Kopf fester an sich, sodass er ihren kleinen Busen an seinem Gesicht spürte. Luigi fasste Li-Li an der Taille und bat sie aufzustehen.

»Du bist böse auf mich?«, sagte sie und schien zu Tode betrübt.

Luigi erhob sich, und Li-Li warf sich erneut an seine Brust. Sie umarmte ihn und entwedete ihm blitzschnell die Waffe, die er hinten in den Gürtel gesteckt hatte.

»Wozu brauchst du eine Waffe?«, lachte Li-Li.

Luigi erschrak. Hatte er sich tatsächlich wie ein kleiner Junge von dieser verrückten Chinesin übertölpeln lassen?

Li-Li richtete die Waffe auf ihn und lachte: »Also, Gwai-Lo, wozu brauchst du eine Waffe?«

»Vielleicht fürchte auch ich mich vor Geistern.«

»Ich bin aber keine Gwai-Mui.«

»Was bist du denn, Li-Li?«, fragte Luigi mit ernster Stimme. Er schenkte sich Wein nach.

»Ich versuche meinem Vater zu helfen«, sagte Li-Li, »wenn ich seine Aktentasche nicht finde, kommt er als böser Geist zurück und quält mich.«

»Fang mir bloß nicht wieder mit dieser Aktentasche an. Die Polizei hat sie nicht gefunden, und ich habe sie auch nicht gefunden.«

»Dann wird er als böser Geist zurückkommen«, sagte Li-Li tief betrübt.

»Du glaubst tatsächlich an Geister?«

»Alle Toten kehren als Geister zurück, wenn man ihnen unrecht tut. Der Geist ist der Teufel der chinesischen Kultur. Würdest du nicht auch alles tun, um den Teufel zu besänftigen?«

Luigi beobachtete sie aus den Augenwinkeln. Er wusste beim besten Willen nicht, wie ernst es Li-Li mit dieser Waffe meinte. Also versuchte er, die Situation herunterzuspielen.

»Und womit willst du deinen Vater besänftigen?«, fragte er so beiläufig wie möglich

»Ich werde seine Aktentasche finden. Dann werde ich *hell money* kaufen und es ihm zu Ehren verbrennen.«

»*Hell money*?«

»Das ist dünnes Papier, das ähnlich bedruckt ist wie echte Banknoten, aber eben kein richtiges Geld. Es ist viel billiger, wenn man *hell money* verbrennt«, lachte Li-Li, »und der Rauch bringt es zu den Geistern, und dort können es die Geister benützen wie richtiges Geld, verstehst du? Ich kaufe ihm dann auch kleine Diener aus Papier, ein Haus aus Papier, und sobald ich es verbrannt habe, ist es bei ihm drüben.«

»Tja«, murmelte Luigi, »dann müssen eure Götter aber ganz schön blöd sein.«

Li-Li lachte laut auf: »Wir haben so viele Götter, Gwai-Lo, da kann es schon sein, dass der eine oder andere nicht so gescheit ist. Bei uns kann schließlich jeder Mensch, der einmal auf Erden gelebt hat, nachträglich zum Gott erklärt werden, verstehst du? Dein Jesus war ja zu Lebzeiten auch kein Gott. Erst dreihundert Jahre später. Wie Mao. Mao war ein Mensch und ist lange nach seinem Tod zum Gott erklärt worden. Und auch mein Urgroßvater hat heute göttliche Fähigkeiten und beschützt die ganze Familie. Wir verehren sie alle zusammen mit Buddha, Konfuzius und allen anderen Propheten.«

»Dann wird es mein Gott schwer haben, mich zu beschützen«, sagte Luigi. Er fragte sich, ob die junge Frau noch bei Sinnen war. »Willst du mich jetzt erschießen?«, fragte er und versuchte harmlos zu lächeln.

»Ich?«, rief Li-Li. »Du meinst, ich habe mein Oberteil ausgezogen, um dich zu erschießen?«

»Ich kenne eure Sitten und Gebräuche nicht«, sagte Luigi und stand vom Sofa auf.

»Bleib sitzen, Gwai-Lo, ich ziele auf dich.«

»Dann wirst du nie erfahren, wo die Aktentasche ist.«

Li-Li ließ sofort die Waffe sinken. Sie sah ihn erwartungsvoll an.

»Dann hast du die Aktentasche also doch gefunden?«, sagte sie mit resoluter Stimme.

Luigi beugte sich vor und stellte den Fernseher an.

»Wo ist sie?«, schrie Li-Li wütend und richtete erneut die Waffe auf ihn. Draußen krachte der Donner, und feurige Blitze erhellten für Sekundenbruchteile die Nacht. Luigi zappte von einem Sender zum andern. Man sah nur Schnee und die eingeblendeten Worte: »Das Satellitensignal ist gestört.«

Ein Schuss durchschlug krachend den Bildschirm. Luigi warf reflexartig die Hände vors Gesicht. Sein Weinglas flog durch die Luft. »Bist du komplett übergeschnappt?«, schrie Luigi im nächsten Moment.

Li-Li lachte laut auf: »Ich habe mich schon gefragt, ob ein Gwai-Lo auch richtig wütend werden kann.« Sie richtete ihre Waffe wieder auf ihn.

»Die Nachbarn haben das garantiert gehört«, drohte Luigi, »gleich wird die Polizei hier sein.«

»Ich habe den Donner abgewartet. Kein Mensch hat hier in der Gegend einen Schuss gehört.«

Dass Li-Li offenbar sehr überlegt geschossen hatte, machte Luigi Sorgen. Und wenn er sie so anschaute, wie sie mit nacktem Oberkörper vor ihm stand, die Waffe auf ihn gerichtet, dann machte sie einen sehr professionellen Eindruck.

»Du kennst dich aus mit Waffen?«, fragte Luigi.

»Tut mir leid für den Château Palmer.«

»Wer bist du?«

Li-Li schwieg.

»Beeil dich, wenn du mich erschießen willst, ich möchte nämlich schlafen gehen«, sagte Luigi.

»Ich glaube«, sagte Li-Li schließlich und lachte wieder aus vollem Halse, »du brauchst jetzt eine Massage. Du siehst verspannt aus. Willst du eine Massage?«

»Nein«, sagte Luigi verärgert. Er wurde nicht schlau aus dieser Chinesin. Aber die junge Frau hatte ihm richtig Angst eingejagt.

»Na, komm schon ... Mit Happy End«, sagte Li-Li leise und senkte die Waffe.

70

BASEL

Die anwesenden Notenbankpräsidenten starrten gebannt auf den Konferenzmonitor an der Wand.

»Wir haben ein Problem«, eröffnete Perkinson die außerordentliche Zusammenkunft zu später Stunde, »der Goldpreis ist außer Kontrolle geraten. Wir haben keine Reserven mehr, um dagegenzuhalten. Wir können die Ereignisse der letzten achtundvierzig Stunden nicht mehr fundamental erklären. Die Märkte spielen verrückt.«

»Was ist daran so erstaunlich?«, fragte der englische Notenbankpräsident mit kaum verhohlenem Ärger. »Wir haben jahrzehntelang den Goldpreis mit Verkäufen tief gehalten. Der tiefe Goldpreis machte das Minengeschäft unrentabel. Und jetzt, wo die Nachfrage in China, Indien und Russland steigt, reicht die Förderkapazität von zweitausendfünfhundert Tonnen pro Jahr nicht mehr aus. Also steigen die Preise, und wir haben kein Pulver mehr, um den Kurs abzuschießen. Was ist daran so erstaunlich?«

»Das Ausmaß«, erwiderte Perkinson, »eine Verdoppelung des Goldpreises in wenigen Wochen … das ist nicht das Werk von Hedge-Fonds, da sind andere Kräfte am Werk. Vielleicht kaufen die Asiaten die Goldbestände auf, um ihre Devisenreserven zu diversifizieren.«

»Irgendjemand kauft dieses verdammte Gold auf. Und Sie wollen mir weismachen, Sie wissen nicht, wer es ist?«

»Ja«, antwortete Perkinson, »wir wissen es nicht. Und wir wissen nicht, wieso sie es tun. Verstehen Sie? Wieso sie um Himmels willen dieses ganze Gold aufkaufen.«

71

BASEL

Das Hotelzimmer des italienischen Bankpräsidenten Cesare Lustrinelli war von der Kriminalpolizei versiegelt worden. Cassidy hatte sich bereitwillig in eine Suite umquartieren lassen. Dort verbrachte er wie gewohnt den späten Morgen in der Badewanne und las den Wirtschaftsteil der Tageszeitungen, die ihm Natalia am Bahnhofskiosk zusammenkaufte.

»Das hat aber lange gedauert heute«, murrte Cassidy und fischte sich den Börsenteil der *New York Times* heraus.

»Dieser Kommissar hat mich wieder aufgehalten.«

»Dieser Sutter schon wieder?«

»Ja, er steht unten an der Rezeption und nervt das Personal.« Natalia zog Bluse und Hose aus.

»Der ist doch nur scharf auf dich«, murmelte Cassidy, »was wollte er denn wissen?«

»Immer dasselbe.«

»Und was hast du ihm gesagt?«

»Immer dasselbe.« Natalia zog flink ihre Unterwäsche aus und trat unter die Dusche. »Aber eins habe ich ihm verschwiegen.«

»Ach ja?«, brummte Cassidy und sah von seiner Zeitung auf.

»Dass dieses kleine Notebook Lustrinelli gehört. Denn

jetzt gehört es mir!« Mit einem energischen Ruck zog Natalia den Duschvorhang zu. Dabei riss sie die Plastikstange aus ihrer Verankerung. Sie ließ sie liegen und drehte das Wasser an.

Als der Strahl ihren nackten Körper berührte, schrie sie schrill auf. Cassidy sprang sofort auf. Das Badewasser schwappte über den Rand der Wanne und übergoss alle Zeitungen, die am Boden gestapelt waren.

»Wir haben kein warmes Wasser mehr«, schrie Natalia.

»Und deswegen schreist du so rum?«, rief Cassidy entnervt. Die Börsenkurse der *New York Times* schwammen im schäumenden Badewasser.

»Ich habe mich erschreckt«, sagte Natalia und stieg zu Cassidy in die Badewanne.

»Wie soll ich denn jetzt die Zeitung lesen?«

»Sollst du ja gar nicht«, antwortete Natalia, »du sollst mir lieber das Geheimnis des Goldes erklären. Hast du mir versprochen.«

Cassidy atmete tief durch. »Interessiert dich das wirklich?«

»Aber ja«, sagte Natalia und streckte ihm einen verführerischen Fuß entgegen, »wie sollte mich das Geheimnis des Goldes nicht interessieren!«

»Also dann«, sagte Cassidy, »hör mir gut zu. In Amerika war es Privatpersonen bis 1976 verboten, Gold zu besitzen. Den Goldbesitz haben viele Länder verboten. Aus einem einfachen Grund. Wenn die Menschen ihrem Papiergeld misstrauen, flüchten sie sich zu Gold. Denn Gold hat immer Bestand. Gold besteht aus Gold. Aber eine Papiernote, die von sich behauptet, hundert Dollar wert zu sein …«

»Das hatten wir schon«, unterbrach ihn Natalia, »mein Gedächtnis ist ausgezeichnet.«

»Sorry«, murrte Cassidy. Eigentlich hatte er sich lediglich nette Gesellschaft im Bett gewünscht, und jetzt hatte er eine wissenshungrige Polin mit rascher Auffassungsgabe am Hals.

»Also weiter: Wenn nun ein Staat die Nation mit billigem Papiergeld überschüttet, um absurde Wahlversprechen einzulösen, kommt es zur Inflation. Inflation macht die Menschen ärmer. Weil man mit seinem Ersparten immer weniger kaufen kann. Also flüchten sich die Menschen zu Gold, damit ihr Besitz und ihr Vermögen nicht an Wert verlieren. Das schadet dem Papiergeld, und deshalb versucht es jede Nation, die ihre Bürger mit Papiergeld zuschüttet wie mit Konfetti, zu verhindern. Ausnahmsweise haben alle westlichen Industriestaaten in Bezug auf Gold die gleiche Absicht, und deshalb haben sie im Washingtoner Abkommen beschlossen, koordiniert und gezielt den Goldpreis zu zerstören, indem kontinuierlich jeder ansteigende Goldkurs sofort von einer der angeschlossenen Notenbanken durch Verkäufe wieder gesenkt wird. Das hat bisher gut funktioniert. Aber jetzt haben die meisten den Großteil ihrer Goldreserven verkauft und haben nichts mehr in der Hand, um den steigenden Goldpreis zu zähmen.«

»Deshalb hast du gestern Nacht Gold gekauft?«

»Ja. Gold besitzt eine Eigenschaft, die dem Papiergeld abgeht: die Knappheit. Und wenn das Blutbad an den Börsen anfängt, wird der Goldpreis explodieren.«

»Und wann fängt es an?«

»Natalia! Das wird in allen Medien stehen. Man wird von nichts anderem mehr reden. Und dann galoppiert die Herde los.«

Jemand klopfte an die Zimmertür.

»Nicht schon wieder«, flehte Natalia und stieg aus dem Bad.

»Mach schon auf«, brummte Cassidy und zog den Gummistöpsel aus der Wanne.

Natalia warf sich einen Bademantel über und öffnete die Zimmertür. Cassidy war mittlerweile aus dem Bad gestiegen und begutachtete seinen Zweitagebart im Spiegel.

»Videokonferenz, im achten Stock, Zimmer 841«, rief Natalia, »ein Herr Green will dich sofort sprechen.«

Cassidy riss den Bademantel vom Haken und eilte ins Zimmer: »Mein weißes Hemd, Natalia! Und die blaue Krawatte mit dem amerikanischen Adler!«

Natalia riss die Schranktür auf und nahm Hemd und Krawatte heraus.

Beide eilten auf den Flur hinaus zum Fahrstuhl und fuhren in den achten Stock.

Der Kopf auf dem zwei Meter breiten Flachbildmonitor schien monumental. Die übergroßen Brillengläser verliehen dem virtuellen Auftritt des Vorstandsmitglieds des Fed George Green im leeren Videokonferenzzimmer des Hilton etwas Surreales. Unter dem Monitor stand Cassidy. Er hatte soeben sein Hemd zugeknöpft und band nun seine Krawatte.

»Meine Hose«, rief Cassidy, »wo ist meine Hose?«

»Welche Hose? Du sagtest Hemd und Krawatte.«

Cassidy trug weder Hose noch Shorts. Am Boden lag sein durchnässter Bademantel.

»Soll ich etwa so vor meinen Chef treten?«

»Cassidy! Was ist los mit Ihnen? Wir sind um Punkt elf verabredet.«

Cassidy stellte einen Tisch quer und stapelte darauf einen Aktenberg, bis dieser die Sicht auf seinen nackten Unterleib verdeckte. Green würde nun nur den mit einem frischen Hemd bedeckten Oberkörper sehen. Cassidy schaltete seine Tischkamera ein.

»Guten Morgen, Mister Green«, lachte Cassidy, »alles im grünen Bereich?«

»Ja«, antwortete Green gedehnt und beäugte Cassidy skeptisch, der seltsam steif dasaß, »jetzt kann ich Sie sogar sehen.«

»Lustrinelli ist nach wie vor unauffindbar. Die letzte Spur ist hier im Hotel. Er hat angeblich mit dem Goldhändler Dario Baresi Geschäfte gemacht. Baresi ist erschossen worden.«

»Alles schon gehört, Cassidy. Haben Sie Neuigkeiten, die nicht schon heute Morgen in der Zeitung stehen?«

Cassidy schwieg und überprüfte diskret, ob Green auch wirklich nicht sehen konnte, dass er ab Taille abwärts nackt war.

»Cassidy, da ist irgendetwas im Gange auf dem Goldmarkt, ich weiß nicht, was es ist, aber es rumort gewaltig. Unsere Seismografen verzeichnen merkwürdige Aktivitäten, kleine Vorbeben …« Greens Gesichtszüge veränderten sich schlagartig: »Cassidy! Wer ist diese Frau?«

»Welche Frau?« Cassidy drehte sich um. Da sah er, dass Natalia gerade zur Saaltür reinkam und ein Paar Hosen in der Hand hielt. Offenbar war sie blitzschnell ins Hotelzimmer zurückgelaufen, um das fehlende Requisit zu holen.

»Das … das, äh, ist Lustrinellis Sekretärin«, rief Cassidy laut und ging eilig auf Natalia zu, um ihr die Hose abzunehmen.

»Cassidy! Sie sind ja nackt!«

Cassidy wirbelte herum. Green starrte entsetzt auf seinen Monitor.

»Cassidy!«, schrie Green. Die Übertragung ruckelte, und das verzerrte Gesicht von Green löste sich in einzelne Pixel auf.

Cassidy eilte zum Videopult zurück und knipste die Bildübertragung aus. »Diese Scheißtechnologien machen uns alle zum Affen, Green.«

»Wieso sagst du ihm nicht, dass wir ein Team sind?«, fragte Natalia und reichte Cassidy die Hose.

»Ich glaube nicht, dass ihm das entgangen ist, Natalia.«

72

BASEL

Luigi Albertini stand im Hinterhof der Villa und schaute dem Klempner zu, wie er die Leiter hochstieg, um die verstopfte Dachrinne zu reinigen.

»Das sieht ja aus wie Pearl Harbour«, lachte er, als er den Blick über den verwüsteten Garten schweifen ließ. Zerknickte Bäume, zerfetztes Blattwerk, schlammige Erde, wohin das Auge reichte.

Der Klempner hatte die Leiter am Süddach angelegt. Direkt an der Waldgrenze. Als er die viertoberste Sprosse erreicht hatte, lachte er laut heraus.

»Was ist los?«, schrie Luigi hinauf.

»Hier oben ist eine Tasche!«, schrie der Handwerker hinunter. »Wie kommt eine Aktentasche auf dieses Dach?«

»Eine Aktentasche?«, fragte Luigi. »Sind Sie ganz sicher?«

»Kein Wunder, dass die Dachrinne überläuft.«

Mit einer kräftigen Handbewegung schmiss er die Tasche hinunter. Luigi ergriff sie und spülte sie im Gartentrog sauber, während der Klempner mit einer langstieligen Kelle den Dreck aus der Dachrinne schaufelte.

Luigi nahm die Tasche, stieg über den Zaun, der die Parzelle vom Nachbargrundstück trennte, und eilte auf die Straße hinunter. Dort hatte er seinen Mietwagen geparkt. Er warf die Tasche auf den Beifahrersitz und fuhr los. Richtung Flughafen. Die Bordelektronik meldete, dass der Beifahrer nicht angeschnallt war. Die Tasche war in der Tat gar nicht so leicht, wie sie aussah.

Als der Arbeiter wieder vom Dach runterstieg, stand Li-Li am Fuße der Leiter und fragte, ob er ihren Freund gesehen habe.

»Ein komischer Kerl«, gluckste der Klempner, »nimmt die Aktentasche und springt über den Zaun …«

73

BASEL

Der Empfang bei der Bank für Internationalen Zahlungsausgleich fand im obersten Stockwerk des futuristischen Turms der Bank statt, von dem aus man einen einzigartigen Blick auf die Stadt Basel genoss. Eine Schweizer Großbank hatte zusammen mit der BIZ die größten Währungstrader des Landes eingeladen. Damit sollten sie für ihre Jahresumsätze belohnt werden und die einmalige Gelegenheit haben, mit den Großen der internationalen Finanzpolitik ein paar Worte zu wechseln. Gleichzeitig sahen die Währungstrader der Bank, wer unter den Kollegen tatsächlich die Zutrittsmarge von einer Milliarde Umsatz erreicht hatte und wer nicht und wer nicht mehr.

»Steigt der Dollar, oder geht der Sturzflug weiter?«, schmunzelte ein Banker aus dem südkoreanischen Raum. Er zwinkerte Cassidy konspirativ zu und versuchte, sich im Gewühl der immer zahlreicher werdenden Gäste nicht abdrängen zu lassen.

»Sehen Sie«, lachte Cassidy, »wenn Gott Ihnen alle Parameter nennen würde, die für die Entwicklung einer Währung relevant sind, wüssten Sie dennoch nicht, ob die Währung in den nächsten Monaten steigt oder fällt.«

»Sie meinen«, sagte der Koreaner sichtlich enttäuscht, »keiner blickt mehr durch?«

Cassidy nickte. »Zu viele Regierungen mischen aktiv mit.«

»Aber eine eigene Meinung müssen Sie doch haben«, insistierte der Koreaner.

»Es ist heutzutage unmöglich, eine Meinung über Währungen zu haben. Aber wir müssen eine haben. Dazu sind wir vertraglich verpflichtet.« Cassidy lachte laut auf und ließ sich sein Glas nachschenken. »Die ausstehenden Finanzderivate betragen heute über fünfhundert Billionen. Das ist das siebenfache Bruttosozialprodukt der Welt. Das ist eine Geldblase ohne Gegenwert in Gold, Gütern oder Dienstleistungen. Wir spielen Roulette.«

Ein Brite, der in ihrer Nähe stand und zugehört hatte, mischte sich ein: »Die Welt hat es satt, das Leistungsbilanzdefizit der USA von über neunhundert Milliarden Dollar zu tragen. Ist der Dollar überhaupt noch zu retten?«

Cassidy nickte und schaute am Briten vorbei zu den Gästen, die weiter hinten den Saal betraten, während er launig antwortete: »Meinungen sind nicht strafbar, deshalb gibt es so viele davon. Schauen Sie nach Indien. Der Staat erlaubt seinen Bürgern den Export von Kapital. Milliarden US-Dollar indisches Kapital suchen nun im Ausland Anlagemöglichkeiten. Und wo bestehen dazu die besten Möglichkeiten? Dort, wo ihr Geld gut verzinst wird, und dort, wo sie notfalls auch ihre Kinder zur Schule schicken würden. Also in den USA. Das liegt nicht daran, dass man die USA mag, sondern daran, dass man die anderen Länder weniger mag, weil sie weniger sicher sind.«

Immer mehr Banker und Diplomaten gesellten sich zu ihnen. Cassidy war schließlich der Mann, der jahrelang an der Seite des legendären George Green gestanden hatte.

»Das eigentliche Problem ist der chinesische Yuan«, dozierte Cassidy, »er ist für das astronomische US-Handelsdefizit und für das globale Ungleichgewicht verantwortlich und damit letztendlich für die skandalöseste Entwicklung in der Geschichte der Ökonomie. Der Yuan müsste fünfhundert Prozent höher bewertet sein. Solange das nicht passiert, wird China weiterhin die USA mit ihren Billigprodukten überschwemmen, und die USA werden China mit ihrem Papiergeld zumüllen. Es ist immer das gleiche Lied. Wenn ein Land Probleme mit dem Export hat, lässt es die Währung in den Keller sausen.«

Der Holländer de Kock zwängte sich mit zwei vollen Gläsern zu Cassidy durch.

»Lasst den Mann durch«, scherzte Cassidy, »er bringt Hoffnung.« Er nahm das Glas, das ihm de Kock reichte, und fuhr fort: »China ist mittlerweile der größte Gläubiger der USA und sitzt auf einem Dollarberg von über sechshundert Milliarden. Wenn sie das auf den Markt werfen, sind wir alle ruiniert.«

»Aber wieso sollten die Chinesen das tun?«, fragte de Kock in die Runde: »Wenn sie die ersten Milliarden abstoßen, ist der Rest nicht mehr viel wert.«

»Und wenn ein Hedge-Fonds zehn Billionen geliehenen Geldes gegen den Dollar wettet?« Der Österreicher Waldheim war nun auch zur Stelle.

»Für Katastrophenszenarien ist definitiv die deutschsprachige Kultur zuständig«, lachte Cassidy, »aber wenn das tatsächlich passieren würde, wären wir wohl auf die Hilfe von Außerirdischen angewiesen.«

74

VATIKANSTADT

Luigi Albertini öffnete den Umschlag, den ihm Salvatore anvertraut hatte, und schüttete das Phenobarbiturat in ein Glas. Nach kurzem Zögern schüttete er in etwa die Hälfte des Pulvers wieder in den Umschlag zurück. Salavatore hatte ihm gesagt, dass fünfzehn Gramm der dreißigfachen letalen Dosis entsprechen. Also genügte die Hälfte. Er verschloss den Umschlag wieder und steckte ihn ein. Dann hielt er das Glas unter den Wasserhahn und füllte es zur Hälfte. Mit einem Löffel verrührte er das Pulver. Er setzte sich an das Bett und nahm die Hand des alten Mannes.

»Kardinal Michelis«, flüsterte Luigi, »wenn Sie das trinken, werden Sie friedlich einschlafen und nie mehr aufwachen.«

Michelis nickte. »Einfach keine Schmerzen mehr«, flüsterte er, »es ist genug. Ich kann nicht mehr.«

Luigi reichte Michelis das Glas. Der Gottesmann war von der Krankheit schwer gezeichnet. Er sprach kein einziges Wort mehr. Michelis trank alles. Dann sank er ins Kissen zurück. Luigi küsste ihn auf die Stirn und legte seine Hand an Michelis' Wange. Michelis hielt sie fest. Er schloss die Augen. Schon bald darauf schlief er ein. Nach einer halben Stunde konnte Luigi keinen Puls mehr fühlen. Kardinal Michelis war tot.

Luigi nahm die Bibel vom Nachttisch und legte sie Michelis auf die Brust. Dann faltete er die Hände des toten Kardinals über der Heiligen Schrift. Luigi nahm das Glas, ging zum Waschbecken und wusch es unter heißem Wasser sehr gründlich ab.

75

VATIKANSTADT

Luigi betrat die Privatkapelle des Heiligen Vaters. Auf dem Altar lag das frische Messgewand des Papstes, das er morgen früh bei der Andacht tragen würde. Luigi kniete nieder und dachte nach. Über das, was er getan hatte. Und über das, was er noch tun würde. Er kniete aus purer Gewohnheit nieder. Am liebsten hätte er mit jemandem darüber geredet. Aber es gab niemanden, dem er sich hätte anvertrauen können. Also war er in die Kapelle gekommen, wie er es als Junge oft getan hatte, wenn er nicht weiterwusste. Aber schon als Junge hatte er im Grunde keine Hilfe erhalten. Seine Mutter hatte darauf geschworen, dass man in jeder Kapelle und in jeder Kirche, die man zum ersten Mal betrat, drei Wünsche offen hat. Drei Wünsche. Luigi hatte alle Kapellen und Kirchen in der Umgebung von dreißig Kilometern mit dem Fahrrad aufgesucht. Er hatte stets zwei Wünsche geäußert. Der dritte Wunsch war immer gewesen, nochmals drei Wünsche zu haben. Er hatte sich das ganz genau überlegt. Eines Tages wünschte er sich Geld und nochmals Geld und mit dem dritten Wunsch erneut drei Wünsche. Es hatte nicht funktioniert. Und heute kam ihm plötzlich in den Sinn, dass der liebe Gott ihm vielleicht stets nur den dritten Wunsch erfüllt hatte.

Luigi lächelte still vor sich hin. Vielleicht hatte seine

Mutter doch recht gehabt. Vielleicht war Gott einfach ein Schlitzohr. Oder die Leute, die sich das alles ausgedacht hatten.

Luigi hörte ein Geräusch. Jemand stand hinter dem Altar. Dort war der Schrein mit den Behältnissen aufgestellt, die die Reliquien enthielten. Ein Knochensplitter des heiligen Petrus, ein blutgetränktes Hemd von Mutter Teresa, der Mittelfinger eines Märtyrers und weitere Relikte aus Epochen, in denen man die Welt noch für eine Scheibe hielt. Hätte man alle Knochen des heiligen Petrus, die weltweit verehrt wurden, zusammengesetzt, man hätte wohl mehr Skelette erhalten als Einwohner im Vatikanstaat. Eine Schwester, die zum Haushalt des Papstes gehörte, trat hinter dem Altar hervor. Sie kniete davor nieder, machte das Kreuzzeichen und kam zu Luigi. Sie flüsterte ihm zu, dass es dem Heiligen Vater heute gar nicht gut ginge.

»Er hat nach Ihnen gefragt, Monsignore.«

Luigi nickte und erhob sich.

Die Nonne schaute ihn so merkwürdig an, so als empfinde sie Mitleid mit seiner zerrissenen Seele.

»Seine Heiligkeit ist in der Bibliothek«, sagte sie zu ihm.

Als Luigi nicht reagierte, sagte sie: »Hier ist niemand, Monsignore.«

»Ja«, erwiderte Luigi, »hier ist niemand.«

76

VATIKANSTADT

Der Papst saß im Halbdunkel mit dem Rücken zur Bücherwand. Neben ihm stand ein kleiner Tisch mit zwei Telefonapparaten, die das Wappen der Päpste trugen. Hier hatten die Mächtigen der Welt angerufen, wenn sie den Heiligen Stuhl über dramatische Entwicklungen draußen in der Welt informiert hatten.

Luigi kniete vor dem Heiligen Vater nieder und küsste seine Hand. Dann öffnete er die Aktentasche, die lange in einer Schweizer Dachrinne gelegen hatte. Er nahm eine schwere bronzene Statue heraus. Sie stellte eine Frau dar, die in der linken Hand eine Fackel emporstreckte und in der anderen Hand eine beschriftete Tafel hielt. Sie trug ein langes Gewand, das in schönen Falten bis zu den nackten Füßen hinunterreichte. Eine Krone bedeckte ihr Haupt, eine Strahlenkrone, eine Corona.

Luigi Albertini hob die Freiheitsstatue hoch, damit der Papst sie sehen konnte.

»Wie sagte doch Papst Johannes Paul I.?«, sprach der Papst leise. »Gott ist auch Mutter, Gott ist Vater *und* Mutter, Gott ist das Licht, und er leuchtet uns den Weg durch die Finsternis.«

»Es gibt hier eine Inschrift, Heiliger Vater.«

Der Papst nickte, als kenne er die Inschrift bereits. Luigi las sie vor: »*Ville de Colmar. Commémoration du centenaire de la disparition du statuaire A. Bartholdi 1834–1904.*«

Auf der Rückseite des Sockels hatte jemand nachträglich etwas eingraviert. Luigi versuchte es zu entziffern, aber das Licht war zu schwach, und der Papst drängte.

»Was haben Sie sonst noch mitgebracht?«

Luigi nahm ein kleines Necessaire heraus. Darin war eine Zahnbürste, Zahnpasta und einige Medikamente. Beinahe hätte er es übersehen: Es gab noch ein kleines ledernes Etui. Es glich einem Schlüsselbund. Er öffnete es. Darin war tatsächlich ein Metallring eingenäht, und daran hing ein Schlüssel. Das Etui barg auch eine kleine Plastikfolie in der Größe einer Visitenkarte. Es war eine sogenannte Safekarte. Mit einer Nummer und der Bemerkung, dass diese Karte kein Ausweis sei. Luigi spürte die freudige Erregung, die er als Kind immer verspürt hatte, wenn er sich in Gefahr begeben hatte. Dario Baresi war tot, und er hielt den Safeschlüssel eines Toten in den Händen, eines Goldhändlers. Luigi reichte dem Papst die Karte.

»Sie brauchen ein Codewort«, murmelte der Papst.

»Ja«, sagte Albertini. Er schaltete die Tischlampe an und las die Gravur auf der Rückseite des Sockels der Statue: »*Sol invictus.*«

»*Sol invictus*«, wiederholte der Papst, »der unbesiegte Sonnengott.«

Luigi löschte das Licht. Das Halbdunkel hüllte sie wieder ein.

»Das dritte Geheimnis von Fatima, Luigi. Viele Menschen haben darüber gerätselt. *Sol invictus*. Der unbesiegte Sonnengott. Die Sonne ist tatsächlich unbesiegbar, nicht wahr? Aber wer ist ihr Prophet, Luigi?« Der Papst lachte leise vor sich hin.

»Möchten Sie ein Glas Wasser?«, fragte Albertini. »Vielleicht mit einem Schuss Limette?«

»Limette? Das ist seltsam. Sie haben mir noch nie ein Glas Wasser mit Limette angeboten.«

»Sie müssen mehr trinken, Heiliger Vater. Bei all den Schmerzmitteln, die Sie einnehmen, ist es wichtig, dass Sie viel trinken. Wegen der Nieren.«

»Man will mich wohl ertränken«, murmelte der Papst und begann zu husten, »aber wenn es denn sein muss, geben Sie mir ein Glas Wasser.«

Luigi erhob sich. Plötzlich ergriff der Papst seinen Arm und zog ihn sanft zu sich.

»Links von der Tür finden Sie eine Glaskaraffe mit Wasser. Das ist frisches Quellwasser aus Lourdes. Geben Sie auch den Pflanzen etwas davon, dann freuen sich die Schwestern, dass ich so viel getrunken habe.«

Luigi löste sich vom Papst und schritt durch die Bibliothek. Seine Beine wurden schwer wie Blei. Vor der Glaskaraffe blieb er stehen. Den Umschlag mit dem restlichen Phenobarbiturat hatte er in der linken Tasche. Er hörte, wie der Heilige Vater noch etwas sagte.

»Was sagten Sie?«, fragte Albertini, ohne sich umzudrehen.

»Ich sagte: Nach mir kommt wieder ein Italiener. Einer aus den adligen Klans der alten römischen Familien. Einer aus San Clemente.«

Die letzten Worte hatten den Papst sehr angestrengt. Er atmete schwer, als sei er soeben eine Treppe hinaufgelaufen. Dann glaubte Luigi erneut, seinen Namen zu hören. Er horchte, während er ein sauberes Glas nahm, das die Schwester auf einer Serviette bereitgestellt hatte.

»Es gibt Pralinen in der Schweiz«, hörte er den Papst sagen, »gefüllt mit einer Kirsche und mit Kirschwasser.

Davon müssen Sie mir das nächste Mal eine Schachtel mitbringen, Luigi.« Dann hörte man, wie die goldene Patek-Philippe-Uhr des Heiligen Vaters gegen etwas Hölzernes schlug. Luigi stellte das leere Glas wieder auf die Serviette und hielt inne. Was hatte der Papst gesagt?

Luigi drehte sich um und ging zu dem alten Mann. Er kniete vor ihm nieder. Der Heilige Vater war tot.

77

FRANKFURT AM MAIN

Die Maschine der Lufthansa landete mit über einer Stunde Verspätung. Der Flug war ruhig verlaufen. Für Turbulenzen hatte lediglich ein junger Afghane gesorgt, der sich mehrmals übergeben hatte. Eine Stewardess hatte ihm alle fünfzehn Minuten eine Motilium-Tablette gereicht, eine andere hatte jeweils die Kotztüten gewechselt, und eine dritte hatte ihn während des ganzen Fluges psychologisch betreut. Er sei noch nie geflogen, erfuhren die Passagiere des Linienfluges Ankara – Frankfurt. Sie erfuhren weiter, dass der Passagier an einer *Frozen Shoulder* litt. Ein älterer Herr empfahl ihm, in Frankfurt umgehend einen Spezialisten aufzusuchen, denn damit sei nicht zu spaßen. Dies wiederum rief eine Physiotherapeutin zwei Reihen weiter hinten auf den Plan, und sie tuschelte mit ihrer Nachbarin, dass eine *Frozen Shoulder* rein psychosomatisch bedingt sei. Darauf folgten erste Erfahrungsberichte aus der Economy Class, diskret an den Sitznachbarn weitergegeben, aber doch in einer Lautstärke, die niemanden in den Sitzreihen davor, dahinter und daneben ausschloss. Einige stöpselten sich Schaumstoffpfropfen in die Ohren, andere pflichteten der Meinung bei, dass der Heilungsprozess einer *Frozen Shoulder* nun einmal zwei Jahre dauere, egal, was man auch unternehme. Dies wiederum konnten jene Passagiere nicht akzeptieren, deren Familienmitglieder im psychotherapeutischen Bereich arbeiteten und um die Kassenzulässigkeit jeder neu erfundenen Krankheit kämpften, und schließlich giftete eine Dame mit schrill rotem Kurzhaarschnitt, dass wohl eines Tages auch der Tod als Simuliererei abgetan würde.

Ein Farbiger hielt sich gänzlich aus der Diskussion raus. Er vergrub seinen Kopf hinter der *Frankfurter Allgemeinen Zeitung*, und als dies nichts mehr nützte, stellte er sich schlafend. Die junge Iranerin drei Sitzreihen weiter vorn ließ sich von der allgemeinen Diskussion nicht stören, denn niemand kam auf die Idee, sie auf das Thema anzusprechen. Sie war so hübsch und unnahbar in ihrem schwarzen Zweiteiler.

78

VATIKANSTADT

In den frühen Morgenstunden fuhr ein Konvoi von Lastwagen durch die Via della Conciliazione und lud bei der Engelsburg Container ab. Pressecontainer – mobile Rundfunk- und Fernsehstationen der internationalen Medien. Die Sechsuhrnachrichten hatten soeben die Meldung verbreitet: Der Papst ist tot. Unmittelbar darauf versammelten sich die ersten Menschen in den Straßen, einige weinten. Kastenwagen der Polizei fuhren auf den Petersplatz, und die Polizisten begannen Absperrungen aufzustellen. Wenig später standen hier bereits Tausende von Menschen und beteten, während sich vor dem Pressesaal die Journalisten, Kameraleute und Fotografen drängten, die im Schlaf von der Nachricht überrascht worden waren. Man konnte nicht jahrelang Korrespondent in Rom sein und die Nachricht des Jahrzehnts verschlafen. Der Papst ist tot. Sie standen herum, unausgeschlafen, hungrig, und warteten auf das erneute Erscheinen des vatikanischen Pressesprechers. Als Rom an jenem Morgen erwachte, hatte bereits die ganze Welt die Nachricht erfahren. Mit Blaulicht vorfahrende Krankenwagen konnten die Menschen, die in der dicht gedrängten Menge kollabierten, kaum noch bergen, und beim Anblick der zunehmend nervöser werdenden Medienschar hätte man meinen können, der verstorbene John Lennon würde hier gleich ein Konzert geben.

Wie immer, wenn ein Papst starb, entstanden schon bald die ersten Gerüchte. Wilde Spekulationen schossen ins Kraut. Doch die Presseabteilung des Vatikans ließ auf Nachfrage nur verlauten, dass der Papst im Beisein seines Kammerdieners und Privatsekretärs friedlich entschlafen sei. Seine letzten Worte waren: »Amen.« So soll es sein.

79

TOSKANA

Luigi Albertini hörte die Berichterstattung im Radio, während er nach Norden fuhr, um Salvatore Bericht zu erstatten. Auch am Krankenlager des alten Don Salvatore Calame lief das Radio. Als er Luigi erblickte, gab er der jungen Pflegerin einen Wink, den Raum zu verlassen.

»Lass deinen Boss allein«, grinste Salvatore. Die Pflegerin nickte Luigi schüchtern zu und verließ das Büro, das mittlerweile wie eine voll ausgerüstete Intensivstation aussah. Sauerstoffflaschen, aufgerissene Schachteln mit literweise Nährlösungen, mobile EKG-Geräte und Stapel von Kartons mit Spritzen, Nadeln und Morphinampullen. Ein Schlauch, der dem Don in die Nase eingeführt worden war und der sich wie eine Schlange auf der Bettdecke ringelte, führte Magenflüssigkeit direkt in einen Behälter, der seitlich am Bett montiert war, damit Salvatore die Flüssigkeit nicht mehr erbrechen musste.

»Man kann es ihr eh nicht mehr abgewöhnen. Also antworte ich jetzt immer: Ja, deinem Boss geht es wunderbar. Und sie bringt mir dann ein kühles Bier. Ich kann kaum noch pissen, und wenn ich den Darm entleeren will, führt sie mir einen Hochdruckreiniger in den Hintern, aber seit ein paar Wochen sitze ich nur noch auf dem Klo und trage Windeln. Ich sag Ihnen, Luigi, das Alter kennt keine Würde.«

Salvatore zeigte auf den leeren Stuhl neben seinem Bett.

»Setzen Sie sich. Jetzt habe ich den alten Mann in Rom doch noch überlebt.«

Der Don grinste und schloss die Augen, als wollte er gleich einschlafen, aber er riss sich zusammen und öffnete die Augen wieder: »Zum Schlafen komme ich noch lange genug. Ist es wahr, dass der Papst zuletzt ›Amen‹ gesagt hat?«

»Nein«, antwortete Albertini ernst, »er verlangte nach Pralinen.«

»Pralinen?«

»Ja, Schweizer Pralinen mit Kirschfüllung. Und Kirschwasser.«

»Gibt's die nicht auch mit Grappa?«

»Nicht in der Schweiz.«

»Ein italienischer Papst hätte nie einen solchen Wunsch geäußert«, murmelte Salvatore. Er wollte sich mit einem Ruck aufrichten, aber seine Arme waren zu schwach. Luigi half ihm.

»Sie haben mir etwas mitgebracht?«

Luigi nickte. Er öffnete die Aktentasche und nahm die Freiheitsstatue heraus.

Salvatore lächelte zufrieden und zeigte auf die Statue auf seinem Tisch: »Na bitte, jetzt kommen Sie der Sache schon näher. Hat sie eine Gravur?«

Luigi nickte.

»Griechische Buchstaben?«

Luigi nickte.

»Sehen Sie, wenn einer von uns geht, hinterlässt er den anderen die Freiheitsstatue. Mit einer Gravur. Mehr brauchen wir nicht, um das Erbe anzutreten.«

Salvatore hielt inne und streckte seine Hand nach der

Statue aus. Luigi reichte sie ihm und ließ sie erst los, als sie auf Salvatores Bauch ruhte.

»Kennen Sie die roten Jakobinermützen, die während der Französischen Revolution von den Aufständischen getragen wurden?«

»Die phrygische Mütze.«

»Ja, ursprünglich ein gegerbter Stierhodensack mit dem umliegenden Fell. Nach der Vorstellung der Antike sollte die Kraft und die Macht des Stiers auf den Träger dieser Kopfbedeckung übertragen werden. Auch die Freiheitsstatue trug ursprünglich die phrygische Mütze. Denn sie wurde zum Symbol der Freiheit. Zahlreiche Staaten führen das Symbol in ihrem Wappen. Aber heute ist das Wissen um ihre Bedeutung verloren gegangen. Man trägt sie noch als Persiflage, als Zipfelmütze. Wie der Weihnachtsmann. Dabei trugen selbst die drei Könige aus dem Morgenland, die das Jesuskind besuchten, phrygische Mützen. Es ist das Zeichen des Mithras.«

»Der Name Mithras ist auf der Rückseite des Sockels eingraviert«, sagte Luigi.

Salvatore machte Anstalten, Luigi die Bronzestatue zurückzugeben. Aber sie war zu schwer.

»Besorgen Sie sich eine rote phrygische Mütze, und besuchen Sie die Kirche San Clemente. In der Nacht zu Allerheiligen. Die Kelten glaubten, dass in jener Nacht unsere Welt mit der Anderswelt zusammenfließt. Es ist der Tag der Sonnenwende, den alle Kulturen auf dieser Welt feiern. Das war schon immer so. In dieser Nacht knien Sie in San Clemente nieder. Jemand wird Ihnen die Hand reichen. Er wird Sie einweihen in die letzten Geheimnisse unserer Existenz. Sie werden mit Ihnen den Vertrag schließen. Ohne Papier und ohne Tinte, wie es zu Anbeginn der Zeiten war. Es gibt mündliche Vereinbarungen zwischen Menschen, die man nicht auflösen kann. Nicht vor einem irdischen Gericht. Zwei Menschen, die zueinanderstehen, das ist das Göttliche schlechthin seit Menschengedenken, die stärkste Ausdrucksform des Göttlichen. Denn der Vertrag ist allem überlegen, den Gesetzen, dem Geld, dem Vergnügen, der Zeit. Seit den frühesten Anfängen schlossen sich Menschen zu rituellen Jagdgemeinschaften zusammen. Sie zündeten in der Nacht ein Feuer an und baten die Sonne, sie möge wieder erscheinen. Damit die Jagd beginne. Und dann erschien am Horizont ein Licht, die Sonne erwachte, stieg im Osten auf. Und die Männer gingen gemeinsam auf die Jagd. Sie hatten ihre Rituale, ihre Symbole, sie waren eine Gemeinschaft, sie jagten gemeinsam und töteten das Tier. Und wenn sie erfolgreich waren und zurückkehrten, dann teilten sie gemeinsam am Abend das Mahl. Das Abendmahl. Und dankten dem Licht und dankten der Sonne. Sie dankten dem Sonnengott Mithras. Mithras bedeutet: der Vertrag.«

»Ich brauche den Code für den Banksafe«, sagte Albertini nach einer Weile.

»Nehmen Sie den Koloss von Rhodos, Luigi. Dort finden Sie den Code. Nehmen Sie ihn und gehen Sie.«

Luigi nahm die Bronzestatue von Don Salvatores Tisch und legte sie zu der anderen Statue in die Aktentasche. Als er zu Salvatore zurückging, sah er, dass er friedlich schlief. Sein Atmen ging ruhig. Das viele Reden hatte ihn angestrengt. Leise verließ Luigi den Raum mit der schweren Tasche. Draußen im Flur wartete die junge Pflegerin. Sie hielt ein Tablett mit einem Bier und einem Glas in der Hand.

»Nennen Sie ihn nicht immer Boss«, sagte Luigi streng, »er heißt Don Salvatore Calame, und wenn Sie seinen Namen aussprechen, machen Sie eine kleine Kopfverbeugung.«

»Aber das Bier?«, fragte die verdutzte Pflegerin. »Das bringe ich jetzt trotzdem rein?«

Luigi nickte: »Sie bringen es Don Salvatore Calame.«

Auf dem Parkplatz kam ihm Claudia in Begleitung ihres Jungen entgegen. Sie wusste nicht so recht, wie sie sich verhalten sollte. Sie blieb stehen und fragte, ob Don Salvatore wach sei.

»Er schläft«, sagte Luigi und lächelte den kleinen Jungen an. Der Junge senkte den Kopf. Er schien traurig zu sein.

»Danke für den Brief«, sagte Luigi leise.

»Vergiss meinen Brief«, sagte Claudia. Die Härte in ihrer Stimme überraschte Luigi.

Claudia verzog gequält den Mund und schaute vielsagend zu ihrem Sohn hinunter. *Nicht vor ihm.*

»Ich habe Salvatore nie um etwas gebeten«, sagte Luigi.

»Deine Wünsche kann man dir von den Augen ablesen«, sagte Claudia bitter.

»Es ändert nichts daran, dass ich …« Luigi stockte.

Der Junge warf seiner Mutter einen ratlosen Blick zu.

»Ich bin kein Priester, Claudia, ich bin Nuntius …«

»Ich weiß nicht, wer du bist, Luigi. Vielleicht habe ich mich getäuscht. Ich war in der Wohnung deines Kardinals … Aber es war schon jemand da. Und ich hatte nicht den Eindruck, dass diese Person der Kurie sehr nah steht.«

Luigi verstand nicht: »Wen meinst du?«

Claudia schwieg.

»Als ich dich am Gardasee besuchen wollte«, sagte

Luigi, »war auch schon jemand da. Und du warst es nicht. Was glaubst du, was *ich* mir dabei gedacht habe?«

»Du hast dich mit Salvatore eingelassen. Und jetzt wirst du die Geister, die du riefst, nicht mehr los«, zischte Claudia und eilte mit dem Jungen an der Hand ins Haus.

80

HONFLEUR, NORMANDIE

Der Soldatenfriedhof hatte um fünf Uhr bereits geschlossen. Eine Tafel erinnerte an den D-Day. In der Ferne sah man den »Omaha Beach« genannten Küstenabschnitt. Cesare Lustrinelli fuhr sich über den ungepflegten Bart und schlenderte auf der Hafenpromenade zum Quai St. Etienne zurück. Unter der Markise des »Au Vieux Honfleur« saßen Männer mit Baskenmützen, die sie hier *béret* nennen, an kleinen runden Tischen und tranken Espresso und Calvados. Es war sein Bistro. Hier verbrachte Lustrinelli seit seiner abenteuerlichen Flucht aus England seine Tage. Er hatte sich Haar und Bart wachsen lassen und sah nun aus wie ein Bohemien und Kunstmaler, den die Welt nur noch nicht entdeckt hatte. Den Peilsender hatte er sich eigenhändig mit einem Messer herausgeschnitten.

Marie-Luce brachte ihm wie jeden Tag seinen Calvados, um das »normannische Loch« zu öffnen, wie die Einheimischen den Versuch nannten, einen vollgestopften Magen mit einem Calvados für einen weiteren Gang empfänglich zu machen. Die normannische Nahrung war nun einmal sehr fettreich, und wenn sich der Spruch »Essen wie Gott in Frankreich« auf die Normandie bezogen hätte, hätte Gott wohl kein Jahrhundert überlebt.

»Ich habe mit Monsieur Levoisier telefoniert«, sagte

Marie-Luce, »wenn Sie mögen, können Sie morgen früh seine Brennerei besuchen.«

»Das ist sehr nett von Ihnen«, sagte Lustrinelli. Er war gerührt, wie sich dieses junge Mädchen um sein Wohl bemühte.

»Haben Sie sonst noch einen Wunsch, Monsieur?«

»Ja, Marie-Luce, ich brauche ein Buch und etwas zu schreiben.«

»Was für ein Buch, Monsieur?«, lachte Marie-Luce.

»Ein leeres Buch, Marie-Luce.«

»Sie meinen ein Heft, Monsieur, einen Notizblock.«

»Nein, Marie-Luce, es muss schon dicker sein, so dick wie ein Buch, denn ich werde eine Menge reinschreiben in dieses Buch.«

81

BASEL

»Sie machen nur noch Spesen, Cassidy«, schrie George Green von dem Zweimetermonitor herunter.

»Ich bin nahe dran, Green, ich werde Lustrinelli finden«, schrie Cassidy durch den leeren Saal, »ich habe eine Spur. Calvados, Normandie, Honfleur!«

»Sie sind oversexed, Cassidy. Ich habe es Ihnen schon immer gesagt. Oversexed. Sie sind umsonst nach Europa geflogen. Ihr Auftrag ist beendet. Und kommen Sie bloß nicht auf die Idee, mir eine einzige Spesenrechnung zuzuschicken. Von mir aus können Sie nach Amerika zurückrudern. Ihr Flug ist storniert.«

Der Monitor erlosch mit einem Flimmern.

Die Saaltür wurde geöffnet. Ein Mann versuchte, einer Hotelangestellten ein Tablett zu entreißen. Es war das Riesenbaby, das Cassidy vor ein paar Tagen schon aufgefallen war. Es nahm der jungen Angestellten das Tablett aus der Hand und betrat damit den Saal. Hinter ihm folgte ein südländischer Typ mit Pferdeschwanz, der leise die Tür schloss. Die beiden Italiener gingen zu Cassidy hinüber. Francesco stellte den Calvados auf den Tisch. Als Cassidy nach dem Glas greifen wollte, kam ihm der Italiener zuvor und nahm einen Schluck.

»Schmeckt nicht wie Grappa«, brummte Francesco und reichte Furio das Glas.

Er hielt es unter die Nase: »Wieso sollte es wie Grappa schmecken, wenn es kein Grappa ist?«

Furio reichte Cassidy das Glas zurück.

»Das ist Calvados«, sagte Cassidy, »aber was verschafft mir die Ehre?«

»Was verschafft ihm die Ehre?«, fragte Furio, zu Francesco gewandt.

»Wir suchen Lustrinelli, er sucht Lustrinelli …«

»Ich suche Lustrinelli nicht mehr«, sagte Cassidy und schwenkte den Calvados im Glas.

»Was meinst du, Francesco, hat er Lustrinelli gefunden?« Furio ging um den Tisch und blieb hinter Cassidy stehen.

»Haben Sie Lustrinelli gefunden?«, fragte Francesco und setzte sich Cassidy gegenüber an den Tisch.

»Nein, ich habe ihn nicht gefunden.«

»Wieso sucht er nicht weiter, Francesco?« Furio blickte Cassidy von der Seite an. »Wieso suchen Sie nicht weiter?«

Cassidy stieß das Glas von sich. »Weil man mir soeben den Auftrag entzogen hat.«

»Furio, er sagt, weil er keinen Auftrag mehr hat.« Francesco nahm den Calvados und trank ihn leer. »Schmeckt tatsächlich nicht wie Grappa.«

»Weil es kein Grappa ist, hat er doch gesagt«, sagte Furio.

»Das leuchtet ein«, brummte Francesco, »und was machen Sie jetzt? Gehen Sie nach Hause?

»Ich bin jetzt Tourist, meine Herren.« Cassidy wollte aufstehen, aber Furio drückte ihn sanft auf den Stuhl zurück.

»Und was macht ein Tourist?«, fragte Francesco.

»Hm … er kauft sich ein buntes Hemd, besucht Sehenswürdigkeiten und tut, was ihm Spaß macht.« Cassidy nahm eins der Limonadengläser, die in der Tischmitte gruppiert waren, und schenkte sich einen weiteren Calvados ein.

»Frag ihn, was ihm Spaß macht, Francesco«, sagte Furio und nahm Cassidy das Glas aus der Hand. Während er einen Schluck davon trank, nahm Cassidy ein weiteres Glas von der Tischmitte und goss sich ungerührt noch einen Calvados ein. Er leerte das Glas in einem Zug.

»Vielleicht setze ich mich ins erstbeste Kino und gehe dann schlafen.«

»Wir könnten zusammen ins Kino gehen. Kennen Sie den Film von Sergio Leone, ›The Good, The Bad and The Ugly‹?« Furio grinste.

»Furio! Nicht schon wieder«, bat Francesco.

»Ich hab doch noch gar nichts gesagt!«, ereiferte sich Furio.

»Ich höre schon die Melodie.« Francesco wirkte angespannt.

»Siehst du, Francesco, und jetzt müsste er fragen: Spielt die Musik für mich?«

Cassidy schaute Furio fragend an.

»*Spielt die Musik für mich,* müssen Sie jetzt sagen. Los, sagen Sie's!«

»Spielt die Musik für mich?«, brummte Cassidy mit seiner besten Baritonstimme. Er konnte ein leichtes Grinsen kaum unterdrücken.

Francesco nickte: »Du hast recht, Furio, das wäre der bessere Dialog gewesen. Und ihn hätte man als Synchronstimme nehmen können.«

»Jungs«, grinste Cassidy, »ich schlage euch einen Deal vor.«

82

HONFLEUR

»Für einen Liter Calvados brauche ich siebenundzwanzig Kilogramm Äpfel«, murmelte Monsieur Levoisier. Er war ein alter, etwas griesgrämig wirkender Mann, gekrümmt und bucklig wie ein alter Weinstock; aber im Gegensatz zum übrigen Frankreich gab es in der Normandie keine Rebberge, sondern nur riesige Apfelplantagen mit über neun Millionen Bäumen, deren Äpfel seit über fünfhundert Jahren zu Cidre und Calvados verarbeitet wurden.

Cesare Lustrinelli hatte ihn endlich gefunden, *seinen* Calvados. Es war kaum zu fassen, dass er jetzt in der Brennerei jenes Mannes stand, der diesen wunderbaren Calvados herstellte, den er zum ersten Mal im Zimmer 410 des Basler Hilton genossen hatte.

»Was ist Ihr Geheimnis?«, fragte Lustrinelli ohne Umschweife. »Ich habe schon alles getrunken in meinem Leben, ich stehe nicht sonderlich auf Apfelbrand, gar kein Thema für mich, aber Ihr Calvados hat mich bis hierher gebracht.«

Der Anflug eines Lächelns erhellte das Gesicht des knorrigen alten Mannes. Stolz wandte er sich Lustrinelli zu.

»Es gibt achtundvierzig zugelassene Apfel- und Birnensorten«, kicherte er, »aber ich werde Ihnen bestimmt nicht verraten, welche Sorten ich benutze. Und wie viel von jeder Sorte.«

Der Alte nahm eine Kelle und schöpfte damit Calvados aus einem offenen Fass. Er füllte das Glas, das Lustrinelli in der Hand hielt. Die Flüssigkeit hatte keine Farbe und schmeckte nur nach Früchten und Alkohol.

»Frisch gebrannt ist er ohne Farbe«, sagte der Alte, »die Karamellfarbe erhält er in den Fässern dort drüben.«

Monsieur Levoisier schlurfte über den rot gekachelten Hallenboden und trank dabei den Rest, der noch in der Schöpfkelle war. Er öffnete ein weiteres Fass und schöpfte erneut. Mit der freien Hand nahm er Lustrinelli das Glas aus der Hand. Die Flüssigkeit hatte sich bereits mit dem Tannin im Holz angereichert und einen Goldton angenommen.

Lustrinelli hielt das Glas gegen das Licht und trank es dann leer. Monsieur Levoisier wartete nicht einmal sein Urteil ab. Er wusste, was sein Calvados wert war. Bei einem der hinteren Fässer schöpfte er erneut. Aber nicht so viel wie beim ersten Mal. Mit ruhiger Hand füllte er Lustrinellis Glas. Fast ehrfüchtig reichte er dem Präsidenten der italienischen Nationalbank den Weinbrand. Die Farbe war kräftiges Bernstein. Das Aroma intensiv, aber weich.

Lustrinelli führte das Glas an die Nase und sah, dass der Alte ihn erwartungsfroh anlächelte, als erwarte er gleich das größte Lob, das je ein Mensch über einen Calvados ausgesprochen hatte. Lustrinelli trank und schwieg. Es war beinahe eine sakrale Stille, die die beiden Männer umgab.

»Ich war sieben Jahre alt, als mein Vater ihn brannte, sieben. Ich bin jetzt zweiundachtzig, Monsieur.«

»Es war mir eine Ehre, Monsieur Levoisier.« Lustrinelli war sichtlich gerührt. Und mittlerweile sturzbetrunken. Etwas staksig versuchte er aufrecht die Halle zu durchqueren und den Ausgang zu erreichen.

83

ROM

Luigi Albertini stand am Informationsschalter der Bankfiliale und wartete ungeduldig. Er wollte Zutritt zu den Schließfächern der Tresorhalle haben. Die junge Dame hinter dem Tresen schob Luigis Schlüssel und Safekarte wieder unter dem Sicherheitsglas hindurch.

»Sie haben einen Schließfachschlüssel und eine Safekarte«, sagte die Bankangestellte. »Damit können Sie Ihr Schließfach öffnen. Aber um die Tresorhalle betreten zu können, brauchen Sie ein individuelles Passwort. Sie sind zum ersten Mal hier?« Das war keine Frage.

»Ich wollte eigentlich – etwas deponieren«, log Luigi. Er konnte wohl kaum sagen, dass er einen fremden Safe leer räumen wollte.

»Am besten, Sie eröffnen ein zweites Schließfach«, sagte die Frau. Luigi warf einen Blick auf seine Tasche in der Linken. Sie wog schwer.

»Sie können doch diese Tasche hier in den bestehenden Safe tun. Ich nehme nichts heraus. Ich werfe höchstens einen Blick hinein.«

»Tut mir leid«, sagte die Dame, »ohne Code dürfen Sie die Tresorhalle nicht betreten. Wollen Sie nun ein zweites Schließfach eröffnen?«

Luigi nickte.

Nachdem er die Formalitäten erledigt hatte, führte die

Bankangestellte Luigi in die unterirdische Tresorhalle mit den klimatisierten Schließfachanlagen. Mit dem Code für das neu eröffnete Schließfach konnte Luigi die Tresorhalle betreten. Die Bankangestellte begleitete ihn. Sie öffnete das neue Schließfach mit der Nummer 2452 und zog die leere Metallschublade heraus. Sie brachte sie in eine kleine Kabine, die lediglich mit einem schmalen Tisch und einem Stuhl bestückt war.

»Hier können Sie die Ware in aller Ruhe umladen. Wenn Sie fertig sind, schieben Sie die Schublade wieder ins Schließfach und ziehen den Schlüssel ab. Beim nächsten Besuch können Sie im elektronischen Zugangssystem Ihr neues Passwort eingeben und gelangen direkt mit dem Fahrstuhl in diese Tresorhalle.«

Luigi schloss die Tür der kleinen Kabine und nahm die beiden Freiheitsstatuen aus der Aktentasche. Er schaute sie noch einmal ganz genau an. Auf der Freiheitsstatue waren in griechischen Buchstaben das Wort MITHRAS eingraviert. Auf der Unterseite der anderen Statue war etwas eingraviert, das wie eine Sternenkarte aussah. Luigi legte beide Statuen in die Metallschublade. Er verließ damit die Kabine und trat in die grell erleuchtete Tresorhalle, die mit Tausenden von Schließfächern bestückt war. Die unteren Reihen waren breiter, hier hätten sogar zwei Sixpack Budweiser Platz gehabt. In der Decke waren Überwachungskameras montiert. Die Schließfächer erinnerten Albertini an Urnengräber. Erneut musste er an die Endlichkeit des menschlichen Daseins denken. Schon wieder. Es schien, als suche er immer erneut die Auseinandersetzung mit diesen Gedanken, um seinen inneren Wandel zu rechtfertigen.

Jetzt, wo er schon mal in der Tresorhalle stand, war es ein Leichtes, auch das Schließfach von Dario Baresi zu öffnen. Er hatte ja Baresis Schließfachschlüssel. Auf der dazugehörigen Safekarte war die Nummer 5457 aufgedruckt. Luigi suchte die Reihen ab und fand endlich die richtige Nummer. Er musste niederknien, um das Schließfach zu öffnen. Er nahm die Metallschublade aus dem Schließfach und öffnete sie. Darin lagen ein Schlüssel und eine Safekarte, mehr nicht. Er erkannte an der Beschaffenheit des Schlüssels, dass er zu einem weiteren Schließfach in dieser Tresorhalle gehörte. Aber irgendwie ergab das alles keinen Sinn. Die Nummer auf der Safekarte lautete 12. Albertini suchte die 12, konnte sie jedoch nicht finden, die ersten Schließfächer begannen mit 13. Da fiel ihm auf, dass auf der linken Seite große Türen waren, die mit digitalen Leseeinheiten bestückt waren. Die erste Tür trug die Nummer 12. Die Tür war so groß wie eine Haustür. Es war eine separate Tresortür. Das Schließfach mit der Nummer 12 musste so groß sein wie ein ganzer Tresorraum. Luigi schwante, dass Dario Baresi hier in Rom nicht nur ein paar Krügerrands gestapelt hatte. Aber er brauchte jetzt Baresis Code.

Als er die Bank verließ, hörte er ein aufheulendes Geräusch, das ihn an irgendetwas erinnerte. Dann sah er die rote Suzuki, die langsam die Straße hinunterfuhr.

84

VATIKANSTADT

Der Camerlengo des Heiligen Vaters stand zusammen mit dem Zeremonienmeister und dem Kanzler des Apostolischen Palastes vor dem Totenbett des Papstes. Die Körperhaltung der betagten Männer verriet Demut und Ehrerbietung. Hinter ihnen im Abseits standen Schwester Melanie und die drei Nonnen, die den Haushalt des Papstes geführt hatten. Sie waren in Tränen aufgelöst. Sie weinten und hielten sich gegenseitig im Arm. Der Camerlengo nahm einen zierlichen kleinen Hammer aus Gold und Silber und schlug dem Toten damit auf die Stirn.

»*Dormisne?*«, fragte er mit zärtlicher Stimme, wie man ein Kind fragt, ob es schon schläft, während ihm die Tränen herunterliefen. Johannes Paul II. hatte das Ritual, das bei seinem Vorgänger noch angewendet worden war, abgeschafft, aber niemand wagte in dieser Stunde, den Camerlengo daran zu hindern. Die Männer am Totenbett hatten sich stets gegen die Modernisierungsbestrebungen des Heiligen Vaters gesträubt.

»*Dormisne?*«, fragte der Camerlengo erneut und nannte den Taufnamen des verstorbenen Papstes.

»*Dormisne?*«, fragte er zum dritten und letzten Mal. Die Männer senkten den Kopf, falteten die Hände zum Gebet und verharrten in Stille und Ehrfurcht.

Dann hob der Camerlengo den Kopf und sagte: »Der Papst ist tot.«

Erneut traten ihm die Tränen in die Augen. Als sogenannter Kardinal-Kämmerer hatte er wie kaum ein anderer im Vatikan die engsten Sorgen des Papstes geteilt und unzählige Nächte an seiner Seite verbracht. Der Camerlengo hatte seinen besten Freund verloren. Der Papst war der Stellvertreter Christi auf Erden, und kein pietätvoller Mensch hätte zu sagen gewagt: Er war mein Freund. Aber der Heilige Vater war tatsächlich der engste Freund des Camerlengo gewesen, der hier nun zum letzten Mal als Kardinal-Kämmerer seinen Dienst versah. Wie schon zu Zeiten des Sonnenkönigs Louis XIV. verloren beim Tod des Monarchen die engsten Begünstigten ihre Stellung. Wenigstens wurden sie nicht wie Jahrtausende zuvor mit ihrem Herrscher begraben.

Der Kanzler des Apostolischen Palastes nahm die Hand des Toten und streifte ihm den Ring vom Finger. Die Hand war nur noch Haut und Knochen. Der Kanzler bat die beiden Männer, ihm zum Schreibtisch des Papstes zu folgen. Dort setzte er sich nieder und wartete, bis die anderen beiden links und rechts von ihm standen. Der Schreibtisch war leer. Bis auf ein Dokument, das in der Mitte des Tisches lag. Der Kanzler unterzeichnete das Dokument und erhob sich. Nun setzte sich der Kardinal-Kämmerer und unterschrieb. Dann unterschrieb und beglaubigte der päpstliche Zeremonienmeister den Totenschein.

»Ich werde nun alle Kardinäle, die reisefähig sind, auffordern, ihre Reise nach Rom anzutreten, um nach der neuntägigen Trauerfrist einen neuen Papst zu wählen«, sagte der Camerlengo.

Der Zeremonienmeister verbeugte sich mit einem

knappen Nicken und sagte, er werde gleich mit den Begräbnisvorbereitungen anfangen. Er werde sich an das Protokoll der letzten Begräbnisse halten. Die drei alten Männer erwiderten die Verbeugung. Ihre Gesichter waren versteinert. Der Kanzler schritt zu den vier Frauen, die sich heulend an seine Brust warfen. Aber der Kardinal starrte ins Leere und stieß sie von sich, als fürchte er, sich zu beschmutzen.

»Lasst sie herein«, sagte er mit unüberhörbarer Verachtung. Die Nonnen öffneten die Tür zum Flur.

Zahlreiche Kardinäle drängten sich tuschelnd in den Raum. Sie schienen in eine hitzige Diskussion verwickelt. Als sie den Kardinal sahen, umringten sie ihn und fragten, was alle wissen wollten: »Was waren die letzten Worte des Heiligen Vaters?«

In diesem Augenblick betrat Luigi Albertini das päpstliche Appartamento. Einer äußerte laut, dass Albertini den Heiligen Vater zuletzt gesprochen habe, und sofort stürzten sich die Kardinäle auf ihn. Draußen im Flur entstand ein großes Gedränge. Eine der Nonnen fing wieder lauter an zu weinen und sagte, sie habe den Heiligen Vater gefunden. Der Pressesprecher, der soeben außer Atem das Appartamento erreicht hatte, fuhr ihr barsch über den Mund und trichterte ihr ein, dass er den Presseleuten bereits gesagt habe, dass der Kardinalstaatssekretär den Papst gefunden habe.

»Lebte er noch, als ich ihn fand?«, fragte der Kardinalstaatssekretär.

Einer der Sekretäre protestierte und rief in die Runde, dass er doch schon der deutschen Presseagentur gesagt habe, dass er als Letzter mit dem Papst gesprochen habe.

Nun erschien noch der verantwortliche Kardinal des päpstlichen Rats für soziale Kommunikation und sagte, er käme gerade von einer improvisierten Pressekonferenz in der Audienzhalle. »Ich habe gesagt, dass die beiden päpstlichen Sekretäre den Heiligen Vater begleitet haben. Der eine habe ihm noch Wasser gereicht, und der andere habe den Schweiß von seiner Stirn getupft. *Bendicat vos, omnipotens Deus* seien seine letzten Worte gewesen. Es segne euch der allmächtige Gott.«

»Das ist sehr gut!«, rief der Pressesprecher. »Aber Sie hätten mich zuvor informieren sollen.«

»Wissen denn die beiden päpstlichen Sekretäre, dass sie dabei waren?«, fragte ein kränkelnder Greis mit piepsender Stimme.

»Kardinal Albertini!«, heulte eine der päpstlichen Nonnen voller Verzweiflung, während sie ihre untröstlich weinende Ordensschwester erneut in den Arm nahm. »Sie waren als Letzter beim Heiligen Vater, was hat er wirklich gesagt?«

»Ich dachte, die Staatssekretäre waren als Letzte ...« Kardinal Roca warf die Hände in die Luft. Der vatikanische Pressesprecher schrie entnervt, man bereite sich jetzt für das Pressekommuniqué vor, und man könne nicht glaubwürdig das authentische Wort Gottes verkünden, wenn man nicht mal in der Lage sei, einen irdischen Sachverhalt wiederzugeben.

»Was hat der Papst wirklich gesagt?«, fragte einer der Kardinäle und zwängte sich zu Albertini durch.

»Amen«, sagte Luigi Albertini, »er sagte einfach *Amen* und schloss die Augen. Ich dachte, er sei nun eingeschlafen. Dann war mir klar, dass ihn Gott in dieser Sekunde zu sich gerufen hatte.«

Alles wurde still. Betretenes Schweigen.

»*Santo subito*«, flüsterte plötzlich eine der Ordensschwestern.

»Ja«, rief ein anderer Kardinal, »*santo subito.*« Sprecht ihn heilig! Sofort! Mehrere Kardinäle riefen nun: »*Santo subito!*«

»Eins nach dem andern, meine Herren Kardinäle«, rief eine energische Stimme aus dem Hintergrund. Es war Kardinal Camoranesi. »Wir haben einen großen Papst verloren. Der Heilige Vater hat mir testamentarisch die Leitung seines Begräbnisses übertragen.«

Ein Raunen ging durch den Raum. Jeder wusste, dass diese Gunstbezeugung Camoranesi zu einem ernsthaften Anwärter auf die Papstnachfolge machte, zu einem Papabile. Das Kardinalskollegium würde sich dem nicht entziehen können. Einige Kardinäle verneigten sich kaum merklich vor Camoranesi. Man spürte förmlich, wie die Anwesenden Camoranesi augenblicklich einen besonderen Respekt entgegenbrachten. Keiner wagte mehr, ein Wort zu sprechen. Alle Augen waren erwartungsvoll auf Kardinal Camoranesi gerichtet.

Demütig neigte dieser den Kopf und breitete seine Arme aus, als wolle er einen Segen sprechen: »*Bendicat vos, omnipotens Deus* waren die letzten Worte eines großen Papstes. Es segne euch der allmächtige Gott.«

85

ROM

Vor der Privatwohnung des Kardinals Camoranesi an der Via Veneto war eine rote Suzuki geparkt. Das konnte kein Zufall sein. Luigi Albertini stieg die Treppe hoch und schloss die Wohnungstür auf. Er roch sofort den balsamisch-würzigen Duft der Patschulipflanze, die in Asien zur Parfümherstellung genutzt wird. Er horchte. Die Wohnungstür ließ er offen. In der Küche sah er, dass die Kaffeemaschine in Betrieb war. Normalerweise schaltete sich das Gerät bei Nichtbenutzung automatisch nach zehn Minuten aus.

»Gwai-Lo«, erklang in diesem Moment eine schrille Stimme aus dem Schlafzimmer, »wieso schließt du nicht die Tür?«

Luigi stapfte zurück zur Wohnungstür und schloss sie mit einem wuchtigen Knall. Dann ging er ins Schlafzimmer. Li-Li saß mit nacktem Oberkörper aufrecht im Bett. Vor sich im Schoß hatte sie ein Notebook. Sie sah zu ihm auf.

»Wie bist du reingekommen?«, fragte Luigi streng.

»Durch die Tür, Gwai-Lo, den Zweitschlüssel habe ich mir das letzte Mal ausgeliehen. Hing an der Wand im Flur.«

»Zieh dir lieber was über.« Er sah sich nach ihren Kleidern um.

»Nein«, sagte Li-Li und lachte ihm keck ins Gesicht, »wieso seid ihr so prüde hier?«

»Was tust du hier?« Luigi ging zum Fenster hinüber.

»Das Gleiche wie du. Du hast die Aktentasche, den Schlüssel, die Safekarte, aber dir fehlt der Code. Vielleicht kann ich dir helfen.«

»Die rote Suzuki da unten auf der Straße …«

Li-Li sah ihn ein wenig überrascht an. »Ich dachte, sie gehört dir. Die rote Suzuki verfolgt mich schon den ganzen Morgen. Aber der Fahrer trägt einen schwarzen Helm. Ich konnte sein Gesicht nicht sehen.«

Li-Li zog die Smith & Wesson unter der Bettdecke hervor und warf sie Luigi zu.

»Wir sollten zusammenarbeiten. Wir wollen beide das Gleiche. Und jetzt, wo dein Heiliger Herr gestorben ist …«

Luigi fing die Waffe auf und prüfte, ob sie geladen und gesichert war.

»Wir sollten unsere Karten auf den Tisch legen, Li-Li. Du hast ein Anrecht auf die Aktentasche deines Vaters, und der Heilige Stuhl hat ein Anrecht auf die Rückgabe seines Goldes.«

»Geht das Gold an den Vatikan zurück, oder wird es ausgeliefert?«

»Ausgeliefert?«

»Mein Vater hat mir alles erzählt. Wir haben deswegen sogar fürchterlich gestritten. Ich fragte ihn, ob er denn zum Paten des Terrors werden wolle. Er regte sich furchtbar auf und beteuerte, dass er nur den Willen des Heiligen Vaters ausführe. Ich sagte ihm, dass eine Menge Leute ihn daran hindern würden.«

»Wolltest du ihn auch daran hindern, Li-Li?«

»Ich biete dir die Hälfte des Goldes an«, sagte Li-Li und sah ihn treuherzig an.

Luigi dachte nach. Dann seufzte er: »Du bietest mir die Hälfte? Das Gold gehört dem Vatikan.«

»Douglas war etwas entscheidungsfreudiger als du«, sagte Li-Li.

»Du hast Kardinal Douglas gekannt?«, entfuhr es Luigi.

»Ja«, sagte Li-Li ohne Umschweife. »Douglas war dein Vorgänger, er hat die ganze Geschichte zwischen dem Vatikan, Lustrinelli und meinem Vater eingefädelt. Ich habe ihn in Hongkong getroffen. Ich habe die Gespräche mit den Arabern übersetzt. Aber ich habe ihn nicht getötet. Douglas war ein Gentleman. Auch im Bett.«

»Du hast mit Kardinal Douglas geschlafen?« Luigi konnte es nicht fassen.

»Ja«, sagte Li-Li, »das tun doch alle Menschen auf diesem Planeten. Ab und zu. Was glaubst du, warum wir bereits sieben Milliarden Menschen sind?«

»Dann hat dir Douglas alles erzählt?«

»Alles.«

»Dann bist du gar nicht die Adoptivtochter von Baresi. Sondern die Mätresse von Douglas. Seine Hure.«

»Ich habe Douglas gemocht. Nicht so wie dich. Dich mag ich mehr«, lachte Li-Li.

»Und mit Douglas hast du nur geschlafen und ihn ausgehorcht?«

»Nicht nur. Wir haben in Hongkong in den feinsten Restaurants gegessen. Peking-Ente, Haifischflossen, Vogelnester, er hat das sehr geliebt …«

»Er hat Haifischflossen gegessen?«

»Ja, sicher, geraspelte Haifischflossen. Die Haie mit den geraspelten Flossen werden dann wieder ins Meer geworfen, dort verbluten sie und werden von ihren Artgenossen rasch aufgespürt und verspeist.«

»Und das hat Douglas gegessen?«

»Auch Vogelnester. Schmecken wie Glasnudeln. Die Vögel fressen Blätter und Stiele und übergeben sich dann. Mit dem Erbrochenen bauen sie ihre Nester. Und wir steigen zehn, zwanzig Meter an diesen Baumstämmen hoch, um die Nester zu bergen, und servieren sie dann in Suppe aufgekocht für fünfhundert Dollar das Nest.«

»Ich glaube dir kein Wort.«

»Die Vogelnester sind deshalb so teuer, weil jedes Jahr ein paar Tausend Leute dabei von den Bäumen fallen. Aber Menschen haben wir in China genug. Auch Dollars haben wir genug. Was uns fehlt, sind Rohstoffe, Gold.«

»Woran ist Douglas wirklich gestorben?«

»Nicht beim Bergen eines Vogelnestes«, lachte Li-Li, »Douglas hatte einen Badeunfall. Ist mit vollem Magen ins Wasser gegangen. Vielleicht dachte er, das Meer würde sich teilen für ihn.«

Luigi setzte sich auf die Bettkante. Li-Li hockte sich hinter ihn und umarmte ihn.

»Entspann dich, Gwai-Lo, ich habe doch der blonden Frau nichts von unserem Verhältnis erzählt.«

Luigi sprang entsetzt auf. Er hielt immer noch die Waffe in der Hand.

»Claudia war hier?«

»Ich habe ihren Namen nicht verstanden, sie hat geweint, als sie mich sah.« Li-Li machte nun einen äußerst betrübten Eindruck.

»Li-Li«, drohte Luigi und hielt die Waffe mit beiden Händen fest. Er war außer sich vor Wut. »Was habt ihr bloß für eine Kultur! Ein Menschenleben ist nichts wert, und Tiere behandelt ihr wie Müll!«

»Es ist nicht schlimm, wenn du mich tötest. Ich werde ein Geist sein und dir den Schlaf rauben.« Luigi ging wütend zum Fenster und schaute auf die Straße hinunter: »Das ist also nicht deine Suzuki da unten.«

»Nein.«

»Und Douglas hast du nicht getötet?«

»Nein«, beschwor ihn Li-Li, »ich hätte nie mit ihm geschlafen, wenn ich ihn hätte töten müssen.«

»Dann kann ich wohl beruhigt sein«, schnaubte Luigi.

»Ja«, lachte Li-Li, »dass du Sex mit mir hast, ist die beste Lebensversicherung.«

»Und das hast du auch Claudia erzählt?«

»Ich habe ihr gar nichts erzählt.« Li-Li schloss ihr Notebook und legte es auf den Nachttisch. Sie schlug die Bettdecke zurück. Sie trug nur einen roten Tangaslip.

Li-Li kam auf ihn zu. »Du bist nicht mehr böse?«

»Hat Claudia dich – so gesehen?«

Li-Li schnitt eine Grimasse und grinste. Luigi warf die Waffe aufs Bett. »Die Waffe ist nicht geladen.«

»Komm jetzt ins Bett, Gwai-Lo. Wir erneuern deine Lebensversicherung. Fifty-fifty?«

86

HONFLEUR

Cassidy schlenderte die Hafenpromenade hinunter. Am Quai vertäut lagen zahlreiche kleine Boote dicht an dicht. Es war nicht gerade ein Ort, an dem Touristen verweilten. Man hörte nur das leise Plätschern und das Knarren der Boote. Schließlich setzte sich Cassidy auf die Terrasse des »Au Vieux Honfleur«. Die meisten Tische waren von Einheimischen besetzt. An einem Tisch saß ein älterer Mann, der sich seit einiger Zeit den Gang zum Friseur sparte. Er trug Shorts. An seinem linken Schenkel erkannte man eine frisch verheilte Fleischwunde. Er nippte an einem Glas Calvados. Cassidy fiel auf, dass der Habitus des Mannes nicht zu seinem Clochard-Outfit passte. Mehr Bohemien als Clochard. Nun gut, gewisse Künstler hielten sich eh für Gottes beste Schöpfung. Vor allem die erfolglosen.

Als Cassidy einen Calvados bestellte, lächelte ihm der andere zu: »Amerikaner?«

»Yeah«, sagte Cassidy.

»Hm«, machte Lustrinelli. Mehr nicht.

»Urlaub?«

Lustrinelli schüttelte den Kopf: »Und Sie?«

»Urlaub. Irgendwann flieg ich in die Staaten zurück.«

»Nach Hause«, nuschelte Lustrinelli. Es war lange her,

seit er das letzte Mal mit seiner Frau telefoniert hatte. Aber er hatte weder das Bedürfnis, mit jemandem zu telefonieren, noch das Verlangen, nach Hause zu gehen. Dass man ihn in ganz Italien suchte, interessierte ihn kaum.

»Vielleicht bleib ich aber noch eine Weile hier. Ich weiß nicht«, sagte Cassidy, »ich habe keine Pläne. Und Sie?«

Lustrinelli schaute ihn verwundert an. Dann grinste er: »Manchmal läuft alles anders, als man es geplant hat, nicht? Man bleibt irgendwo hängen …«

»Ja«, entgegenete Cassidy. »Ich habe jemanden gesucht. Aber nicht gefunden.«

»Eine Frau?«

»Nein, nein, keine Frau. Vielleicht lebt diese Person gar nicht mehr.«

»Kann gut sein. Menschen sterben eben irgendwann. Wir sind ja wohl beide in dem Alter … wo man langsam darüber nachdenkt.« Lustrinelli starrte melancholisch in sein Glas.

»Ich denke nicht, dass die Person gestorben ist«, sagte Cassidy und warf Lustrinelli einen Seitenblick zu. »Sie lebt noch. Irgendwo. Ich habe sie einfach nicht gefunden.«

»Vielleicht haben Sie nicht lange genug gesucht.«

»Wann ist genug?«, fragte Cassidy.

»Die wenigsten Menschen scheitern. Sie geben nur zu früh auf.«

»Sie meinen, ich habe zu früh aufgegeben?«

»Kann sein. Ich weiß es nicht«, sagte Lustrinelli.

»Ich weiß es auch nicht«, entgegnete Cassidy.

Cassidy sah, wie sich Francesco zwischen den Tischen hindurchzwängte. Ein Auto hielt vor dem Bistro, und eine Tür sprang auf. Cassidy erkannte den Mann am Steuer. Furio. Jetzt erfasste auch Lustrinelli die Situation.

»Sie haben ihn gefunden, nicht?« Lustrinelli sprach sehr leise. Er schien ganz ruhig zu sein. Er war nicht der Typ, der aufsprang und davonrannte. Er nahm ein schwarzes Notizbuch aus seiner Innentasche und schob es diskret über den Tisch. Ohne Hast.

»Doktor Lustrinelli, nehme ich an?«, sagte Cassidy leise.

»Mr. Cassidy. Ich habe Sie gleich erkannt«, sagte Lustrinelli und stand langsam auf.

»Ich übernehm das«, sagte Cassidy und zeigte mit einer ruhigen Handbewegung auf die beiden Calvados.

»Was bezahlt man Ihnen dafür?«

»Das ist ja das Verrückte daran«, seufzte Cassidy, »ich habe kein Mandat mehr.«

Nun stand Francesco neben Lustrinelli. Ein weiteres Auto mit italienischem Kennzeichen hielt mitten auf der Straße. Darin saßen vier Männer.

»Wie haben Sie mich gefunden?«, fragte Lustrinelli.

»Der Calvados«, sagte Cassidy, »Natalia sagte, Sie würden früher oder später in die Normandie fahren und die Brennerei aufsuchen. Die Ortschaft stand auf dem Etikett. Honfleur.«

Ein Lächeln huschte über Lustrinellis Gesicht: »Natalia.«

Cassidy zuckte verlegen die Schultern.

»Ihr Auto wartet, Dottore.« Francesco war außer Atem. Er begleitete Lustrinelli zum Auto. Cassidy schaute den beiden nach.

Lustrinelli drehte sich nicht um. Er hatte nie viel von dem Amerikaner gehalten.

Als die beiden Autos davonfuhren, schlug Cassidy das schwarze Buch auf. Zum Glück war es in englischer Sprache geschrieben. Die ganze Welt sollte es erfahren.

87

BASEL

Natalia saß auf dem Rand des Doppelbetts in Cassidys Hotel-Suite und hatte den Hörer des Tischtelefons am Ohr. Sie hörte den Ansagetext einer Mailbox. Als der Signalton ertönte, schrie sie: »Cassidy! Wieso hast du mich nicht mitgenommen? Wir sind doch Partner! Lustrinelli hatte mir versprochen, dass er mich in die Normandie mitnimmt. Du bist ein Lügner, Cassidy! Ich bin froh, dass ...«

Ein Piepston signalisierte, dass die Aufnahme beendet war. Schnaubend knallte Natalia den Hörer auf die Gabel. Sie überlegte fieberhaft. Es waren keine netten Gedanken, die sie da wälzte. Plötzlich sprang sie aufs Bett und hängte das Bild, das über dem Kopfende hing, ab. Sie drehte es um. Auf der Rückseite, im Winkel des Holzrahmens, steckte eine kleine Plastikkarte. Sie klemmte sich das Kärtchen zwischen die Zähne. Dann hängte sie das Bild wieder auf. Sie sprang vom Bett runter und setzte sich vor Lustrinellis Notebook. Blitzschnell loggte sie sich in das Aktiendepot von Lustrinellis Online-Bank ein.

Natalia nahm einen Kugelschreiber und fuhr die Zahlenkolumne entlang. Ja, Lustrinellis Depot hatte einen aktuellen Wert von über siebzehn Millionen Euro. Natalia stand auf und ging zur Minibar. Sie nahm die letzte Calvadosflasche, öffnete sie und setzte sie sich an die

Lippen. Sie trank den Weinbrand wie Leitungswasser. Dann atmete sie tief durch, nahm das Notebook und schaltete es aus. Dann öffnete sie das Fenster und setzte sich in den großen Sessel. Sie brauchte dringend frische Luft. Sie musste nachdenken.

88

ROM

Luigi Albertini passierte gegen Mitternacht die vier antiken Säulen, die den Portikus der Kirche San Clemente bildeten. Über das Atrium betrat er die Basilika. Der Fußboden war eine prächtige Kosmatenarbeit. Die Mosaiken strotzten nur so von Gold. Die Stille war irritierend. Luigi hatte das Gefühl, beobachtet zu werden. In der Mitte des Hauptschiffes blieb er vor den marmornen Schranken stehen, drehte sich nach allen Seiten um und horchte. Er war überzeugt, dass ihn jemand beobachtete. In der Apsis war noch der alte Bischofsthron. Etwas hatte sich bewegt. Eine Gestalt löste sich aus dem Sessel und kam langsam auf Luigi zu.

»Du trägst die rote Mütze des Mithras«, sagte der Fremde, »die phrygische Mütze der Französischen Revolution.« Der Unbekannte trug die Soutane eines irischen Mönchs und hatte die Kapuze tief ins Gesicht gezogen.

»Ich bin hergekommen«, sagte Luigi leise, »um zu erfahren, was jeder sieht und keiner weiß.«

»Du kennst die Bedeutung von Samhain?«

»Ja«, antwortete Albertini, »es ist nach keltischem Brauch der Tag, an dem der Sommer endet und der Winter beginnt.«

»Das frühe Christentum hat es nicht geschafft, diesen

Brauch zu zerstören. Also haben sie ihn im achten Jahrhundert schließlich übernommen und nennen ihn seither Allerheiligen. Aber es gilt immer noch der jahrtausendealte Brauch, der schon war, bevor es Christen gab. In der Nacht zu Samhain fallen die Grenzen zwischen den Welten, zwischen Diesseits und Jenseits. Die Toten kehren zurück für eine Nacht und erinnern uns an unseren Ursprung.«

Der Fremde sprach mit leiser, rauer Stimme. Es lag so viel Kraft in dieser Stimme, dass man seinen Worte einfach glauben musste.

»Bist du bereit, mir zu folgen?«

»Ja«, antwortete Luigi.

»Aber was du jetzt sehen wirst, hat nichts mit Samhain zu tun. Es ist viel älter als die Kultur der Kelten. Es ist der Ursprung.«

Der Fremde führte Luigi zum nördlichen Seitenschiff und stieg dann die Stufen zur Unterkirche hinunter. Im südlichen Teil der Krypta befand sich das Grab des heiligen Clemens. An den Wänden waren Fresken, die seine Geschichte erzählten. Unter einem Bild waren die Worte zu lesen: *File dele pute, traite.* Zieht, ihr Hurensöhne. Die zugehörige Zeichnung war kaum noch erkennbar.

»Clemens I. war in der zweiten Hälfte des ersten Jahrhunderts Bischof von Rom, ein Römer. Er verehrte wie alle römischen Legionäre Mithras, den Gott des Lichts. Im vierten Jahrhundert errichteten Christen auf den Fundamenten seines Hauses diese Kirche und im zwölften Jahrhundert eine neue Kirche darüber. Aber ganz gleich, wie viele Kirchen sie über die heidnischen Kultstätten bauten, Mithras konnten sie nicht begraben, denn Mithras ist die Sonne, das Licht, der Ursprung.«

Der Fremde führte Luigi ans Ende des südlichen Seitenschiffs, wo es über eine Treppe in ein noch tiefer gelegenes Geschoss ging.

Sie durchquerten einen lang gestreckten Raum mit Tonnengewölbe. Die obere Wölbung war blau gestrichen und mit kleinen goldenen Sternen übersät, eine Darstellung des Kosmos im finsteren Schoß der Erde, wie sie aus den frühesten Sternenreligionen aller Kontinente bekannt war. Links und rechts waren steinerne Podien in den Fels gehauen. Und ganzen hinten, an der Stirnwand, befand sich ein farbiges Kultbild, ein Relief, das einen Mann mit phrygischer Mütze zeigte. Der Mann trug einen blauen Umhang und tötete gerade einen Stier – das Stieropfer des Sonnengottes Mithras. Der Gott des Lichts war auf den Rücken des weißen Stiers gesprungen und griff mit der Linken in die Nüstern der Bestie, riss ihren Kopf hoch, während seine Rechte mit einem Kurzschwert die Halsschlagader durchstach. Aus der Wunde trat das göttliche Blut. An Mithras' abgewendetem Gesicht war zu erkennen, dass er dieses Opfer ungern brachte, aber er tat es für die Welt und die Menschen, denen er auf diese Weise das Leben schenkte. Durch dieses Opfer. Durch dieses Blut.

Links und rechts vom dem Relief steckten brennende Fackeln in metallenen Halterungen.

Der Fremde griff in eine dunkle Mauernische und nahm eine Kutte heraus. Er reichte sie Luigi und forderte ihn auf, sie überzuziehen. Luigi zog sie an und stülpte die Kapuze über den Kopf.

»Setz dich und bewahre Stillschweigen über das, was du sehen wirst.«

Luigi setzte sich, während der Fremde mit ruhigen Schritten das Mithräum verließ.

Eine schwarze Limousine hielt vor der Kirche. Ein Mann in einer schwarzen Soutane stieg aus und betrat die Kultstätte, die einst dem Sonnengott Mithras geweiht war. Das Auto fuhr gleich weiter. Im nächsten Moment war es wieder totenstill auf der menschenleeren Piazza. Es war eine tiefschwarze Nacht.

Insgesamt zwölf Limousinen fuhren, stets einen diskreten Abstand wahrend, auf der Piazza vor, und jeder der Limousinen entstieg ein Mann in einer Soutane, der sich rasch ins Innere des Gotteshauses begab.

Als Luigi sah, wie zwölf vermummte Gestalten das Mithräum der Unterkirche betraten, wagte er sich nicht zu rühren. Sie trugen einen großen unförmigen Sack herein und legten ihn vor dem Steinrelief des Mithras nieder. Nun nahmen sie auf den Steinbänken links und rechts des engen Ganges zum Altar Platz. Dann begannen sie leise zu singen. Es war ein Psalm in lateinischer Sprache. Als sie fertig waren, erhoben sie sich und senkten demütig die Köpfe. Jetzt sah Luigi, dass ein weiterer Mann das Mithräum betrat. Er trug eine braune Soutane mit einem blauen Umhang. Auf dem Umhang waren Sterne aufgenäht. Er glich dem Sternenmantel, den die Figur des Mithras auf dem Steinrelief trug. Er trug eine Mitra, die heutige Kopfbedeckung der katholischen Bischöfe. Der Mann schritt langsam, unverständliche Formeln murmelnd, an den anderen vorbei zum Altar. Dort hielt er kurz inne, faltete die Hände, reckte dann die Arme empor und sprach:

»Wir sind heute zusammengekommen, um dich, Mithras, Gott der Sonne, Gott des Lichts, Gott des Anfangs und des Endes, zu ehren. Wir sind zusammengekommen, um mit dir, Mithras, den Vertrag zu erneuern, wie es unsere Vorfahren vom Anbeginn der Zeiten an getan haben. Denn indem Mithras den Stier tötete, erschuf er die Welt. Lasset uns singen.«

Die Männer begannen wieder einen Psalm zu singen. Luigi glaubte ihn schon einmal gehört zu haben. Er erinnerte sich: Es war in einer katholischen Kirche gewesen!

»*Sol invictus*, dir meine Seele!
Du, mein Gott, du bist so herrlich,
du bist so schön und prächtig geschmückt.
Denn *Licht* ist das Kleid, das du trägst.
Denn *Licht* ist dein Kleid, denn du bist das Licht.
Den Mond hast du erschaffen, das Jahr danach zu teilen,
doch ihren Niedergang weiß nur die Sonne.
Die Finsternis hast du gemacht, damit es Nacht wird.
Gib uns die Kraft, deiner würdig zu sein.
Sol invictus, dir meine Seele.
Gott der Sonne, Gott des Lichts.
Wir preisen dich bis ans Ende unserer Tage.«

Der Mann in der braunen Kutte, der vor dem Mithräum die Zeremonie abhielt, senkte die Arme und hielt einige Minuten andächtig inne. Ganz offensichtlich war er der Pater Patrum, der Pater aller Patres.

»Meine Brüder«, begann er, »unter der Sonne haben wir gejagt, unter der Sonne werden wir teilen, was wir gejagt und erlegt haben. Wir werden essen den Leib, denn es ist der Leib Gottes. Wir werden trinken das Blut, denn es ist das Blut Gottes. So werden wir erneuern den Bund mit Gott, unserem Herrn, denn er ist das Licht, er ist die Ewigkeit. Wir werden erneuern den Vertrag, der gilt seit Anbeginn der Zeiten. Denn nur, wer das Opfer vollzieht, kann den Bund stiften. So nimm, o Mithras, Gott der Sonne, Gott des Lichts, unser Opfer an. *Deus Mithras, sol invictus*. Amen.«

Zwei Männer verließen nun die steinernen Podien und begaben sich nach vorn zum Altar. Sie knieten nieder und schnitten mit Messern den Sack auf. Sie zogen einen leblosen, nackten männlichen Körper heraus. Einer der Männer zog eine Spritze unter seiner Soutane hervor, löste die Schutzkappe von der Nadel, spritzte vorsichtig ins Leere, um die Luft entweichen zu lassen, und spritzte dann dem leblosen Körper eine Flüssigkeit in den Bauch.

Die beiden Männer erhoben sich. Der eine nahm den leeren Sack an sich, während der andere dem Pater Patrum einen krummen persischen Dolch reichte. Beide verbeugten sich voreinander. Die beiden Ministranten wichen zurück. Der eine nach links, der andere nach rechts. Beide nahmen eine der brennenden Fackeln aus der Halterung. Der Mann zur Linken hielt die Fackel tief, der andere, auf der rechten Seite, hielt die Fackel hoch. Sie symbolisierten auf diese Weise den Anfang und das Ende des Tages, Licht und Dunkelheit, Himmel und Hölle, Anfang und Ende

»*Et nos servasti aeternali sanguine fuso*«, sprach der Pater Patrum.

»*Et nos servasti aeternali sanguine fuso*«, wiederholten die anderen Männer, »auch uns hast du errettet, indem du das ewige Blut vergossest.«

»Du hast den Stier geopfert, um uns das ewige Leben zu schenken. Sei gepriesen, Vater im Himmel, Mutter auf Erden, Gott der Ewigkeit, Gott des Lichts, Gott der Sonne. Deine Strahlen umfassen alle Länder. Du nimmst Millionen von Verwandlungen an, indem du einer bist. *Sol invictus.*«

»*Sol invictus*«, wiederholten die Männer in den schwarzen Soutanen. »Deine Strahlen umfassen alle Länder. Du nimmst Millionen von Verwandlungen an, indem du einer bist. *Sol invictus, sol invictus. Sol invictus.*«

Der leblose Körper am Boden begann sich zu bewegen. Es war ein Mann, nicht mehr jung. Mühsam rappelte er sich auf. Jetzt kniete er auf allen vieren. Er wollte aufstehen, doch der Pater Patrum drückte ihn wieder zu Boden.

»Auf die Knie«, sagte der Mann mit der Bischofsmitra, »vor dem Vater aller Väter sollst du knien, denn ich bin der Pater Patrum, der Pater der Patres.«

Der Unglückliche blieb auf allen vieren und verharrte in dieser Position. Er versuchte den Kopf zu heben, um seinen Peiniger zu sehen, doch es schien ihm Schmerzen zu bereiten, denn er ließ den Kopf wieder sinken. Entmutigt fragte er: »Wer bist du?«

»Ich bin der, der ich bin.«

»Wieso verbirgst du dein Gesicht?«

»Damit du es erträgst.«

»Wer bist du?«, flehte der nackte Mann.

»Ich bin der Weinstock …«

»Der was?«

»Ich bin das Licht.«

»Ich bin Cesare Lustrinelli, Präsident der italienischen Nationalbank!«, brachte der Mann gepresst hervor. »Ganz Italien sucht nach mir.«

»Du bist der, der den Vertrag gebrochen hat.«

»Ich habe mit niemandem einen Vertrag. Dario Baresi hat mir Geschichten erzählt, aber Dario Baresi ist tot. Ich weiß nichts von euren Geheimnissen.«

»Dario Baresi hat den Bund, den wir durch das gemeinsame Mahl besiegelt haben, gebrochen.«

»Ich habe damit nichts zu tun«, flüsterte Lustrinelli. Seine Stimme versagte. Das Schlafmittel, das man ihm verabreichte hatte, tat noch immer seine Wirkung.

»Schweig. Du bist das Einzige, was uns von Dario Baresi geblieben ist. In dir lebt der Verrat des Dario Baresi weiter. Wer das Treueverhältnis verletzt, den bestraft Gott. Und ich bin der Pater des Mithras, und mein Planet ist der Saturn, und ich vertrete Mithras, unseren Gott, und an mir liegt es, zu vollziehen, was Gott gebührt. Denn er ist das Licht, er ist die Herrlichkeit, er ist die Ewigkeit.«

Ein Mann löste sich aus der Gruppe der Männer. Bedächtig schritt er nach vorne und kniete vor dem Pater nieder. Er trug eine schwarze Rabenmaske. Der Pater legte seine Hand auf die rechte Schulter des Mannes.

»Corax, dein Planet ist der Merkur, dein Element ist die Luft, und du bist ein Begleiter des Mithras seit Anbeginn der Zeiten. Dein Symbol ist der Stab des Merkur, der Heroldstab.«

Nun löste sich ein weiterer Mann aus der Gruppe und ging nach vorne. Er trug die Maske eines Löwen. Als er neben Corax niedergekniet war, legte der Pater auch ihm die Hand auf die Schulter und sprach:

»Du bist Leo, der Löwe, dein Planet ist der Jupiter, dein Element ist das Feuer, und du bist ein Begleiter des Mithras seit Anbeginn der Zeiten. Dein Symbol ist der Donnerkeil.«

Lustrinelli wollte sich erneut erheben, aber Corax und Leo hielten ihn fest, sodass er schließlich aufgab und auf allen vieren verharrte.

»O Mithras, du bist geboren aus dem Felsenhimmel, und wir feiern deine Geburt seit Anbeginn der Zeit am Tag der Wintersonnenwende. Lasst uns preisen unseren Gott, denn er ist das Licht, er ist die Herrlichkeit, er ist die Ewigkeit.«

Der Pater Patrum kniete nieder und hob einen goldenen eiförmigen Pinienzapfen in die Höhe. Der Pinienzapfen symbolisierte die Felsgeburt des Mithras, die als Geburt des Sonnengottes in allen Kulturen und auf allen Kontinenten an Weihnachten gefeiert wurde, Jahrtausende vor der Geburt des historischen Jesus, denn es war der Tag der Geburt der Sonne, des Ursprungs aller späteren Religionen.

Der Mann mit der Löwenmaske entzündete nun ein Weihrauchgefäß und begann die Grotte zu beräuchern:

»Accipe thuricremos, pater, accipe sancte leones,
per quos thuradamus, per quos consumimur ipsi.«

»Nimm freundlich auf, heiliger Pater«, wiederholten die anderen Männer, »die Weihrauch verbrennenden Löwen, durch welche wir Weihrauch spenden, durch welchen wir selbst verzehrt werden.«

Der Pater Patrum erhob sich.

Der Mann mit der Löwenmaske warf den Kopf nach hinten, öffnete weit den Mund und streckte seine Zunge heraus. Der Pater Patrum nahm ein kleines Stück eines Palmenstiels, tunkte es in ein Honiggefäß und bestrich damit die Zunge des Weihrauch spendenden Löwen.

»Sei gereinigt mit Honig von all deinen Sünden, und nicht durch Wasser, denn Wasser verträgt das Feuer nicht. So sei mit Honig gesalbt, so sei du der mit Honig Gesalbte.«

Die ganze Prozedur wiederholte der Pater Patrum nun mit Corax und all den übrigen Männern, die nacheinander zum Altar kamen und niederknieten. Luigi blieb als Einziger zurück.

Die Männer verharrten in Schweigen. Allmählich begriff Luigi, dass er Zeuge eines der ältesten Mysterienkulte der Menschheit wurde, der Quelle fast aller späteren Religionen. Vom Himmel gefallene Meteorsteine hatten die Menschen der Urzeit zur Annahme verleitet, dass der Himmel aus Stein sei. Deshalb benützten zahlreiche Völker unabhängig voneinander für »Himmel« und »Stein« dasselbe Wort und versammelten sich in Grotten, die einen kleinen Kosmos darstellten. Das war die Geburtsstunde der ersten Sternen- und Planetenreligionen, die allesamt auf den primitiven Sonnenkulten und Lichtreligionen der Bronzezeit basierten. Luigi war der Zeremonie gebannt gefolgt. Nun begriff er, wieso ein Kult, der die Jahrtausende überleben wollte, sich nie der Zeit anpassen durfte. Die Zeit zerrann, und was überlebte, waren Sonne und Mond, der Sternenhimmel und die Erde, Tag und Nacht und ihre Symbole und Rituale.

Cesare Lustrinelli versuchte erneut, auf die Beine zu kommen. Doch die Männer drückten ihn wie zuvor wieder zu Boden.

»Wenn ich morgen nicht in der BIZ erscheine«, murmelte Lustrinelli, »wird ganz Italien euch jagen.«

»Welches Italien?«, fragte der Pater

»Weißt du, wie alt Italien ist?«, fragte Corax.

»Es gibt Dinge, die über den Staaten stehen«, sagte der Pater Patrum.

»Was steht denn über dem Rechtsstaat? Was denn?«, stöhnte Lustrinelli. Jetzt hatte er Angst.

»Der Vertrag«, antwortet der Pater Patrum mit ruhiger, tiefer Stimme. Er nahm nun einen Krummdolch in die Hand und gab den Männern ein Zeichen. Corax und Leo ergriffen die Arme Lustrinellis und hielten ihn fest. Sie drückten seinen Kopf nach unten.

»Sprich mir nach«, befahl der Pater Patrum und führte zwei Finger in Lustrinellis Nasenlöcher. Lustrinelli versuchte sich zu wehren, aber Corax griff ihm von hinten zwischen die Beine und ergriff sein Geschlecht mit eiserner Hand, so wie es der Skorpion auf dem steinernen Mithrasrelief tat, der sich in den Hoden des Stiers festgekrallt hatte. Lustrinelli hielt sofort still. Er hatte den Mund geöffnet, um atmen zu können. Jeder der Anwesenden hörte seinen gehetzten Atem. Der Bankpräsident gab seltsame Laute von sich. Es klang wie das leise Jammern eines verzweifelten Kindes. Lustrinelli hatte Angst.

»Im Namen des Gottes, der die Erde vom Himmel geschieden hat ... Sprich mir nach ...«

»Im Namen des Gottes«, keuchte Lustrinelli, nach Luft ringend, »der die Erde vom Himmel geschieden hat ...«

»... das Licht von der Finsternis, den Tag von der Nacht ...«

»... das Licht von der Finsternis, den Tag von der Nacht ...«

»... die Welt vom Chaos, das Leben vom Tod und das Werden vom Vergehen ...«

»... die Welt vom Chaos, das Leben vom Tod und das Werden vom Vergehen ...«

»... bitte ich um Vergebung all meiner Sünden.«

»... bitte ich um Vergebung all meiner Sünden.«

»So wie Mithras das Blut des Stiers vergossen hat ...«

»So wie Mithras das Blut des Stiers vergossen hat ...«

»... soll auch mein Blut fließen ...«

Lustrinelli geriet in Panik, warf den Kopf zur Seite und versuchte sich nun mit aller Kraft zu befreien. In diesem Augenblick packte der Pater Patrum Lustrinelli an den Haaren und stieß ihm den Dolch in die Halsschlagader. Das Blut spritzte mit unglaublicher Heftigkeit aus der Arterie, während Lustrinelli mit weit aufgerissenen Augen fürchterliche Zuckungen und Verrenkungen vollführte.

Plötzlich sackte er kraftlos in sich zusammen. Die Männer ließen den Körper los. Er sank zu Boden und blieb reglos in einer immer größer werdenden Blutlache liegen.

Luigi war wie gelähmt. Er konnte nicht glauben, was er soeben gesehen hatte. Corax nahm einen Kelch und machte sich daran, etwas von dem Blut, das immer noch aus Lustrinellis Wunde quoll, aufzufangen. Er reichte den Kelch dem Pater Patrum, der ihn mit gestreckten Armen zum blauen Deckengewölbe emporhob.

»Sie waren eine Gemeinschaft von Jägern«, sagte der Pater Patrum leise, »sie gingen zusammen auf die Jagd. Sie erlegten gemeinsam das Tier und nahmen gemeinsam das Mahl ein. So wurde der Vertrag seit Anbeginn der Zeiten erneuert. So nimm dieses Blut, o Mithras, Gott des Lichts und Gott der Sonne, denn du bist der Geweihte, du bist der Weinstock, du bist der Gesalbte, du bist Vater und Mutter. Durch dieses Opfer haben wir erneuert den Vertrag zwischen Gott und den Menschen.«

»Durch dieses Opfer«, wiederholten alle Männer, »haben wir erneuert den Vertrag. Denn du bist das Licht, du bist die Herrlichkeit. Bis in alle Ewigkeit. Amen.«

Nun trank der Pater Patrum aus dem Kelch und reichte ihn an Corax weiter. Einer nach dem andern trank aus dem Kelch.

»Erlöse uns von allem Übel«, sagte der Pater.

»Erlöse uns von allem Übel«, wiederholten die Brüder.

»*Redeunt Saturnia regna*«, sagte der Pater. Es war eine Verszeile des Dichters Vergil, der mit dem Planetengott Saturn, dem Symbol des Paters Patrum, die Vorstellung verband, dass eines Tages die goldene Zeit zurückkehren werde, am Ende aller Tage.

»Redeunt Saturnia regna«, wiederholten die Männer, »die Herrschaft des Saturn kehrt zurück.«

Ein Leichenwagen hielt gegen drei Uhr morgens vor der Kirche San Clemente. Fahrer und Beifahrer stiegen aus und trugen einen Sarg in die Kirche. Wenig später kamen sie wieder heraus, schoben den Sarg hinten in den Wagen und fuhren davon. Nach und nach verließen dreizehn Männer die Kirche. Einer nach dem anderen, stets einen diskreten Abstand wahrend.

89

ROM

Es war kein heiliger Ort. Eine schäbige kleine Industriehalle. Von den schmucklosen Wänden bröckelte an vielen Stellen der Putz ab. Francesco und Furio standen vor dem Kremationsofen und warteten. Ein alter Mann im blau-weiß gestreiften Pijama betätigte die Feuerungsanlage, die nach einer Weile ansprang. Nun sah man das Lodern der Flammen hinter dem feuersicheren Glas.

»Wie halten Sie diesen Job bloß aus?«, fragte Furio den Mann im Krematorium.

»Ich verbrenne normalerweise Tierkadaver«, sagte der Mann, »aber manchmal bringt man mir auch etwas anderes.«

»War ein hohes Tier«, scherzte Furio.

»Du solltest keine Scherze machen, Furio. Das mag ich an euch jungen Leuten nicht. Ihr macht euch über alles lustig, weil ihr noch kein Leid erfahren habt.«

»Hattest du schon mal einen Penisbruch?«

»Idiot!«, zischte Francesco. »Wie viele Menschen musst du sterben sehen, bis du es begreifst? Es ist sehr traurig, wenn Menschen sterben. Du siehst in ihren Augen, dass sie sich fragen, ob das denn alles gewesen sei, ob es denn jetzt schon vorbei sei.«

»Hör auf damit. Lass uns lieber irgendwo einen Kaffee trinken. Es ist schon fünf Uhr früh.«

»Wie Ameisen hetzen wir unser ganzes Leben lang herum und wollen nicht wahrhaben, was unweigerlich auf uns zukommt. Wir beschäftigen uns mit lauter unsinnigen Dingen, damit wir nicht an unsere letzte Stunde denken müssen ...«

»Wenn ich keine Witze mehr reißen darf, dann hältst du gefälligst auch die Klappe. Ich mag dieses depressive Geschwätz nicht. Du meinst doch nicht im Ernst, dass einer Panini-Fußballbildchen sammelt, damit er nicht an den Tod denken muss, he?«

»Ich weiß nicht, wieso mir dieser Kerl so leidtut. Vielleicht sollten wir wirklich schnell einen Kaffee trinken.«

Furio legte Francesco den Arm auf die Schulter: »Wir waren zu lange mit ihm zusammen. Du hast zu viel mit ihm gequatscht. Am Anfang war's ein simpler Auftrag, ein Ziel eliminieren, am Ende wurde ein Mensch getötet.«

»Ja«, murmelte Francesco und schluckte trocken, »er hatte sogar Humor. Humor hatte er ein bisschen. Erinnerst du dich an Little Big Horn?«

»Ja, ja«, sagte Furio und atmete tief durch, »er war der Beste, die Welt hat einen der Besten verloren, okay? Lass uns nach hinten gehen und die Asche abholen.«

Im Morgengrauen fuhr die schwarze Limousine zum alten römischen Friedhof bei Santa Anna. Sie wurde bereits von einem Dutzend Männern in schwarzen Anzügen erwartet. Zwei Männer stiegen aus der Limousine. Sie stützten einen gebrechlichen alten Mann in ihrer Mitte. Es war Don Salvatore Calame. Francesco und Furio begleiteten ihn bis zum Grab des Don Antonio Calame. Die anderen Männer blieben am Tor.

Auf dem prunkvollen Familiengrab thronte ein gusseiserner Koloss von Rhodos. Die Blumen auf dem reichlich geschmückten Grab waren frisch, als wäre die Beerdigung erst gestern gewesen.

Furio öffnete den Leinensack. Er war überrascht über das Gewicht. Wenn man nicht abgemagert an Krebs starb, hatte die Asche von Verstorbenen ein erstaunliches Gewicht. Francesco hielt Salvatore fest, damit dieser die Arme frei hatte. Salvatore nahm den Sack mit der Asche und schüttete ihn mit einer pathetischen Geste über dem Grab seines verstorbenen Bruders aus. Ein Windstoß blies den drei Männern die herumfliegenden Aschepartikel um die Ohren. Ihre Haare wurden aschgrau. Ihre Köpfe und Anzüge sahen aus, als gehörten sie Untoten, die einer Gruft entstiegen waren.

90

VATIKANSTADT

Wie ein Gottkönig wurde der Leichnam des verstorbenes Papstes aus dem Saal »Papst Clemens VII.« des Apostolischen Palastes hinausgetragen. Auf der Treppe, der Scala Reggia, standen Soldaten der Schweizergarde Spalier. Als die Kardinäle, die den Leichnam trugen, das Bronzetor passierten, geriet die seit Stunden ausharrende Menschenmenge in Bewegung. Schreie wurden laut.

»*Santo subito*, sprecht ihn heilig«, erschallte es über den Petersplatz, wo sich Hunderttausende eingefunden hatten. Hinter dem Sarg folgten die engsten Mitarbeiter des Heiligen Vaters, seine Sekretäre, die Ordensschwestern und Kammerdiener. Dann kamen die zahlreichen Kardinäle des Vatikanstaates. Die eigentliche Familie des Verstorbenen sah man nicht. Der Leichnam gehörte der Kirche und der Öffentlichkeit. Er wurde die Treppe zum Petersdom hinaufgetragen und schließlich im Dom vor dem Grab des heiligen Petrus aufgebahrt. Bis zwei Uhr morgens konnten die Gläubigen, die bereits eine kilometerlange Schlange bis auf italienisches Staatsgebiet bildeten, Abschied nehmen.

In Rom brachen die Mobilnetze zusammen. Polizei und Zivilschutz leisteten Sonderschichten und forderten Hilfe aus anderen Städten an. Der Katastrophenschutz verteilte Wasser und Decken an die Menschenmassen und installierte mobile Toiletten. In ganz Rom gab es kein einziges freies Hotelzimmer mehr. In den nächsten Tagen kamen Trauergäste aus aller Welt, um vom Monarchen des kleinsten Staates der Welt Abschied zu nehmen. Präsidenten knieten nieder und verbeugten sich vor dem absolutistischen Herrscher über eine Milliarde Katholiken.

Kurze Zeit später leitete Kardinal Camoranesi das Begräbnis gemäß den testamentarisch verfügten Bestimmungen des verstorbenen Papstes. Camoranesi hielt die ergreifendste Predigt seines Lebens. Um seine Wahlchancen nicht zu schmälern, umschiffte er geschickt alle politisch und theologisch heiklen Themen. Er unterstrich die menschlichen Stärken des gewesenen Papstes, lobte seine Güte und den tiefen Glauben des Verstorbenen, und Tausende von Menschen, die dicht gedrängt auf dem Petersplatz standen und über die überall montierten Lautsprecher der Predigt lauschten, begannen vor Ergriffenheit und Trauer zu weinen. Wenn man über Menschlichkeit sprach, konnte man kaum etwas falsch machen. So dachten alle Menschen, die diesem Trauergottesdienst beiwohnten. Bis auf drei Personen, die sich unter die Gläubigen gemischt hatten und mit unbewegten Mienen dem Spektakel folgten. Ein schwarzer Holländer, eine attraktive Iranerin und ein erkälteter Afghane mit einem Schulterleiden.

91

BASEL

Cassidy saß an der Hotelbar und las in dem schwarzen Notizbuch, das ihm Lustrinelli in der Normandie übergeben hatte. Nicht weit von ihm entfernt hatte sich eine junge Russin an einen Tisch gesetzt. Sie wartete ungeduldig darauf, dass Cassidy ihr endlich Aufmerksamkeit schenkte. Sie hatte heute noch keinen Kunden gehabt. Es war schon spät. Doch Cassidy hatte nur Augen für das schwarze Buch vor ihm auf dem Tresen.

»Schon zurück?«, fragte jemand.

Cassidy drehte sich um. Natalia setzte sich an die Bar. »Hast du ihn gefunden?«

Cassidy nickte.

»Dann hatte ich recht? Er war in der Normandie. Bei dieser Brennerei in Honfleur.« Cassidy nickte. Natalia schien ungewöhnlich ernst. Sie wirkte traurig.

»Soll ich dir einen Drink bestellen?« Natalia schüttelte den Kopf.

»Er hat mir dieses Buch geschenkt«, sagte Cassidy. Es gefiel ihm gar nicht, dass Natalia nicht mehr lachte.

»Hat er etwas über mich geschrieben?«, fragte Natalia.

»Nein«, antwortete Cassidy, »da stehen andere Dinge drin.«

»Andere Frauen?«

»Nein, Natalia, es geht nur um den Dollar.«

»Und nicht um mich?«, sagte Natalia und bestellte sich nun doch einen Drink.

»Es ist sehr brisant, Natalia. Lustrinelli wusste bereits, dass Saudi-Arabien und Kuweit die Wechselkursanbindung an den Dollar aufheben werden. Es kam soeben in den Spätnachrichten. Aber Lustrinelli wusste es bereits. Es sind unheimliche Notizen, Natalia ...«

Natalia nahm das Glas, das der Kellner vor sie auf den Tresen gestellt hatte, und trank. Cassidy prostete ihr stumm zu, aber sie ignorierte es.

»Wieso bist du einfach abgehauen? Ich wäre auch gerne in die Normandie gefahren. Ich hätte ihn gerne noch einmal gesehen, Dottore Lustrinelli, er war ein feiner Mensch. Er hatte Stil. Er hätte mich bestimmt mitgenommen. Wenn sie ihn nicht entführt hätten.« Natalia trank.

»Ich muss das Buch zu Ende lesen, Natalia. Der Dollar fällt und fällt, und ich beginne zu ahnen, was sich da abspielt. Er hat wahrscheinlich Puts auf den Dollar gesetzt.«

»Und kein Wort über mich?«

»Nein, Natalia«, sagte Cassidy, »aber wenn ich ein Buch schreiben würde, ich würde eine ganze Menge über dich schreiben.«

»Meinst du das im Ernst, Cassidy?«, fragte Natalia mit trauriger Stimme. Sie wartete seine Antwort nicht ab. »Ach, Männer in deinem Alter sind doch alle Lügner.«

92

ROM

»Du hast sie wieder aus dem Safe befreit?«, scherzte Li-Li, während sie den Koloss von Rhodos nach Auffälligkeiten absuchte. Luigi drehte die bronzene Freiheitsstatue herum und fuhr mit dem Finger über die Gravur. »Wie kann man bloß eine Freiheitsstatue in einen Safe sperren!«, lachte Li-Li. Sie saßen in der Küche von Camoranesis Wohnung und inspizierten die beiden Statuen mit Vergrößerungsgläsern.

»Die Lösung ist das Wort Mithras«, sagte Albertini, »aber Mithras ist keine Zahl. Wir brauchen eine Zahl. Der Code besteht aus einer Zahl.«

»Ich werde darüber nachdenken, Gwai-Lo. Wirst du lange wegbleiben?«

»Das Konklave dauert so lange, bis ein neuer Papst gewählt ist.«

»Und wie lange dauert das?«

Luigi zuckte die Schulter: »Es kann einen Tag dauern, es kann aber auch mehrere Wochen gehen. Es gab mal ein Konklave, das hat mehrere Jahre gedauert. Die Bevölkerung wurde ungehalten, denn es war ihre Pflicht, die Kardinäle während des Konklaves zu verpflegen. Nach einem Jahr wurde das dem verarmten Volk zu bunt und vor allem zu teuer, und sie brachten den Kardinälen nur noch Wasser und Brot. Aber selbst diese karge Kost veranlasste die Kardinäle nicht dazu, sich endlich zu entscheiden. Als der Winter einbrach, stiegen einige Bauern auf das Dach des Hauses, in dem das Konklave abgehalten wurde, und deckten es ab. Am nächsten Tag regnete es heftig, und innerhalb eines Tages war ein neuer Papst gewählt.«

»Ich werde aber nicht Jahre auf dich warten, Gwai-Lo.«

»Das wirst du auch nicht müssen, Li-Li, wenn nach neunundzwanzig Wahlgängen kein Papst gewählt ist, entscheidet beim nächsten Wahlgang eine einfache Mehrheit. Ich werde bald zurück sein.«

»Und dann gilt fifty-fity?«

93

VATIKANSTADT

Die Wahlordnung für Päpste hatte Paul VI. im Jahre 1975 festgelegt, und sein Nachfolger Papst Johannes Paul II. hatte sie 1996 verworfen, was aber in der Sprache des Vatikans als »Ergänzung« bezeichnet wurde, da ja beide Päpste unfehlbar waren und somit keiner die Bestimmungen des andern verbessern konnte. In den vergangenen Jahrhunderten hatten die alten Männer in ihren purpurroten Kardinalsgewändern während des Konklaves in den Räumlichkeiten der vatikanischen Museen übernachtet, unter Fresken von Raffael, Perugino, Ghirlandaio, Botticelli, Rosselli und Michelangelo. Mit eilends herbeigeschafften Zivilschutzliegen hatte man inmitten von antiken Skulpturen spartanische Schlafstätten für die wahlberechtigten Kardinäle errichtet. Aber die grandiosen Zimmerfluchten und Gemächer der dekadenten Renaissance-Päpste mochten sich heute wohl als Museum eignen, aber kaum als Versammlungsort für gebrechliche alte Männer, die mehrmals in der Nacht die Waschräume aufsuchen mussten und sich in der Folge beginnender Demenz in den endlosen Zimmerfluchten verirrten, bis sie schließlich verzweifelt ihre Blase an einer römischen Säule entleerten. Erschwerend kam hinzu, dass während des Konklaves jeder Kontakt zur Außenwelt untersagt war. Das beinhaltete auch das strikte Verbot, Fenster zu öffnen. So war es insbesondere während des Konklaves von 1978 zu Zusammenbrüchen von hitzegeplagten Kardinälen gekommen, die nach Rom gereist waren, um gewählt zu werden, aber bereits im ersten Wahlgang bewusstlos ausschieden. Papst Johannes Paul II. beschloss deshalb, den Ort des Konklaves zu ändern, und wählte dazu den Domus Sanctae Marthae, ein Gästehaus, das sich direkt gegenüber der vatikanischen Tankstelle befand, an der Geistliche zwanzig Prozent Rabatt erhielten. In diesem Haus gab es hundertacht Suiten und dreiundzwanzig Einzelzimmer. Papst Johannes Paul II. höchstpersönlich hatte sich darüber den Kopf zerbrochen, wie man die hundertacht Suiten auf hundertfünfzehn wahlberechtigte Kardinäle verteilen konnte. Er entschied am Ende, gar nichts zu unternehmen und dem Heiligen Geist das Zepter zu überlassen. So entschied das Los über die Zuteilung der Zimmer, und manch einer betete, dass der Zufall nicht plötzlich alle schäbigen Einzelzimmer ausgerechnet schwarzen Kardinälen zuwies oder solchen, die für oder gegen Opus Dei waren.

Kardinal Camoranesi hatte eins der verhassten Einzelzimmer und Kardinal Albertini eine Suite erhalten.

»Nein, nein«, wehrte Camoranesi ab, der am Fenster von Luigis Suite stand und zuschaute, wie unter ihm die Ordensleute und Zimmermädchen das Haus mit eilig gepackten Koffern verließen, während eine Limousine nach der andern vorfuhr und der nächste Kardinal sich im Gästehaus einfand.

»Mir genügt ein kleines Zimmer«, insistierte Luigi, »nehmen Sie doch bitte meine Suite.«

Camoranesi drehte sich um und schmunzelte: »Das würde meine Wahlchancen schmälern. Komm, Luigi, wir sollten nach unten gehen und die ankommenden Kardinäle begrüßen«

Die beiden Kardinäle verließen die Suite und fuhren in dem hochmodernen Fahrstuhl in die Rezeptionshalle hinunter. Dort herrschte ein reges Kommen und Gehen. Kaum jemand wagte, in normaler Lautstärke zu sprechen. Es wurde nur geflüstert und getuschelt. Hinter der Rezeption stand eine Frau, die gerade einem Kardinal erklärte, dass die Zimmer ausgelost würden. Es war das zentrale Thema der Kardinäle an diesem Tag, denn es gab wichtige und weniger wichtige Kardinäle und solche, die tagein, tagaus mit den Großen dieser Welt verkehrten und es somit gewohnt waren, Unterkunft und Service eines Staatspräsidenten zu haben, während andere Kardinäle bereits trinkbares Wasser und funktionierende sanitäre Anlagen als Respektbezeugung empfanden.

Das Küchenpersonal schritt ehrfürchtig über die polierten Marmorplatten der Eingangshalle und verließ geschlossen das Gebäude, während Handwerker Telefonapparate und Fernseher aus dem Hause trugen. In Windeseile leerte sich das gesamte Haus. Wenige Stunden später hielten sich nur noch alte, zumeist wohlbeleibte Männer in purpurroten Gewändern im Gebäude auf. Die drei Frauen hinter dem Tresen der Rezeption würden am nächsten Morgen verschwunden sein. Von da an wurden die drei täglichen Mahlzeiten, die zu festen Tageszeiten im Speisesaal eingenommen wurden, wie von Geisterhand serviert. Der Saal wurde jeweils nur für exakt sechzig Minuten geöffnet. Um zehn Uhr abends wurde das Haus verriegelt. Somit blieb den Kardinälen nichts anderes übrig, als in sich zu gehen und darüber nachzudenken, wer unter ihnen ein würdiger Nachfolger des verstorbenen Papstes sein könnte. Die kurzen Essenszeiten verliefen nicht müßig. Man sondierte und paktierte, man horchte sich aus und versuchte Einfluss zu nehmen.

Kardinal Constanza, der Ratsleiter des Büros Pontificium Consilium de Communicationibus Socialibus, der für die soziale Kommunikation, wie es der Vatikan nannte, zuständig war, hatte sich zum Abendessen zu Camoranesi gesellt. Natürlich entging das keinem der übrigen hundertdreizehn Kardinäle. Es bedeutete, dass Camoranesi geprüft wurde, weil er prüfenswert war.

»Wir haben ein kniffliges Problem zu lösen«, sagte Constanza mit einem süffisanten Lächeln, nachdem sie sich begrüßt hatten, »soll man mit den Bildern des Heiligen Vaters Geld verdienen dürfen oder nicht?«

»Ich dachte, die Frage sei geklärt«, entgegnete Camoranesi ohne Umschweife.

»Die Zeiten ändern sich«, lächelte Kardinal Constanza, »bisher war es Brauch, dass jede Fernsehanstalt, die Bildmaterial produziert, dieses Material allen anderen Anstalten weltweit für einen Unkostenbeitrag von maximal sechstausend US-Dollar zur Verfügung stellt. Nun hat aber ein französisches Fernsehteam die letzten Bilder des Papstes aufgenommen, die ihn in den frühen Morgenstunden hinter seinem Fenster im dritten Stock des Apostolischen Palastes zeigen. Ich habe die Bilder gesehen. Der Film zeigt deutlich, wie der todkranke Papst der im Regen ausharrenden Menge den Segen Urbi et Orbi spendet. Erinnerte mich ein bisschen an das Bild von Winston Churchill anlässlich seines neunzigsten Geburtstags.«

»Ja«, log Camornesi, »ein sehr bewegendes Bild. Aber wo liegt das Problem? Der Heilige Vater ist eine öffentliche Person.«

Constanza wirkte heiter und entspannt, wie immer, wenn er Themen des Vatikans öffentlich kommunizierte, denn das war seine Aufgabe. »Das Problem besteht darin, dass die Franzosen für die Weitersenderechte dieser letzten Bilder eine halbe Million Dollar verlangen. Diese Summe ist für arme Länder unbezahlbar und ein folgenschwerer Bruch mit den bisherigen Gepflogenheiten.«

»Und womit begründen die Franzosen den Preisanstieg?«

»Damit, dass die Bilder des Urbi-et-Orbi-Segens nicht nur einen Nachrichtenwert haben, sondern der Segen auch den Ablass der Sünden bewirkt.«

»Ich hab's ja gesagt«, entgegnete Camoranesi mit etwas lauterer Stimme, um die anderen Kardinäle auf sich aufmerksam zu machen, »die kirchliche Lehrmeinung hat in gutgläubiger Absicht festgelegt, dass ein über Fernsehen übertragener Segen die gleiche Wirkung hat wie ein Segen, den man als Pilger auf dem Petersplatz empfängt …«

Einige Kardinäle nickten zustimmend, auch die, die aufgrund einer Degeneration des Hörnervs das Gesagte gar nicht mehr verstehen konnten.

Constanza fuhrt fort: »Die Franzosen argumentieren, dass eine halbe Million Dollar für die Weitersenderechte sehr günstig ist, weil bei einer Fernsehausstrahlung in Südamerika eine Viertelmilliarde Menschen von ihren Sünden befreit werden. Das garantiert Rekordeinschaltquoten und höhere Werbeeinnahmen.«

Camoranesi nickte: »Eine moderne Form des Ablasshandels.« Er warf Luigi einen Blick zu, als erwarte er von ihm ein Wort der Zustimmung. Etliche Kardinäle lauschten nun sehr aufmerksam.

»Sie können nicht verhindern, dass ein Zuschauer auf

dem Petersplatz ein Video mit dem Urbi-et-Orbi-Segen aufnimmt und es kostenlos ins Internet stellt.«

Das schien einigen Kardinälen einzuleuchten, machte sie aber gleichzeitig ratlos.

»Demzufolge wäre die revidierte Lehrmeinung, wonach auch ein digital übermittelter Segen von den Sünden befreit, falsch?«, fragte Constanza scheinheilig.

Camoranesi kochte vor Wut. Er hatte es geahnt. Dieser Constanza wollte ihn aufs Glatteis führen.

»Die Lehrmeinung der Kirche ist richtig«, sagte Camoranesi, »es ist auch richtig, dass wir das Internet nicht kontrollieren können. Aber es hindert uns nicht daran, eine Meinung zu haben und diese zu vertreten. Wir sollten den Franzosen deshalb einen Denkzettel verpassen. Wenn sie auf ihrer halben Million bestehen, kommen die französischen Medien auf die schwarze Liste.«

Die Antwort schien die meisten Kardinäle zu überzeugen. Ein gänzlich unbekannter Kardinal warf nun die Frage auf, ob ein Vegetarier zur heiligen Kommunion dürfe. Und nun erörteten die heiligen Männer, ob eine Hostie tatsächlich das Fleisch Christi sei und deshalb für einen Vegetarier nicht zumutbar oder ob die Frage nur wissenschaftlich zu beantworten sei.

Am nächsten Tag schritten die wahlberechtigten Kardinäle in einer feierlichen Prozession zur Sixtinischen Kapelle und erflehten singend den Beistand des Heiligen Geistes. »*Veni creator spiritus*«, komm, Heiliger Geist. Durch diese Kardinäle sollte Gott persönlich in den nächsten Tagen seinen Stellvertreter auf Erden erwählen. Tausende von Journalisten kommentierten das jahrhundertealte Spektakel der ältesten Wahlmonarchie der Welt. Millionen von Menschen waren fasziniert. So wie man die eigene Lebenszeit mit den Lebensläufen berühmter Menschen illustrierte, so galten auch Päpste als Fixpunkt einer Epoche, wie John F. Kennedy, die Beatles, die Raumfahrt, der 11. September 2001 oder die Fußballweltmeisterschaften.

Ehrfürchtig betraten die Kardinäle den mit geometrischen Mosaiken verzierten Marmorfußboden der Palastkapelle und schritten unter dem gewaltigen Tonnengewölbe des prachtvoll geschmückten Renaissancebaus zu den zwölf Tischen, auf denen für jeden der anwesenden Kardinäle Broschüren mit den Regeln der Papstwahl bereitlagen. Die über sechsundzwanzig Meter hohen ausgemalten Wände der gewaltigen Saalkirche wirkten einschüchternd. Der untere Teil der Wände war mit Teppichen geschmückt, der mittlerere Teil mit imposanten Freskenzyklen des fünfzehnten Jahrhunderts. Im obersten Teil thronten monumentale Papststatuen zwischen hohen Fensternischen und farbigen Pilastern. Streng blickten sie auf die Kardinäle hinunter, die bald den Heiligen Geist empfangen sollten.

Ein Schauer erfasste Luigi, als der Ruf »*Extra omnes*« erschallte. »*Extra omnes*«, rief der päpstliche Zeremonienmeister erneut mit lauter Stimme den hundertfünfzehn Kardinälen zu. Luigi richtete seinen Blick auf die überwältigenden Deckenmalereien, die Michelangelo erschaffen hatte und die die Schöpfungsgeschichte darstellten. Die Malereien zeigten ein befremdliches Sammelsurium von den wichtigsten Gestalten des Christentums, den Sibyllen der Mythologie und geheimnisvollen Propheten. Das Gewölbe war ursprünglich von Pier Matteo d'Amelia mit einem Sternenhimmel blau ausgemalt worden. Die von Michelangelo gemalten Sibyllen waren Prophetinnen, die in Felsgrotten wohnten und ungefragt zweideutige Vorhersagen machten. Es waren mythologische Fabelwesen, die bereits Jahrtausende vor Christi Geburt verehrt wurden. Wie hatten sie sich in diese christliche Deckenmalerei verirrt? Selbst die puttenhaft wirkenden Engelsfiguren, die als geflügelte Boten zwischen Menschen und Gott vermittelten, wussten darauf keine Antwort.

»*Extra omnes*«, wiederholte der päpstliche Zeremonienmeister zum dritten Mal: »Alle hinaus.«

Der Camerlengo schloss die Kapelle von innen ab und vergewisserte sich, assistiert von seinen drei Sekretären, dass die wahlberechtigten Kardinäle komplett von der Außenwelt abgeschlossen waren. Türen und Fenster waren verriegelt. Störsender sollten verhindern, dass die als unverbesserliche Tratschtanten verschrienen Geistlichen per Handy Nachrichten verschickten.

Der Zeremonienmeister bat nun einen Kardinal nach dem andern zum Altar und forderte ihn auf, den Eid auf Gott zu schwören. Über die mit Mosaiken markierten Linien schritten die Kardinäle nach vorne, knieten vor Michelangelos »Jüngstem Gericht« nieder und legten den Eid ab. Sie erhielten einen rechteckigen Wahlzettel mit der Aufschrift »*Eligo in summum pontificem*« und einen zweiten Zettel, auf dem alle Namen der wählbaren Kardinäle aufgelistet waren.

Dicht gedrängt saßen die Gottesmänner nun nebeneinander. Es herrschte eine ehrfürchtige Stille. Kein Räuspern. Wie in Trance hob Luigi den Kopf, um jedes auch noch so kleine Geräusch zu vermeiden. Ehrfürchtig starrte er auf die Gewölbemalereien, die wie das offene Buch der Bücher über ihm aufgeklappt waren. Er sah die Gestalt, die Gott darstellte, wie er Licht und Finsternis schied und Mond und Sonne erschuf. Er sah erneut die

Sibyllen, die geflügelten Halbwesen, und das Himmelsblau des Deckengewölbes. Jetzt bemerkte er Camoranesis Blick. Er schien zu lächeln. Es war ein seltsames Lächeln. Er teilte ihm irgendetwas mit. In diesem Augenblick fragte sich Luigi, ob Camoranesi in jener Nacht anwesend gewesen war, als im steinernen Mithraeum tief unter der christlichen Basilika von San Clemente ein Menschenopfer dargebracht worden war.

Der erste Wahlgang war der einfachste. Wer hier nominiert wurde, wurde nicht gewählt. Sie wurden als Versuchskaninchen verbrannt. Man nannte Namen, damit man anschließend seine Position deutlich machen konnte. Begründete man die Nichtwahl damit, dass der Betreffende den Opus-Dei-Universitäten ablehnend gegenüberstand, so zeigte man dadurch, dass man diesem mächtigsten aller innerkirchlichen Orden wohlwollend gesinnt war und durfte im Falle einer Nominierung im nächsten Wahlgang auf die Unterstützung dieser fundamentalistischen Bruderschaft zählen.

94

ROM

Yousaf lag kreidebleich in seinem Zimmer und schaute sich einen Film an. Er nieste häufig und schnäuzte die wund gescheuerte Nase. An der Tür klopfte jemand. Wie vereinbart, dreimal lang, zweimal kurz.

»Komm rein!«, rief Yousaf.

Der Holländer betrat mit zwei Einkaufstüten das Hotelzimmer: »Wieso schließt du nicht ab?«

»Ich kann nicht mehr laufen.«

»Was?«, sagte der Holländer. »Wegen einer Erkältung?«

»Nein«, jammerte Yousaf mit schmerzverzerrtem Gesicht, »ich habe was am Fuß. Als ich heute Morgen aufgestanden bin, bin ich beinahe umgefallen. Ich konnte den linken Fuß nicht mehr belasten.«

Der Holländer ließ die beiden Einkaufstüten einfach zu Boden fallen und stampfte wütend mit dem Fuß auf: »Sag mir, dass es nicht wahr ist! Du bist ein gottverdammter Psychopath! Zuerst deine bescheuerte Schulter, dann deine Dauererkältung …«

»Das ist der Stress«, schrie Yousaf, »du machst mir zu viel Stress, zu viel Druck. Ich hab's in der Medizinbibel nachgelesen, das mit meinem Fuß ist ein Fersensporn, und das kann ein Stresssymptom sein.«

»Du kannst lesen? Wieso zum Teufel bist du eigentlich im Team?«

»Ich war nur Gepäckträger …«

»Aha!«, schrie der Holländer. »Du solltest nur die gottverdammte Panzerfaust tragen, und nicht mal das hast du geschafft!«

Wütend trat der Holländer die Schranktür ein. Sein Fuß durchschlug die dünne Spanplatte und blieb in den Holzsplittern hängen. Der Holländer stürzte mit einem Schrei zu Boden. Dann befreite er sich aus seiner misslichen Lage und setzte sich fluchend auf die Bettkante.

»Brauchst du Desogen?«, fragte Yousaf. »Das kann eine Blutvergiftung geben.«

Der Holländer nahm das medizinische Nachschlagewerk mit dem blauen Lederumschlag und schmiss es Yousaf gegen die Brust: »Miss deinen Blutdruck, und vergiss dabei nicht zu atmen.« Der Holländer zog seine Socke aus und humpelte ins Badezimmer. Er hielt den Fuß ins Waschbecken und wusch das Blut ab.

»Kann man denn nicht vernünftig mit dir reden?«, schrie Yousaf.

Der Holländer schrie zurück, dass er mit niemandem vernünftig reden könne, weil er schlicht und ergreifend nicht vernünftig sei. Er humpelte ins Zimmer zurück und setzte sich neben Yousaf aufs Bett. Er riss ihm die Fernbedienung weg und schaltete den Fernseher aus.

»Ich habe für diesen Film bezahlt«, protestierte Yousaf.

»Du hast noch nie was bezahlt. Die Frau bezahlt alles. War sie schon hier?«

»Nein, ich frage mich auch, ob …« Yousaf brach ab.

»Ja?«, sagte der Holländer entnervt.

»Beruhige dich doch!«

»Was fragst du dich …?«, schrie der Holländer.

»Der Papst ist tot«, sagte Yousaf leise.

»Ja«, flüsterte der Holländer mit rauer Stimme, »ich hab's mitbekommen.«

»Wir sollten den Papst töten«, fuhr Yousaf fort, »aber jetzt ist er tot.«

Der Holländer wandte sich langsam zu Yousaf und starrte ihn ungläubig an: »Und?«

»Er liegt aufgebahrt im Petersdom. Sollen wir hingehen und ihm einen Sprengsatz unter die Soutane legen? Er ist tot.«

»Er will kneifen!«, schrie der Holländer und sprang auf. »Das gibt's doch gar nicht. Er kneift!« Er ging zur Minibar und nahm sich eine Flasche Cola heraus. Er hielt den Rand des Kronkorkens an die Tischkannte und schlug mit der Faust drauf. Der Kronkorken flog auf den Boden. Der Holländer trank das Cola in einem Zug aus. Die leere Flasche warf er Yousaf zu. Dieser wehrte geschickt mit dem Arm ab und hielt sich danach den Ellbogen fest.

»Gebrochen!«, sagte der Holländer lakonisch. »Wahrscheinlich doppelter Bruch. Soll ich den Notarzt rufen?«

»Ich halte das nicht mehr aus«, platzte nun Yousaf heraus, »der Papst ist tot, also ist unsere Mission hier erfüllt.«

»Dann tötest du eben den nächsten Papst. Sie wählen gerade dein nächstes Opfer.«

»Das kann dir doch egal sein. Du wirst nur fürs Fahren bezahlt«, sagte Yousaf mit trotziger Stimme.

Der Holländer wollte etwas erwidern, ließ es dann bleiben. Er dachte über das nach, was Yousaf soeben gesagt hatte. Er hatte den Afghanen nach Rom gefahren, jetzt musste er ihn noch vor dem Petersdom absetzen. Dann war sein Auftrag erfüllt.

Yousaf sah, dass der Holländer ihm nicht widersprechen würde. »Vielleicht hat die Frau neue Order erhalten«, versuchte er es noch einmal.

»Aha, keine drei Tage im Westen, und schon machst du auf Gleichberechtigung.«

95

VATIKANSTADT

Der Heilige Geist ließ sich Zeit. Keiner der Wahlgänge brachte einem Kandidaten die Zweidrittelmehrheit. Auch nach dem achten Wahlgang war kein Papst gewählt. Die Kardinäle waren erschöpft, und manch einer schien daran zu zweifeln, dass denn der Heilige Geist noch erscheinen und sich durch sie offenbaren würde. Aufgrund des fortgeschrittenen Alters der Kardinäle war aber ein tagelanges Konklave sehr unwahrscheinlich. Niemand musste befürchten, dass das Tonnengewölbe der Sixtinischen Kapelle eingerissen würde, damit die Kälte der Nacht die Kardinäle zur Eile ermahnte. Nach neunundzwanzig erfolglosen Wahlgängen entschied die einfache Mehrheit. So hatte es Papst Johannes Paul II. bestimmt.

Luigi Albertini schrieb stur den Namen von Kardinal Camoranesi auf seinen Stimmzettel und vertrieb sich die Zeit mit der Betrachtung der monumentalen Renaissancemalereien. Auch nach Stunden und Tagen gab es stets neue Details zu entdecken. Das Faszinierendste und gleichzeitig Irritierende waren die Darstellungen, die biblische und heidnische Propheten zeigten, als gehörten sie zur selben Familie: eine delphische Sibylle neben dem biblischen Propheten Jesaja, geflügelte Wesen mit Heroldsstab, die dem römischen Götterboten Hermes nachempfunden waren.

Gegen Abend kollabierte der erste Kardinal. Einige klagten über Unwohlsein. Nicht wenige hätten in dieser Situation wohl sogar eine Nonne zur Päpstin gewählt, um die Tortur des stundenlangen Ausharrens auf unbequemen Sitzen in stickiger Luft beenden zu können.

96

BASEL

Lustrinellis ehemaliges Hotelzimmer glich einer Teenagerbude. Überall leere Flaschen, schmutzige Teller und benutztes Besteck. Der Zimmerservice und die Putzkolonne hatten keinen Zutritt mehr. Cassidy saß im Morgenmantel vor Lustrinellis Notebook. Im Hintergrund lief der Fernseher. Natalia stand bei ihm und trank einen Orangensaft. Beide starrten auf das Online-Depot, das auf dem Bildschirm angezeigt wurde. Es war Cassidys neues Aktien-Depot. Cassidy hatte es vor wenigen Tagen bei der Schweizerischen UBS auf seinen Namen eröffnet und auf einen sinkenden Dollar gesetzt. Im Gegensatz zu Lustrinellis Online-Konto benutzte die UBS keine Codekarte, sondern einen E-Banking-Kartenleser in der Größe eines kleinen Taschenrechners. Cassidy hatte keine Bedenken, dass Natalia jeden seiner Schritte während des Sicherheitslogins mitverfolgte. Die Gier überwog. Cassidy wollte schon wieder sein Depot sehen.

»Vor ein paar Tagen war mein Depot noch keine dreihunderttausend wert«, lachte Cassidy, »jetzt bin ich schon bei knapp zwei Millionen.

»*Du* bist bei zwei Millionen?«, fragte Natalia. »Ich dachte, das ist unser gemeinsames Depot. Ohne mich hättest du Lustrinelli nie gefunden. Ich hatte die Information und du das Startkapital. Hast du selber gesagt.«

»Ja, ja«, erwiderte Cassidy unwirsch, »wir, wir, wir, unser Depot.« Er sprang von seinem Stuhl hoch und ließ sich mit der Fernbedienung auf das Bettende fallen. Blitzschnell stellte er den Ton des Fernsehers laut. Er wollte die Nachrichten hören. Berichtet wurde über die zweitägige Gipfelkonferenz der OPEC in Kairo, wo sich die Staats- und Regierungschefs der zwölf Mitgliedsländer auf Einladung von Saudi-Arabien eingefunden hatten. Irrtümlicherweise war die Nachmittagsdebatte der Ministerpräsidenten in die Halle übertragen worden, in der Hunderte von Journalisten die offizielle Abschlusserklärung erwartet hatten und so Zeugen einer hitzigen und chaotischen Debatte geworden waren, die nun ausführlich öffentlich diskutiert wurde. Immer wieder wurde Venezuelas Präsident eingeblendet, der während der Sitzung jeden Andersdenkenden rüde unterbrach und als Faschisten und Imperialistenschwein titulierte. Gegen den erbitterten Widerstand der gemäßigten Länder wie Saudi-Arabien, Katar und die Vereinigten Arabischen Emirate hatten Iran und Venezuela am Ende überraschend durchgesetzt, dass der Dollar ab sofort nicht mehr die vorgeschriebene Hauptwährung bei Ölkäufen sei. Während Saudi-Arabien, der weltgrößte Erdölproduzent der Welt, am Dollar festhalten wollte, beschlossen Iran und Venezuela, nur noch Gold als Zahlungsmittel zu akzeptieren. Gold. Ausnahmen für Japan, die weiterhin in Yen bezahlen wollten, und für die Europäer, die auf den Euro pochten, wurden abgelehnt. Hintergrund war ein Abkommen zwischen Venezuela und Iran, wonach die Südamerikaner an der Erneuerung der iranischen Erdölinfrastruktur mitarbeiten sollten und im Gegenzug Hilfe für ein eigenes Atomprogramm erhalten würden.

»Der Goldpreis geht gleich durch die Decke«, frohlockte Cassidy und konnte kaum noch ruhig sitzen. Natalia wollte ihm einen Kuss geben, doch er stieß sie von sich. Gekränkt blieb sie vor ihm stehen und rang nach Worten. Sie mochte diesen ungehobelten Kerl. Doch Cassidy wollte nicht mehr gestört werden. Ihn interessierte nur noch eins: sein Dollar-Yen-Put. Er erhob sich von der Bettkante und warf einen Blick auf das aufgeklappte Notebook. In Echtzeit wurden die Kurse angezeigt. »Es geht los«, flüsterte er mit beinahe ehrfürchtiger Stimme.

97

VATIKANSTADT

Der Kardinal erhob sich unter dem Applaus seiner Brüder, die ihm die vielleicht schwerste Bürde auf Erden auferlegt und ihn zum Papst gewählt hatten. Möglich, dass sich der Kardinal dies gewünscht hatte. Doch in diesem Augenblick schien er nicht nur sichtlich bewegt, sondern fast ein wenig bestürzt. Er sagte, er wünsche, dass Gott ihnen verzeihen möge, dass sie ihn zum Papst gewählt hätten. Mit gesenktem Kopf schritt er, einsam wie er fortan sein würde, in ein Nebenzimmer, das nicht ohne Grund seit Jahrhunderten das »Zimmer der Tränen« genannt wurde.

Im Zimmer der Tränen wechselte der neu gewählte Papst die Kleider und zog eine Soutane aus weißer Seide an, die Mozetta, den roten Schulterüberwurf, die Stola und ein Paar roter Lederhalbschuhe. Spötter behaupten, das Zimmer der Tränen heiße so, weil Soutane und Schuhe meist zu groß oder zu klein seien. Aber seit Annibale Gammarelli Ende des sechzehnten Jahrhunderts das Privileg erhalten hatte, die Papstkleidung herzustellen, wurden Kleider und Schuhe stets in drei verschiedenen Größen hergestellt. So fand auch der groß gewachsene neue Kardinal die passende Soutane, aber die maximale Schuhgröße 44 war dann doch etwas eng. Er setzte sich auf die Bettkante und begann zu weinen. Mit Befremden nahm er dieses seltsame Geräusch wahr. Er hatte nicht mehr geweint, seit er ein kleiner Bub gewesen war. Es war recht seltsam, dieses Geräusch zu vernehmen. Es klang, als würde ein fremdartiges Tier um Hilfe bitten. Aber er war es, der dieses Schluchzen von sich gab. So klingt es also, wenn man weint, dachte der Kardinal, und nun begriff er, warum dieser Ankleideraum das Zimmer der Tränen genannt wurde.

Unter die nachlassende Anspannung mischte sich allmählich ein Gefühl der Freude, des Stolzes. Kardinal Alessandro Camoranesi war soeben zum 266. Papst der katholischen Kirche gewählt worden, zum 265. Stellvertreter Jesu nach Petrus.

Um 15 Uhr 32 entwich weißer Rauch aus dem Schornstein der Sixtinischen Kapelle und verkündete der Welt die Wahl eines neuen Papstes. Zuerst herrschte Irritation, weil vor einer Stunde gräulicher Rauch aufgestiegen war, der sich dann doch als schwarzer Rauch entpuppt hatte. Als jedoch die Glocken des Petersdoms erklangen, wussten die Gläubigen, dass die katholische Kirche wieder ein Oberhaupt hatte. Zu Tausenden hatten sie bei strömendem Regen auf dem Petersplatz ausgeharrt.

Knapp vierzig Minuten später erschien der kolumbianische Kardinaldiakon José Fernando López mit einigen anderen Kardinälen auf dem Balkon der Peterskirche und verkündete: »*Habemus Papam.*« Wir haben einen Papst. Frenetischer Applaus und Sprechchöre übertönten die Worte des Kolumbianers: »*Annuntio vobis gaudium magnum: habemus Papam. Eminentissimum ac Reverendissimum Dominum, Dominum Alessandro, Sanctae Romanae Ecclesiae Cardinalem Camoranesi, qui sibi no-*

men imposuit Petrus II. Ich verkünde euch große Freude: Wir haben einen Papst. Seine Heiligkeit, den hochwürdigsten Herrn, Herrn Alessandro, der Heiligen Römischen Kirche Kardinal Camoranesi, welcher sich den Namen Petrus II. gegeben hat.«

Bei den letzten Worten war Camoranesi auf dem Balkon erschienen und hatte die Arme bedächtig in die Höhe gehalten. Frenetischer Jubel erfüllte den Petersplatz, Zehntausende klatschten, skandierten seinen Namen und bekundeten lautstark ihre Freude. Die jubelnde Menge feierte den 266. Papst des Christentums.

Der neue Papst genoss die Begeisterung der Menge. Er lächelte etwas verlegen, fast verschmitzt, und wippte erneut mit den ausgestreckten Armen. Er tat dies so bedächtig und langsam, als sei er seit seinem Erscheinen auf dem Balkon um Jahrzehnte gealtert. Dann spendete er den Segen Urbi et Orbi, für die Stadt Rom und die Welt.

»Gott ist unser Vater und unsere Mutter«, begann er seine Ansprache. Es waren die Worte, die der verstorbene Johannes Paul I. zur Verwirrung der ganzen Welt gesprochen hatte, worauf er nach dreiunddreißig Tagen, nach einer beispiellosen Hetzkampagne hinter den heiligen Mauern, eines natürlichen Todes gestorben war.

»Gott ist unser Vater und unsere Mutter«, wiederholte Papst Petrus II, »denn Gott ist das Licht.«

Tausenden von Bischöfen, Priestern und Gläubigen draußen in der Welt musste der Atem stocken. Was braute sich da zusammen? Und dann die Wahl dieses seltsamen Papstnamens: Petrus II. Der Papstname stand für ein Programm. Aber für welches Programm stand Petrus II.? Das griechische Wort »petros«, lateinisch ausgesprochen »petrus«, bedeutet nichts weiter als »Stein«

oder »Fels«. Petrus gilt als der erste Bischof Roms, als erster Papst. Doch verwirrender war die Tatsache, dass der neue Papst am 3. November gekrönt wurde, dem Jahrestag des heiliggesprochenen irischen Erzbischofs Malachias, der 1148 in Clairvaux gestorben war und Prophezeiungen hinterlassen hatte, wonach der 266. Papst der letzte Papst des Christentums sein und den Namen des ersten Apostels tragen werde. Die Prophezeiungen des Malachias, die 1590 erstmals publiziert wurden, galten unter Historikern als pure Scharlatanerie. Aber die Frage war, wieso der neue Papst ausgerechnet einen Namen ausgewählt hatte, der vielleicht wie kein anderer vorbelastet war. Denn der Apostel Simon Petrus war nicht nur der erste Gefolgsmann Jesu gewesen, sondern auch sein erster Verleugner.

98

ROM

Die Iranerin brachte am Nachmittag die königlichen Gewänder in die Hotelsuite. Der Afghane lag kreidebleich auf dem Bett. Seine Wangen waren eingefallen. Er hatte hohes Fieber. Er hatte mehrere Pullover übereinander angezogen, sich in einen Bademantel gehüllt und sich unter der Bettdecke verkrochen. Die Iranerin warf dem Holländer einen kurzen Blick zu. Der zuckte bloß die Schultern. Sie legte die Gewänder aufs Bett: »Probiert sie an.«

Der Afghane schälte sich aus seinen Kleidern und zog sich, vom Fieberfrost geschüttelt, das Gewand über. Auch die anderen beiden zogen orientalische Gewänder an. Sie stellten Magier dar, Weise aus dem Morgenland, Priester-Astronomen. Die Geschenke, die sie mitbringen würden, lagen in drei goldenen Schatullen auf dem Fernsehtisch: Gold, Weihrauch und Myrrhe. Als sie angezogen waren, begutachteten sie sich in dem Spiegel, der an der Innenseite des Kleiderschranks im Flur angebracht war.

»Du kannst dich wieder ausziehen«, sagte die Iranerin zu dem Afghanen. Mehr nicht. Er zog sein Gewand aus und legte sich wieder ins Bett. Der Holländer setzte sich auf den geschlossenen Klodeckel im Bad und bastelte an seinem Sprengsatz.

»Hält er durch?«, fragte ihn die Iranerin leise

Der Holländer zuckte die Schultern: »Was soll's, er

sagte, es gebe noch andere Teams, die nach Rom unterwegs sind.«

Die Iranerin schüttelte den Kopf: »Nein, die kamen alle im afghanisch-pakistanischen Grenzland bei einem Bombenangriff ums Leben. Er ist der Letzte.«

»Der Letzte seiner Art?«, grinste der Holländer und zeigte auf das stumme Fernsehbild: »Wenigstens haben sie wieder einen neuen Papst.«

»Und wenn dieser stirbt, wählen sie wieder einen neuen«, schrie der Afghane mit belegter Stimme, »die haben eine Milliarde Katholiken. Jeder ist wählbar. Das kam heute in den Spätnachrichten. Man braucht nicht Kardinal zu sein, um gewählt zu werden.«

Der Holländer trat gegen die Badezimmertür. Die Tür fiel ins Schloss. Er sah die Iranerin an. »Hast du neue Instruktionen?«

»Wir begleiten ihn bis vor die Peterskirche. Dann ist unsere Zusammenarbeit beendet.« Die Iranerin nahm einen grünen Briefumschlag aus ihrer schmalen Designertasche und reichte ihn dem Holländer. »Du kannst es nachzählen.«

Der Holländer steckte das Geld ein und lächelte die junge Frau freundlich an. »Bleibst du noch ein paar Tage in Rom?«

»Vergiss es!«, sagte sie scharf. »Ich mag keine Afrikaner.«

Sie machte auf dem Absatz kehrt und verließ das Badezimmer.

Der Holländer hörte, wie sie aus der Suite stürmte. Er verließ das Badezimmer und schrie Yousaf an: »Weißt du, was ich gestern in meinem Salat gefunden habe? Ein Stück Fingernagel! Das ist doch so was von zum Kotzen!«

99

VATIKANSTADT

Luigi Albertini hatte die Weisung erhalten, bewaffnet in den Privatgemächern des Papstes zu erscheinen. Luigi ging ins Konferenzzimmer. Die sieben Vorsitzenden der Kongregationen für die Glaubenslehre, für Gottesdienst und Sakramentenordnung, für die Bischöfe, für den Klerus, für das katholische Bildungswesen und für die Institute gottgeweihten Lebens waren bereits anwesend. Zusätzlich waren die Vorsitzenden für den Rat zur Förderung der Einheit der Christen und für den interreligiösen Dialog dort. Der Letzte, der den Saal betrat, war der Sekretär für Auslandsbeziehungen. Zusammen mit Roca und Luigi waren es zwölf. Papst Petrus II. nahm am Tischende Platz, dort, wo bis vor Kurzem noch sein Vorgänger gesessen hatte. Luigi setzte sich an das andere Tischende. Erst jetzt bemerkte er die beiden etwa ein Meter hohen Bronzestatuen vor der Bibliothek, unmittelbar hinter dem Heiligen Vater. Sie stellten den Koloss von Rhodos und die Göttin der Freiheit, Libertas, die Freiheitsstatue, Lady Liberty, dar.

Auf Anweisung des Papstes rollte Luigi ein großes Plakat aus. Es zeigte ein päpstliches Wappen.

»Das soll mein Wappen sein«, sagte Petrus II. Ein Raunen ging durch den Saal. Über dem Wappenschild war wie gewohnt die Mitra der katholischen Bischöfe mit den drei goldenen Bändern, die die drei wichtigsten Aufgaben des Heiligen Vaters symbolisierten: Priester, Hirte und Lehrer des Glaubens. Darunter waren traditionell die beiden gekreuzten Schlüssel, die das Tor zum Himmelreich öffnen sollten. Das Wappen selbst war dreigeteilt. Links der Pinienzapfen, Symbol der Felsgeburt, rechts der Stier, der durch das Opfer Leben schenkt. Und der dritte Teil zeigte die Sonne, die Schöpferin allen Lebens.

»Wir befinden uns heute«, begann Papst Petrus II., »nicht nur in einem Kampf der Kulturen, sondern auch in einem Kampf der Religionen. Religion wird privatisiert, individualisiert, entkirchlicht. Jede Meinung eine Religion. Patchwork-Religionen à la carte. Zahlreiche Religionen konkurrieren miteinander. Neue Sekten sprießen wie Unkraut aus dem Boden. Alle diese Religionen haben ihren gemeinsamen Ursprung in den Sternen- und Sonnenkulten der Bronzezeit. Alle diese Religionen sind Plagiate und berufen sich nachträglich auf historische Personen, die kaum zweitausend Jahre alt sind. Aber sie sind alle ein und dasselbe. Wenn wir diesen letzten Kampf zwischen den Kulturen, diesen Kampf zwischen Licht und Dunkelheit, zwischen Gut und Böse gewinnen wollen, müssen wir zu den Ursprüngen zurück. Der Rückzug ist ein Akt der Globalisierung und der Versöhnung aller Glaubensgemeinschaften. Wir haben den gemeinsamen Ursprung vergessen, weil wir zu stark mit der politischen Verwaltung unseres Glaubensmonopols beschäftigt waren. Wir waren nur noch Kirche. Ich habe deshalb beschlossen, ein Konzil einzuberufen, um diese Fragen hinter verschlossenen Türen zu erörtern.«

Die Bestürzung war groß. Jeder wartete darauf, dass sich jemand erhob und energisch Widerspruch einlegte. Doch keiner wagte es, den ersten Schritt zu tun. Camoranesi kannte die Kurie gut genug. Noch würde sich ihm keiner in den Weg stellen. Sie hätten die Kirche auch an den Dalai Lama verkauft, wenn man ihnen die Beibehaltung ihrer Ämter und Privilegien zugesichert hätte.

100

VATIKANSTADT

»Sie werden Euch töten, Eure Heiligkeit«, sagte Luigi Albertini. »Sie können den Glauben zerstören, ihren Gott schänden, aber nicht ihre Kirche. Sie können das Produkt kritisieren, aber nicht den Konzern.« Camoranesi saß in seinem Arbeitszimmer und dachte nach. Er gab Luigi ein Zeichen, sich zu setzen.

»Ich weiß«, entgegnete Camoranesi, »ich wäre nicht der erste Papst, der ermordet wird. Der Papst in der Rolle des guten Hirten ist ein Produkt der letzten zweihundert Jahre. Zuvor hatten wir es mit dem Abschaum der menschlichen Rasse zu tun. Die Päpste benahmen sich wie weltliche Despoten, führten Armeen in den Krieg, plünderten ganze Landstriche und eigneten sich fremde Territorien an. Sie hielten sich Mätressen und Hofnarren, brandschatzten, hurten und mordeten und wurden gemordet. Pius IX. wollte sich gar zum Sonnengott erklären lassen. Die Menschen haben kein Gedächtnis, Luigi. Sie erinnern sich an die letzten zwanzig, dreißig, vielleicht vierzig Jahre und denken, so wie es in ihrer Zeit ist, so ist es immer gewesen: der Papst, der sanfte Seelsorger, der mit tattriger Greisenhand den Segen spricht. Wer kennt denn heute noch die Bilder von Pius XII., der sich zur Zeit des Zweiten Weltkrieges wie ein ägyptischer Pharao auf einer Sänfte tragen lässt, die

Tiara, die Königskrone, auf dem Haupt, während Diener ihm mit Pfauenfedern frische Luft zufecheln? Der Papst war immer ein Sohn der Sonne und sein Amt käuflich. Im Mittelalter war die Sonne noch das Symbol der Kirche, und jeder hat es gewusst. Heute betrachten wir Heiligenscheine und sehen die Sonne nicht.«

Es wurde an der Tür geklopft. Eine Nonne betrat mit einem Tablett das Arbeitszimmer des Papstes. Sie war jung und hatte asiatische Gesichtszüge.

»Unsere jungen Frauen gehen in die Dritte Welt, um dort den Ärmsten zu helfen, und aus Asien kommen junge Nonnen, um uns zu helfen. Ist das nicht merkwürdig?«

Die junge asiatische Nonne füllte die beiden Tassen mit Tee.

»Wieso finanzieren wir lieber einen Brunnen in Äthiopien als eine Suppenküche für Obdachlose in Rom?«

Camoranesi lächelte und schaute die Nonne freundlich an.

»Der Bischof von Peking hat sie mir empfohlen. Bei seiner Einsetzung letzten Monat musste er öffentlich bekunden, dass er nicht nur der Kirche und den Gläubigen dienen will, sondern auch die Verfassung respektieren und die Einheit und die gesellschaftliche Stabilität Chinas schützen will. Die zwölf Millionen Katholiken Chinas sind in der Patriotischen Vereinigung organisiert, die 1957 mit Unterstützung der Kommunistischen Partei gegründet wurde. Wer bestimmt aber, wer Bischof von Peking wird? Die Kommunistische Partei Chinas oder der Heilige Stuhl? Das wird deine nächste Mission sein, Kardinal Luigi Albertini.«

»Ich soll nach Hongkong?«, fragte Luigi misstrauisch.

»Ja, wie Kardinal Douglas.« Die Nonne verbeugte sich knapp und verließ das Zimmer.

»Douglas? Der Kardinal, der nicht schwimmen konnte und im Südchinesischen Meer ertrank?« Luigi war bestürzt.

»Er konnte schwimmen«, sagte Camoranesi, »aber nicht gut genug.«

Luigi war sprachlos. Er überlegte fieberhaft, was Camoranesi im Schilde führte. Camoranesi sah, dass Luigi ernsthaft besorgt war. Er lachte:

»Weißt du, was Papst Leo X. einmal gesagt hat?«

Luigi schüttelte den Kopf.

»Gott hat uns das Papsttum geschenkt, also lasst es uns genießen.«

»Sagte er nicht auch, dass alle Welt wisse, wie viel uns die Fabel von Jesus eingebracht habe?«

»Ja«, antwortete Camoranesi, »und deshalb ist es jetzt an der Zeit, dir das letzte Geheimnis des Christentums zu offenbaren, denn du bist der Fels, auf dem ich eine neue Kirche bauen werde.«

»Petros, der Fels? Die Felsgrotte?«

101

VATIKANSTADT

Die Peterskirche war für die Öffentlichkeit teilweise geschlossen. Arbeiter waren mit den Vorbereitungen für die in wenigen Tagen stattfindende Weihnachtsmesse beschäftigt. Vor dem Altar standen ein Mann in weißer Soutane, ein Kardinal und einige Männer in dunklen Anzügen. Der Papst wies seine Leibwachen an, vor Berninis Bronze-Baldachin zu warten. Mit einem vielsagenden Lächeln wandte sich der Papst an Luigi und zeigte auf die gigantische Kuppel, die sich wie ein Himmelsdach in über hundertdreißig Metern Höhe wölbte und in der Mitte eine kleine Lichtöffnung hatte, die den Eindruck erweckte, als würde Gottes Auge prüfend auf den Altar hinunterschauen. Das Licht, das durch die Kuppelöffnung fiel, leuchtete wie eine Sonne. In der Umrandung der Kuppel waren Worte in goldenen Lettern gemalt.

»Petrus«, flüsterte der Papst, *»auf diesem Felsen will ich meine Kirche bauen.* Komm, Luigi, ich zeige dir nun, worauf wir unsere Kirche gebaut haben.«

Gemeinsam stiegen die beiden Männer hinter den vorderen Bronzesäulen die breiten Marmorstufen hinunter und erreichten die Marmorhalle, die direkt unter dem Altar der Peterskirche lag.

»Bis hierher kommen die Besucher«, sagte der Papst,

als sie das Grab des Apostels Petrus erreichten, »*Sepulcrum Sancti Petri Apostoli.*«

Der Papst und Luigi blieben vor dem Grab Petri stehen.

»Das ist das Grab eines Mannes, der nie in Rom gewesen ist. Petrus starb in Jerusalem. Als er starb, hatte Jesus keine weltgeschichtliche Bedeutung. Niemand nahm ihn als etwas Besonderes wahr. Er war einer von unzähligen Wanderpredigern, die von dem unmittelbar bevorstehenden Ende der Welt predigten. Keine einzige historische Quelle der Zeit erwähnt ihn. Vielleicht hat er genauso wenig existiert wie alle Propheten, die wir heute in Ost und West verehren.«

Der Papst nahm einen Schlüssel und öffnete eine schwere Holztür, die neueren Datums war. Eine steile steinerne Treppe führte in die Tiefe.

»Was du jetzt sehen wirst, hat bereits Kaiser Nero bestaunt. Das vatikanische Hügelgelände liegt nämlich in den ehemaligen Gärten des Nero. Aber schon zu Neros Zeiten waren diese uralten Begräbnisstätten Zeugen einer unbekannten Frühzeit. Es befindet sich eine heidnische Totenstadt tief unter dem Altar des Petersdoms.«

Luigi stieg vorsichtig die in Stein gehauenen Stufen hinunter. Die Temperatur sank. Ein feiner Luftzug drang nach oben. Einige wenige Glühbirnen erhellten spärlich die Düsternis. Schweigend schritten sie hintereinander die engen, schrägen Wände entlang, die durch die unterirdischen heidnischen Grabstätten der Totenstadt führten. Luigi fröstelte beim Gedanken, dass hier vor zweitausend Jahren Menschen hinuntergestiegen waren, um eine Pflicht zu erfüllen. Vor einer roten Mauer blieb der Papst stehen.

»Am Anfang war das Chaos, ein Universum unermesslicher Verwirrung, ohne Form und Inhalt, ein schwarzes Nichts. Ängstlich starrten die Menschen in den Himmel hinauf, der sie mit ungeheuren Naturgewalten in Angst und Schrecken versetzte. Bei Einbruch der Dunkelheit verkrochen sie sich in Felshöhlen, fürchteten Blitz und Donner und sehnten das Ende der Nacht herbei. Und am anderen Morgen ging im Osten die Sonne auf, und es wurde Licht. Die Sonne war auferstanden. Die Sonne war wiedergeboren. Ihre Strahlen spendeten Licht. Und das Licht ließ die Erde ergrünen. So verehrten die Menschen auf allen Kontinenten seit Anbeginn der Zeit dieses göttliche Licht, brachten ihm Opfer dar und schufen ihm gewaltige Denkmäler. Man versuchte die Sprache der Götter zu ergründen, ihren Kosmos, ihren Sternenhimmel. Es war die Geburt der astrotheologischen Mysterien, die Geburt der bronzezeitlichen Sonnenkulte, es war die Geburt des Religiösen, die Geburt der Mythologien, der Versuch, die Entstehung der Welt und den Sinn unseres erbärmlichen Daseins zu ergründen.«

Der Papst machte eine kurze Pause. Dann fuhr er fort: »Die göttliche Sonne wurde in allen Kulturen verehrt. Die Menschen gaben der Sonne verschiedene Namen. Die Sumerer nannten sie Shamesh, die Ägypter Aton, die Griechen Helios, die Römer Sol, die Babylonier Mithras. Später ernannten sich sterbliche Menschen eigenmächtig zu Söhnen der Sonne, zu Sonnengöttern, oder wurden von der Nachwelt zu solchen ernannt, und noch heute tragen unzählige Nationen die Sonne in ihrem Wappen. Bereits im ägyptischen Aton-Hymnus heißt es: ›Deine Strahlen umfassen alle Länder, du nimmst Millionen von Verwandlungen an, indem du einer bist‹. Denn Gott ist eine *Eigenschaft*, verstehst du? Gott ist eine Eigenschaft und keine Person, und deshalb soll man sich von ihm kein Bildnis machen.«

Der Papst kniete nieder und hob eine Steinplatte an, die Luigi zuvor nicht aufgefallen war. Luigi trat zurück. Er stand auf einer zweiten Platte, die sich ebenfalls bewegen ließ. Gemeinsam stemmten sie zwei weitere Bodenplatten hoch und sahen in ein tiefes, schwarzes Loch hinunter. Der Papst griff in die Öffnung und betätigte einen Schalter, der seitlich in einer Nische angebracht war. Nun sah man die schmale in Fels gehauene Treppe, die noch tiefer in die Totenstadt führte.

Der Papst ging voran. Nach ungefähr fünfzig Stufen erreichten sie einen Hohlraum, der sich als eine in Fels gehauene Grotte erwies. Das runde Gewölbe war blau bemalt wie der Sternenhimmel und zeigte goldgelbe Farbreste, die einmal Sterne symbolisiert hatten.

»Was du hier siehst, ist das Himmelsgewölbe. Die ersten Menschen glaubten, dass der Himmel aus Stein bestünde, weil manchmal Steine, Meteoriten, herunterfielen.«

»Ich weiß«, unterbrach ihn Albertini, »ich war in San Clemente, ich hab's mit eigenen Augen gesehen …«

»Rom ist voll von Mithräen. Die ganze römische Welt ist voll davon. Man hat sie fast alle zerstört und auf ihren Trümmern die ersten christlichen Basiliken gebaut. Aber Mithras ließ sich nicht zerstören, denn er ist die Sonne, *sol invictus*, die unbesiegte Sonne. Also haben wir auf diesem Fels unsere Kirche gebaut und den Mithraskult in uns aufgenommen, weil wir ihn nicht zerstören konnten. Das Christentum hat jedes Symbol und jedes Ritual von Mithras übernommen, die Taufe, die Firmung, die Kommunion, die heilige Messe, die Hostie, das Kreuzzeichen, die Mitra und sämtliche Geschichten von der Sintflut über die Geburt des Erlösers bis hin zu seinem Tod und seiner Auferstehung. Und als die Menschen immer noch den Sonnengott Mithras diesem Kunstprodukt Jesus vorzogen, nahm man die heidnischen Feiertage in Beschlag. Noch im Mittelalter war dieses Wissen allen studierten Menschen bekannt, doch heute haben wir es endlich geschafft, diese Geister für immer hier unten einzusperren.«

Luigi kniete vor einer illustrierten Wandbeschriftung nieder, um den lateinischen Text zu lesen.

»Das ist Christus«, sagte der Papst, »Christus als Sonne dargestellt, als Gott Helios in seinem Feuerwagen, mit fliegender Robe aufsteigend und einem Sonnenkranz, der bereits die Form des Heiligenscheins hat. Und den Text, den wir hier lesen, kennen wir aus der katholischen Liturgie. Aber der Text stammt aus der Mithras-Liturgie. Jesus ist ein Plagiat. Jesus hat keinen einzigen Satz hinterlassen, während seine schreibenden Zeitgenossen ganze Bibliotheken füllen. Jesus ist eine literarische Figur wie Hamlet oder Odysseus. Das erste Evangelium entstand ein halbes Jahrhundert nach seinem Tod, verfasst von Schriftstellern, die Jesus nie gekannt haben. Die Bibel ist ein Sammelsurium von Überlieferungen, volkstümlichen Sagen und Legenden. Zur Zeit Jesu waren die Menschen süchtig nach Heilsverkündern, Wahrsagern, Propheten aller Art, sodass sie selbst den einfachsten Wanderprediger für die Inkarnation des Sonnengottes hielten. Die Evangelien sind deshalb nichts anderes als hundertfach umgeschriebene Interpretationen von Quellen, die sich eine neue Kirche für ihre Zwecke zunutze machen wollte. Es ist die Instrumentalisierung des Göttlichen. Die Lehre Christi ist nicht die Lehre von Christus, sondern die Lehre einer Kirche über das Fabelwesen Christus. Christus ist nicht Urheber, sondern Gegenstand des Kirchenglaubens.«

Der Papst ging mit Luigi zu zwei in Stein gehauenen Sitzbänken am Ende der Felsgrotte. Dort befand sich ein großes Steinrelief, das die Tötung des Stiers durch Mithras zeigte. Auf der linken Sitzbank war eine lose Bronzeplatte. Der Papst wischte den Staub weg.

»Wir haben sie in Ostia gefunden. Erwähnt wird ein Römer namens Septimus Pompeius Maximus. Er trägt die Titel Pater Patrum und Sacerdos Solis Invicti Mithrae. Er ist also sowohl Papst als auch Priester des unbesiegten Sonnengottes Mithras. Das war die Zeit vor der Entscheidung. Unser Gott Jesus Christus, Luigi, ist kein anderer als der Sonnengott Mithras. Und wenn heute eine Milliarde Katholiken niederknien, knien sie vor dem Sonnengott nieder und beten die Sonne an.«

Der Papst schaltete eine zusätzliche Deckenbeleuchtung ein. Nun sah man die verschiedenen Sternbilder.

»Die zwölf Tierkreiszeichen sind die zwölf Begleiter des Sonnengottes. In allen Religionen finden wir die zwölf Begleiter, denn alle Religionen haben den gleichen astrologischen Ursprung.«

Der Papst zeigte auf einen Graffito: »Siehst du die Schrift dort drüben? *Et nos servasti aeternali sanguine fuso*. Auch uns hast du errettet, indem du das ewige Blut vergossest. Mithras, Christentum, es ist ein und dasselbe. Selbst die frühen Kirchenväter wie Tertullian und Hieronymus schimpften über die Frühchristen, nannten sie Opportunisten, weil sie sich schamlos im Fundus der konkurrierenden Religionen bedienten, bei ihren Mythen und Legenden, um eine mehrheitsfähige Religion zu begründen, die man in einer autoritären Kirche organisieren und instrumentalisieren konnte.«

»Das sind also die Dinge, die jeder sieht und doch keiner weiß.«

»Ja«, sagte der Papst, »die Sammlungen der vatikanischen Museen bergen die weltweit wichtigsten Zeugnisse unserer Vergangenheit. Wir erhalten diese Schätze nicht zum Wohle der Menschheit, wir enthalten sie den Menschen *vor* – zum Wohle der Kirche. Wir restaurieren gerade den Hausaltar von Kaiser Severus, der zweihundert Jahre nach Christi Geburt lebte. Auf seinem Hausaltar finden wir neben den üblichen Laren und Penaten, den obligaten römischen Hausgöttern, die Statuen von Apollonius von Tyana, Christus, Abraham, Orpheus und Dionysos. Auf anderen Altären wird Jesus als Sänger Orpheus dargestellt oder als Weingott Dionysos. ›Du nimmst Millionen von Verwandlungen an, indem du einer bist‹«, lächelte der Papst, »das Fabelwesen Jesus war ein Dutzendgott, bis ihn die Kirche mit Schwert und Folter zum allmächtigen Zeus gemacht hat.«

Schweigend gingen sie die Treppe zur roten Mauer wieder hoch, bedeckten den Einstieg mit den Bodenplatten und gingen hinauf zur oberen Plattform. Als sie wieder vor dem Petrusgrab standen, intonierte der Chor oben in der Peterskirche den hundertvierten Psalm. Die Worte erfüllten den weiten Kuppelbau.

»Lobe den Herrn, meine Seele!
Mein Gott, du bist sehr herrlich,
du bist schön und prächtig geschmückt.
Denn Licht ist dein Kleid, das du anhast.
Denn Licht ist dein Kleid, denn du bist das Licht.«

»Siehst du«, sagte der Papst, »die Menschen da oben singen den Psalm, singen Worte, die ihnen vertraut sind, und doch verstehen sie nichts von dem, was sie singen. Sie huldigen Mithras, dem unbesiegten Sonnengott, sie huldigen dem Licht, sie huldigen dem ältesten Universalgott der Menschheit. Sie huldigen keinem Menschen, sondern einer göttlichen Eigenschaft, die weder Körper noch Gesicht hat. Sie huldigen dem Vertrag, der verpflichtet, zurückzugeben, was man empfangen hat: das Leben. Es ist der Vertrag zwischen Natur und Mensch, zwischen Mensch und Mensch.«

Fast andächtig verharrten die beiden Männer vor dem Petrusgrab und lauschten dem Gesang.

»Du hast den Mond gemacht, das Jahr danach zu teilen«, sang der Chor, »die Sonne weiß ihren Niedergang. Du machst Finsternis, dass es Nacht wird.«

Was die Menschen da oben sangen, war nicht bloß ein Text aus dem Alten Testament, nein, es war eine uralte, authentische ägyptische Anrufung Atons, des Gottes des Lichts, ein Hymnus, den schon Echnaton gesungen hatte, der ägyptische Pharao Echnaton, dessen Pfauenfedern noch bis vor einem halben Jahrhundert den Thron der Päpste geschmückt hatten.

Als der Papst zusammen mit Luigi wieder unter dem bronzenen Baldachin der Peterskirche hervortrat, sah er die Nervosität auf den Gesichtern der Leibwachen. Sie kamen sofort auf den Papst zu, aber Luigi hielt sie mit einer resoluten Handbewegung davon ab. Er wollte allein sein mit seinem Papst.

»Warum erzählen Sie mir das alles? Man wird Sie dafür töten, Eure Heiligkeit!«

»Nein«, lächelte Camoranesi und ergriff liebevoll Luigis Hände, »die Kirche will überleben. Und während da draußen die Finanzmärkte zusammenbrechen und Millionen von Menschen über Nacht ihr Vermögen verlieren, kann diese Kirche mit meiner Hilfe überleben. Wir haben das Gold des Heiligen Stuhls gerettet.«

»Sie haben den Code?«

»Du hast ihn auch, Luigi, du schaust ihn an und siehst ihn doch nicht. Ist denn Mithras keine Zahl?«

Luigi stutzte.

Ein Lächeln huschte über das Gesicht des Papstes: »Nur in der griechischen Sprache. Mithras heißt Meidras. Und das griechische M entspricht der Zahl 40, Y der Zahl 5, T der Zahl 10, H der Zahl 9, R der Zahl 100, A der Zahl 1 und S der Zahl 200.«

Luigi sah den Papst erstaunt an. Der lächelte und fuhr ungerührt fort: »Und die Quersumme ergibt 365, so viel Tage hat das Jahr des Sonnengottes Mithras.«

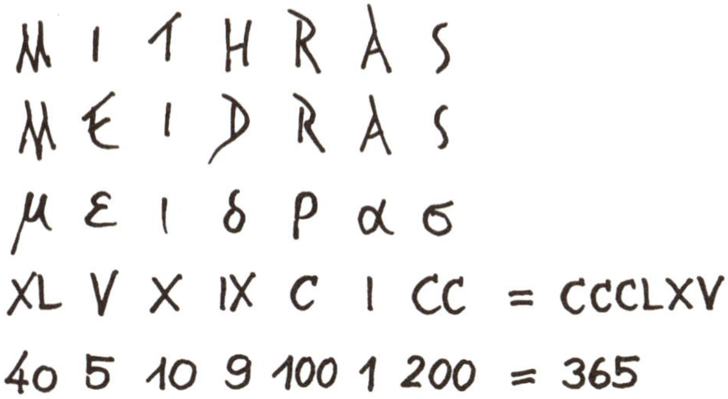

102

ROM

Es gibt viele rote Suzukis, dachte Luigi Albertini, als er das Motorrad neben dem gläsernen Eingang zur Bank erblickte. Aber die rote Suzuki erinnerte ihn daran, dass er in eine Geschichte hineingeraten war, die seinen Vorgänger Douglas wahrscheinlich das Leben gekostet hatte. Es ärgerte ihn, dass er nicht reagiert hatte, als der Papst ihm erzählt hatte, dass Douglas sehr wohl schwimmen konnte. Nur nicht gut genug. Er hatte all diese Anspielungen satt. Er war sehr aufgewühlt, als er die Schalterhalle durchquerte und den hell erleuchteten breiten Flur zu den Schließfachhallen betrat. Mit dem Zutrittscode, den er für die Eröffnung des zweiten Schließfaches erhalten hatte, konnte Luigi die Tresorhalle betreten. Er ging direkt zur Safetür mit der Nummer zwölf, steckte den Schlüssel hinein und gab den Mithras-Zahlencode ein. Surrend glitten die Eisenbolzen in der Safetür zurück. Luigi öffnete sie.

Vor ihm waren Hunderte von Holzkisten gestapelt. Sie hatten die Größe von schmalen Weinkisten, wie man sie für Einzelflaschen verwendet. Albertini versuchte eine zu öffnen, aber es ging nicht. Er nahm einen seiner Schlüssel und versuchte damit, den Deckel aufzuhebeln. Aber vergeblich. Schließlich nahm er das Kreuz und versuchte es damit.

»Kann ich Ihnen behilflich sein?«, fragte jemand hinter ihm.

Luigi wirbelte herum. Im Türrahmen stand Sergio Cavalli, der Mann, der seine Jugendliebe Claudia geheiratet hatte, der Modeschöpfer aus Florenz. Er hielt ein Wurfmesser in der Hand. Luigi zeigte auf die Waffe: »Die neue Winterkollektion?«

Sergio warf Luigi das Messer zu. Der fing es geschickt auf.

»Nicht schlecht für einen Priester«, sagte Sergio Cavalli mit versteinertem Gesicht, »öffnen Sie eine Kiste.«

»Sind Sie einer von Salvatores Leuten?«, fragte Luigi. Sergio Cavalli schwieg.

Luigi drehte ihm den Rücken zu und machte sich mit dem Messer an einer der Kisten zu schaffen.

»Ist das Ihre Suzuki da draußen?«, fragte Luigi, während er die Messerklinge unter die dünne Holzabdeckung stieß und den Deckel anhob.

»Ja, es ist meine Suzuki da draußen«, sagte der Florentiner.

Luigi öffnete die Kiste. Darin lagen kleine Plastikbehälter, durchsichtige Röhren. Er nahm eine heraus. Sie schimmerte golden. In der Röhre waren Goldmünzen. Die Verschlusskappe ließ sich öffnen. Luigi kippte den Inhalt der Röhre in die andere Hand. Es waren prägefrische Goldmünzen. Bullion-Münzen. Aber keine American-Eagle-Münzen oder englische Maple Leafs, keine australischen Nuggets oder südafrikanischen Krügerrands, sondern es waren prägefrische Islamic Gold Dinars.

»Sie brauchen sie nicht zu zählen«, sagte Sergio Cavalli, »seit Don Antonio Calame das Mandat des Vatikans verloren hat, hat sich der Goldpreis verachtfacht. Nach aktuellem Kurs lagern hier 4,6 Milliarden Euro.«

»Es ist das Gold des Heiligen Vaters«, erwiderte Luigi und drehte sich langsam um. Das Messer hatte er immer noch in der Hand. Er lehnte mit dem Rücken gegen die aufgetürmten Holzkisten, als wolle er sie mit seinem Leben verteidigen.

»Ja, Kardinal Albertini, dieses Gold gehört dem Heiligen Stuhl. Und wir werden es hüten, wie wir es immer getan haben. Wir haben den Bund erneuert, wie er bestand vom Anbeginn der Zeiten.«

Luigi ließ seinen Blick über die Goldkisten schweifen. Er dachte fieberhaft nach. »Hat Sie der Heilige Vater hergeschickt?«

»Ja, Luigi«, sagte eine ihm vertraute Stimme. Mario Calame, Claudias Bruder, hatte den Tresorraum Nummer 12 betreten, und im Hintergrund, in der Tresorhalle, sah Luigi jetzt mehrere junge Männer in dunklen Anzügen.

»Geh jetzt, Luigi, lass es gut sein«, sagte Mario Calame und nickte Luigi freundlich zu, »um der alten Zeiten willen.«

»Ich dachte, du wolltest einen anderen Weg einschlagen, Mario, Claudia erzählte mir …«

»Es ist jetzt nicht mehr deine Sache, Luigi«, unterbrach ihn Mario mit ruhiger Stimme, »geh jetzt. Du hast uns eine Menge Zeit gekostet. Aber Camoranesi bestand darauf, dass wir es behutsam angehen lassen. Es hat ihm sehr missfallen, dass dir zwei unserer Leute derart zugesetzt haben. Ich möchte mich für Furio und Francesco entschuldigen. Camoranesi sagte: Fasst meinen Jungen nie mehr an. Er ist mein Fleisch und Blut.«

»Mein Fleisch und Blut?«, fragte Luigi leise. Seine Stimme bebte. Benommen setzte er sich auf eine der Kisten und starrte ins Leere. Mario Calame gab Sergio Cavalli ein Zeichen, den Raum zu verlassen.

Als sie beide allein waren, sagte Mario: »Kardinal Camoranesi war als junger Priester in Erice. Deine Mutter, Luigi, war seine große Liebe. Aber deine Mutter war verheiratet. Ihr Mann taugte nicht viel. Er trank und kümmerte sich wenig um die Familie. Mein Vater gab ihm manchmal Arbeit. Aber er war nicht sehr zuverlässig. Er starb, als deine Mutter mit dir schwanger wurde. Camoranesi ist dein leiblicher Vater. Unsere Familie wusste es schon immer. Mein Vater schickte Camoranesi zum Teufel. Nach Rom. Denn auch der große Don Antonio Calame liebte deine Mutter. Er hätte sie gerne zur Mätresse gehabt. Aber sie wollte nicht. Es gab ein Gerücht im Dorf, wonach mein Vater für den Tod ihres Ehemannes verantwortlich war. Ich weiß nicht, ob es wahr ist. Aber deine Mutter wollte nichts von meinem Vater wissen.«

Mario öffnete eine der großen Kisten und nahm einen Goldbarren von vierhundert Unzen heraus, rund zwölfeinhalb Kilo schwer. Es waren gegossene Goldbarren mit dem Prägestempel der Schweizer UBS. Im Gegensatz zu gestanzten Goldbarren war die Oberfläche nicht geradlinig und die Kanten rund.

»Ich soll dir einige Barren geben, Luigi. Als Provision für deine Arbeit.«

»Und Claudia?«, fragte Luigi. Er kniff die Augen zusammen und wartete auf eine Antwort.

»Claudia? Was soll mit ihr sein? Wir sprechen hier über Gold, Luigi, über Goldbarren von vierhundert Unzen.«

103

ROM

Als die junge Iranerin den Konferenzsaal des iranischen Kulturzentrums am Ufer des Tibers betrat, salutierten die Türsteher mit militärischem Gruß. Rund fünfzig Leute saßen an langen Tischreihen vor ihren Monitoren. Die Iranerin ging energischen Schritts durch die Mitte und begab sich an den leicht erhöhten, offenen Arbeitsplatz unter der Großleinwand. Ein Dutzend Monitore waren ringförmig übereinander angeordnet. Von hier aus dirigierte sie das weitere Geschehen. Auf der Großleinwand über ihr erschienen die Wörter »*Monetary Jihad*«. Links oben zählte ein dreistelliger Counter auf null herunter.

Als der Counter stehen blieb, starteten islamistische Cyber-Terroristen ihre Denial-of-Service-Attacken und legten durch Millionen selbstständig generierter Mail-Anfragen die Online-Banking-Portale der gesamten westlichen Welt lahm. Darauf folgten weniger erfolgreiche Angriffe auf Finanzdienstleister und Börsenplätze. Vereinzelt gab es bei der Störung von Bahn- und Flugverkehr Erfolge zu melden. Der Online-Handel der New Yorker Börse versuchte durch das permanente Neuaufschalten des letzten Back-ups wieder in den Ring zu steigen, doch der Handel hielt jeweils nur wenige Minuten. Millionen PC brachen zusammen, indem sie sich gegenseitig mit Datenmüll überschwemmten. Auf dem Portal des Weißen Hauses erschien das Bild einer brennenden Dollarnote, aus deren Flammen ein goldener Dinar geboren wurde.

Die Börsen brachen ein. Der südostasiatische Staatenbund sowie Japan, China und Südkorea beschlossen, einen Teil ihrer Währungsreserven von 2,7 Billionen US-Dollar auf den Markt zu werfen. Der Dollar war im freien Fall, die Zinsen schossen raketenhaft in die Höhe, und die USA waren wenige Stunden später vom Goodwill anderer Länder abhängig. Der südostasiatische Staatenbund beschloss eine Währungskooperation mit den islamischen Ländern, die über Nacht mit dem Islamic Gold Dinar den Goldstandard wieder einführten. Der Goldpreis explodierte. Die Amerikaner setzten ihre Flotte im Arabischen Meer in Bewegung. Israel bombardierte zwei iranische Atomkraftmeiler, Russland drohte und mobilisierte Truppen, während Papst Petrus II. zum weihnachtlichen Frieden aufrief. Ein Begriff dominierte weltweit die Medien: *Monetary Jihad.*

104

VATIKANSTADT

Kardinal Roca stürzte ins Appartamento des Papstes. Die Nachfolge Camoranesis als Finanzminister des Vatikans war noch nicht geregelt, und die Weltwirtschaft kollabierte. Doch der Papst war nicht da. Hilflos irrte Roca im Arbeitszimmer umher. Er hatte nicht die Absicht gehabt, herumzuschnüffeln, aber sein Blick fiel unweigerlich auf das Manuskript, das »Weihnachtsansprache« betitelt war. Zuerst warf er nur einen diskreten Blick darauf, doch dann riss er wütend das Papier an sich und las:

»*Heute feiern wir Weihnachten, das Fest unseres Herrn Jesus Christus. Die meisten unter uns glauben, dass wir Christen dieses Fest seit Jesu Geburt feiern. Da es das Fest unseres Herrn ist, kann es wohl nicht sein, dass das Fest bereits gefeiert wurde, als unser Herr noch nicht geboren war. Und doch, liebe Brüder und Schwestern, hat das Fest, das wir am* 25. *Dezember feiern, viel ältere Wurzeln. Es ist das Fest der Wintersonnenwende, das seit Anbeginn aller Zeiten gefeiert wird, weil an diesem Tag die Nacht am längsten ist und von da an die Tage wieder länger werden. Wir feiern die Wiedergeburt der Sonne, die die Welt erschafft und uns von der Finsternis erlöst, wir feiern das Licht der Sonne.*«

Wütend betätigte Roca die Klingel, mit der die Sekretäre und die engsten Vertrauten unter den Kardinälen herbeigerufen wurden. Er überflog die anderen Seiten, entsetzt, erbost, und setzte sich dann benommen auf den Schreibtischstuhl des Heiligen Vaters. Mittlerweile hatten die ersten Kardinäle und Sekretäre das Appartamento betreten.

Roca las ihnen ohne große Erklärungen die letzten Sätze vor: »*Ich rufe die Religionsführer dieser Welt zur historischen Wahrheit auf. Nur die Rückbesinnung auf unsere gemeinsamen historischen Wurzeln wird den Krieg der Kulturen beenden und uns empfänglich machen für die einzige Kraft im Universum, die uns allen Leben ermöglicht und uns Licht gibt. Die Sonne. Die Sonne, die alles erschaffen hat, was auf dieser Erde blüht und gedeiht. Die Sonne hat kein Gesicht, die Sonne hat keinen Körper, die Sonne ist weder männlich noch weiblich, weder christlich noch buddhistisch noch islamisch. Die Sonne hat keinen Namen. Es ist die göttliche Urkraft, es ist die Sonne der Menschheit. Sie scheint für alle Menschen. Ihre Strahlen erfassen alle Kontinente. Lasst uns ihr zurückgeben, was wir täglich von ihr empfangen. Und lasst diesen Vertrag zwischen uns Menschen und der Sonne auch gelten zwischen uns Menschen …*«

Roca schmiss das Manuskript auf den Schreibtisch: »Er ist verrückt geworden. Will er sich etwa während der Weihnachtsmesse in der Peterskirche zum Sonnengott krönen lassen? Wie Pius IX.?«

»Wir sollten nichts überstürzen«, versuchte es der leitende Kardinal der Glaubenskongregation in sachlichem Ton, »solange an unserem Willen, die geistige Führerschaft zu behalten, nicht gezweifelt wird, können wir darüber nachdenken, ob wir in ein, zwei Jahren ein Konzil einberufen, um gewisse Fragen zu erörtern.«

»Die globale Erwärmung ist ein zentrales Medienthema«, meldete sich der Kardinal für auswärtige Angelegenheiten zu Wort, »wir könnten darüber nachdenken, ob wir den Heiligen Vater verstärkt als Schützer der Natur, als Verwalter des Göttlichen positionieren. Das könnte uns neue Märkte eröffnen, jüngere Zielgruppen. Der Gedanke ist noch sehr ungewohnt, aber wieso sollen wir in den nächsten Jahren nicht darüber nachdenken?«

»Ja, wenigstens darüber nachdenken«, pflichtete ihm der zweite päpstliche Kardinalsekretär bei, »aber das braucht Zeit. Wichtig ist, dass wir vorläufig nichts unternehmen.«

»Aufhören«, schrie Roca. »Sollen wir etwa in Zukunft Panettone verkaufen?«

Die Kardinäle schwiegen. Alle Augen waren auf Roca gerichtet.

»Die Zeit eilt, meine Brüder. Wir müssen handeln, jetzt«, sagte er mit heiserer Stimme. »Gottes Auge ist auf uns gerichtet. Wollt ihr an einem Tag alles aufgeben, was wir in zweitausend Jahren erschaffen haben?«

Roca schaute prüfend in die Runde: »Habt ihr denn tatsächlich geglaubt, dass dieser Tag nie kommen würde? Gott prüft uns, in dieser Stunde! Sind wir bereit, für ihn ein Opfer zu erbringen? Sind wir bereit, für Gott unseren Herrn das Schwert zu ergreifen, wie Petrus es damals ergriffen hat?«

105

VATIKANSTADT

»Ich wusste, dass ich Sie hier finden würde«, keuchte Luigi, als er ganz außer Atem die Appartamenti Borgia erreichte. Alessandro Camoranesi, der neue Papst Petrus II., stand alleine in den weitläufigen Räumen und betrachtete in Gedanken versunken die Darstellung des ägyptischen Isis-Osiris-Mythos in den Gewölbekappen.

»Das ist Osiris, der ägyptische Gott Osiris, der als Stier wiedergeborene Gott – eine Auftragsarbeit von Papst Alexander VI. Er war einer der Renaissance-Päpste, wie sein Nachfolger Leo X., der bereits mit dreizehn Kardinal war und in der Kurie stolz seine Mätressen vorführte. Die Renaissance-Päpste interessierten sich sehr für die wahren Ursprünge des Christentums, für das Original, für die heidnischen Kulte und Mythen. Noch heute kann sie jeder innerhalb der vatikanischen Mauern sehen, und doch sieht sie keiner.«

»Ich bin nicht deswegen hergekommen, Eure Heiligkeit.«

»Siehst du«, lächelte der Papst, »jeder Stein in diesem monarchistischen Palast widerlegt das Credo von Papst Benedikt XVI., wonach der christliche Glaube einzigartig ist. Selbst im Mittelalter verkörperte das Papsttum noch keine Religion im heutigen Sinne, sondern ein bürokratisch-monarchistisches System. Ihre Päpste waren jahrhundertelang Rechtsgelehrte, ausgebildete Juristen, die mehr über Rechtsfragen publizierten als über theologische Fragen. Die christliche Lehre war nur das Feigenblatt zum Aufstieg und Machterhalt einer grausamen und wohlhabenden adligen männlichen Elite.«

»Ich muss mit Ihnen reden«, bat Luigi und machte zwei Schritte auf den Papst zu. Der Heilige Vater wandte sich von ihm ab und schritt bedächtig über die großen Marmorfliesen. Er schien sich ganz in seiner Welt verloren zu haben.

»Wusstest du eigentlich, dass sie in China Mao Tsetung mittlerweile als Gott auf den Hausaltären verehren? Stell dir das mal vor, Buddha, Konfuzius und jetzt noch Mao, einer der größten Schlächter der Geschichte. So ist es der Figur Jesus auch ergangen, sofern er denn überhaupt gelebt hat. Jesus wurde erst im Ersten Konzil von Nicäa, im Jahre 325 nach Christus, vom römischen Kaiser Konstantin I. zum göttlichen Wesen erklärt. Konstantin war ein Anhänger des Mithras-Kults. Aber die Einheit des Reiches hatte oberste Priorität. Sollte er sich nun für das neumodische Christentum oder den jahrtausendealten Sonnengott entscheiden? Er machte Jesus zum Sonnengott, den Sonnentag zum Sonntag und übernahm alle Rituale und Symbole des Mithras-Kults. Die Geburtsstunde des Christentums ist nicht die Geburt Christi, sondern die Erschaffung einer straff organisierten Kirche dreihundertfünfundzwanzig Jahre nach Christi Geburt. Ohne diesen bürokratischen Akt hätte die kleine Christensekte keine hundert Jahre überlebt. Unter Kaiser Konstantins fürsorglichem Schutz entwickelte sich eine autoritäre Machtorganisation, die mit dem Schwert die Fabel ihres Gottes in die Welt hinaustrug. Gehet hin und tötet! Das Geburtsjahr Jesu war fortan nicht mehr das Jahr 754 seit der Gründung Roms, sondern das Jahr eins. Die Welt erlebte eine beispiellose Gehirnwäsche. Das ist so, als würden wir heute nachträglich den Philosophen Jean-Jacques Rousseau zum Gott erklären und sein Geburtsjahr 1712 als Jahr eins einer neuen Zeitrechnung festlegen. Mit unseren inflationären Heiligsprechungen haben wir noch heute dieses posthume Beförderungssystem. Es sind Menschen, die tatsächlich gelebt haben, die wir nach ihrem Tod zu Heiligen erklären und die wir später als Halbgötter verehren und um Hilfe bitten. Es sind gottähnliche Heilige, Schutzheilige, Schutzpatrone, die Eigenschaften uralter Götter verkörpern. Der heilige Christopherus beschützt die Reisenden wie seinerzeit der römische Gott Merkur, und Papst Johannes Paul II. wird als Heiliger zum Schutzpatron der Polen wie die Nonne Bernadette Soubirous, die mit Lourdes das Disneyland des Christentums begründete und heute als Heilige, als Göttin der Heilkunst verehrt wird …«

»Eure Heiligkeit«, versuchte Luigi sich verzweifelt Gehör zu verschaffen, »ich bin hier, um über uns zu reden, Eure Heiligkeit, über Claudia …«

»Claudia …«, sinnierte der Papst, »du hast sie wie eine Göttin verehrt, Luigi, aber sie war nicht das, was du in ihr sehen wolltest, die Fabel, die Fabel von Claudia, die ihren kleinen Freund aus der Kindheit wiedertrifft …«

»Dann war … alles … nur …«

Der Papst blieb stehen und wandte sich Luigi zu. Mit dem Blick des Barmherzigen schaute er ihn gönnerhaft an. Luigi senkte den Kopf und ging langsam auf den Papst zu.

Der Papst breitete die Arme aus, als er seinen Zögling auf sich zukommen sah. Er nahm ihn in die Arme.

»Mein Sohn«, flüsterte er, »hier ist der geeignete Ort, um es zu offenbaren …«

Plötzlich sackte der Papst in sich zusammen. Dabei riss der Verschluss der roten Mozetta, die er über den Schultern trug. Der samtene Schulterüberwurf fiel zu Boden. Luigi fing den strauchelnden Papst auf und ließ ihn langsam zu Boden gleiten. Der Papst fiel auf die Knie und hielt sich mit schmerzverzerrtem Gesicht die linke Brust. Unter seiner Hand färbte sich die weiße Soutane rot. Luigi hielt den Pugio, den altrömischen Dolch, in der Hand. Er packte den Papst am Nacken und hielt ihm die Dolchspitze direkt an die Kehle.

»Was hast du meiner Mutter angetan?«, fauchte Luigi. Das Böse in seiner Stimme erschütterte ihn. Aber er dachte nicht daran, von seinem Plan abzulassen.

»Du bist so inbrünstig und leidenschaftlich, wie ich es war, mein Sohn«, sagte der Papst. Weiter kam er nicht. Luigi fegte ihm mit einem Schlag den weißen Pileolus vom Kopf. Die kreisrunde kleine Kopfbedeckung flog durch die Luft. Dann packte Luigi den Papst an den Haaren und ritzte ihm eine Wunde in den Hals.

»Weißt du, was du da weggeschmissen hast, mein Sohn? Das Kardinalsbirett ist das Symbol der Sonne. Kardinäle sind Diener der Sonne.«

Mit einer blitzschnellen Bewegung ritzte ihm Luigi die Kehle auf. Die Wunde blutete. Alessandro Camoranesi fasste sich an den Hals. Er lächelte. Die Wunde war nicht tief.

»Erinnerst du dich an San Clemente?«, fragte er.

»Lustrinelli …«, entfuhr es Luigi.

»Messe dich nicht mit uns, Luigi. Ich habe dich missbraucht, ich habe deine Mutter missbraucht, ja, ich habe dich vielleicht sogar für die Sache geopfert, Luigi.

Aber hätte nicht selbst Abraham seinen Sohn geopfert, wenn Gott ihn nicht im letzten Moment davon abgehalten hätte?«

Luigi fühlte, wie der Druck in seinem Körper nachließ, wie langsam das Blut aus seinem Kopfe wich und er kreidebleich wurde. Ihm war schlecht, ihn schwindelte.

»Claudia ist eine Calame, Luigi. Du hast sie nie wirklich besessen, nie. Du wirst stets der kleine Waisenjunge aus Erice sein. Man kann seine Herkunft nicht verleugnen, Luigi.«

Schritte hallten.

Luigi wich zurück. Der Heilige Vater erhob sich wankend. Luigi bückte sich nach dem Birett und reichte es ihm unsicher, während Kardinal Roca wutentbrannt den Saal der dekadenten Renaissance-Päpste betrat.

»Auch du, mein Sohn?«, fragte Camoranesi leise zu Albertini gewandt. Albertini legte dem Papst blitzschnell den roten Überwurf über die Schultern, um die blutende Wunde zu verdecken, und sagte leise: »Ich habe damit nichts zu tun.«

»Ich habe deine Mutter sehr geliebt«, flüsterte der Papst Luigi zu, »so wie du Claudia geliebt hast. Es waren die Calames, die alles zerstört haben.«

Roca war nur noch wenige Schritte von den beiden entfernt. Jetzt zog auch er einen Pugio unter seinem Mantel hervor und rief: »*Mors tua vita mea*«, dein Tod ist mein Leben.

»Bist du vom Teufel besessen?«, fauchte ihn der Papst an. »Willst du einen Mord begehen?«

»Wir werden deine kranke Seele aus deinem verkommenen Leib befreien, Alessandro Camoranesi. Dies ist die Stunde, in der du vor deinen Schöpfer treten wirst.«

»Wie willst du einen Mord rechtfertigen vor Gott, dem

Baumeister des Universums, vor Gott, dem großen Steuermann und Brückenbauer?«

»Sei still, Satan, und knie nieder«, herrschte ihn Roca an.

Der Papst blieb stehen: »Vor wem soll ich niederknien? Vor deiner Kirche?«

»Du hast gehurt wie die übelsten Renaissance-Päpste, die du hier in diesen Hallen aufsuchst und verehrst!«

»*Naturalia non sunt unquam turpia*«, sagte Camoranesi. »Was natürlich ist, kann niemals schändlich sein.«

Noch mehr Schritte hallten jetzt in den breiten Treppenhäusern, die zu den Appartamenti führten. Der Papst wich zurück und schaute hoffnungsvoll zum Eingang des Saals. Doch die Kardinäle, die den Saal betraten, hielten allesamt einen Dolch in Händen. Jetzt spürte Alessandro Camoranesi den Schweiß auf der Stirn.

»Petrus II., du bist eine Schande für das Papsttum. Wir haben alles gesehen in der zweitausendjährigen Geschichte unserer Päpste. Es gibt keine Dynastie von Herrschern, die derart schändlich war. Sie mordeten und wurden ermordet, sie folterten und verstümmelten und wurden gefoltert und verstümmelt und in den Tiber geworfen, sie hurten mit Buben und Mädchen, verkauften das Amt an Minderjährige und Mätressen, starben in fremden Betten und beteten Jupiter, Venus und andere heidnische Götter und Dämonen an. Sie verspotteten Jesus als Geldesel und die Bibel als Bibliothek der Fabeln. Mit den Päpsten der letzten hundert Jahre glaubten wir nun, nach fast zweitausend Jahren der Sittenlosigkeit, endlich Päpste zu haben, die als Nachfolger Petri bezeichnet werden können. Und jetzt kommst du, Alessandro Camoranesi.«

»Ich bin das Licht«, triumphierte der Papst in seltsamer Verzückung, »ich bin die Wahrheit. Ich bin der

Weinstock. Und wer bist du? Bist du die Kirche? Bist du die Sonne? Oder ihr Prophet? Bist du der Verwalter der Fabel? Du tötest Gott, damit deine Kirche überlebt. Aber ich werde den Menschen Gott zurückgeben. Die Sonne gehört nicht euch, Roca, die Sonne gehört keiner Kirche. Die Sonne gehört den Menschen. Gehört euch der ägyptische Sonnengott Re, der griechische Sonnengott Helios, die Sonnengötter der Mayas, Inkas und Azteken? Mithras? Gehört euch die Natur? Und dennoch habt ihr diesen Göttern alles geraubt, um eure Jesus-Fabel auszuschmücken, um eurer Kirche zur Macht zu verhelfen. Euer Jesus hat das Reich Gottes auf Erden verkündet, aber was kam, war eure Kirche, eure Kreuzzüge, eure Inquisitionen und Scheiterhaufen und Teufelsaustreibungen und die schändliche Vertröstung der Menschen auf ein jenseitiges Reich im Himmel, damit ihr hier, in dieser Welt, alles für euch beanspruchen konntet. Gehet hin und tötet, war euer Gebot. Und heute sind wir eine Beteiligungsgesellschaft mit einem Volumen von dreißig Milliarden Euro. Wir werden endlich vollziehen, was während der Französischen Revolution gescheitert ist. Die Vernichtung aller Propheten unter der Sonne und die Rückgabe des Göttlichen an die Menschen. Ich werde die Menschen vereinen und führen.«

»Eine neue Kirche?«, rief Roca fassungslos.

»Wir liefern die Rituale, die Ethik, die Mythen, die Mystik, das ist Religion, Kardinal Roca, das gemeinsame Erleben der alten Rituale, sakraler Bünde, wie sie in früher Vorzeit von den primitiven Jägern und Sammlern unter der Sonne geschlossen wurden, um zu überleben.«

»Sie wollen Gott globalisieren, um die falschen Götter auszumerzen?« Roca schüttelte entsetzt den Kopf.

»Wenn wir an der Fabel festhalten, werden wir mit der Fabel untergehen.«

»Ist das das dritte Geheimnis von Fatima?«, fragte Roca. »Die Zerstörung der Fabel, die Rückgabe des Göttlichen an die Menschen?«

»Wir geben der Menschheit das universelle Göttliche zurück.«

»Und was wird aus der Kirche?«, fragte Roca.

»Braucht Gott eine Kirche?«, fragte der Papst.

»Nein, aber das Papsttum braucht einen Gott«, rief Roca in die Runde.

»Das Göttliche wird es immer geben, Kardinal Roca, das Göttliche ist der Vertrag zwischen Mensch und Natur, zwischen Mensch und Mensch!«

Die Kardinäle hatten mittlerweile den Papst mit gezückten Dolchen umringt. Nur Albertini stellte sich mit dem Rücken vor ihn und zog seine Schusswaffe.

»Ich bin der Nunzio Apostolico Con Incarichi Speciali«, rief er, »und werde nicht dulden, dass dem Heiligen Vater ein Leid geschieht.«

»Wir befinden uns hier auf vatikanischem Staatsgebiet, Luigi Albertini«, drohte Roca, »selbst wenn wir dich töten müssen, wird es keine Untersuchung irgendeiner weltlichen Behörde geben. Also weiche, und lass uns tun, was zu tun ist.«

»Was nützt euch ein toter Papst?«, fragte Alessandro Camoranesi.

»Noch schlimmer ist ein lebender Papst Petrus II.«, entgegnete Roca.

»Ihr überlebt mit ihm oder geht mit ihm unter«, schrie Luigi und richtete seine Waffe auf Roca. »Da draußen findet ein Währungsdschihad statt, der alles hinwegfegen wird wic cine biblische Sintflut. In dieser Stunde brechen die Finanzmärkte zusammen, Milliarden und Abermilliarden Dollar werden vernichtet. Aber der Heilige Stuhl kann überleben, denn euer Papst hat das Gold des Heiligen Stuhls wieder zurückgeholt. Während da draußen der letzte Dollar zu einem wertlosen Stück Papier verkommt, weist Papst Petrus II. euch den Weg.«

Es wurde still in dem Saal. Nach einer Weile senkte Luigi seine Waffe.

»Würdest du die Fabel wahren, Alessandro Camoranesi?«, fragte Roca den Papst misstrauisch.

Der Papst wollte etwas erwidern, blieb aber stumm. Er schaute in die Runde, sah die Kardinäle mit ihren blutroten Soutanen. Sie waren bereit, ihr Blut zu opfern. Sie hatten ihn umringt. Jeder hielt seinen Dolch fest umklammert. Der Papst sah die Fresken an den Wänden, die mythologischen Gestalten, ihren Kampf, ihr Ringen, er sah seinen leiblichen Sohn, Luigi Albertini, der ihn mit gezogener Waffe verteidigte.

»Ich bin bereit, die Fabel zu wahren«, sagte der Papst. »Wir alle tragen die Mitra des Sonnengottes, tragen den Hirtenstab seiner kosmischen Begleiter und feiern seinen Geburtstag am Tag der Wintersonnenwende. Wir teilen das Mahl, wie er es geteilt hat, bringen ein Opfer dar und empfangen seinen Leib und trinken sein Blut. Ich werde die Fabel wahren, die Fabel von Jesus, der als Prophet der Sonne uns Erlösung bringt. Kniet nieder und unterwerft euch. Möge Gott euch verzeihen.«

Roca zögerte. Er war unschlüssig. Er starrte Papst Petrus II. mit funkelnden Augen an. Langsam streckte ihm der Papst die Hand zum Kuss entgegen. Roca rührte sich nicht. Alessandro Camoranesi spürte, dass jede unbedachte Bewegung dazu führen konnte, dass sich die lauernden Kardinäle auf ihn stürzten. Luigi Albertini nahm dem Papst ehrfürchtig die Mozetta von den Schultern und trat dann einige Schritte zurück. Jetzt stand er da, Papst Petrus II., in seiner weißen Soutane, und die Kardinäle sahen das Blut an seiner linken Brust, das göttliche Stigma, genau an der Stelle, wo der Speer des römischen Legionärs den gekreuzigten Jesus durchbohrt hatte. Die Kardinäle erstarrten in Angst und Ehrfurcht.

»Für euch habe ich mein Blut vergossen«, sprach Papst Petrus II. und breitete langsam die Arme aus, »durch mein Blut sollt ihr erlöst werden von euren Sünden.«

Roca fiel auf die Knie und ergriff die Hand des Heiligen Vaters. Er küsste den Ring des Bischofs von Rom. Er legte sich flach auf den Boden und streckte beide Arme von sich. Dann schloss er die Augen. Er hätte den Blick des Pater Patrum nicht mehr ertragen. Hier bin ich, mein Herr, dachte Roca, und er glaubte, dass Gott ihn geprüft hatte, wie er einst Abraham geprüft hatte, als er ihn in das Land Morija schickte, um seinen Sohn zu opfern.

Auch die anderen Kardinäle dachten an die Genesis, das erste Buch Mose. In tiefer Ergriffenheit knieten sie nieder, legten sich auf den Boden und streckten die Arme von sich. *Santo subito*, dachte Roca, *santo subito*, aber er wagte nicht mehr zu sprechen.

106

VATIKANSTADT

»Ich bin das Licht!«, rief Papst Petrus II. den Gläubigen zu, die zu mitternächtlicher Stunde der Weihnachtsmesse im Petersdom beiwohnten. »Ich bin der Weinstock, ich bin der, der ich bin, seit Anbeginn der Zeiten. Ich habe mich für euch geopfert, um euch zu schenken das ewige Leben. So spricht der Herr.«

Während der hundertvierte Psalm auf dem Petersplatz erschallte, sorgten drei Könige aus dem Morgenland für Irritation unter den Schweizergardisten. Die drei Gestalten trugen die palmyrischen bunten Roben der babylonischen Priesterastronomen und Magier. Sie hatten Geschenke bei sich: Schatullen mit Gold, Weihrauch und Myrrhe. Und Sprengstoff, TNT 342.

»Ihr seid zu früh«, lachte der eine Schweizergardist, »das Fest der Heiligen Drei Könige ist erst am 6. Januar.« Auch die anderen Gardisten konnten sich ein Lächeln kaum verkneifen.

Die drei Gestalten drehten sich langsam und bedächtig zueinander um. Schweigend wechselten sie bedeutungsvolle Blicke, als wollten sie erörtern, wer sich im Datum geirrt hatte. Der Tag der Heiligen Drei Könige war in der Tat der 6. Januar. Schon die Griechen feierten an diesem Tag ihren Gott Dionysos, der von sich behauptete, der »Weinstock« zu sein, und auch er verwandelte Wein in Wasser. Die Römer feierten an diesem Tag die Saturnalien, ein Fest zu Ehren des Gottes Saturn.

Der Holländer sprach kein Wort. Er drehte sich um und entfernte sich. Die Iranerin folgte ihm über den Petersplatz. Yousaf blieb alleine vor den päpstlichen Gardisten stehen. Er fror. Er hatte hohes Fieber und den Geschmack von frischem Blut im Mund. Er wusste, dass er den letzten Weg allein gehen musste.

107

VATIKANSTADT

Papst Petrus II. stand vor dem Altar des bis auf den letzten Platz gefüllten Petersdoms und hielt die mit Gold und Edelsteinen verzierte Barockmonstranz in die Höhe. Die Monstranz war das liturgische Schaugerät der katholischen Kirche. Es stellte eine große Sonne mit prächtigem goldenen Strahlenkranz dar. In der Mitte der Sonne war die Hostie sichtbar, die sich während des heiligen Abendmahls in den Leib Gottes verwandeln würde. Der goldene Sonnenstrahlenkranz war an einem Halter befestigt, damit man die goldene Sonne während des Opfermahls zur unbesiegbaren Sonne emporstrecken konnte, während die Gläubigen in der Peterskirche vor dem Gott niederknieten, der von sich behauptet, das Licht der Welt zu sein. Der Papst trug dabei die Mitra der katholischen Bischöfe, die die Mitra des Urvaters der babylonischen Mysterienkulte war. Er beschwor »Mithra«, was im Altpersischen »der Bund« bedeutet und im Altindischen »Gott des Bundes«. Durch das Opfermahl erneuerte er als Pontifex Maximus, als oberster Brückenbauer, den Bund mit der Sonne, der obersten Baumeisterin des Universums. Er brach die Hostie, die sich in diesem Augenblick in den Leib der göttlichen Sonne verwandelte, und sprach:

»Nehmet hin und esset,
dies ist mein Leib,

der für euch gegeben wird.
Tut dies zu meinem Gedächtnis.«

Der Papst nahm den mit Gold und Edelsteinen verzierten Kelch, dessen Inhalt sich nun in das Blut des Sonnengottes verwandelte:

»Trinket alle daraus,
das ist mein Blut des neuen Bundes,
das für euch vergossen wird,
zur Vergebung der Sünden.
Tut dies zu meinem Gedächtnis.«

Während die Gläubigen sich von den Gebetsbänken erhoben und mit gesenktem Haupt zum Altar schritten, um den Leib des Sonnengottes zu verspeisen, saß Yousaf in seiner Bankreihe und fror. Die Schatulle lag auf seinen Knien. Er öffnete sie. Nur einen Spaltbreit. Langsam glitten seine Hände hinein. Seine Finger ertasteten den Sprengstoff, die Kabel, die Zündvorrichtung. Gleich würde er den Kippschalter drücken und den Petersdom verlassen. Er hatte dafür acht Minuten Zeit. Das hatte ihm der Holländer so mitgeteilt. Yousaf wusste nicht, dass der Sprengsatz keinen Timer hatte. Er würde sofort losgehen und Yousaf unter die Kuppel des berstenden Petersdoms schleudern, während der Petersplatz nach einer gewaltigen Detonation in Feuer und Rauch untergehen würde. Zuerst spürte Yousaf nur ein leichtes Prickeln in der Nase. Er holte unweigerlich tief Luft. Er musste niesen. Mit der rechten Hand wollte er sich die Nasenflügel zudrücken. Mit einem lauten Prusten entwichen hochinfektiöse, mikroskopisch kleine Tröpfchen des mutierten H5N2-Vogelgrippevirus aus Lungen- und Atemwegssekreten und wurden mit einer Geschwindigkeit von hundertdreiundfünfzig Stundenkilometern vier Meter weit über die Köpfe der knienden Gläubigen geschleudert. Als er erneut niesen musste, fiel die Schatulle von seinen Knien. Yousaf wurde nach vorne geworfen. Sein Kopf krachte gegen die Gebetsstütze. Beim Aufprall brach sein Nasenbein. Er spürte keinen Schmerz. Das Virus hatte sein Herz zerfressen. Es hatte aufgehört zu schlagen. Ein portugiesischer Bauarbeiter zu seiner Rechten versuchte den jungen Mann wieder auf die Sitzbank zu heben. Die italienische Matrone zu seiner Linken ging ihm zur Hand. Dabei berührte sie den blutigen Rotz, der Yousaf aus Mund und Nase floss. Die Bombe sollte in jener Nacht nicht detonieren. Und doch brachte Yousaf, der als Magier gekommen war, etwas, das weit schlimmer war als die Bombe. Es war das mutierte Vogelgrippevirus H_5N_2, das wie ein gewöhnliches Grippevirus von Mensch zu Mensch übertragen wurde. Und alle Menschen, die berührten, was Yousaf in den letzten Stunden berührt hatte, würden in den nächsten Tagen erkranken und weitere Menschen infizieren.

108

BASEL

In der Hotel-Suite von John F. Cassidy und der jungen Polin Natalia waren die Koffer gepackt. Cassidy lag in der Badewanne, während Natalia auf dem Klodeckel saß und einen Orangensaft trank.

»Machst du dir immer noch Sorgen um Lustrinelli?«, fragte Cassidy.

Natalia zuckte die Schultern: »Vielleicht ist er nicht mehr am Leben. Er war so stolz auf seinen Put.«

»Ein Jammer, dass wir seine Codekarte nicht haben.«

»Was passiert eigentlich mit seinem Depot, wenn er nicht mehr lebt?«

Cassidy warf ihr einen schnellen Blick zu: »Daran habe ich auch schon gedacht. Weißt du, Natalia, diese Online-Aktiendepots, die werden von den wenigsten Menschen in ihren Steuererklärungen angegeben. Ich denke, falls Lustrinelli nicht mehr lebt, wird kein Mensch dieses Depot vermissen.«

Cassidy streckte seine Hand aus: »Steig jetzt ins Bad, Natalia. Wenn wir erst mal in Amerika sind, mache ich dich zu einer reichen Frau.«

»Wie oft willst du mir das noch erzählen, Cassidy? Ohne mich hättest du Lustrinelli nie gefunden, und du hättest nie erfahren, was in diesem schwarzen Buch steht. Wir hatten einen Deal.«

»Vertraue mir, Natalia. Ich kann dich jetzt nicht auszahlen. Es ist noch zu früh, den Put zu verkaufen. Wenn wir erst in Amerika sind, brauchst du kein Universitätsstudium mehr. Sondern einen guten Anlageberater.«

Natalia starrte in ihren Orangensaft. Sie wusste nicht, ob Cassidy es ehrlich meinte: »Wozu einen Anlageberater? Ich werde das Geld auf dem Konto lassen und keine Dummheiten machen. Und dann werde ich studieren! Wieso kannst du das nicht verstehen? Es dreht sich nicht alles ums Geld. Es gibt so viele interessante Dinge, die ich wissen möchte. Ich möchte eigentlich alles wissen.«

Von Geldanlagen verstand Natalia nicht so viel wie Cassidy, aber von Männern eine ganze Menge. Sie war misstrauisch geworden. Das Telefon klingelte. Cassidy bemerkte die Veränderung in Natalias Augen. Nun war er seinerseits verunsichert. Keiner von beiden ging ans Telefon.

»Eins versteh ich nicht«, sagte Natalia, »wenn an der Börse Milliarden verpuffen …«

»Geld verpufft nie«, lachte Cassidy, »es wechselt nur den Besitzer. Aber nimm doch jetzt bitte den Hörer ab, Natalia«, fiel ihr Cassidy ins Wort.

Natalia verließ das Badezimmer und schloss die Tür hinter sich. Sie ging zum Schreibtisch und nahm das Telefon ab. Es war nicht der Zimmerservice. Es waren die American Airlines. Die Dame am anderen Ende der Leitung teilte mit, dass der Flug wegen einer technischen Panne gestrichen worden sei, und schlug einen anderen Flug vor. Natalia sagte, das sei egal, Hauptsache, sie hätten First-Class-Plätze.

»Sie haben nur einen Platz reserviert«, sagte die Stimme am anderen Ende.

»Nur einen Platz?«, wiederholte Natalia leise. Als die

Frau am anderen Ende dies bestätigte, legte Natalia auf. Sie hatte Tränen in den Augen. Sie ließ sich auf einen Stuhl sinken. Vor ihr, auf dem kleinen Nachttisch, stand das offene Notebook. Ihr Blick fiel auf das Feld mit den Zungangscodes der Online-Bank. Ohne nachzudenken, klickte sie sich in Lustrinellis Depot. Der Kontostand war bei über achtzig Millionen. Das Wesen von Optionen und reiferen Männern hatte sie längst begriffen. Sie transferierte das Geld auf das Konto einer polnischen Bank.

»Geld verpufft nie«, flüsterte Natalia wütend, »es wechselt nur den Besitzer.« Anschließend änderte sie das Passwort und loggte sich in Cassidys Online-Depot ein. Der Saldo lag bereits bei zwanzig Millionen. Sie verkaufte den Put und kaufte dafür Calls. Innerhalb weniger Stunden würde Cassidys Vermögen verpuffen.

»Natalia!«, schrie Cassidy. »Komm schon, das Wasser wird kalt.«

109

ERICE, SIZILIEN

Salvatore wurde an einem Dienstagnachmittag zu Grabe getragen. Luigi Albertini hielt die Grabrede, wie er es Salvatore versprochen hatte. Unter den Trauernden sah er Claudia. Sie kuschelte sich eng an ihren Ehemann, Sergio Cavallo. Hinter ihr standen Furio, der Verrückte mit dem Pferdeschwanz, und Francesco, die Fleisch gewordene Dampfwalze. Luigi zuckte unwillkürlich zusammen. Als Claudia bemerkte, dass er sie anschaute, schmiegte sie sich noch enger an ihren Ehemann. Als wollte sie jeden Verdacht aus der Welt schaffen, sie habe sich mit ihrem Ehemann jemals gestritten. Dass Claudia seinen Blicken beharrlich auswich, sagte ihm, dass er recht hatte. Sie alle hatten ihn nur benutzt.

Nach der Beerdigung verließ Luigi den Friedhof allein und ging an der Friedhofsmauer entlang zu seinem Auto zurück.

»Gwai-Lo«, hörte er jemanden rufen. Li-Li verbarg sich hinter einem Baum und winkte ihm heftig zu.

»Was machst du denn hier?«, rief Albertini. Er war überrascht, die zierliche Chinesin zu sehen.

»Ich habe dich gesucht!«, gab Li-Li zurück.

»Verschwinde!«, brüllte Luigi, so laut er konnte, um den Lärm eines nahenden Lastwagens zu übertönen. Für kurze Zeit versperrte ihm das Fahrzeug die Sicht.

»Du bist eine Lügnerin, eine gottverdammte Lügnerin.«

Li-Li begann zu weinen und beteuerte, dass es nicht wahr sei.

»Sie haben dich alle missbraucht, Gwai-Lo, aber ich nicht. Ich habe dich vom ersten Tag an geliebt.«

Luigi überquerte die Landstraße. Li-Li eilte ihm nach. Sie fiel ihm um den Hals.

»Armer Gwai-Lo«, schluchzte sie und strich ihm zärtlich über die Wange, »ich werde dir alles beibringen, was man da draußen in der Welt über Frauen wissen muss. Du hättest alles Gold dieser Welt haben können, Gwai-Lo, wie kann ein Mensch so dumm sein?«

»Ist denn Liebe so töricht, Li-Li?«

»Ja«, schluchzte Li-Li, »Liebe ist töricht, Gwai-Lo.«

»Nein«, insistierte Luigi, »wenn zwei Menschen sich lieben, gehen sie einen Vertrag miteinander ein, verstehst du? Einen Vertrag ...«

»Mithras?«

»Ein Bündnis. Es gibt nichts Größeres, als wenn zwei Menschen zusammen ein Bündnis eingehen, es ist ein göttlicher Akt.«

»Wüdest du denn mit mir einen Vertrag machen, Gwai-Lo?«

»Mit dir?«, fragte Luigi wütend. »Ich habe von euch Frauen die Nase gestrichen voll. Nenn mir einen einzigen Grund, wieso ich mich mit dir einlassen sollte?«

»Ngo-soeng-tung-nei-pok-je«, sagte Li-Li mit ihrer etwas gellenden, aber melodiösen Stimme und begann laut zu lachen.

110

HAINAN, HONGKONG

Die tropische Insel Hainan lag im Südchinesischen Meer. Sie war nur über die Straße von Qiongzhou mit dem Festland verbunden. Die Insel lag auf demselben Breitengrad wie Hawaii, und auf den kilometerlangen weißen Sandstränden wuchsen Tausende von Kokospalmen. Im Süden der Insel lag Tianya Haijiao, das so viel bedeutet wie »Ende der Welt«. Einstmals verbannten die chinesischen Herrscher unliebsame Dichter, Heerführer und kaiserliche Beamten dorthin. Sie nannten die schwüle Tropeninsel deshalb das »Tor zur Hölle«.

Als die Sonne im Morgengrauen am Horizont aufstieg, warf sie einen goldenen Glanz über das Wasser. Es schien, als würde die Sonne über das Wasser laufen, als würde sie das Wasser teilen. Luigi und Li-Li waren alleine am Strand und blickten hinaus auf das Meer.

»Du meinst«, sagte Li-Li, »Gott wandert über das Wasser?«

»So mögen es die ersten Menschen gesehen und überliefert haben. Die Sonne ist das goldene Auge des Universums, das über uns wacht, auf dass wir auf immer den Vertrag einhalten. Wer den Vertrag mit der Sonne bricht, den wird die Sonne verbrennen, heißt es in einigen Kulturen.«

»Du meinst, die Sonne wird uns bestrafen, wenn wir

den Vertrag mit der Erde, die sie jeden Tag von Neuem zum Erblühen bringt, brechen?«

Luigi gab keine Antwort. Er beobachtete, wie die Sonne sich nun in ihrer ganzen Pracht entfaltete und ihren Strahlenglanz über das ganze Meer ausbreitete. Ein neuer Tag war geboren. Der Horizont erwachte in gleißendem Licht.

»Es ist erstaunlich«, murmelte Luigi, »noch nie gab es eine Kultur, die so viel wusste wie die unsere, und doch weiß sie nichts von den Dingen, die jeder sieht und doch keiner weiß …«

»Lass uns schwimmen gehen, Gwai-Lo«, sagte Li-Li. Der Schalk war aus ihrem Gesicht gewichen.

Luigi dachte an Kardinal Douglas. Er fragte sich, ob er auch einmal hier gestanden hatte. Er schaute Li-Li an. Sie war sehr schön heute. »Habe ich denn eine Wahl?«, fragte Luigi.

Li-Li lächelte. Ein Hauch von Melancholie hatte sich über sie gelegt. Sie wandte sich von Luigi ab und schaute auf das offene Meer hinaus.

Nachwort

Mit dem Roman »Gehet hin und tötet« endet mein Zyklus »Geld und Liebe«. In »Cäsars Druide« ist das Geld aus Metall, in »Das Große Spiel« aus Papier und in »Gehet hin und tötet« ist Geld virtuell.

Die drei Romane spielen in der römischen Antike (Cäsars Gallischer Krieg), zur Zeit des Sonnenkönigs Ludwig XIV. (Erfindung des Papiergeldes durch John Law) und in der Gegenwart. Die Klammer, die die Romane zusammenhält, ist die Geschichte des Geldes. Doch die Geschichte des Geldes ist die Geschichte des Menschen, die Geschichte von Schicksalen, von Liebe, Verlust, Verrat, Hass und Leidenschaft.

Während der zehnjährigen Recherchearbeit zum Gallischen Krieg stieß ich immer wieder auf den besonders bei römischen Legionären populären Mithras-Kult, der sich kaum vom Christentum unterscheidet, allerdings wesentlich älter ist. Der Mithras-Kult begegnete mir dann wieder bei meiner Arbeit über den Papiergelderfinder John Law, trugen doch später die Aufständischen der Französischen Revolution, die König und Kirche stürzen wollten, die phrygische Mütze des Gottes Mithras. Unter Robespierre sollte der »Kult des höchsten Wesens« das Christentum ersetzen. In diesen Zeiten haben sich auch die Freimaurer im Symbolfundus des Mithraismus ausgiebig bedient.

Ich bin kein religiöser Mensch. Mein Interesse gilt den überprüfbaren historischen Fakten. Für »Gehet hin und tötet« folgten weitere Recherchen über Mythologien, Mysterienkulte und Frühchristentum. Verblüffend war, dass die Übereinstimmung zwischen Christentum und dem Mithras-Kult zu den Grundlagen der wissenschaftlichen und vergleichenden Religionsforschung gehören, was einem breiten Publikum aber kaum bekannt ist.

In den frühen Mythologien der verschiedensten Kulturen finden wir gleichnishafte Geschichten, die bereits alles enthalten, was Jahrtausende später im Christentum und anderen »jungen« Religionen wieder auftauchen sollte. Die frühen Weisheitslehren erzählen von einem nicht näher definierten »kosmischen Geist« im Universum. Da alles Leben auf die Sonne zurückzuführen ist, war die Sonne stets das natürliche Symbol für diesen »kosmischen Geist«. Noch bis ins 5. Jahrhundert n. Chr. beteten Christen kniend vor der göttlichen Sonne (bis es Papst Leo der Große endgültig verbot), noch bis ins 6. Jahrhundert hieß es im christlichen Gebet: »Unser Herr, die Sonne«.

Das Christentum ist ein Plagiat und hat nichts Einmaliges. Nebst Mithras gibt es die Erlösergestalten Osiris, Horus, Krishna, Bacchus, Orpheus, Hermes, Baldur, Adonis, Herkules, Attis und Thor, die allesamt sehr ähnliche Geschichten erzählen, von der jungfräulichen Geburt bis zur Opferung zum Wohle der Menschheit. Die Kreuzigung des Sonnengottes wird bereits im 4. Jahrhundert v. Chr. dargestellt – mit der Figur Orpheus. Die Fleischwerdung des Göttlichen im Menschen ist ein zentraler Punkt der meisten Religionen: In jedem Menschen und in jedem Lebewesen schlummert der göttliche Funke. Das »Göttliche« braucht keine Kirche.

Die Erfolgsgeschichte des Christentums liegt darin begründet, dass die uralten mythologischen Weisheiten und Symbole simplifiziert und für eine breite ungebildete Masse verständlich gemacht wurden. Doch indem jede mythische Aussage konkretisiert wurde, wurde gleichzeitig jeder spirituelle Funke erstickt. Es war eine Form der Infantilisierung, und der Gipfel war die Personifizierung des »kosmischen Geistes« in der Gestalt eines real existierenden Menschen. Aus alten Mythen wurden »historische Wahrheiten«. Das »Historisieren der Mythologie« ist das Fundament der meisten heute existierenden Religionen.

Dieses Wissen ist selbstverständlich auch einem mit den historischen Quellen bestens vertrauten Menschen wie Papst Benedikt XVI. bekannt, doch steht für ihn der bedingungslose Glaube über dem Wissen der Kirchenhistoriker, Theologen, Religionsforscher und Bibelwissenschaftler. Der Papst ist nicht zur Wahrheit verpflichtet. Die »pia fraus«, der fromme Betrug in guter Absicht, ist den christlichen Kirchenführern ausdrücklich erlaubt, sofern die vorsätzliche Lüge zur Erreichung religiöser Ziele notwendig ist. Es ist also unwahrscheinlich, dass Papst Benedikt XVI. an die »Einzigartigkeit des Christentums« glaubt, aber es ist ebenso verständlich, dass er die Ursprünge der Fabel nicht thematisiert.

Wer sich einen raschen Überblick über die Ursprünge des Christentums verschaffen will, dem seien die beiden Standardwerke »Der gefälschte Glaube« von Karlheinz Deschner und »Der heidnische Heiland« von Tom Harpur empfohlen.

Die Recherchen hinter Kirchenmauern waren möglich, denn die Verbitterung zahlreicher Prälaten über den Zynismus und das lasterhafte Leben der »Diener Gottes« ist groß. Einige Berichte von Prälaten des Vatikans sind heute sogar öffentlich zugänglich, wie zum Beispiel das Buch »I Millenari« (Wir klagen an«) von Monsignore Luigi Marinelli.

Für die Figur der Chinesin Li-Li recherchierte ich 2006 in China. Dort spielt auch mein nächster Roman.

Für das Finanzwesen standen mir wie bereits bei meinem letzten Roman über den Papiergelderfinder John Law (»Das Große Spiel«, Heyne Verlag) Währungstrader, Investmentbanker, Hedge-Fonds-, Rohstoff- und Vermögensverwalter und ehemalige Direktoren von nationalen Zentralbanken mit kritischen Anmerkungen und Literaturhinweisen hilfreich zur Seite.

Claude Cueni
Binningen/Schweiz, Mai 2008

Mehr zum Buch finden Sie wie immer unter
www.cueni.ch